P

Patrice Guirao arrive à Tahiti en 1968, à l'âge de quatorze ans. Il ne quittera plus son île d'où il s'adonne à l'écriture et aux romans policiers. Il est entre autres l'auteur d'une saga de quatre tomes de romans noirs et humoristiques, *Al Dorsey, le détective de Tahiti*, paru aux éditions Au vent des îles entre 2009 et 2017. En 2019, il inaugure une nouvelle série de polars « noir azur », mettant en scène le personnage de Lilith Tereia avec *Le Bûcher de Moorea*, suivi en 2020 des *Disparus de Pukatapu* dans la collection « La Bête noire » aux Éditions Robert Laffont.

LE BÛCHER DE MOOREA

PATRICE GUIRAO

LE BÛCHER
DE MOOREA

Une enquête de Lilith Tereia

**Robert
Laffont**

Pocket, une marque d'Univers Poche,
est un éditeur qui s'engage pour la préservation
de l'environnement et qui utilise du papier fabriqué
à partir de bois provenant de forêts gérées
de manière responsable.

© Éditions Robert Laffont, S.A.S., Paris, 2019
ISBN 978-2-266-30645-4
Dépôt légal : février 2020

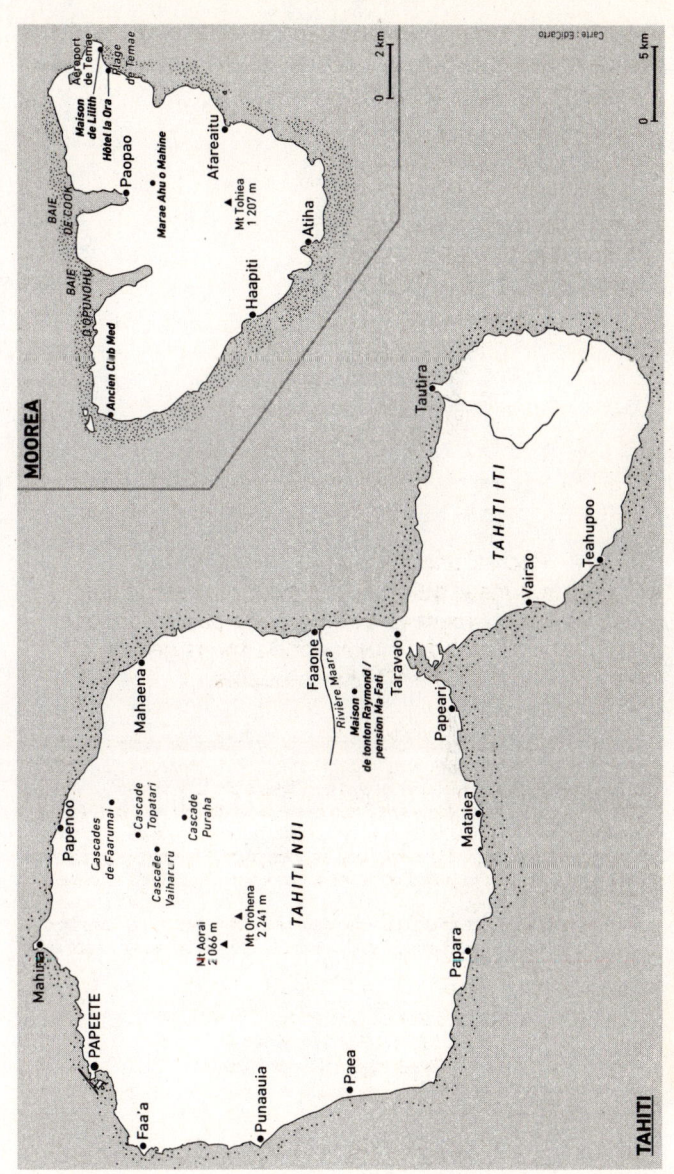

MOOREA

Aéroport de Temae
Plage de Temae
Maison de Lilith
Hôtel la Ora
Paopao
BAIE DE COOK
Marae Ahu o Mahine
BAIE D'OPUNOHU
Mt Tohiea 1 207 m
Ancien Club Med
Afareaitu
Atiha
Haapiti

0   2 km

TAHITI

Mahira
PAPEETE
Faa'a
Punaauia
Paea
Papenoo
Cascades de Faarumai
Cascade Topatari
Cascade Vaiharuru
Cascade Puraha
Mt Aorai 2 066 m
Mt Orohena 2 241 m
TAHITI NUI
Mahaena
Faaone
Rivière Maara
Maison de tonton Raymond / pension Ma Fati
Taravao
Papeari
Mataiea
Papara
Tautira
TAHITI ITI
Vairao
Teahupoo

0   5 km

Carte : Édicarto

Les îles sont les tambours de la mer.
Et les hommes son tombeau.

I
DEUX MONDES

1

La peur cannibale

Polynésie française

Le ciel commençait à peine à regrouper ses étoiles. Au loin, plus bas, là où se tissent les amours lascives, la terre piquetée de splendides cocotiers à la chevelure verte tendait les bras à l'océan. Les deux baies aux eaux paisibles berçaient quelques voiliers tranquilles. Et, entre leurs coques reposées, une pincée de pirogues glissaient en silence, murmurant à l'oreille du voyageur l'écho d'un paradis sur papier glacé. Tandis que les lampions bleus du lagon s'éteignaient doucement dans l'immense quiétude de l'île, des hommes s'activaient.

— Laisse la jambe, viens m'aider.

— Et la fille ?

L'homme en contrebas lui fit signe de le rejoindre.

— Descends. La fille, on s'en fout. Tu la laisses dans la caisse. Prends les deux têtes qui restent. On y va.

Le type se laissa glisser jusqu'au rocher. Il se pencha sur les têtes sanguinolentes.

— Et les langues ?

— Que les têtes.

La nuit tombait vite. Elle ne tarderait pas à rendre difficile la progression entre les fougères. Il n'y avait pas de chemin tracé, que ce semblant de sentier défriché à la machette lors des passages précédents. Ils devaient se presser. Là-bas, le brasier grondait. Les flammes ne dureraient pas toute la nuit. Mais les pierres volcaniques chauffées à blanc dégageraient longtemps de quoi consumer les corps jusqu'aux os.

Ils se mirent en mouvement. Celui qui semblait commander ouvrit la marche. Sur son épaule gauche, un tronc humain duquel pendait une jambe broyée. Dans sa main droite, une machette dont il ne se servait que pour tailler quelques feuilles hautes. Le geste était précis. L'autre le suivait, les deux têtes serrées contre son torse nu.

— Pourquoi t'as pas voulu qu'on se serve des machettes ? On aurait gagné du temps.

L'homme devant lui ne se retourna pas.

— On aurait gagné en temps, mais on aurait perdu en barbarie.

— Ils vont trouver la fille…

— De la route, personne la voit. Ça circule pas la nuit. Ils la trouveront demain. Dépêche-toi. C'est le dernier voyage. Tout devrait déjà être dans le feu. On ramène ça et on se casse !

— Et la fille ?

— Mais arrête, putain ! Elle représente rien. Et puis l'autre est déjà là-bas.

— On va la laisser, sans finir le travail ?

Il n'y eut pas de réponse. Celui à qui la question était posée se contenta d'accélérer dangereusement le pas. La pente conduisant à la rivière était raide et les deux individus comptaient sur la végétation dense pour ne pas chuter, calant un pied contre une racine ou se laissant freiner par quelques troncs de tulipiers contre lesquels ils s'appuyaient sans lâcher leur charge. Par endroits, ils apercevaient au loin les courbes de la baie de Cook et de celle d'Opunohu. Le vert bleuté de leurs eaux calmes sur lesquelles dormaient quelques voiliers à l'abri des brises.

Ils arrivèrent bientôt au fond de la vallée et longèrent le cours d'eau pour rejoindre le *marae*[1].

Le feu sifflait dans le silence. Personne ne parlait. Ils agissaient avec maîtrise. Comme si les gestes étaient familiers. Tous les corps démembrés avaient été entassés sur les pierres volcaniques aussi rouges que des braises. Le funeste fardeau des deux porteurs vint compléter la pyramide. Ils posèrent les deux têtes au sommet et couvrirent l'ensemble de grosses branches. Elles prendraient feu en dernier et finiraient de consumer les chairs. Ils achevèrent leur sinistre besogne en installant de larges feuilles de bananier sur le bois pour étouffer les flammes. Dans le clair-obscur, le bûcher ressemblait à un tipi enfumé.

Ils demeurèrent quelques secondes sans bouger, à contempler le charnier, puis rejoignirent calmement la rivière pour y noyer le sang qui les souillait. Et leur haine.

---

1. Pour la signification des termes polynésiens, se reporter au glossaire en fin d'ouvrage.

2

Le soleil est une femme, lui aussi

Île de Moorea

Lilith… Quel prénom de merde !
Elle cracha la fibre d'une pousse de coco. Ces dernières germaient n'importe où dans la plantation, preuve que plus personne n'entretenait les lieux. Elle adorait ce bonbon bio, sucré juste ce qu'il faut. Sur une dizaine de centimètres la plante développe une chair blanche et juteuse. Une gourmandise qu'elle aimait croquer au petit soleil. Un reste de l'enfance.

Personne ne s'appelle Lilith ! Il n'y a qu'une seule raison pour donner un prénom aussi pourri à un enfant : avoir raté son rendez-vous chez la faiseuse d'anges. Elle ne savait pas d'où ses parents l'avaient sorti. Sûrement une idée de sa mère… Toute sa vie, elle s'était fait chambrer : « C'est l'heure d'aller au lit, Lith ! Alors, tu lis, Lith ? Pourquoi tu pâlis, Lith ? » Et toutes les conneries que peuvent inventer les gamins à l'école… C'est sans doute à leur prénom douteux qu'on reconnaît les enfants qui n'ont pas été voulus.

Assise en lotus sur un séchoir à coprah au milieu de la cocoteraie, le paréo négligemment noué autour

16

de ses seins, Lilith laissa vagabonder son esprit en attendant le retour de sa collègue partie faire pipi à l'abri des regards. Il n'y avait jamais personne dans le coin, mais cette dernière s'était crue obligée d'aller se cacher. À sa place, Lilith ne se serait pas encombrée de ce genre de contrainte. Elle leva les yeux pour admirer la danse des palmes effilées des cocotiers, puis suivit du regard leurs pointes qui dessinaient des volutes imaginaires dans le ciel.

Aurait-elle mieux fait de partir étudier les beaux-arts à Paris ? Tonton Raymond n'était pas vraiment d'accord, mais elle aurait su le faire changer d'avis. Elle serait sans doute restée là-bas. Elle connaîtrait la capitale comme personne. Le jardin du Luxembourg, Saint-Germain-des-Prés, Saint-Michel, les boîtes de jazz du Quartier latin. Pas le « Quartier latin » de Papeete ! une espèce d'échoppe merdique qui veut prendre des airs de marchand de couleurs où ils vous vendent une feuille de papier Canson le prix d'une toile de maître, non. Paris. Montmartre. La Butte. Le Père-Lachaise. Les Bains-Douches… La belle vie, quoi !

Ici, c'est toujours pareil. Du bleu du bleu du bleu. OK, tous les bleus ! Mais, à force, ça finit par lasser. Elle ne savait pas ce qu'il avait trouvé de si inspirant, Gauguin. Matisse, elle comprenait. Il était passé en coup de vent et il leur avait piqué le bleu. Mais l'autre avait usé son temps à triturer les verts, les rouges et l'innocence des filles. Il était juste venu donner libre cours à ses névroses. Il avait bouffé l'oreille de son pote et ça lui avait refilé le goût de la chair humaine. Selon elle, c'est pour ça qu'il s'était installé aux Marquises. Persuadé que chez eux, il y avait encore des cannibales. « Le Blanc croit toujours ce que le Blanc écrit. » D'accord, il y avait un soupçon de mauvaise foi dans son propos : Gauguin n'aurait jamais pu lire Paul Bloc. Elle sourit. Peu importe, il y avait quand même un fond de vrai dans ce qu'elle pensait. Les gens mettent dans le même sac toutes les îles. L'autre jour, la sœur de Merenui avait reçu un message perso sur son compte Facebook. Quelqu'un lui demandait si tout allait bien après le cyclone qui avait ravagé Haïti ! Tahiti, Haïti... On n'est pas à ça près, à l'autre bout du monde.

Elle ne savait pas trop si elle avait bien fait de rester au *fenua*. Ses copines étaient parties et toutes revenues avec des diplômes. Certaines avec des mecs. Lilith fit la grimace. Ouais, bon, sympas mais trop « Blanc Blanc » pour elle. Ce ne sont pas les tatouages, auxquels ils ne comprennent rien, qu'ils se sont fait faire sur les mollets ou sur le milieu du biceps qui y changent grand-chose. Un Blanc, ça finit toujours par avoir des poils dans les oreilles et sur les épaules. Maintenant qu'elles sont casées et qu'elles bossent à la banque locale Socrédo, à la caisse de prévoyance sociale, aux Finances ou à l'Assemblée, elles ont des vies bien rangées. Un peu tristes, même. Quand est-ce qu'elles profiteront réellement de l'existence ? se demandait Lilith. À moins que ce soit là leur idéal de vie. En tout cas, ce n'était pas le sien.

Ce qu'elle voulait, c'était se lever dans la nuit et aller croquer une mangue verte les pieds dans le lagon. Dormir jusqu'à plus soif. Ou pas du tout. Se coucher avec les étoiles. Toucher sa terre avec sa peau. Glisser son corps dans la tiédeur des camaïeux de bleus. Voir le soleil jouer avec le ciel, leurs noces matinales et leurs divorces crépusculaires. Parler aux bourgeons de *tiaré* avant l'aurore, à l'heure où la rosée vient poser ses baisers humides sur les feuilles grasses de l'arbuste. Communier avec un monde qui n'était plus, celui de ses ancêtres, le magnifier, lui rendre sa dignité, le faire vivre à travers elle. Effleurer le *mana* du bout de ses ailes quand son cerveau entrait en onde alpha et que son âme devenait papillon. C'est de ça que sa vie devait être faite. De la sève de ses racines et de la caresse du soleil. Elle voulait rester libre pour accueillir le monde et le transmettre. Pour comprendre qui elle était. Et si elle ne pouvait savoir où elle allait, elle pouvait apprendre d'où elle venait, saisir ce qui l'avait conduite jusqu'à sa conscience, ne pas se tromper sur l'histoire à laquelle elle appartenait. C'était un drôle de voyage, une longue fatigue où se ressourçaient les pourquoi.

Finalement, elle en conclut qu'elle avait pris la bonne décision en restant à Tahiti. Même si photographe pigiste à *La Dépêche* ça ne payait pas, elle était libre. À vingt-sept ans, elle vivait sans contraintes. Sans un gosse à torcher ni un mec à materner. Tous les enfants de la terre étaient les siens et chaque beau mec était potentiellement à elle, comme chaque jolie fille d'ailleurs, pourvu que celle-ci aime les femmes.

L'image d'Ariane lui revint.

Surtout ses yeux. Verts. Immensément verts. Plus denses que les siens. Plus vivants. Plus désirables. Elle ne savait pas pourquoi, mais ils lui avaient toujours fait penser à la canopée amazonienne. C'est drôle, ce cheminement des associations d'idées. Le grain de sa peau, aussi. Une peau de rousse. Fragile. Il y a quelques jours encore, le même rêve étrange qu'elle faisait régulièrement depuis qu'Ariane était partie avait réapparu : Ariane, enceinte, se tenant sur l'eau. Ce n'était ni le lagon ni la mer. Plutôt un lac, mais sans berges. Elle lui tendait la main en souriant. Lilith savait qu'il était impossible de marcher sur l'eau. Même dans son rêve, elle le savait. Pourtant elle avançait vers Ariane. Et, immanquablement, se réveillait au moment où elle posait un pied sur la surface.

— Ça fait du bien !

Lilith se retourna. C'était Maema.

— T'as bien pris ton temps ? C'est bon ? On peut y aller ?

Son amie secoua la main en un signe significatif.

— Eh, c'était pas pour rire ! Avec la flaque qu'j'ai faite, demain peut-être y a des anguilles !

Elle éclata de rire. Rien n'entamait jamais la bonne humeur de Maema. Ni son surpoids qu'elle assumait avec une certaine forme d'élégance ou, du moins, de naturel propre à le faire oublier, ni sa vue défaillante, qui l'obligeait à s'en remettre le plus souvent à celle des autres, ni le nodule de nature indéfinie que les médecins du centre hospitalier du Taaone lui avaient décelé deux ans plus tôt. Une tache noire nichée au creux de son cerveau et pour laquelle aucun toubib ne s'était engagé à faire un pronostic. Maema respirait littéralement la joie de vivre et la retranscrivait dans ses articles, quel qu'en fût le sujet. Le directeur du journal ne s'y était pas trompé et lui avait confié, en plus de son travail de journaliste culturelle, un billet d'humeur quotidien qu'elle signait du pseudo « Le Crabe », pied de nez à son nodule. Un huitième de page bilingue français-tahitien à la une, dans lequel elle traitait de ce que bon lui semblait : tant de la pénurie de pommes de terre de Rurutu, des arrêts de bus fantômes, de la corruption de quelques conseillers de l'Assemblée territoriale, ou de chefs de service, voire de ministres, que des fourmis de feu qui envahissaient les vallées ou du miel coupé au sirop d'érable et à l'eau, vendu au bord de la route. Elle n'excluait aucun sujet, aucun thème. Les lecteurs appréciaient sa plume et ne boudaient pas leur plaisir tous les matins en découvrant son humeur du jour dans *La Dépêche*. Son parler était populaire et elle roulait les « r » comme tout le monde, mais sa plume trempait dans la rigueur des deux langues.

Elle adorait faire équipe avec Lilith. Sa fraîcheur, sa fausse naïveté, son impertinence, sa ténacité et son énergie lui mettaient du baume au cœur. Depuis qu'elle savait que la légendaire Lilith avait été la première avant Ève, elle lui attribuait toutes les vertus de la femme libérée. De plus, Lilith n'avait pas son pareil pour prendre la photo parfaite. Elle avait ce don de montrer en un cliché l'envers du décor. Le charançon dans la farine.

Maema était missionnée à Moorea pour couvrir le festival des danseurs du feu qui se déroulait au Ia Ora. Ces quelques jours avec son amie allaient être un joli moment de plaisir. Lilith habitant sur l'île, c'est naturellement à elle que le journal avait fait appel pour la partie visuelle du dossier.

Elles logeaient ensemble dans une maison sur pilotis. À Temae, de l'autre côté de l'aéroport. Derrière la piste. Une langue de terre un peu isolée et sauvage. Toit à quatre pans en tôle ondulée et murs en contreplaqué marine. Tout comme le plancher. Une vieille maison, comme tant d'autres sur l'île, agrandie de bric et de broc au fur et à mesure des besoins par l'oncle Raymond. Il n'avait pas hésité à utiliser du bois flotté et des troncs déposés sur la plage par l'océan pour parfaire son habitation et lui donner cette couleur locale des cabanons où l'éphémère danse avec la poésie.

D'un côté, face au lagon, une pièce au plafond rampant ouverte sur une terrasse rudimentaire servait de lieu de vie et de cuisine. Et, reliées par une passerelle en bois protégée des pluies grâce à une structure légère en *ni''au*, deux chambres et une salle de bains sommaire mais charmante. Raymond avait fabriqué des robinets avec des cônes lettrés ramassés sur la plage devant chez lui. Un grand bénitier faisait office de lavabo. Quant à la douche, elle était en bambou. Lilith avait aménagé la pièce à vivre pour pouvoir y dormir. Elle adorait regarder le lever de lune sur Tahiti.

L'oncle Raymond lui avait laissé la maison et s'était installé sur l'île sœur, dans le district de Papeari. Il avait là-bas un hectare de terre en bord de rivière sur lequel il avait dressé une autre cabane sur pilotis assez semblable à celle de Moorea, mais sans les chambres. Il avait planté des citronniers, des *'uru*, des pommes d'amour, des ramboutans, des pamplemoussiers importés des Marquises, toutes sortes de fruitiers, et il passait sa vie dans sa plantation. Sous des bâches en plastique transparent nouées à de grosses branches taillées et plantées en terre, il avait fabriqué une sorte de nurserie végétale. Docteur Moreau du district de Papeari, il y créait des plants hybrides. Et malgré son âge avancé, son corps sec et noueux qui semblait vouloir se briser à chacun de ses pas, il continuait à grimper aux arbres pour les bichonner. Lilith l'avait déjà entendu leur parler. Tout comme il parlait aux poissons quand il vivait à Moorea.

— On aurait dû prendre la vespa ! lança Lilith. On serait déjà arrivées…

D'un bond léger, elle descendit du séchoir. Son panier de pandanus tressé jeté sur l'épaule, elle réajusta son paréo. Ses pieds étaient larges et plats à force de marcher sans chaussures. Une épaisse corne s'était formée au fil du temps et la protégeait de tout ce qui aurait pu la blesser. Lilith était superbe. Brune au teint caramel. Sa coupe de cheveux, copiée sur celle lancée par Jane Fonda dans les années soixante-dix, pouvait surprendre dans un pays où les femmes portaient les cheveux longs. Un choix qu'elle avait fait en mémoire de sa grand-mère paternelle, ancienne militante féministe. Du moins, c'est ce qu'on lui avait dit. Là s'arrêtait sa concession à cette part d'ailleurs qui coulait dans ses veines. Sa beauté rebelle exceptée, ce qui attirait le regard et donnait une indication assez claire de sa détermination et de son caractère était les tatouages qui couvraient avec justesse et élégance son corps ambré. Ses deux avant-bras et sa main gauche jusqu'au bout des doigts, ses jambes, le dessus de ses pieds, ses reins et son menton étaient ornés. Le tatouage de son visage, fait de quatre lignes verticales qui descendaient de la lèvre inférieure, surlignée également d'une ligne noire, pour aller se perdre sous le menton, habillait son sourire de mystère. Difficile de dire s'il était lumineux ou inquiétant. Sans doute l'une des raisons de cette force étrange qui émanait de Lilith.

Elle déstabilisait immanquablement ses partenaires et parfois les éloignait.

— T'as raison, mais moi j'aime bien aller quand même à pied. C'est pas loin ! Par la plage en marchant dans l'eau, c'est bon pour les varices, plaisanta Maema. Et y en a pas pour vingt minutes, ma chérie.

— Tu diras pas la même chose au bout de trois allers-retours, « ma chérie », lui rétorqua Lilith en ouvrant la marche.

Maema eut un rire complice et lui emboîta le pas à travers la cocoteraie.

— Le seul truc que j'aime pas, c'est quand je marche sur un *rori* ! (Elle fit une grimace de dégoût.) Tous ces trucs blancs, tu sais, les fils, là, qui lui sortent du cul quand tu l'écrases et qui te collent à la jambe. Quand je pense que les Chinois mangent ça ! Tu sais qu'ils ont pêché toutes les bêches de mer à Fidji ? Y en a presque plus, là-bas.

— Il n'y a plus de concombres de mer aux Fidji ?

— *'Ua oti*. Le gouvernement va interdire la pêche pour l'exportation. Trop d'accidents de plongée avec les jeunes, aussi. Ils vont de plus en plus profond pour les ramasser avec du mauvais matériel que les Chinois leur vendent.

— Ici, ça ferait pas de mal qu'ils en pêchent quelques-uns. Quand tu passes du côté de chez Ravello, y en a plein. Ils sont dans vingt centimètres d'eau. Y a qu'à se baisser…

Le *vini* de Lilith, un iPhone 6 flambant neuf, sonna au même moment. C'était Térénui, le rédacteur en chef de *La Dépêche*.

— *E* !

— Lilith ? Téré. Abandonne les cracheurs de feu.

Tu vas tout de suite au marae Mahine faire des photos ! Maema est avec toi ?

— Oui, elle est là. Juste : il ne s'agit pas de « cracheurs », c'est le festival des danseurs du feu. Les types sautent dans les braises, dansent avec des torches attachées aux chevilles ou aux poignets, jonglent avec des bambous enflammés et font un tas de trucs avec le feu, mais ils ne le crachent pas. On est sur le chemin, avec Maema. Tu veux que je te la passe ?

— Elle ne répond pas sur son vini. Envoie-moi toutes les photos que tu peux faire de la scène de crime, tout. Je veux tout !

Térénui était surexcité et ses propos pour le moins mystérieux. Lilith lui suggéra d'être plus clair :

— Explique.

— À Radio One, ils ont dit qu'un promeneur avait trouvé un corps calciné dans la vallée d'Opunohu. Sur le marae. Quelqu'un de Moorea les a appelés. Ils n'en savent pas plus.

3

Le crime est un point de vue

Périgord noir

Elle le regardait fixement de son vagin ouvert. Œil de cyclope crevé entre ses jambes écartées, d'où perlaient, sur le cuir sombre du canapé, des larmes épaisses. Les reins brisés sur l'arête du dossier. Disloquée, tel un pantin privé de ses fils. Le haut du corps englouti dans l'obscurité.

Ça empestait. Une odeur de chair en décomposition et d'Air Wick. Un mélange prégnant. Difficile d'en déterminer la nature. Nael expira fortement.

Les rideaux avaient été tirés. Une vague lueur traînait des ombres entre les meubles. Une fin de crépuscule. Accroupi, une cigarette aux lèvres, il s'était négligemment appuyé contre le mur et, à travers la toile épaisse de sa salopette, il sentait les aspérités du crépi se ficher dans son dos.

Son roman continuait à se construire avec la chair de ses victimes. À l'encre de leurs râles. Il sourit. Il savait qu'il ne l'écrirait jamais. Il n'en ressentait plus ni le besoin ni l'envie. Il avait compris depuis longtemps que l'écriture n'avait été qu'un alibi. Le seul qu'il ait trouvé pour policer sa nature profonde. S'autoriser à franchir le pas. Un prétexte ridicule dont il n'éprouvait plus la nécessité. Seules les vies sont des romans. Ce sont d'ailleurs les seules qui ont une fin. Les autres, celles d'encre et de papier, ne sont que des vies avortées. Non, tuer n'est pas un crime. C'est mettre le point final à un roman.

Cette vieille femme osseuse et sèche sur le canapé. Aux dents jaunes. Au cheveu gras. Au sourire horriblement dissymétrique. Au menton fuyant vers une gorge pleine quand elle était encore vivante. En d'autres temps, elle aurait pu être brûlée en place publique. Rien de criminel en cela. Une lame affûtée. Une corde. Un peloton d'exécution. Une décharge électrique. Une injection létale… La dimension criminelle que la société donne à certaines morts n'est qu'une des règles du jeu. Une vue de l'esprit. Rien d'autre.

Nael se racla la gorge. Il aurait volontiers craché sa glaire par terre mais il la ravala. Hors de question de leur donner la moindre chance. L'innocent est celui qui ne se fait pas prendre. Tant que le coupable n'est pas désigné, il reste l'inoffensif passant que l'on croise sur le trottoir. Et Nael avait bien l'intention de croiser encore longtemps ses semblables…

Quelqu'un frappa à la porte. Nael étouffa la braise de sa cigarette dans la poche de son bleu de travail et y laissa le mégot. Il chercha du regard le pied-de-biche.

— Entrez. C'est ouvert.

Depuis le vestibule, la seule partie visible du salon était celle où il se tenait accroupi.

— Bonjour. Est-ce que Mme Maria est là ? J'veux dire, Mme Kukman.

Le garçon portait une vareuse trop grande pour lui et un bonnet enfoncé jusqu'aux oreilles. De la vapeur s'échappait de sa bouche quand il parlait.

Nael fit un signe du menton et ramassa discrètement le pied-de-biche.

— Oui, elle est là. Entre et ferme la porte, s'il te plaît.

Le visiteur hésita quelques secondes, puis fit un pas timide en direction du salon.

— J'veux pas déranger. C'est à cause d'la charrette.

Nael s'était lentement redressé et se tenait maintenant debout face à l'intrus. L'image de la charrette à bras renversée lui revint en mémoire. Au moment où il avait foncé sur la vieille avec le fourgon, il n'avait pas prêté plus d'attention que ça au vieux chariot qu'elle tirait. Il ne se souvenait que de ses pneus tournant dans le vide. Le corps projeté à plusieurs mètres au-dessus du sol l'avait comme hypnotisé. Il s'était envolé dans sa robe en drap noir, puis était lourdement retombé. Brisé sur la barrière en ciment qui ceignait la ferme.

— Elle est renversée devant l'chemin et y a des betteraves qui sont allées sur la chaussée. Va bientôt faire nuit. C'est dangereux, la nuit. Ça peut faire glisser si y a des mobylettes. Tout l'monde est pas encore revenu du Rosier. Et quand ils vont passer, y s'peut qu'y en ait un qui se dérape dedans. Faudrait les ramasser…

— « Qui se dérape », tu dis ?

Le malaise du garçon était palpable. Il se balançait d'un pied sur l'autre et malaxait nerveusement le bonnet qu'il avait retiré. Il attendait, les yeux rivés au sol.

Lorsque Nael était descendu de la camionnette, la vieille n'était pas morte. Il avait lu dans son regard quelque chose qui allait au-delà de l'étonnement. Bien plus incisif que l'effroi. Un sentiment indéfinissable. Un aboutissement. Elle le fixait du fond de son âme.

— Demande-le-lui, l'encouragea Nael. Elle est là.

Il s'écarta et invita le jeune homme à pénétrer dans le salon.

— C'est que, Mme Maria, elle laisse jamais personne entrer chez elle…

— Maintenant elle est d'accord. Tu peux y aller.

Étonné, le garçon contourna Nael et avança timidement dans la pièce mal éclairée. Il marqua un temps d'arrêt. Le temps nécessaire pour comprendre. Peine perdue. Le pied-de-biche lui fracassa le crâne alors que la panique libérait en lui des flots d'adrénaline.

Nael avait pris le corps brisé de la vieille dans ses bras et l'avait balancé dans le fourgon volé le matin même à Périgueux sur le parking d'un centre commercial. Il n'avait pas eu besoin de chercher longtemps pour cacher le véhicule, l'espace derrière la ferme était invisible de la route. Il s'y était garé et avait porté la vieille à l'intérieur. Les clés étaient autour de son cou. Elle ne pesait pas plus que son âme. Il l'avait alors déshabillée et déposée sur le dossier du canapé. Morte.

Le tableau était aussi laid qu'il le souhaitait. Impressionnant. C'est ce qu'il recherchait. Marquer les esprits de ceux qui se mettraient à sa poursuite. La peur est mauvaise conseillère.

Il se pencha vers le corps du garçon. Dix-sept, dix-huit ans peut-être. Crever en ressentant toute l'horreur de la mort, mais pas la sienne. Quelle belle fin. Le gamin n'avait pas eu le temps d'avoir peur pour lui-même, se reprocha Nael. Quelques secondes de plus et il aurait regardé la Faucheuse droit dans les yeux.

Dommage.

4

L'ombre du paradis

Lilith avait déjà commencé à rebrousser chemin.

Maema la suivit en trottinant pour la rattraper. Elle s'essoufflait légèrement.

— Tu crois qu'ça va aller, la vespa ? Ça va pas monter, avec moi derrière ! Tu vas voir, on va pas pouvoir grimper la route du belvédère. Attends, y faut que je fasse d'abord un régime ! lui lança-t-elle dans un éclat de rire.

— Pas grave, tu pousseras dans la côte. Il vaut mieux ne jamais penser à ce qui risque d'arriver si tu veux vivre tranquillement, ajouta Lilith en se retournant vers Maema.

Elles rejoignirent bientôt la route en « soupe de corail », une bande de large de quelques mètres qui courait le long de la piste et conduisait chez l'oncle Raymond. La luminosité du ruban damé était violente. Maema plissa les yeux. En janvier, la saison des pluies réserve souvent la surprise d'un ensoleillement d'autant plus cru qu'il tranche avec de réguliers ciels lourds squattant le paysage pendant plusieurs mois. Les nuages sont chargés d'averses drues dont la particularité est de fondre sur des zones bien délimitées, telles des rafales d'armes automatiques. Il n'est pas rare de se tenir à quelques mètres d'un rideau de pluie, face à un déluge bruyant, sans se faire mouiller. De microclimats à l'échelle d'une île, la routine d'un petit monde qui se regarde pleuvoir.

— Tu crois que c'est vrai, ce qu'il a dit, Téré ? lâcha Maema.

— Il n'y a qu'un moyen de le savoir…

— J'suis angoissée. C'est la première fois que j'vais voir un cadavre. En vrai. Mon premier reportage de fait divers. J'ai peur. Je suis sûre, j'vais être malade là-bas. J'vais m'évanouir. En plus, Téré a dit qu'il était « calciné » ! J'arrive pas à imaginer.

— Moi, j'y arrive plutôt bien. Tu devrais regarder la télé plus souvent.

Pour Lilith aussi cela allait être son premier shoot de cadavre. Elle était également inquiète, mais sa réflexion portait surtout sur les causes de cette mort. Était-elle liée à un rituel ? Une crémation hindoue, par exemple, effectuée sans autorisation ? Un suicide ? Une immolation sectaire ? Ou un vulgaire meurtre ?

Cinq minutes plus tard, elles étaient arrivées chez elles. Le *fare* était ouvert. Lilith ne fermait jamais la maison, une habitude héritée de l'oncle Raymond qui s'était toujours refusé à clôturer le terrain et à poser des verrous sur les portes. L'enfermement, la mise à distance n'étaient pas quelque chose qu'il pouvait entendre. Il répétait qu'Henri Hiro avait parfaitement exprimé ce qu'il ressentait et indiqué le chemin, non pas seulement à suivre, mais à perpétuer. Il le citait souvent : « Bienvenue à vous tous, dans l'amour de nos ancêtres ! Nos entrailles se réjouissent de cette rencontre ! » Et Lilith n'avait aucun mal à se retrouver dans ces paroles.

Elles grimpèrent les quelques marches qui conduisaient à la grande salle. Habillée de nostalgie, cette pièce principale, tout comme le reste de la maison d'ailleurs, invitait à un doux voyage dans le temps. Des dizaines de petits riens, taillés dans ce que la nature avait toujours offert à l'homme, imprimaient leur histoire aux lieux : nasses de bambou, *pë'ue* de pandanus, *tifaifai* roulant dans leurs plis leurs symboliques d'amour et d'affection, *tapa* chiffonnés messagers d'un temps révolu, table en *miro* patinée par le sel des embruns. Les bois flottés récupérés sur la plage et transformés en lustres, assiettes, bols, instruments de musique ou cendriers apportaient une âme en transparence à chaque fonction que Raymond leur avait attribuée. Leurs courbes et leurs arabesques dessinaient un pont entre présent et passé.

Lilith maintenait la tradition et bannissait à son tour, jusqu'à la limite du possible, tout recours à des objets modernes. Rien de ce que la société offrait en remplacement de ce que les anciens savaient fabriquer. Elle avait fait installer un groupe électrogène, sans pour autant renoncer aux lampes à pétrole. Il était indispensable qu'elle ait l'électricité pour pouvoir se servir d'Internet et recharger son portable. L'équilibre des choix était parfois difficile, mais elle savait que le rouleau compresseur de la modernité finirait par avoir raison de ces quelques fenêtres encore entrouvertes sur un mode de vie consommé.

— J'enfile un tee-shirt et un jean. J'arrive !

— Quand est-ce que tu t'achètes un vrai frigo ? lui demanda Maema en constatant que le réservoir à pétrole était vide.

Lilith lui répondit de la salle de bains :

— Je n'en ai pas besoin. Celui-ci me va très bien.

— Laisse tomber.

— Y a une bouteille de pétrole sous l'évier. T'as qu'à remplir le réservoir et rallumer. Ça va refroidir d'ici qu'on revienne.

— Et en attendant, je bois chaud ?

Lilith revint dans le salon vêtue d'un tee-shirt blanc et d'un jean bleu, les pieds nus. Le blanc faisait davantage ressortir les lignes sombres sur son menton.

— Regarde dans la glacière. Y a des sacs de glaçons et du jus dans une grande bouteille. C'est moi qui l'ai fait avec des pamplemousses du jardin.

Maema s'y précipita et en but la moitié au goulot.

Lilith patientait sur le seuil.

— T'étonne pas, après, d'avoir toujours envie de pisser !

— Tu as ton appareil photo ? Deux secondes, je prends l'iPhone. Des fois qu'il y ait des témoins à enregistrer.

— Oui, j'ai mon matos. *Ha'aviti !* On n'est pas arrivées !

— C'est bon ! Il va pas s'en aller, le mort…

Après avoir parcouru les vingt kilomètres d'asphalte brûlant d'une route déserte et sinueuse qui grimpait jusqu'aux marae, Lilith et Maema arrivèrent enfin sur les lieux. À mi-chemin entre la bande côtière et le belvédère. Lilith arrêta la vespa sur le terre-plein servant de parking. Trois estafettes bleues et un Trafic

Renault y étaient garés. La totalité du parc automobile de la gendarmerie de l'île.

Lilith regarda dans tous les sens. Pas un *müto'i*. Personne pour interdire l'accès au chemin ouvert dans la végétation dense qui conduisait aux trois marae. Celui de Mahine étant le dernier et le plus éloigné, il leur fallait traverser toute la forêt pour l'atteindre. La gorge serrée, elles avancèrent d'un pas silencieux entre les *mäpë* fantasmagoriques. Les trois temples à ciel ouvert avaient été érigés quelques siècles plus tôt au milieu des arbres majestueux. On y vénérait des dieux désormais bannis. Mais qui rôdaient encore clandestinement dans les esprits. Aujourd'hui, spécialement.

D'étroits faisceaux de lumière laiteuse perçaient la végétation et balayaient le sol raviné. L'inquiétude suintait de chaque parcelle de vie. Des larges fougères au moindre lézard, tout s'était comme arrêté d'exister. La forêt était aux aguets, le silence inhabituel, la crainte suspendue aux feuilles des arbres. Lilith et Maema avaient la respiration courte, ni l'une ni l'autre n'osant briser cette immobilité menaçante. Elles avaient avancé sans un mot jusqu'à ce que le murmure des hommes leur parvienne. Un roulement de sons étonnamment doux qui se mêlait au chant de la rivière qu'elles percevaient maintenant. Elles continuèrent d'avancer en direction des voix. Derrière elles, le marae de Titiroa, puis celui, plus petit, de 'Afare'aito s'étaient effacés derrière la végétation.

Elles ne tardèrent pas à distinguer, entre les troncs à tranches plates des mäpë, la petite fourmilière bleue. Une douzaine de gendarmes s'affairaient autour du marae de Mahine.

— Bon, ben, on y est, lança Lilith.

— J'aime pas ça, lui murmura Maema.

Un gradé se dirigea vers les deux femmes et les salua.

— Bonjour. Salut Lilith. Ça va ?

Lilith le connaissait : Kae, surfeur comme elle.

— Ouais.

— Tu peux pas passer, c'est fermé au public, lui dit-il en inclinant la tête vers le marae.

— On vient pas visiter, lui rétorqua Maema. On vient pour le corps brûlé.

Kae sourit.

— Le corps…

Il se retourna et ordonna que quelqu'un aille immédiatement sécuriser l'accès aux marae. Un gendarme partit au pas de course.

— C'est de ma faute, j'aurais dû laisser l'un de mes hommes à l'entrée. T'es déjà au courant ?

— Radio cocotier, répondit Lilith en plaisantant.

— Et vous êtes là pour *La Dépêche* ? s'enquit-il, en regardant Maema, qu'il avait reconnue.

Les passages réguliers de la jeune femme sur Polynésie Première dans des émissions de débats en avaient fait une « célébrité », si tant est que cela puisse avoir un sens dans le monde insulaire.

— Oui. Téré nous a mises sur l'affaire, précisa Lilith.

À l'instar de Maema, Térénui était une référence.

Ici, tout le monde se connaît plus ou moins. Une île demeure un lieu de partage où l'autre est une donnée fondamentale dans la construction de sa propre vie. Chacun est un frère. Même celui dont on ne sait rien, mais dont on soupçonne que l'existence interfère avec la nôtre.

— Et Téré l'a su comment ?

— Ils l'ont annoncé à Radio One après avoir reçu un coup de fil anonyme.

Kae poussa un soupir agacé.

— Je suis sûr que ça vient de chez nous. On en a qui ne peuvent pas tenir leur langue. Y a toujours des fuites.

— C'est pour ça qu'on est là, intervint Maema. On dit la vérité, dans *La Dépêche*, et on évite les ragots.

— OK, c'est bon, mais alors faites gaffe de pas gêner ! leur lâcha-t-il en s'éloignant.

Une odeur de viande grillée dérangeante, parce que agréable, montait du *'ahu*. Autour de l'autel de pierres basaltiques rondes se tenaient tous les gendarmes de l'île. Maema eut l'impression que son centre fumait encore. Elles s'approchèrent et découvrirent derrière les hommes en bleu une insoutenable vision de l'enfer.

Crémation, immolation, peu importait ce qui s'était déroulé ici : le résultat était cet amas de chairs calcinées, d'où se détachaient des os humains carbonisés et trois têtes rongées par le feu posées au sommet, les unes contre les autres.

— C'est pas *un* corps, y en a plusieurs ! J'y crois pas, marmonna Maema, une main sur la bouche.

Lilith avait commencé à photographier à tout-va. Elle prit des clichés du charnier sans se poser de questions, mais en sachant qu'elle ne les remettrait jamais à Téré. Elle tenait déjà celle qui ferait demain la une du quotidien : un gendarme en train de vomir ses tripes au pied d'un tulipier.

Il y avait de la colère en elle. Ou plutôt, il y avait *toujours* de la colère en elle. Une colère sourde qu'elle devait canaliser sans cesse. Elle souffrait sans parvenir à mettre des mots sur ce qu'elle ressentait. Cet endroit avait vu ses ancêtres parler avec les dieux. Ces pierres sur lesquelles la mousse avait poussé avaient été posées par les siens, et cette profanation qu'elle était en train d'immortaliser lui était douloureuse. Elle ne savait pas ce qui la révoltait le plus : qu'on ait profané le temple ou les crimes qui y avaient été perpétrés.

— Merde ! ne put s'empêcher de lancer Maema. Ça recommence…

5

Une place pour chaque chose

La mort de ce garçon était du pur gaspillage. Nael n'en avait retiré aucun plaisir, n'avait rien appris, sinon qu'il avait agi trop vite. Par crainte que tout dérape.

Avoir peur pouvait donc encore lui arriver. À l'avenir, il devra apprendre à davantage contrôler ses pulsions. Tous les instincts sont nocifs. Ça ne lui plaisait pas. Pas plus que de connaître désormais le nom de cette femme.

L'un de ses principes : respecter l'anonymat de ses proies. Découvrir par la presse, en même temps que tout le monde, qui elles étaient. Une précaution basique indispensable.

Que le gamin prononce le nom et le prénom de la vieille l'avait contrarié.

Nael posa le pied-de-biche contre le mur. Il ne prit pas la peine d'essuyer ses empreintes : il n'en avait jamais laissé et n'en laisserait jamais. Le dix-neuf avril mille neuf cent quatre-vingt-seize, il les avait définitivement effacées sur les plaques électriques de sa cuisinière. Un supplice qu'il ne regrettait pas. Les deux mains posées sur les plaques rougies, il avait enduré la souffrance jusqu'à ce que l'odeur de chair brûlée lui envahisse les narines. Il n'avait pas hurlé, ne s'était pas évanoui. Une épreuve constructive, physique et mentale. La garantie que ses mains ne le trahiraient jamais.

Le corps du garçon était tombé lourdement sur la table basse. La tête pendait dans le vide. Un chevreuil sur une table de dissection. Cette posture ne lui convenait pas, elle accentuait la part d'improvisation de son acte.

Il plaça alors le corps en position fœtale, pouce dans la bouche. Les experts, psys, profileurs et autres criminologues ne manqueraient pas d'interpréter ce geste. Pas sûr qu'ils se mettraient d'accord… Ils ignoraient tout de lui. Sans doute s'étaient-ils fait une idée, forgé une image mentale. Et avaient-ils attribué ses meurtres à plusieurs criminels. N'était-ce pas ce qu'il avait recherché depuis le début ? Brouiller les pistes au point qu'il n'y en ait plus du tout.

Le paradoxe était là : rester invisible, transparent, fantomatique. Sous peine de perdre la partie. Vaincre seul contre tous et ne jamais pouvoir jouir ouvertement de la victoire. Nael avait pensé qu'il finirait par ne plus en être affecté. Or, les années passant, c'était l'inverse qui se produisait. Il voulait de plus en plus que les gens sachent, pouvoir enfin crier à la face du monde : c'est moi !

La grosse horloge du couloir sonna sept coups. La nuit fait toujours une entrée théâtrale, en novembre.

L'odeur de la mort s'était posée sur chaque chose comme un lourd nuage de boue rouge. Sa salopette en était imprégnée. Il la brûlerait en même temps que le fourgon. C'était insupportable. Sirupeux et écœurant. La présence inhabituelle de désodorisant bas de gamme dans ces relents fétides y était pour beaucoup et l'intriguait. Au début, il avait cru que la puanteur émanait d'une charogne coincée quelque part dans la maison. Puis il s'aperçut qu'en réalité elle provenait de la cuisine, à l'autre bout du couloir.

C'est dans le cellier mitoyen qu'il découvrit le corps.

Sur une planche couverte d'un drap de lin blanc qui dépassait de part et d'autre d'un congélateur ouvert reposait le cadavre d'une femme, mains croisées sur la poitrine.

La pièce exiguë était éclairée par les flammes immobiles de veilleuses à huile, installées à même le sol aux quatre coins du congélateur. Un voyant rouge clignotait dans la pénombre tel un battement de cœur. Des bombes aérosol vides formaient un tas. À côté, un diffuseur électrique était branché sur une prise.

Que signifiait ce simulacre de veillée funèbre dans un cagibi merdique ? Et à deux pas de sa scène de crime ! Quelqu'un avait pollué son espace…

Plus que tout autre sentiment, la colère sourdait en lui. Ce qu'il venait de découvrir allait lui compliquer la vie. Et il avait en horreur les contretemps. L'arrivée impromptue du garçon avait déjà bouleversé son organisation, mais ce n'était rien à côté de cette nouvelle donne aussi imprévisible que dramatique.

Il s'approcha du visage de la morte.

Son sang se glaça.

La ressemblance était saisissante. Tout bonnement impossible.

Il chercha à tâtons l'interrupteur sur le mur et alluma le plafonnier.

Ariane.

Le cadavre de sa femme.

Tenant une photo de lui entre ses doigts rigides.

6

Aucun mur n'empêche les départs

« Ça recommence… » Kae observa Maema. À quoi faisait-elle allusion ? En dehors des « bûchers de *Faaite* », où six personnes accusées d'être possédées par le démon avaient été arrosées d'essence et brûlées vives sur le parvis de l'église, aucun fait du même type ne lui venait à l'esprit.

— Qu'est-ce qui recommence ?

Maema haussa les épaules comme s'il s'agissait d'une évidence.

— Les bûchers.

Kae tourna la tête vers ses hommes pour vérifier que tout se déroulait selon ses consignes.

— Je ne vois pas de quoi tu parles, lui répondit-il en revenant vers elle. Tu ne vas quand même pas comparer ces meurtres à ceux de Faaite ?

— Je pensais à la Japonaise qui a été retrouvée calcinée sur l'île des Pins, en Nouvelle-Calédonie.

— Ça s'est passé en Nouvelle-Calédonie, s'impatienta Kae.

— Et le couple de Hollandais retrouvés carbonisés chez eux, à Port-Vila.

— C'était au Vanuatu ! Ça n'a rien à voir. Et puis la Japonaise, ça fait plus de quinze ans, et les Hollandais de Port-Vila, huit ans.

— Dans les deux cas, on n'a pas retrouvé les meurtriers, que je sache. Ça n'aurait rien d'incroyable si on avait affaire à un malade mental passant à l'acte tous les sept ou huit ans. Un type qui sévirait dans les îles du Pacifique…

Kae baissa la tête et tapota l'herbe du pied. Visiblement, il ne tenait pas à poursuivre cette discussion. Maema s'en aperçut et, avant qu'il ne retourne aider ses hommes, s'empressa de l'interroger sur la scène de crime.

— D'après toi, qu'est-ce qu'il y a eu ici ?

Kae plissa les paupières.

— Les cendres sont encore tièdes. On suppose que les trois victimes ont été brûlées hier sur l'autel et qu'elles se sont consumées toute la nuit. Les corps ont été mutilés, découpés et jetés en tas dans le bûcher. Les trois têtes placées au sommet. Le légiste doit arriver de Papeete. Ils lui ont affrété un avion. Mais on a un problème : il y a trois têtes et on a compté sept jambes.

— Quelle horreur ! Ça veut dire qu'il y a une quatrième victime ?

— On cherche là, tout autour…

Il lui montra quatre gendarmes qui arpentaient la forêt aux abords du marae. Et un cinquième qui descendait les berges de la rivière. À cet endroit, il s'agissait d'ailleurs plus d'un ruisseau aux eaux claires que d'une rivière à proprement parler. Si un corps y avait été jeté, il n'aurait pas pu être emporté.

— On connaît l'identité des victimes ?

— Aucune idée.

— Tu crois que c'est des gens d'ici ?

— Il y a deux flics de la crim' qui rappliquent avec le légiste et les experts vont certainement être envoyés de France. On en saura plus d'ici quelques jours. Mais à mon avis, non.

— Des touristes, alors ?

Maema essayait de grappiller le plus d'informations possible avant l'arrivée des flics de Papeete, qui ne manqueraient pas de la mettre à distance.

— C'est plutôt mon sentiment. Y a que des touristes qui viennent ici. Mais pour l'instant, ça peut être n'importe qui.

— Ils auraient pu être assassinés ailleurs, puis brûlés ici. Qu'est-ce que tu as comme indices ?

— Rien. Vu comment sont disposés les os et les crânes au-dessus des corps, celui ou ceux qui ont fait ça sont des malades.

— Et vous n'avez pas trouvé de machette, de couteau ou autre chose ? Une hache, par exemple ?

— On cherche, mais pour l'instant on n'a rien. Les vêtements ont dû être brûlés dans le brasier. On attend le légiste avant de fouiller les cendres.

— Cette nuit, personne n'a signalé les flammes ?

— Un bûcher comme ça fait plus de fumée que de flammes. Elles n'ont pas dû monter très haut. On ne nous a rien signalé, jusqu'à ce qu'un couple d'Américains découvre tout à l'heure le charnier. Ils ont appelé leur hôtel. C'est comme ça qu'on a été prévenus. Par la réception du Beach. Quand on est arrivés sur les lieux, ils étaient au bord de la route, en état de choc, persuadés d'être tombés sur les restes d'un festin de cannibales. On les a aussitôt conduits au dispensaire.

45

— J'imagine ! C'est pas ça qui va nous faire de la pub ! Finalement, c'est peut-être un mec du Beach qui a appelé Radio One et pas un gendarme.

— Possible. Quoique y en a quand même qui tiennent pas leur langue, chez nous !

Pendant que Maema discutait, Lilith s'était éloignée pour prendre des photos. À trente mètres en amont du marae, elle repéra un amas rocheux sur lequel elle s'installa. De là, elle avait une vue plongeante sur la scène de crime.

La dernière fois qu'elle était venue dans le coin, c'était avec Ariane. Elles avaient fait l'amour plus haut, au bord de la cascade. Loin des autres. Tous les autres. Le mec d'Ariane en particulier. Amours clandestines. Délicieuse gorgée de plaisir défendu. Elle avait du mal à oublier. Même si Ariane avait tenu à ce que leur relation reste cachée, elle avait été lumineuse. Éblouissante. Lilith avait espéré que la réticence d'Ariane à vivre leur passion au grand jour finirait par tomber. Mais on ne lui en avait pas laissé le temps…

Sa gorge se noua. Même après le drame, personne n'avait su. Tonton Raymond pas plus que les autres. Un amour en solitude, sans autre témoin que lui-même. À qui pourrait-elle en parler aujourd'hui ? Elle ne voulait plus y penser. Ariane était partie comme un soleil qui s'effondre au couchant. Mais les jours avaient survécu.

Elle se concentra sur son travail. Malgré la végétation dense, la route du belvédère se dessinait au loin sur sa droite, sinuant à flanc de coteau de l'autre côté de la vallée. La clairière, dégagée des siècles plus tôt pour ériger le marae, apparaissait en entier et toute la structure du temple était visible : le mur d'enceinte fait de pierres empilées formant un rectangle d'environ vingt mètres sur dix, la cour intérieure rehaussée, par endroits pavée, d'où s'élevaient une douzaine de pierres dressées, et l'autel sur trois niveaux, lui aussi de pierres de basalte brutes.

Lilith regardait les gendarmes qui semblaient ne pas savoir quoi faire en attendant des ordres. En dehors des cinq hommes partis chercher le quatrième corps et la quatrième tête autour du marae, les autres s'étaient regroupés, le visage fermé.

L'œil sur le viseur, elle scrutait chaque chose, chaque recoin, chaque expression, chaque perspective, pour en saisir le sens. L'image est une langue qu'elle parlait couramment. Elle avait su très tôt que la parole n'est pas le seul moyen de communication mis à la disposition du vivant. Il y avait les signes, les attitudes, les silences, qui en disaient long sur les intentions. Le premier « non-dit », elle l'avait décodé avant son troisième anniversaire. Le jour où cette femme qui l'avait mise au monde l'avait laissée, un matin aux aurores, les cheveux emmêlés et le nez morveux, sur la terrasse de l'oncle Raymond.

Sa mère était jeune et belle, et elle partait refaire sa vie ailleurs avec son deuxième *täne*. Un militaire de passage qui emportait dans son bagage son mythe personnel de la *vahiné*. Ils s'en allaient vivre l'amour sur l'un des points de ce planisphère que Lilith scruterait des années plus tard, punaisé au mur de la classe de Mme Colombe. Cet amour qu'ils lui arrachaient ce jour-là : « Tu seras mieux avec tonton Raymond, ma chérie. »

Ce dernier l'avait prise dans ses bras. Il avait mis un peu d'ordre dans ses cheveux avant de lui essuyer le nez de sa main calleuse, en une caresse aussi tendre que douloureuse. Puis il lui avait demandé de faire un signe au *truck* qui emportait sa mère et ses éclats de bonheur.

« Tu seras mieux avec tonton Raymond, ma chérie. » Pourquoi cette femme n'avait pas eu le courage de lui dire qu'elle ne voulait plus d'elle ? Qu'elle n'en avait jamais voulu. Qu'elle n'était qu'un accident. Le fruit d'un moment de plaisir, mais pas d'amour. Une enfant de plus sur la planète. Une enfant de trop dans la vie d'une femme.

Aujourd'hui Lilith était convaincue qu'elle avait eu raison. Elle aurait sans doute été moins heureuse avec sa génitrice qu'elle ne l'avait été avec tonton Raymond. Pour autant, la petite fille avait ce jour-là appris les rudiments du « non-dit ». Une langue terrible, pas vraiment taillée pour le dialogue. Une étincelle pour le comprendre, une vie pour s'en guérir…

L'existence est faite de départs. Du crépuscule à l'aurore et des aurores aux crépuscules. Le jour devient cette mélancolie qu'on se traîne la nuit. Lilith aurait aimé partir elle aussi, retrouver Ariane. À regarder les autres s'en aller, on finit par oublier qu'on peut le faire également. On se contente d'y penser. Les uns s'envolent devant nos yeux encore ébahis, et nous restons avec des au revoir plein les mains à ne plus savoir qu'en foutre.

Lilith le savait : l'espoir est un serpent. Celui qui dormait dans le pommier. C'est lui qui nous empêche de fermer les yeux sur la vie. Qui nous fait croire qu'on l'a vécue, sans même être sûr de ce qu'on y a vu. La cascade est en colimaçon, on ne sait plus si l'eau remonte à la source ou si elle retourne à l'océan. On ne sait plus rien du voyage. Et on n'aime plus les départs.

7

Les petits cailloux qu'on laisse sur le chemin ne sont pas tous blancs

Nael dut se retenir à l'encadrement de la porte, le sol venant de se dérober sous ses pieds.

La scène était effroyable. Pour une fois, il sut ce que ressentaient ceux qui découvraient ses propres « compositions ». Celle qu'il avait devant les yeux relevait du surnaturel. Des feuillets arrachés à Dante, Machiavel et Kafka invitaient Nael à la dernière danse macabre, celle du temps immobile. Suspendu à des lambeaux de vie.

Son regard ne pouvait se détacher du corps.

Il ne se trompait pas. C'était bien Ariane qui gisait sur cette planche. Le rictus de la mort n'avait pas altéré ses traits.

Une large plaie à peine dissimulée par un foulard en soie.

La gorge tranchée.

Rien de ce qu'il voyait n'avait de sens. Son monde soudain basculait. Quelqu'un venait de battre les pages de deux romans à la manière d'un jeu de cartes. Des histoires qui n'avaient rien en commun se télescopaient sous ses yeux. Le temps pressait, désormais. La donne avait changé. Il pratiquait le meurtre depuis trop longtemps pour ne pas avoir conscience de la dangerosité de la situation. Pour la première fois de son parcours de tueur, la panique le tétanisait.

Il lui fallait revenir à la raison. Tout a une explication. Il n'existe pas de place pour le chaos, la nature l'a en horreur tout autant que le vide. Il suffit de chercher, de trouver le petit bout de fil qui dépasse et de tirer doucement pour que la chronologie des faits défile. Or il avait beau faire, il ne saisissait rien.

Le hasard, seul, l'avait conduit dans cette région, dans cette ferme. Personne ne pouvait savoir qu'il tuerait cette vieille femme ce soir. Sa décision avait été prise au dernier moment. L'isolement du lieu, cette silhouette tirant sa charrette à l'entrée du chemin, la route déserte… Un sixième sens, acquis avec le temps et la pratique, lui avait donné le feu vert. Il avait foncé sur elle avec la camionnette. Dix minutes plus tôt, il ignorait qui serait sa victime, et même qu'il passerait à l'acte. Et maintenant il se tenait devant le corps de son ex-femme, conservé tant bien que mal au-dessus d'un vieux congélateur ouvert. Ce bricolage était l'œuvre d'un malade. Mais qui ? Dans quel but ?

Il se pencha au-dessus du cadavre, en quête d'indices. La mort remontait à plusieurs jours, le corps avait dépassé le stade de la rigidité. Il vérifia si des taches verdâtres étaient visibles sur l'abdomen au niveau des intestins. C'était le cas. Compte tenu de l'effet retardateur du froid, il estima qu'Ariane était morte depuis plus d'une semaine. Dix jours, peut-être.

Son regard ne pouvait se détacher de la morte. Quel rapport y avait-il entre la vieille et Ariane ? Pourquoi

Ariane était chez elle ? Avait-elle été exécutée ailleurs, puis ramenée ici ? Il n'y avait pas de sang dans la pièce, ni sur le drap. On ne l'avait donc pas égorgée dans ce réduit. Est-ce que quelqu'un d'autre habitait avec la vieille ? Et cette photo ? Que foutait-elle dans les mains du cadavre ?

Une photo de Nael adolescent. Il devait avoir seize ans. Le visage ridicule et boutonneux. Le sourire stupide. Le regard vide derrière des lunettes à la monture écaille grotesque.

Il ignorait d'où venait ce cliché. Cela ressemblait à une de ces photos scolaires individuelles vendues à l'unité à des parents béats. Le tirage sur papier dentelé légèrement jauni et brillant était net. Le tampon du photographe se lisait clairement au dos : « Lambert Alain 2, rue des Abbesses Clermont-Ferrand. » Suivi d'un numéro de téléphone.

Il en était sûr : Ariane n'avait jamais vu cette photo. En tout cas pas tant qu'ils vivaient ensemble. Lui-même ignorait son existence. Il la découvrait, et ce dont il était certain, c'est que ses parents n'avaient pas pu l'acheter. Au moment où elle avait dû être prise, ils étaient morts tous les deux depuis plus de dix ans.

Il posa sa main sur celles d'Ariane. Elles étaient glaciales.

Il y avait si longtemps… Et soudain, c'était hier, tout à l'heure, à l'instant. La représentation physique de la rupture. Toutes les larmes qu'il n'avait jamais versées remontaient à la surface. La conscience aiguë qu'en lui la pendule était déréglée. Qu'elle ne donnait pas la bonne heure. Qu'elle ne la lui donnerait jamais. Mais, pas plus qu'hier, les larmes ne coulaient. Le cœur mouillé et les yeux secs.

Ariane l'avait quitté en quatre-vingt-quatorze. L'année du génocide des Tutsis au Rwanda. Il s'en souvenait très bien : les images des corps mutilés défilaient à l'écran quand elle lui avait annoncé qu'elle ne voulait plus vivre avec lui.

La lame acérée de la souffrance lui avait alors coupé le souffle. Il n'avait pas détourné son regard de la télévision. Paralysé, un fil de fer barbelé lui enserrant les poumons.

« Tu t'en fous ? avait-elle hurlé. Je m'en vais et t'as rien à dire ? C'est ça, continue à regarder ta télé de merde ! Comment j'ai pu rester trois ans avec toi… »

Et elle était partie. Elle l'avait quitté et il n'avait rien fait pour l'en empêcher. Il était resté devant l'écran toute la nuit. Pas plus vivant qu'un automate. La réalité de ce qu'il était en train de vivre n'avait pas franchi sa conscience.

Sans qu'il le sache vraiment, les pactes qui allaient faire de lui ce qu'il était devenu avaient été scellés sur l'autel de la douleur, cette nuit d'un vingt-deux septembre. La fin d'une longue course qu'il venait de perdre. D'un millier de combats absurdes qui trouvaient leur aboutissement sur ce divan. De sa vaine volonté d'appartenir à un monde dans lequel il n'avait pas sa place. Sauf à se l'inventer.

Les images insupportables avaient défilé au bout de ses pieds posés sur la table basse. Une actualité gore à flot continu. Une humanité au visage barbare.

La suite, il n'en avait plus souvenir.

Le divorce avait été prononcé.

Il n'avait pas plus cherché à revoir Ariane qu'il n'avait cherché à la retenir.

Et la voilà, des années plus tard. Parée de ces habits verdâtres cousus par la mort. Entrée en « silence » comme on entre dans les ordres. Exposée. Relique disgracieuse abandonnée dans l'arrière-cuisine sordide d'une ferme perdue au fin fond de la campagne périgourdine.

8

Leur amour était « bleu comme une orange »

Rien n'est plus persistant que le sentiment de culpabilité. Un arapède accroché à chaque sursaut de la pensée. Impossible de s'en défaire. Raymond le connaissait bien, il partageait son quotidien. Au début, il le nourrissait. Les regrets, les remords, le repentir. Toutes ces sordides pollutions de l'esprit. Des temps difficiles. Tous les miroirs portaient alors son crime. Son péché. Tous les clochers sonnaient son glas. Et ce ne sont pas les églises qui manquent, ni à Tahiti, ni à Moorea, ni dans aucune des îles de l'archipel. Il avait fui, posé l'ancre aux Tuamotu, puis aux Marquises. Il s'était rendu aux Gambiers. Perdu sur l'océan.

Partout où il allait, le grondement de sa faute le retrouvait. Quand il levait la tête, les nuages dessinaient le visage de Turia. Il la voyait pleurer. Cela avait duré de longues années. Jusqu'à l'arrivée de Lilith. Puis son cœur s'était apaisé. Il avait accueilli le destin, accepté l'humilité. Il n'était ni la cause ni le responsable de la mort de sa femme. Du moins, c'est ce que sa raison avait fini par imposer à sa détresse. Aux battements de son cœur. Mais qui peut croire la raison ? Il restait toujours en lui ce discret mantra qui tournait telle une murène fantomatique soufflant à son oreille : « Tu aurais pu la sauver. » Même s'il ne désirait plus l'entendre, la croire, sentir sa présence, cette murène était devenue sa colonne vertébrale. Sa moelle épinière.

Il aurait donné la terre entière pour mourir à la place de Turia. Mais la terre ne lui appartenait pas. Tout ce qu'il possédait, c'était sa peine. Il revoyait le cortège, les fleurs, les robes blanches. Il entendait les chants. Cette vague humaine oscillant au gré du chagrin qui accompagnait Turia vers sa dernière demeure. Elle était jeune. Belle, comme seules les femmes qu'on aime peuvent l'être. Des dizaines d'années après, il n'avait pas besoin de fermer les yeux pour revoir ses traits. Il aurait tant aimé avoir un enfant d'elle… La vie en avait décidé autrement.

L'accident était prévisible. Enfin, c'est ce que chacun pensait. Ce que les regards des autres lui disaient. Turia plongeait trop. Trop souvent. Trop profond. Elle prenait trop de risques. Elle ne se ménageait pas assez. « Tu aurais dû l'en empêcher. Le lui interdire. » Mais plonger dans le bleu, c'était sa vie. Elle se laissait glisser hors de la pirogue telle une liane. Les eaux s'ouvraient pour l'inviter au voyage. Elles lui souriaient sous le soleil. Raymond se nourrissait de ce bonheur simple, de ces instants où la nature faisait écho à leur amour.

Turia ajustait ses lunettes, prenait sa respiration et disparaissait comme une sirène dans les profondeurs. Quelques minutes plus tard – qui semblaient toujours une éternité à Raymond –, elle remontait à la surface et jetait en riant son sac de nacres dans l'embarcation. Ils ouvraient alors les coquillages. Lui dans la pirogue, elle en équilibre, les deux bras croisés sur le balancier.

Furieusement excités. Orpailleurs des lagons, chercheurs de trésor, aventuriers insouciants portés par
l'adrénaline. Dans chaque nacre que Raymond ouvrait,
ils espéraient trouver une perle. Turia avait la main
heureuse et, sous le manteau des huîtres, les perles
étaient souvent au rendez-vous. Il n'était pas rare
qu'après une dizaine de plongées ils reviennent à terre
avec trois ou quatre perles noires. Les bijoutiers de la
ville leur en donnaient un bon prix et les fosses des
lagons semblaient inépuisables. La vie était belle.

Mais la vie est une garce.

Ce jour-là, Turia avait plongé avec autant d'entrain et
de désir. Raymond n'était pas plus inquiet que de
coutume. Ils avaient fait l'amour dans l'eau, comme
souvent, avant que Turia ne descende. Plus qu'un rituel,
une communion. Plusieurs fois il avait essayé d'y aller
à sa place, mais il n'arrivait pas à atteindre les profondeurs avec lesquelles flirtait Turia. Là où peu de
pêcheurs de perles avaient la faculté de se rendre ou
l'envie de s'aventurer. Turia était un phénomène. Raymond avait fini par accepter qu'il était plus utile à bord
que dans l'eau. Il était indispensable qu'il maintienne la
pirogue sur la zone de plongée et puisse, en quelques
coups de pagaie, rejoindre Turia quand elle réappa-
raissait à des dizaines de mètres de l'embarcation.

Il attendait qu'elle remonte. Cela ne durait jamais
plus de quatre minutes avant qu'il ne la voie. Il lui
était déjà arrivé de rester cinq minutes sous l'eau, mais
c'était exceptionnel. Raymond surveillait sa montre et
scrutait le lagon autour de la pirogue. S'attendant à
tout instant à voir surgir, endimanchée d'écume, la
chevelure de jais de Turia. Mais le lagon demeurait
lisse. Il reflétait les nuages et le bleu violent du ciel.

Quatre minutes. Et le silence. C'était trop. L'angoisse commençait à l'envahir. Dix secondes de plus et il plongerait la chercher. Tant pis si la pirogue dérivait. Il lâcha la pagaie pour ajuster ses lunettes de plongée.

À trois mètres de lui, l'eau se teinta de rose. Il lui fallut quelques instants avant de comprendre ce qu'il se passait. Paniqué, il plongea et rejoignit les volutes de ce rose de plus en plus foncé qui remontaient à la surface. Priant tous les dieux pour que ce ne soit pas vrai. Que ce ne soit pas ça.

L'eau était désormais rouge. D'un coup de reins violent, il s'enfonça dans les flots devenus troubles. Il descendait vite. Les yeux exorbités, il cherchait Turia. Elle devait être là. Quelques mètres plus bas. Blessée.

C'était son sang.

Il ne tarda pas à la voir. Elle flottait entre deux eaux, le ventre déchiré. Ses entrailles répandues autour d'elle oscillaient tels d'effrayants cordons ombilicaux. Des dizaines de petites carangues en arrachaient frénétiquement des morceaux et revenaient sans cesse à la charge.

Raymond nagea de toutes ses forces vers Turia, la saisit dans ses bras et remonta aussi vite qu'il le pouvait. Il savait qu'il était trop tard. Qu'elle avait perdu trop de sang. Que sa blessure était trop laide pour ne pas être mortelle. Il réussit à hisser le corps dans la pirogue et s'effondra à ses côtés. Il tremblait de tous ses membres. Incapable de penser ou d'agir. Turia gisait, pâle dans ce lit ancestral de bois rouge. Et il n'y pouvait plus rien.

Tout près d'eux, l'aileron noir du requin dessina quelques cercles dans le silence et l'indifférence de l'onde, puis disparut.

9

Écrire sa vie à la craie
pour que la pluie l'efface

Quelqu'un lui avait saboté le travail.

Abandonner le cadavre d'Ariane dans cette maison, c'était comme laisser sa carte d'identité sur les lieux du crime. Les flics auraient vite fait de remonter jusqu'à lui, ne serait-ce que pour un interrogatoire de routine. Et ça, il n'en était pas question.

Il fallait cesser de réfléchir sur le pourquoi et le comment de la mort d'Ariane. Pour l'instant : parer au plus pressé. Effacer toute trace de son passage et disparaître avec les trois cadavres. Il reviendrait plus tard passer la maison au peigne fin. Dans deux, trois jours peut-être. Le temps de dissimuler les corps. Le gamin avait dit que la vieille ne laissait entrer personne chez elle ; on ne se soucierait donc pas de sa disparition avant quelque temps.

Pour son jeune visiteur, il en irait tout autrement. Dès ce soir, quelqu'un s'inquiéterait de son absence... Il fallait vérifier comment il était arrivé jusqu'ici et, le cas échéant, se débarrasser de son moyen de locomotion.

Mais d'abord, faire un tour dans la maison. Vérifier s'il existait d'autres éléments le compromettant : des photos de lui, des lettres d'Ariane, un journal tenu par Maria Kukman, des adresses… Il récupéra le cliché glissé entre les doigts de son ex et le fourra dans sa poche.

Dans l'ordre : les chambres, la salle à manger, le salon. Coups d'œil rapides dans les placards, les tiroirs, sur les étagères. Rien. Envelopper Ariane dans son linceul et ranger le cagibi. Remettre le congélateur en place. Jeter les sprays et les veilleuses dans un sac-poubelle. Rapatrier les trois corps dans la fourgonnette. Ranger le salon. Essuyer le sang du gamin sur la table basse et au sol. Aller voir de quoi il voulait parler avec son histoire de betteraves. Récupérer l'essence du vieux tracteur Ferguson, un petit gris 30 CV. Ces engins-là sont immortels pour peu qu'ils soient bien entretenus. Nael l'avait repéré en garant la fourgonnette derrière la ferme. Des jerricanes de trente litres étaient alignés contre le mur. Pleins. Une aubaine. Cela lui épargnerait deux, peut-être trois arrêts à la station. Une autonomie appréciable pour éviter de multiplier les risques que l'estafette soit remarquée.

Devant le corps de ferme, il tomba sur un vélo flambant neuf. Sans doute celui du jeune. Il n'était pas là quand il était entré avec la vieille sur le dos. Après avoir ramassé les betteraves répandues sur l'asphalte et dans l'allée, les avoir jetées derrière les quelques stères de bûches stockés à proximité, puis remisé la charrette, il s'empara de la bicyclette et la balança dans la camionnette, par-dessus les cadavres, avec le sac-poubelle et le pied-de-biche.

Pour la première fois, il se trouvait face à une situation qu'il ne maîtrisait pas, confronté au danger de pouvoir être confondu. Il avait l'impression d'avancer en équilibre sur une crête, sur le point de basculer dans le vide. Son désir d'être reconnu par tous comme le tueur du siècle n'était qu'une coquetterie. À cet instant, il s'en foutait.

Il n'avait aucune envie de finir ses jours en prison.

Il lui fallut plusieurs tentatives avant de réussir à faire démarrer la fourgonnette. Au moment de passer la marche arrière, il hésita.

Il pourrait mettre le feu à la ferme avant de partir. Même si lui n'avait rien découvert, des indices, des liens entre Ariane et Maria s'y trouvaient peut-être encore. Pire, des preuves directes le liant au meurtre de Maria Kukman. Pourquoi pas, après tout ? Sa photo n'était pas là par hasard… Rien ne lui garantissait que l'incendie détruirait tout, ou qu'il ne serait pas maîtrisé avant que les flammes aient pu causer leurs ravages salvateurs. Il coupa le contact, le temps de prendre une décision.

Trop risqué et sans garantie. Si des pièces l'incriminant existaient, même calcinées, elles pourraient lui valoir sa liberté. Une fausse bonne idée.

Rouler toute la nuit hors des grands axes. Il passerait en Espagne par Montferrer et Prats-de-Mollo. Là-bas, il n'y a pas de poste frontière. Il prendrait la Carretera 38 et abandonnerait les corps dans le poste de transformation électrique haute tension construit entre le refuge de San Ferre et Setcases. Ces locaux sont d'excellents endroits pour dissimuler des corps. Ils ne sont ouverts qu'une fois l'an pour l'entretien. Et pour peu que le poste soit isolé, la visite n'est pas systématique.

De retour d'un déplacement à Tolède trois ans plus tôt, alors qu'il suivait la petite route sinueuse qui montait vers le col d'Ares dans les contreforts des Pyrénées, il avait repéré celui de Setcases. En raison de ses dimensions. Un transformateur suffisamment grand et très isolé. Parfait pour y laisser pourrir trois cadavres. Il ne voulait pas que les corps, s'ils devaient être retrouvés, le soient sur le sol français. En optant pour ce transformateur, il était sûr que le jour où les restes seraient découverts, l'identification serait un véritable casse-tête, le rapport avec les disparitions d'Ariane, de la vieille et du jeune quasiment impossible à établir. La police espagnole se contenterait de mener ses recherches en Espagne et ne trouverait rien. Le tombeau idéal pour des macchabées compromettants.

Pas de circulation sur cette route. Pas ou peu de randonneurs. Personne ne s'arrêtera à cause de l'odeur de charogne. Chacun pensant qu'un chien errant, un renard ou un sanglier se décompose dans les fourrés. Oui, les cadavres ne seraient pas découverts avant longtemps. Qui prendrait le risque de s'approcher d'un transformateur haute tension ?

La route allait être longue, mais Nael espérait arriver là-bas au petit jour. En cette saison, les brumes et brouillards de l'aube s'attardent souvent jusque dans la matinée. Tant mieux. La nuit était fraîche. Le chauffage de la camionnette ne fonctionnait pas. De toute façon, il ne s'en serait pas servi. Le froid avait l'avantage de maintenir les effluves de la mort à un seuil supportable.

Les phares jaunâtres écartaient timidement des rideaux d'obscurité sans cesse renouvelés, laissant apparaître le ruban noir du macadam. Il ne voyait qu'à vingt mètres. Des routes sans éclairage. D'interminables zones de campagne désertiques. Pas un seul véhicule. À croire que le monde s'était éteint.

Nael eut un frisson. Il avançait en aveugle dans un cauchemar. Transporter le cadavre d'Ariane et celui de deux inconnus pour les faire disparaître dans un transformateur électrique était hors de toutes probabilités quelques heures auparavant.

Il avait déjà vécu des situations compliquées, mais jamais elles ne l'avaient pris au dépourvu de manière aussi brutale. Même quand on lui avait annoncé la mort de ses parents, il n'avait pas ressenti de peur aussi animale. Il s'en souvenait. Il n'avait pas encore sept ans. Il était en classe. L'instituteur leur apprenait, à l'aide de bobines en bois de couleurs différentes enfilées dans des tiges en fer, le concept des dizaines. Le directeur avait interrompu le cours en plein milieu de l'explication. Il était entré dans la classe sans frapper, au moment même où Nael venait de saisir pour la première fois que les nombres n'étaient pas une simple succession de mots à l'infini mais que chacun représentait une quantité. Un de ces instants magiques où comprendre remplit de bonheur.

Tous les élèves s'étaient levés dans un brouhaha de chaises raclant le sol. Les mains derrière le dos, M. Mercourt avait attendu quelques secondes que le silence retombe, puis, d'un geste du menton, il avait désigné Nael.

— Monsieur Calaya, veuillez me suivre s'il vous plaît.

Il avait tourné les talons, et Nael l'avait rejoint.

En enfer.

Pourtant il n'avait ressenti aucune peur. En tout cas, rien de comparable avec ce qui lui nouait la gorge depuis la découverte du corps d'Ariane.

Uniquement le sentiment d'un lâche abandon.

Dans le bureau du directeur, une assistante sociale l'attendait. Elle lui avait appris avec toute la douceur du monde que ses parents avaient péri dans l'incendie qui avait ravagé le hangar dans lequel ils travaillaient tous les deux. L'usine à biscuits Crokedoux employait vingt-sept ouvriers répartis dans deux bâtiments autonomes. On y produisait plus de cinq cent mille paquets de biscuits par jour. L'explosion d'un four sur la ligne de production du hangar B avait été suivie d'un gigantesque incendie, causant six morts.

Nael se rappelait aussi qu'il n'avait pas été surpris. Comme s'il y était préparé. L'intuition que l'abandon était inscrit depuis toujours dans ses gènes.

Qu'y avait-il donc encore, dans cet ADN ? Le crime ? Non, pas le crime : le don de la mort.

Le destin est un drôle de grimoire qui ne se laisse pas lire facilement. S'il n'avait pas fait ce choix aléatoire de foncer sur la vieille, les flics auraient fini par atterrir chez lui un jour ou l'autre. Le cadavre d'Ariane les y aurait conduits... Il se mit à rire. Un rire sec, qui tournait en boucle sur quatre notes tel un vieux moulin à musique rouillé. Il tapait des mains sur le volant en se tordant la tête vers l'arrière pour inciter les trois cadavres au fond de la fourgonnette à rire avec lui.

Tout allait bien se passer. Maintenant, il en était sûr. Il déposerait les corps, brûlerait le sac et sa salopette, jetterait le pied-de-biche, démonterait le vélo en pièces détachées pour s'en débarrasser et, après avoir abandonné l'estafette sur un parking de grande surface, il retournerait à la ferme pour une inspection méticuleuse avant de disparaître. Il avait aussi renoncé à l'idée de mettre le feu au véhicule. Les incendies déclenchaient immédiatement des procédures. Réveiller la machine policière, fût-ce pour une estafette qui brûle, pouvait s'avérer néfaste. Des flics qui rôderaient en périphérie de sa scène de crime impliquerait qu'il s'en éloigne immédiatement et il ne pouvait se le permettre. Il avait besoin d'y revenir pour chercher les indices qui le mettraient sur la piste de l'assassin d'Ariane. Comprendre pourquoi il l'avait tuée. Et plus que tout, savoir quelle était sa capacité de nuisance à son égard.

Tout irait bien. La chance avait toujours été avec lui. Personne ne saurait jamais rien des événements qui s'étaient déroulés dans cette ferme et il trouverait le meurtrier de son ex-femme. Ce n'était qu'une question de temps. Et du temps, il en avait.

10

Qu'importe d'où souffle le vent si la voile est gonflée

Lilith avait déjà pris des dizaines de photos quand son œil fut attiré par une tache blanche sur l'autre versant de la ravine, à quelques mètres en contrebas de la route.

Elle zooma.

Une Méhari renversée. Rien ne bougeait, pas même une roue. Une immobilité totale. Pas d'autre véhicule. A priori il n'y avait pas eu de collision. Le chauffeur avait sans doute perdu le contrôle, la voiture avait quitté la chaussée et dégringolé avant d'être stoppée par un bosquet de pandanus et de hautes fougères.

Dans l'œilleton, l'image était très nette.

Il y avait quelqu'un à l'arrière du véhicule. L'angle que formait son cou et les traînées sombres sur la portière de plastique à moitié arrachée ne présageaient rien de bon.

Elle réalisa un panorama avec son appareil photo. Peut-être d'autres corps, éjectés pendant l'accident, gisaient-ils dans la nature. Elle chercha tout autour de la Méhari dans un rayon d'une vingtaine de mètres.

Rien. Des rochers. Des fougères. Du *miconia*.

Elle agita les bras pour inviter Maema et Kae à la rejoindre. Peine perdue, ils ne regardaient pas dans sa direction. Est-ce que quelqu'un avait un jour *vraiment* regardé dans sa direction ? Elle n'en était pas persuadée. La dévisager, oui. Elle en avait l'habitude. Depuis qu'elle avait ce tatouage sur le visage les gens la scrutaient comme si elle venait d'une autre planète. Mais ils étaient rares, ceux qui prenaient la peine de regarder dans sa direction. De se pencher sur le feu qui couvait derrière ces quatre lignes. Quatre mâts sans voile. Quatre lianes tendues entre la parole et le silence. Leur couleur sur sa peau caramel avait fini par virer au vert sombre. Quatre minces et fragiles colonnes de bronze. Et même ceux-là ne voyaient rien de ce qu'elle gardait comme un trésor derrière ces barreaux posés sur son âme.

Sa colère. Son impuissance. Ariane. Une vie de femme au conditionnel. Grandir est peu de chose. Le temps s'en charge. Mais devenir, c'est une autre histoire. Devenir celle qui est tapie en soi. La femme qui concilierait toutes les contradictions de tous les héritages et toutes les espérances de tous les futurs. Celle qu'elle se rêvait d'être sans savoir comment y parvenir. Lilith se demandait si elle était condamnée à négocier chaque part des libertés qui la nourrissaient et qu'elle taisait ou si on la laisserait vivre ses décalages sans la marginaliser, sans la rejeter, sans la désintégrer.

Elle ne tenait pas à mener de combat. Ni à ce qu'on la considère comme un être à part. Juste exister. Avec les contradictions, les quêtes, les doutes, les désirs qui vont avec. Vivre sans que ses actes et sa vision du monde soient jugés. Aimer comme elle le ressentait.

Pouvoir prier sur un marae et y jouer au poker. Allumer son iPhone à la lueur d'une lampe à pétrole. Être un peu de sa grand-mère du bout du monde, trop souvent fantasmée, et un peu de l'enfant sauvage. C'est ce qu'Ariane aimait en elle : « Tu es une enfant sauvage mondaine », lui disait-elle.

Lilith ferma les yeux. Pourquoi avait-il fallu que cela finisse comme ça ? Pourquoi ne s'étaient-elles pas rencontrées plus tôt ? Quand leur amour n'aurait blessé personne. Se lamenter ne changeait rien. Lilith le savait. Mais l'évasion n'était pas simple. Qui peut s'évader de sa propre mémoire ? La dernière lettre d'Ariane remontait à plus d'un mois. Elle lui confirmait qu'elle ne reviendrait pas. « Reprends ta vie, je te la rends », avait-elle écrit. Comme si cela pouvait dépendre d'une injonction ! On ne désaime pas sur commande. Il faut des raisons au désamour. Il a ses saisons. Et ce temps-là ne venait pas. Lilith l'aimait toujours. Elle savait qu'Ariane aussi l'aimait. La preuve était qu'Ariane ne l'avait jamais nié. Même dans sa dernière lettre, il en était toujours question. D'amour déraisonnable, impossible, assassiné, mais d'amour. Lilith n'avait jamais pu répondre à aucune des lettres qu'elle avait reçues : Ariane ne lui avait jamais donné son adresse. Les enveloppes avaient été oblitérées dans différentes villes. La dernière à Montauban. Pourquoi faisait-elle cela ? Elle s'était juré qu'un jour elle partirait la retrouver en métropole.

Lilith regarda le hideux amas de cendres en contrebas.

Elle s'était juré tant de choses qu'elle n'avait pas faites ! Ce n'était pas faute d'essayer, mais le temps lui avait appris que la volonté d'un instant n'est pas loi du futur. Elle irait sans doute en France quand ses moyens le lui permettraient. Aimer a un prix, semble-t-il. Et si la réalité était qu'elle n'avait tout simplement pas *les moyens d'aimer* Ariane ?

Il lui était impossible d'oublier cette femme. Elle avait déchiré toutes les pages de son journal dans lesquelles il était question d'elle. La photo était son langage. Sa seule façon d'exprimer ce qu'elle ressentait. De faire comprendre l'indicible, les tourments lumineux, le noir absolu et les battements de cœur. Quand elle reverrait Ariane, elle ne lui dirait rien. Elle lui tendrait une photo. Un cliché blanc. De tous les invisibles. Tous les possibles. Une épreuve à l'abri des souffrances. À l'abri des départs.

Son pied glissa sur la mousse de la large pierre plate sur laquelle elle se tenait plusieurs mètres au-dessus du marae. Elle perdit l'équilibre et faillit tomber dans le vide. Cette chute avortée la sortit de sa rêverie.

Foutaises et futilité. La réalité, c'était ce charnier. Ces corps calcinés. Ces hommes en bleu perdus dans les banlieues de l'horreur, marchant tête baissée comme s'ils cherchaient au bout de leurs rangers un tunnel pour s'enfuir.

Cette odeur qui s'accrochait aux cheveux. L'autel profané et ce corps dans la Méhari épinglée comme un papillon sur le flanc du coteau.

Lilith descendit de ses rochers. Kae et Maema étaient toujours en pleine discussion. Elle les interrompit.

— Il y a eu un accident sur la route du belvédère un peu plus haut. Une Méhari. Y a quelqu'un dedans.

— Merde. Quand ?

— Aucune idée.

— D'où tu tiens ça ? lui demanda Maema.

— Je l'ai vu de là-haut avec le zoom de mon appareil photo.

— Tu as vu l'accident ?

— Non, j'ai juste vu la voiture dans le ravin avec quelqu'un dedans. Blessé peut-être mais, à mon avis, plutôt mort.

— Tu dis que c'est où ? lui fit préciser Kae.

— Un peu plus haut que le terre-plein de l'entrée.

Kae appela deux de ses hommes et leur ordonna de le suivre.

La Méhari était en équilibre six mètres plus bas dans le ravin. Kae n'hésita pas une seconde. Malgré la mise en garde de ses deux collègues, il décida de descendre la paroi escarpée sans matériel de sécurité jusqu'à la voiture pour vérifier si le passager était encore en vie. Une opération sans risque, d'après lui.

Lilith le regardait évoluer sur la pente dangereuse tel un animal racé. Elle connaissait ce corps athlétique qu'elle avait côtoyé des dizaines de fois sur la plage et au creux des vagues. Sa peau huilée et ses muscles parfaits. Elle les voyait se tendre sous la chemise d'uniforme. Elle chassa immédiatement de son esprit les pensées qui oscillaient entre tendresse et sensualité, et se mit un peu à l'écart du groupe pour prendre quelques photos.

C'est alors qu'elle entendit Kae crier :

— Elle est morte… Putain, elle a plus de jambes !

11

Le doute est enfant de bohème,
il dort sous tous les toits

Il faisait encore nuit noire quand Nael arriva du côté de Setcases, à l'endroit où il avait repéré le transformateur. Le voyage s'était parfaitement déroulé. Il s'était arrêté une seule fois au bord d'un lac pour remplir le réservoir avec les jerricans et avait profité de l'occasion pour jeter dans l'eau le pied-de-biche et le vélo, qu'il avait renoncé à démonter. Comme il s'y attendait, il n'avait croisé personne au poste frontière et on ne saurait jamais qu'il était venu jusqu'ici. Il descendit du véhicule et s'étira. Il avait retrouvé sa sérénité. Tout était sous contrôle. Il avait à présent une vision claire de ce qu'il devait faire.

Nael fit quelques pas sur le bas-côté pour s'éloigner de l'estafette et urina en direction du ravin. Le silence n'était troublé que par le bruit du jet fumant éclaboussant le sol. Quand il eut fini, il récupéra une torche dans la fourgonnette et se dirigea vers le transformateur. Gros cube en béton fermé par une lourde porte sur laquelle était peinte une tête de mort. L'ouvrir fut un jeu d'enfant. Le local avait été surdimensionné, il n'accueillait que deux cuves : largement la place pour trois cadavres...

Nael posa sa torche à même le sol et retourna à la camionnette. Les phares restés allumés diffusaient un halo de lumière jaune. Le froid lui engourdissait les mains. Il fit coulisser la portière latérale et grimpa dans le véhicule. Le corps de Maria Kukman était déjà nu. Pas encore rigide. Il se pencha sur celui d'Ariane et retira le linceul qui l'enveloppait. Puis ce fut au tour des vêtements du garçon. Sa tâche terminée, il ramena les trois corps l'un après l'autre dans ce qui allait être leur tombeau. Il les déposa contre un mur, le plus loin possible des cuves. Même isolantes, elles demeuraient dangereuses.

— Merci.

Penché sur les cadavres pour s'assurer qu'il les avait bien calés, Nael aurait juré avoir entendu quelqu'un. Il pivota doucement. Personne. La tension, le stress, la fatigue avaient dû lui jouer un tour. Il se saisit de la torche et se redressa.

— Alors, tu livres à domicile ?

Plus de doute, cette fois, quelqu'un avait bien parlé. Son sang se figea. Un témoin. Il ne manquait plus que ça ! Il balaya la pièce avec la torche. La voix provenait de l'endroit où se trouvaient les cuves. Était-il possible qu'un SDF ait élu domicile dans le transformateur ? Cela pouvait expliquer pourquoi la porte avait cédé si facilement.

Il fit quelques pas pour éclairer l'espace étroit derrière les cuves, tout en sachant qu'il était impossible que quelqu'un se tienne à cet endroit.

— Je suis là.

Le son était monté jusqu'à lui. Il baissa le faisceau lumineux vers le sol en ciment et éclaira un rat. Un gros rat au museau fébrile, assis sur ses pattes arrière, au sommet d'une petite pile de livres moisis.

— Baisse ta lampe ! Ça me fait mal aux yeux.

Nael bondit en arrière. Le rat venait de lui parler. C'était impossible et il le savait, pourtant il l'avait entendu. Ou bien il était en train de perdre la raison.

— Ho ! Tout doux, mec. Ici, il faut mesurer ses gestes. Si tu sautes comme un cabri, tu vas nous faire griller. Calme-toi.

Nael ferma les yeux pour tenter de recouvrer ses esprits. Il était certainement victime d'une hallucination. Tout allait rentrer dans l'ordre, il devait juste se détendre, penser à autre chose. Au problème que lui posait le meurtre d'Ariane. Ça, c'était du réel ! Il devait trouver qui l'avait assassinée. Il rouvrit les yeux.

Le rat était toujours là. Il le scrutait avec ironie, en mâchant calmement un morceau de papier noirci arraché à l'un des livres sur lesquels il se tenait.

— C'est pas le temps qui les a rongés, c'est moi. L'année dernière, je me suis tapé Proust traduit en espagnol. Indigeste. Me suis fait chier ! Tu peux pas imaginer… Là, je me régale. C'est *La Mort heureuse*, de Camus. (Le rat montra du museau le livre au-dessous de lui.) J'ai dévoré !

Sous le choc, Nael se surprit à parler à voix haute :

— Mais ce n'est pas possible ! Je dois rêver… Un rat qui parle ? C'est n'importe quoi !

— Est-ce que tu m'entends ? lui demanda le rongeur.

Nael était abasourdi. Il braqua sa torche sur le rat à ses pieds. Devait-il rire ou s'enfuir ?

Le rat tourna la tête sur le côté.

— Vire ta lampe, mec ! Tu m'aveugles, j'te dis. Bon, tu m'as pas répondu : tu m'entends ou tu m'entends pas ?

Nael lui répondit machinalement « oui ». Un oui à peine audible, mais un oui.

— Alors c'est que je parle. C'est aussi simple que ça : si tu m'entends parler, c'est que je parle. T'as plus besoin de te poser la question ! Affaire classée. Mais vise ailleurs avec ta lampe, tu veux ?

Nael finit par détourner le faisceau de la torche.

— Merci, pas trop tôt !

Le rat marqua un temps d'arrêt avant d'ajouter :

— Moi, c'est Gaspard.

Comme Nael ne réagissait pas, il enchaîna :

— Je sais, c'est pas original pour un rat. Mais quand mon tour est arrivé, mes vieux avaient épuisé leur réserve. Restait plus que celui-là dans la besace : Gaspard ! On fait avec ce qu'on a. Après, pour tout t'avouer, s'ils m'avaient baptisé Marcel comme mon sixième frère, j'aurais pas aimé non plus. Le malheureux n'a même pas eu le temps de lire Proust. Il n'est pas arrivé à la Madeleine. Il est mort à Châtelet. Une partie de boulette russe. Il a bouffé la verte. Fatal.

Nael ne pipait mot. Il ne parvenait pas à se faire à l'idée qu'il écoutait parler un rat. Face à son silence, le rongeur poursuivit, en lui désignant pour la deuxième fois la pile de livres sous lui :

— Comme tu peux le constater, je suis un rat de bibliothèque.

Il émit des petits sons aigus que Nael assimila à un rire. Il se gifla violemment pour s'assurer qu'il ne rêvait pas. La douleur le lui confirma.

— Gaspard, tu dis ? Et tu es un rat. Et moi, je t'entends parler et je te réponds. C'est bien ça ?

Gaspard acquiesça. Nael s'appuya contre le mur.

— Je crois que je deviens fou…

— Mec, tant que t'es en mesure de penser que tu pourrais être fou, tu ne l'es pas. Sinon tu ne te poserais pas la question. Ta folie serait ta normalité. Au fond, les gens normaux ne sont rien de plus que des gens qui ont une folie commune. Le problème, c'est qu'ils sont majoritaires. Tu n'as qu'à considérer que tu es normal, mais que tu vis quelque chose de pas tout à fait normal. Ça te va ?

Non ça ne lui allait pas. Ça n'avait aucun sens. Il était épuisé et son esprit lui jouait des tours. Nael décida qu'il ne pouvait s'offrir le luxe de s'attarder davantage. Il n'avait pas fini de se débarrasser de toutes les pièces compromettantes qu'il avait entassées dans la camionnette et il avait encore de la route à faire. Il tourna le dos au rat.

— Tu ne m'as pas dit comment tu t'appelais, mec.

Sans réfléchir Nael répondit :

— Nael.

Gaspard recommença à pousser ses petits cris aigus.

— C'est sympa, Nael. J'aime bien. Ça vient d'où ?

Inutile de lutter. Le rat était têtu. Après tout, qu'est-ce qu'il en avait à foutre, de parler à un rat ? Qui le saurait ? Il se parlait bien à lui-même…

— Ça vient de Nathanaël.

— L'apôtre ?

— Je ne sais pas.

— Le treizième apôtre. Le frère du Seigneur. Il y a quelque chose de messianique en toi, alors ? Est-ce que c'est pour ça que tu livres les cadavres comme si c'étaient des pizzas ? Enfin, des petits pains ?

Nael sourit intérieurement. Ce rat avait un curieux sens de l'humour. Il hésita à lui raconter toute la vérité. Il avait l'étrange impression que le rat la connaissait déjà.

— C'est plus compliqué que ça.

— Je me doute.

— Bon, faut que j'y aille. J'ai été content de te rencontrer, Gaspard. C'est bien ça, Gaspard ?

— Ouais. Gaspard, comme le rat.

— J'ai encore de la route à faire.

Gaspard se dressa sur ses pattes arrière.

— Hé, minute mec ! Tu ne peux pas partir comme ça…

Nael attendit la suite, un sourire ironique aux lèvres. Le rat reprit sa position assise. Il donna un petit coup de museau en direction des corps.

— Tes macchabées, là. Dans trois jours, ça va être intenable. Même pour moi. Je ne vais pas pouvoir vivre avec cette puanteur. Tu comprends ? Je ne peux pas rester là. Alors, soit tu les rembarques et *ciao tutti*, soit tu les laisses, et c'est moi que tu embarques avec toi.

— En d'autres termes, je suis obligé de t'emmener. Et si je refuse ?

— Oh… si tu refuses ? Je pense que je ne pourrai pas faire l'économie d'un bon gros court-circuit pour griller toute cette barbaque. Et dans ce cas, je ne donne pas cher de ta cavale. Coupure générale de courant. Les ouvriers se pointent au bout de dix minutes. Dix de plus pour que les flics, qu'ils auront appelés, arrivent eux aussi sur les lieux, et encore dix pour qu'ils se mettent à ta poursuite. Ce serait bête, non ?

Nael n'en revenait pas du toupet de ce gros rat.

— Tu veux rire, j'espère ?

— Pas vraiment. Je veux vivre. Et me casser. J'en ai un peu marre de la région.

Nael haussa les épaules, amusé.

— OK, tu as gagné. Moi aussi, j'en ai marre de cet endroit et marre de ne parler qu'à moi. Ça me fera de la compagnie. Mais je te préviens : arrivé à destination, je te largue et tu te démerdes.

— Attends, j'ai une autre requête non négociable.

Il descendit de sa pile de livres et traîna sa queue jusque derrière la porte du local.

— Ferme la porte et éclaire par ici.

Nael poussa la porte et dirigea la torche vers Gaspard.

— Et maintenant ?

— Regarde.

Gaspard était à l'arrêt devant une marguerite sauvage qui avait, Dieu seul sait comment, réussi à pousser à travers le ciment.

— Faut que tu la sortes de là et que tu la plantes à l'extérieur.

Cette fois, Nael éclata de rire. Les nerfs, certainement. Il riait, le buste plié en avant, une main accrochée au battant de la porte.

— Tu veux que je transplante ta marguerite à l'extérieur ?

— C'est ça. Je ne peux pas la laisser crever ici. La mort des morts est contagieuse. Leurs liquides acides ne vont pas tarder à se répandre et dès qu'ils

77

toucheront la marguerite, c'en sera fini d'elle. Je ne veux pas. C'est une copine.

Nael secoua la tête. Il était à présent franchement amusé par la tournure que prenaient les événements. Il s'accroupit et déracina tant bien que mal la marguerite sous le regard inquiet de Gaspard.

— Vas-y doucement, c'est une fleur !

— Je fais de mon mieux, rétorqua Nael en se levant, la marguerite à la main.

Il avait réussi à récupérer une partie des racines. Il jeta un dernier coup d'œil aux cadavres. S'attarda sur le corps d'Ariane. Il eut une pensée ambiguë qu'il refoula et, pour la chasser totalement, lança à Gaspard, avant de refermer la porte derrière eux :

— On y va, maintenant !

— Tu veux bien la planter de l'autre côté de la route face à la montagne ? Je voudrais qu'elle ait une jolie vue.

Nael secoua la tête et traversa la chaussée. Il creusa la terre là où le rongeur le lui indiqua et planta la marguerite. Il avait fait un trou de quelques centimètres de profondeur. Juste de quoi enterrer les racines.

Ce sont bien les seules choses que l'on enterre pour qu'elles vivent, songea-t-il.

— Les graines aussi, fit remarquer Gaspard.

Nael se tourna vers lui avec, à la main, la pierre qu'il avait utilisée pour creuser puis pour tasser la terre.

— Parce que tu lis aussi dans mes pensées ?

— Attention avec ton caillou. Repose-le, tu risques de blesser quelqu'un.

— Tu as peur que je te le balance sur le crâne ?

78

— Non, mais on ne sait jamais. Par précaution. Tu pourrais prendre peur et avoir un geste inconsidéré, ou vouloir vérifier que je suis bien vivant en essayant de me tuer… Je ne lis pas dans les pensées, précisa-t-il, sois rassuré. J'ai simplement eu la même pensée que toi au même moment. De toute façon, elle va crever, c'est l'hiver. Y a pas de marguerites en hiver.

Nael lança le caillou dans le ravin.

— Dans ce cas, pourquoi tu m'emmerdes avec cette fleur ?

— Je voulais qu'elle voie la nature avant de mourir.

Nael s'essuya les mains contre son bleu de travail, le regard tourné vers l'horizon. Une faible lueur pointait au loin, annonciatrice du jour. Il tourna les talons.

— Ce rat veut que sa fleur voie la nature avant de mourir… Il est barge, ou c'est moi qui le deviens, murmura-t-il. OK, j'ai assez perdu de temps comme ça, faut qu'on démarre.

Il se dirigea vers l'estafette sans vérifier si le rat le suivait. Au passage il ferma la portière latérale coulissante restée ouverte avant d'aller s'installer derrière le volant. Gaspard s'était déjà juché sur le siège à côté de lui, à la place du mort.

— Attache ta ceinture, lui lança Nael en guise de bienvenue.

Gaspard fit comme s'il n'avait pas entendu et se cala dans un creux de la moleskine défoncée.

— Ça sent la mort dans ta caisse. J'aime.

12

Deux pas de danse

Maema était avachie, la tête enfoncée au creux de ses bras croisés sur la table de la terrasse. Le soleil avait roulé de l'autre côté de la montagne derrière la maison depuis un moment déjà et la nuit se glissait avec douceur, sans bruit, dans les draps du jour. L'heure où la mélancolie prend ses aises.

Lilith allumait les lampes à pétrole dans le fare. Dans peu de temps, l'espace d'un moment, les lueurs crépusculaires et les flammes des lampes vibreraient à l'unisson, puis le ciel laisserait monter à lui les premières étoiles avec lesquelles se fondrait encore la lumière des lampes. Depuis le salon, elle voyait Maema. Elle l'aimait bien, cette fille. Courageuse. Comme une femme. Ce devait être terrible de vivre avec cette menace dans le crâne. Une petite mort assoupie. Aucune plainte. Jamais. Elle ne l'avait jamais entendue déverser ses craintes, ses peurs, ses angoisses. Au contraire. La plupart du temps, c'était elle qui apportait réconfort aux autres. Lilith se disait souvent qu'elle devrait prendre exemple sur Maema et développer plus d'empathie au lieu de porter des jugements. Le fait divers qu'elles couvraient l'avait

80

vraiment ébranlée. Ça se voyait. Elle était fatiguée. Moins enjouée qu'à son habitude. À moins que ce ne soit le mal qui la rongeait. Elle l'appela depuis la cuisine :

— Maema, tu veux un remontant ? Je fais un *maita'i*. Y a du vieux rhum de tonton Raymond et j'ai des jus frais, avec du sirop de canne. J'ai pas de grenadine, mais on s'en fout. Ça te dit ?

Maema remua vaguement une main en signe d'assentiment.

— Va pour le maita'i… De toute façon, j'ai déjà la tête qui tourne.

Lilith n'osa pas lui demander si c'était à cause de sa maladie. Elle l'avait vue avaler un Tanakan au Ia Ora en même temps que son thé.

— Glaçons ?

— Iceberg !

Lilith sourit et rejoignit Maema sur la terrasse.

— T'as envoyé ton papier à Téré ?

— Ouais, tout à l'heure. Au Ia Ora. Ta liaison ici est pourrie.

Elle lui tendit son verre.

— Je me demande vraiment comment tu fais pour écrire un article tous les jours. Comment tu trouves tes idées ? Est-ce que ça t'est arrivé de ne pas savoir de quoi tu pourrais parler ? Qu'il n'y ait rien d'intéressant à raconter ?

— Ce que veulent les gens, c'est savoir. Qu'il y ait du neuf ou pas. Et moi, je suis là pour le leur dire. Alors, même quand il ne se passe pas grand-chose, il faut les tenir informés. C'est comme quand tu vas voir le toubib : même si t'as rien, tu veux le savoir. Tu vois ce que je veux dire ?

Lilith ne répondit pas. Maema but une large gorgée de rhum glacé mélangé à du jus de fruits. Elle leva son verre en direction de Lilith.

— Ça fait du bien. T'as eu une bonne idée, comme toujours. T'en aurais pas une pour que je me trouve un täne ?

— Non seulement tu connais déjà tous les mecs que je connais, mais tu en connais plus que moi !

Maema lui lança un regard entendu.

— Et Kae ? Je ne le connaissais pas !

— Chasse gardée, ma belle. Il est déjà en couple.

Maema soupira.

— C'est toujours pareil. Quand ils sont bien, ils sont pris. Reste plus que les mecs ratés ou les tarés. (Elle fit une pause.) Ou les deux à la fois.

La nuit était tombée et, en face, des milliers de lumières scintillaient de la plaine côtière jusqu'à mi-montagne. Tahiti se trouvait toute piquetée de petites étoiles. Comme un vol de lucioles multicolores qui se seraient abattues sur l'île.

— Avec qui il est, Kae ?

Lilith inclina la tête sur le côté et tendit son verre devant elle, trinquant avec le destin, la vie, l'incontournable réalité des choses, la fatalité.

— Tu la connais. C'est une fille Chambrein. Heimiti.

— Heimiti ? Elle est à Moorea maintenant ? Je croyais qu'elle était à Tahiti et qu'elle travaillait à l'aéroport.

— Elle travaille toujours à Faaa. Mais elle vit ici avec lui. Elle essaie de se faire muter à Temae. En attendant, elle fait le trajet aller-retour tous les jours.

Le matin, elle part avec le *'Aremiti* de six heures, et le soir pareil.

— Qu'est-ce qu'il est beau, ce mec ! À quelle heure on le voit demain ?

— Ouais… Je la trouve plus sexy que lui.

Maema lui posa la main sur le bras.

— C'est pas mon truc, les filles. Sans ça, je t'aurais épousée depuis longtemps, ma chérie. Moi, c'est de son mec que je ferais bien mon quatre-heures ! Mais je suis au régime, ajouta-t-elle en pouffant. Faut que je fasse attention.

— Il est d'accord pour que demain on assiste de loin à l'inspection de la scène de crime par les deux experts. Ils seront là dans l'après-midi. Je pense qu'on devrait y être un peu plus tôt.

— Tu te rends compte que ça fera deux jours qu'ils sont exposés sur le marae, les Indonésiens !

— Indonésiens ou Indonésiennes…

— C'est pareil. De ce que m'en a dit Kae, ce seraient deux couples. Le fait est qu'ils sont toujours là-bas !

— Il y a deux gendarmes qui gardent le site.

— Ils ont du pot qu'il ne pleuve pas. Sinon, ça servait à rien de faire venir des flics de Paris. Mais bon, ça risque de tomber.

— Le site est protégé, ils ont installé des bâches partout. On dirait un chapiteau.

— Faut reconnaître que les gendarmes ont déjà fait du bon boulot en les attendant. Même si ça n'a pas avancé. Aucune piste, aucune idée de ceux qui ont pu faire un truc pareil.

— Ou celui.

— Celui ? Ah, ouais, *celui* qui aurait pu faire ça.

— Je suis sûr qu'il était seul. Impossible autrement. C'est soit une secte, soit un déséquilibré. Et comme il n'y a pas de secte ici. En tout cas, pas de ce genre…

— Tu veux dire satanique ou dans le style ?

— Oui. S'il y en avait une, on la connaîtrait. On vit dans un coin trop petit pour qu'elle passe sous les radars.

— Génial, ça ! s'exclama Maema. Pour l'article de demain : « SECTE SATANISTE À MOOREA ? », en capitales et avec un point d'interrogation. Téré va adorer. Qu'est-ce t'en penses ?

— C'est pas mon truc, le rédactionnel.

— Le mec qui a fait ça, il n'en est pas à son coup d'essai. Il faut un sacré sang-froid pour tuer quatre personnes, les démembrer… D'après Kae, les articulations ont été brisées avec une des grosses pierres du marae pour faciliter le démembrement. Les coups expliquent pourquoi les os des omoplates, des humérus et des hanches sont éclatés. L'effet du feu n'y est pour rien. Les chairs n'ont pas été taillées. On les a… explosées.

— Tu en as parlé dans ton article ?

— On a conclu un accord, avec Kae : je ne dis que ce pour quoi il me donne le feu vert et je suis toute l'enquête à ses côtés. Il ne voulait pas que j'en parle parce que ce n'était pas encore entériné par les experts. D'accord pour que je dise que les victimes étaient des Indonésiens en vacances au Ia Ora, pas pour que je révèle leurs identités. Comme pour la Méhari louée. Il a écarté l'hypothèse de l'accident. L'idée que le criminel se soit trouvé là après un accident, qu'il ait vu les Indonésiens blessés ou morts et qu'il les ait transportés l'un après l'autre sur le marae est définitivement écartée. Pas de traces de pneus sur la route et la voiture était au point mort. Elle a été poussée dans le ravin. Et il n'aurait pas pu remonter les corps. Le terrain est trop escarpé. Les gendarmes ont déjà eu du mal à remonter le corps amputé avec le treuil ! Alors tu imagines un type tout seul…

— Quelle analyse en tire Kae ?

— Un guet-apens. Les touristes sont tombés dans un vulgaire guet-apens. Ils ont certainement été tués pas loin du marae ou sur le marae même. Mais comment le tueur a fait pour massacrer quatre personnes sans qu'elles réagissent ? Elles ne se sont quand même pas laissé faire !

— Qui sait ? Et s'ils s'étaient entretués ?

— Ben voyons ! Et à la fin, quand il a tué tout le monde, l'assassin se jette dans le bûcher, la tête sous le bras.

Lilith, indulgente, haussa les épaules.

— Mais non. Un autre Indonésien, un cinquième. Un règlement de comptes entre Indonésiens. Un crime mafieux.

— Bien sûr ! Tout le monde connaît la très célèbre mafia indonésienne, plaisanta Maema. On devrait plutôt faire un tour au Ia Ora, mais cette fois pas pour la liaison Internet. Pour notre enquête. J'aimerais en savoir plus sur ces Indonésiens !

Un bref son de cloche du vini de Maema lui indiqua qu'elle avait un message.

— En même temps, on pourrait faire notre dossier sur les danseurs du feu, renchérit Lilith. On pourra toujours le placer. Tout à l'heure, j'ai vu quelques mecs de la délégation des Samoa. Y a de quoi faire. Ça devrait te plaire.

85

Maema tendit son iPhone à Lilith.

— Ça tombe bien, regarde : Téré vient d'envoyer un SMS. Cet enfoiré ne manque pas d'air ! Il me rappelle que je suis là pour couvrir le festival et qu'il compte sur toi pour les photos. Il en veut des fortes comme celle du gendarme qui gerbe.

Lilith ne se donna pas la peine de lire le SMS.

— Je croyais que l'esclavagisme avait été aboli…

— Oui. Et moi, j'ai toujours cru que le prince charmant, ça existait, lui répondit Maema en se levant. *Let's go !*

13

Les pas qui nous éloignent d'ici sont aussi
ceux qui nous rapprochent d'ailleurs

— Ça t'est arrivé d'en bouffer, du macchabée ? lui demanda Nael en tournant la clé de contact.

— Non, je suis papivore. Vos macchabées, c'est indigeste. Quand je dis que j'aime l'odeur de la mort, ça signifie pas que j'aime les cadavres.

Nael comprenait parfaitement de quoi parlait Gaspard. Lui aussi aimait sentir sur sa peau l'odeur des Cavaliers de l'Apocalypse juste avant de passer à l'acte. Le souffle glacial de la Faucheuse avançant inexorablement vers sa proie. Le relent de vie qui s'achève. Mais il ne commenta pas, se demandant si ce rat assis à côté de lui n'était pas tout simplement une sorte d'ami imaginaire comme en ont certains mômes.

— Tu peux me dire d'où tu viens et comment tu as atterri dans ce trou à rats ?

Gaspard émit ses petits cris en secouant les épaules.

— Excuse-moi, tu me fais rire. Ça se voit que tu n'en as jamais vu ! C'est pas comme ça, un trou à rats. C'est petit, sombre et humide. Là-bas, c'était grand et il y faisait chaud et sec.

— Tu ne réponds pas à ma question.

Le rat tourna la tête vers Nael.

— Si ça peut t'intéresser : j'étais installé dans une librairie de livres d'occasion à Belpuig, à quelques kilomètres d'ici. Côté français. Dans la réserve. Il y avait des centaines de vieux bouquins stockés en vrac. Ce n'était pas mal, j'étais bien. Et puis le libraire est mort. Rupture d'anévrisme. Ils sont venus débarrasser les lieux. J'étais dans un des cartons qu'un bouquiniste catalan a embarqués. Dans mon carton, il y avait Proust, Lorca, Neruda, Machado, Cervantès. Et aussi *La Vie de Lazarillo de Tormes*, le premier roman picaresque connu. La saveur d'un œuf de cent ans qui en aurait vécu mille. Un pur chef-d'œuvre… Et d'autres encore. Beaucoup d'auteurs espagnols. En fait, le seul auteur traduit, c'était Proust. Non, je dis des bêtises, Tolstoï, aussi. Mon carton est tombé du plateau de la vieille guimbarde qui nous transportait. Pas loin du transformateur. Le gars ne s'en est pas aperçu, il a continué sa route. Alors j'ai trimballé les livres un par un dans le local, puis le carton vide, et je m'y suis installé ! J'avais de quoi bouffer pour un moment. Quand tu es arrivé, il me restait quelques ouvrages de Gabriel García Márquez et le *Platero y yo* de Juan Ramón Jiménez. Mais je les avais déjà ingurgités en version française.

Toujours aussi incrédule, Nael écoutait le rat lui raconter sa vie.

— Si j'ai bien compris, tu as atterri dans ce transformateur avec un carton de livres tombé d'un camion ?

— C'est ça.

— Et qu'ils soient en espagnol ou en français, évidemment, tu les ronges pareil ?

— Pareil.

— Et tu retiens tout ce que tu manges ? Tu dévores un livre et c'est comme si tu l'avais lu ?

— C'est ça.

— Peu importe la langue ?

— Peu importe.

— Tu sais ce que je crois ? Je crois que tu es un rat imaginaire.

— Ah oui ? Un rat imaginaire !

— C'est ce que je crois.

— Ça ne me dérange pas. On va devenir compagnons de route, alors autant être ton ami. Même imaginaire.

— Moi, si, ça me dérange. Je n'ai pas envie de me laisser berner par mon cerveau.

— OK, j'ai la solution : pour savoir si je suis réel, demande-moi de te mordre. Tu saignes, je suis réel, tu ne saignes pas, je suis imaginaire. Mais avant, pense que j'ai peut-être la rage ou que je véhicule la peste. Elle est de retour à Madagascar : je suis peut-être le rat premier, celui qui lui aura fait passer les océans… ou une autre de ces merdes. Qui sait ? Nous, les rats, on trimbale tellement de vos peurs en nous qu'on ne peut jurer de rien ! Si tu veux prendre le risque, on y va.

Les lacets de bitume se succédaient depuis des kilomètres. Nael ne pouvait quitter la route des yeux : même en roulant doucement, elle restait dangereuse. Le paysage pourtant était grandiose. Par endroits, les nuages flottaient en contrebas dans la lumière orangée.

Il eut soudain peur que le rat n'attende pas son autorisation et lui donne un coup de dent dans le mollet.

— Laisse tomber. C'est bon, j'te crois. Tu es un rat parlant et on va faire la route ensemble.

Gaspard émit un bruit bizarre avec sa langue et sauta sur le tableau de bord pour admirer la vue.

— C'est beau, hein ?

Nael ne répondit pas. Ils approchaient du poste frontière et, même s'il était pratiquement certain de ne pas tomber sur un barrage filtrant, il n'était pas à l'abri d'un excès de zèle de la douane volante. Il ne s'en était pas inquiété à l'aller, sans doute à cause de la nuit. Le jour, lui, collabore avec les forces de l'ordre.

— J'espère qu'il n'y aura personne, murmura-t-il.

Gaspard, le museau collé au pare-brise, regardait défiler un paysage sauvage où l'automne finissait sa vie dans le gris sec des arbres et des roches.

— As-tu déjà lu Georges Darien ? « Avez-vous songé que tout acte criminel est une fenêtre ouverte sur la société ? Que connaîtrait-on du monde sans les malfaiteurs ? » (Le rat n'attendit pas la réponse de Nael pour poursuivre :) Ce type avait une vision juste du monde. Sans criminels, comment construire une morale ? Établir les limites ? Élaborer des protections ? Mener des combats ? Les criminels comme toi sont indispensables à la société. Sans criminels, pas de société.

— Je ne suis pas un criminel.

Gaspard tourna ses moustaches vers lui.

— Ah bon. Et les macchabées ? C'était pour la déco ?

— Je suis un artiste de la mort. Je lui donne des formes nouvelles. Je la sculpte. J'écris ses possibles.

Je bâtis son caractère. J'ouvre des voies inexplorées. Je donne à l'homme une lecture différente de sa condition de mortel...

— À y regarder de loin, mais de très loin, alors, on pourrait en effet dire que donner la mort est un acte altruiste. Bien qu'il n'y ait rien de généreux à donner ce qui ne nous appartient pas. En réalité, pour ne rien te cacher, je crois plutôt que prendre la vie est un acte de voyou.

— Sauf à admettre que la mort des autres nous appartient. Que toutes les morts sont en chacun de nous. À l'infini. Un trésor sans fond.

— C'est valable aussi pour la fille ?

— Quelle fille ?

— Je t'ai vu regarder son corps avec convoitise. Elle aussi, tu l'as tuée pour l'art ? Pour lui « sculpter » une mort sur mesure ? Ou parce que tu l'aimais et qu'elle n'a pas voulu de toi ? Ce ne serait pas un vulgaire crime passionnel, par hasard ?

— Je ne l'ai pas tuée.

Gaspard se contenta d'une mimique dubitative qui agaça Nael.

— Oh ! je ne vois pas pourquoi je discute de ça avec toi ! grogna-t-il.

— Parce que je suis le seul avec qui tu peux en parler. Le seul à qui tu peux demander conseil, avec qui tu peux partager. Ton ami, quoi ! Imaginaire ou pas, je suis *ton ami.*

Nael se rendit compte que, pour la première fois depuis qu'il avait fait de la mort une raison d'être, il venait de mettre des mots sur ses actes et, à sa grande surprise, il leur avait donné une dimension artistique.

La présence de ce rat lui ouvrait des portes de compréhension assez inattendues.

— Non, je n'ai pas tué Ariane. Nous avons eu une relation et elle m'a quitté, là-dessus tu as raison. Mais il y a des années de cela. Je crois même que je l'avais oubliée. Crois-moi, quand j'ai découvert son corps, j'étais à des années-lumière de penser à elle.

14

Partout où l'illusion perdure

Des torches en bambou plantées en terre éclairaient les abords des terrasses des bungalows sur pilotis. Il y en avait aussi le long des allées. Autour du restaurant, dans le jardin, sur la plage. Leur lumière chaude et vacillante se reflétait sur les eaux du lagon et de la piscine. Portées par la brise, les flammes tentaient en vain de lécher les massifs d'hibiscus et les frangipaniers en fleur parfaitement entretenus. Si l'on ajoutait à ces guirlandes de feu le ciel étoilé, la poignée de danseuses en *more* et, au loin sur la mer, le reflet argent de la lune montante, on était en pleine page centrale d'un catalogue d'agence de voyages. Le mythe tropical revu et corrigé. Disney au pays des vahinés.

Pour Nasua et Coco qui assuraient l'animation de l'hôtel, cette poudre aux yeux jetée à la face des touristes représentait un trésor qu'ils entretenaient avec ferveur. Ils ne ménageaient ni les sourires, ni leur travail, ni l'intérêt qu'ils feignaient de porter à chaque client. Comme si ce dernier était le premier Blanc accostant sur l'île. Gestes mille fois répétés sans qu'ils perdent jamais de leur fraîcheur.

Chaque soir un trio de musiciens, torse nu et couronne de fougères tressées sur la tête, subjuguait les clients de l'hôtel emportés par les rythmes des valses tahitiennes. *Ukulélé*, *tō'ere* et *basse tura*. Simple et efficace. Le concept avait fait ses preuves depuis longtemps. C'était le moment où Nasua et Coco se retiraient et organisaient leur travail du lendemain.

Cela agaçait Lilith de voir Nasua jouer le rôle du Polynésien de service pour satisfaire le désir d'exotisme de gens de passage. Et ce qui l'agaçait plus encore : qu'il n'y ait aucune révolte en lui. Il aimait ses fonctions.

Elle reconnut les deux hommes de loin. Nasua était aussi imposant que Coco était fragile et maigre. De corpulence épaisse et lourde sans pour autant que sa souplesse en souffre. Une silhouette de sumo couplée à une énergie et une agilité de guerrier. Plus jeune on le disait « enveloppé » mais, l'âge venant, la mauvaise graisse s'était accumulée. Avec cela un visage empreint de bienveillance non dépourvu d'espièglerie. Il se dégageait de l'homme une empathie qui engageait aux confidences. Si quelqu'un à l'hôtel pouvait leur fournir des tuyaux sur les Indonésiens, c'était lui.

Maema toujours à ses côtés, Lilith se dirigea vers les deux hommes qui préparaient en riant l'animation prévue pour le lendemain matin. Tressage de pandanus et débourrage de noix de coco. Dans un coin du jardin, à la droite de la piscine, assis, jambes croisées sous les fesses, ils triaient le matériel tout en se racontant les anecdotes les plus savoureuses de la journée. Tous les deux étaient en paréo, le tissu adroitement ceint autour de la taille comme seul vêtement. Collier de dents de cochon sauvage autour du cou, longs cheveux sur les épaules pour Coco, enroulés en chignon marquisien au sommet de la tête pour Nasua. Peau cuivrée, imberbes, fibres végétales effilochées nouées autour des biceps et des chevilles, corps tatoués, ils représentaient à la perfection l'idée que se font les touristes du bon sauvage.

Quand Nasua la vit arriver, il l'interpella de loin.

— Hey, Lilith ! Viens un peu, ma fille. Comment tu vas ? Bonjour Maema. Vous êtes magnifiques, toutes les deux ! Tu passes pas souvent ici nous voir, toi !

Lilith les embrassa et s'installa avec Maema sur l'herbe à côté des deux hommes. Lilith avait grandi avec Téchao, le deuxième fils de Nasua. Thomas de son vrai nom, mais tout le monde l'avait toujours appelé Téchao. Y compris les institutrices. Ils allaient à la même école à Paopao. Deux inséparables. Téchao était un garçon-fille. Un *raerae*. C'était aussi cette réalité sexuelle marginale qui les avait rapprochés. Dès l'enfance, Lilith avait deviné que le monde n'était pas binaire et que la vie était libre de ses formes. Qu'il fallait toutes les défendre. Elle avait pris Téchao sous son aile dès qu'ils s'étaient rencontrés et tout au long de leur scolarité s'était considérée comme sa grande sœur, bien qu'ils eussent le même âge. Téchao travaillait maintenant avec son père. Il était responsable du bar de l'hôtel. Elle le traitait en frère ou en sœur, selon l'humeur du jour.

Tout naturellement les deux filles s'emparèrent des larges feuilles de *'autï* et de pandanus vert tendre posées en tas sur la pelouse qu'elles se mirent à fendre par le milieu. Elles savaient que Nasua et Coco en auraient besoin pour entamer le tressage partiel d'un panier, d'un chapeau, ou d'une couronne afin d'illustrer les différentes étapes de leur fabrication lors de l'animation tressage.

— C'est demain ça commence le festival ! lança Coco, tout excité. Si tu voyais les gars ! (Il hocha la tête en se mordant la lèvre inférieure.) Forts ! Vraiment forts.

— Cette année, y a les Papous, poursuivit Nasua. J'ai vu les répétitions. C'est dingue ! Ils sont suspendus par les pieds autour d'un mât et ils jonglent avec les torches. Ils se les lancent, la tête en bas ! Et en même temps ils font un ballet avec les lianes. Tu sais : ils s'entortillent et ils tournent. Je sais pas comment y font. Moi, si je fais ça, la corde c'est sûr, elle casse !

Il éclata d'un rire bonhomme qui secoua sa carcasse.

— Ils ont copié les sauteurs de Pentecôte ou quoi ? demanda Maema.

— T'as raison. D'ailleurs, à la délégation du Vanuatu, y en a qui veulent pas que les Papous participent. Ils disent que le saut du Gol, c'est leur patrimoine. Ils sont d'accord pour qu'ils fassent leur truc, mais pas pour les prix et les concours. Chez eux, là-bas en Papouasie, OK, mais pas au festival. Ça arrête pas de s'engueuler. C'est le grand sujet du moment.

— Ce ne serait pas plutôt le bûcher des Indonésiens ? glissa négligemment Lilith.

Nasua et Coco se regardèrent.

— 'Aue ! C'est vrai, t'as raison ! Incroyable, cette histoire ! Ça aussi, on parle. Mais les délégations elles sont pas au courant, expliqua Coco. C'est plutôt ceux de l'hôtel qui parlent. Les collègues.

— Et ils disent quoi ?

— Ça peut pas être quelqu'un d'ici. C'est pas possible, répondit Nasua.

— Ils étaient comment, ces Indonésiens ?

— Pas sympathiques, intervint Coco avec une mimique de dégoût. Ils disaient même pas bonjour. Quand tu es *fa'ati'ati'a*, c'est sûr, après, y faut pas t'étonner si on t'aime pas !

— Ça faisait longtemps qu'ils étaient là ? poursuivit Lilith.

— À l'hôtel ? Cinq jours. C'est la première fois ils le quittaient. Ils ont loué la Méhari le matin au comptoir ici et ils sont partis tous les quatre. Ils sont jamais revenus. C'est Katia qui s'est occupée d'eux. Elle nous a dit que les filles, elles, elles voulaient se promener, mais pas les maris. Eh ben, elles auraient mieux fait de rester bronzer à la piscine !

Nasua intervint :

— Pendant les trois premiers jours, ils sont presque tout le temps restés dans les bungalows. Même pour les repas. Je te dis pas l'alcool qu'ils ont consommé, ni le gingembre ! Je crois pas c'était des couples mariés. Plutôt des filles qu'ils ont emmenées pour faire la fête. Elles avaient facilement quarante ans de moins que les deux vieux. Peut-être même cinquante ans. Trop jolies. La femme de ménage, elle a trouvé des boîtes de Viagra dans la poubelle. Le gingembre, ça devait pas suffire ! ironisa-t-il.

— C'était pas écrit sur leurs passeports ?

— Quoi ?

— S'ils étaient mariés ?

— T'arrives à lire l'indonésien, toi ?

Lilith sourit.

— Non. Et on sait quand ils devaient s'en aller ?

— Ils avaient réservé pour une semaine. Ils venaient de Jakarta. Ils devaient repartir vendredi avec Air New Zealand via Sydney.

— Et quand ils quittaient les bungalows, ils voyaient d'autres clients de l'hôtel ?

— Ils sont pas sortis beaucoup et ils donnaient pas envie de discuter avec eux. T'aurais vu la tête des vieux ! Ils faisaient peur. Heureusement, y avait les filles. Des bombes.

Coco interrompit Nasua.

— À cause d'elles, les vieux se sont mis en colère contre un groupe de jeunes qui les regardaient.

— Qu'est-ce qui s'est passé ?

— Rien. Les jeunes, tu sais ce que c'est. Ils ont vu les petites, ils ont voulu faire les intéressants. Ils se sont chambrés entre eux en lorgnant les deux filles. Ils rigolaient fort. Ils disaient des conneries de jeunes. Les deux vieux ont commencé à prendre la mouche. Ils se sont levés et ils ont hurlé des ordres aux filles, qui sont vite reparties dans leurs bungalows. Le lendemain, Téchao m'a dit qu'il avait remarqué des traces de brûlures de cigarette sous les aisselles des deux petites quand il les a servies au bord de la piscine. D'après lui, elles avaient aussi des marques de coups.

— Il ne s'est rien passé entre les deux Indonésiens et les jeunes ?

— Comment ça ? Je viens de te l'expliquer !

— Je veux dire, est-ce qu'il y a eu une altercation directe entre eux ?

— Non. Mais c'était pareil. Y avait une sacrée tension. Les jeunes ont failli intervenir quand les filles se sont fait humilier en public. Si les deux Indonésiens n'avaient pas été aussi vieux, je crois qu'ils auraient pris une raclée. Heureusement, le directeur est arrivé. Il a demandé aux jeunes de partir et de ne plus revenir. Les vieux se sont un peu calmés, mais on sentait bien qu'ils n'en avaient pas fini avec cet incident.

— Ils venaient d'où, ces jeunes ?

— De Paopao, répondit Coco. Ils sont du quartier de Nasua, précisa-t-il en désignant son collègue d'un geste du menton. Téchao les connaît bien. C'est pour ça il les laisse venir au bar. C'est pas encore complètement des *hombo* mais ils sont bien partis pour. Ils vont finir à la rue. Ils ont pas de boulot, ils traînent, ils vendent un peu de *pakalolo*. Ils viennent ici en espérant choper une touriste au bar. Ça arrive jamais. Tu verrais leur dégaine…

— Ils étaient combien ?

— Trois.

— Et l'éventualité qu'ils aient organisé une opération punitive, c'est envisageable, d'après toi ?

Offusqué, Nasua redressa le torse.

— Ces gamins ? Tu rigoles ! Je les connais depuis qu'ils sont petits. Je connais leurs parents, et les parents de leurs parents. C'est de la graine de voyou, d'accord, mais de voyous des îles. Ils n'ont pas mauvais fond. Toi aussi, tu les connais. Deux, c'est les frères Paratau, et l'autre c'est Moana. Moana Teereare. Tu sais, le petit qui vous courait derrière en pleurant quand vous partiez vous balader à vélo avec Téchao !

Lilith se demanda si Nasua et Coco étaient au courant de la disparition de la jambe d'une des victimes. Elle hésita à en parler. Les gendarmes ne tenaient peut-être pas à ce que cela se sache. L'info plaidait en faveur des trois jeunes. Elle ne les imaginait pas partir avec une jambe sous le bras. Mais le membre

99

pouvait aussi être quelque part autour du marae. Il était possible que les flics l'aient déjà retrouvé. Ou le retrouveraient bientôt.

— Peut-être, mais ils les ont quand même menacés et insultés en partant ! objecta Coco. Par chance, les vieux n'ont pas compris. Et le directeur non plus. Parce qu'ils l'ont fait en tahitien, mais ils ont quand même dit qu'ils allaient leur couper les couilles.

Lilith voyait très bien de qui parlait Nasua. Trois teignes dangereuses. Dealers et casseurs sans frontières. Jamais pris, jamais condamnés, et pétris des sentiments d'invincibilité et d'impunité. Un cocktail explosif. Elle se souvenait très bien des frères Paratau qui harcelaient Téchao quand il était adolescent. Téchao disait toujours : « Laisse, ils sont petits. Ils s'amusent. C'est pas bien grave. » Il avait hérité de son père un autre type de cocktail à haut risque lui aussi : indulgence et empathie. Mélange autodestructeur s'il en est. Lilith se souvenait des deux gamins insultant Téchao et se moquant de sa féminité assumée.

— Ouais, grimaça Lilith. Je ne mettrais pas ma main à couper, avec ces trois-là.

Elle se promit d'aller discuter avec eux pour en savoir plus et changea de sujet :

— J'aimerais bien faire un tour dans les bungalows des deux couples avant que les flics de Paris arrivent. (Elle se saisit d'un autre paquet de feuilles de 'autï et commença à les trier.) Tu crois que c'est possible ?

— Possible ? C'est toujours possible. Mais je sais pas si j'ai le droit.

Maema intervint :

— Tant que tu n'as pas eu de consigne contraire…

Il la regarda du coin de l'œil en souriant.

— Venant de quelqu'un d'autre, je crois que je l'aurais mal pris. (Puis, à l'adresse de Lilith :) Les gendarmes sont venus. Ils ont interrogé le directeur, consulté les « check in » et les résa. Ils ont voulu voir les bungalows. Le directeur n'avait pas son passe, il m'a demandé de les accompagner. J'ai ouvert. Ils ont regardé à l'intérieur, mais ils ne sont pas entrés. Ils ont juste jeté un œil par la baie vitrée ouverte. Ils ont préféré attendre leurs collègues de métropole. Ils n'ont pas fait de commentaires.

— Il y avait quoi, dans les bungalows ? interrogea Maema.

— Rien de particulier, le ménage avait été fait le matin. Tout était rangé. Impeccable.

— Tu leur as parlé de l'altercation avec les jeunes ? demanda Lilith.

Nasua leva les sourcils avec un étonnement feint.

— Pourquoi tu voudrais que je leur parle de ça ? Ça n'a pas de rapport avec ce qui est arrivé au marae de Mahine.

— Et le directeur, il n'en a pas parlé non plus ?

— Je ne sais pas, mais ça m'étonnerait. Sinon, ils auraient interrogé Téchao.

— Ça aurait pu leur donner une indication sur le caractère des deux Indonésiens et leurs relations avec leurs compagnes. Ça pourrait avoir un lien. Je crois qu'ils devraient savoir, au contraire, souligna Lilith.

— Tu parles de compagnes ! rétorqua Coco en ricanant. Des poules de luxe prêtes à tout pour une poignée de roupies ! C'est avec ça qu'ils les payent, là-bas.

— L'un n'empêche pas l'autre, répliqua Maema. En tout cas, Lilith a raison : il faut leur dire.

— Ils finiront bien par savoir. Je suppose que quand ils reviendront avec leurs collègues, quelqu'un les informera.

Lilith insista :

— Toutes les violences faites aux femmes doivent être signalées. Toutes sans exception.

— OK, mais là, les deux enfoirés sont morts. Ça ne servirait plus à rien. Justice a été rendue, fit remarquer Coco.

Maema se leva et réajusta son paréo. Elle fit un signe à Lilith, qui rangea les 'autï aux pieds de Coco et se leva à son tour.

— Justice, justice, c'est vite dit. Les deux filles, elles, elles n'y sont pour rien !

Lilith fit un mouvement du torse et mit son visage de petite fille suppliante devant celui de Nasua.

— Tu peux peut-être nous donner les numéros des bungalows ? Juste les numéros. Je fais des photos de l'extérieur et si les rideaux de la baie vitrée ne sont pas tirés, quelques photos de l'intérieur.

Nasua n'avait jamais su résister aux caprices de Lilith. Avoir une fille était un rêve qui avait avorté : il avait eu quatre garçons. L'arrivée de Téchao n'avait pas compensé le manque. Et Lilith avait en quelque sorte pris la place vacante depuis longtemps. Il secoua la tête en signe de reddition.

— Trente-six et trente-sept. C'est à côté du terrain de tennis. Mais vous entrez pas !

— On va pas forcer la porte, Nasua ! On n'est pas des sauvages, plaisanta Maema.

— Plus ! rectifia Nasua en levant l'index vers le ciel, un large sourire complice aux lèvres.

Les bungalows trente-six et trente-sept étaient à quelques centaines de mètres de l'atelier improvisé en plein air par Nasua et Coco. Il faisait doux. La musique du trio leur arrivait comme filtrée par la végétation. Lilith et Maema profitèrent de la courte marche pour échanger leurs points de vue.

— Tu penses vraiment que les jeunes y sont pour quelque chose ? demanda Maema.

— Non, mais ça ne coûte rien d'aller les voir. Ils auront peut-être des trucs à nous dire.

— Et tu crois que c'est à nous de mener l'enquête ?

— T'es journaliste, non ?

— Oui, mais quand même… Là, c'est du lourd. Moi, mon truc, c'est les papiers d'humeur et la culture.

Lilith s'arrêta sur le chemin blanc qui serpentait entre les bungalows. Elle se tourna vers Maema.

— Attends, Térénui nous a bien demandé de couvrir cette histoire ?

— Oui. Enfin, c'était une urgence.

— Urgence ou pas, c'est ton papier, c'est ton enquête. Alors, te voilà journaliste d'investigation. Félicitations. Maintenant, allez, on y va !

Elle reprit d'un pas léger la direction des bungalows. À quelques mètres des fare, Lilith stoppa net. Quelque chose clochait. Elle saisit le bras de Maema pour la forcer à s'arrêter et lui murmura :

— Il y a quelque chose d'anormal.

Maema se serra contre elle.

— Arrête ! Tu me fais peur.

Lilith lui montra du doigt le bungalow trente-sept.

— Là ! Regarde ! Le rideau. Y en a un bout qui dépasse sur la terrasse.

La baie vitrée était entrouverte et le rideau, poussé par la brise légère, caressait les lattes en teck.

— C'est ouvert, poursuivit Lilith. L'autre aussi est ouvert, regarde !

— On va prévenir Nasua, on reste pas là. On n'aurait jamais dû venir.

Lilith lui posa la main sur le bras.

— Détends-toi. On ne va prévenir personne pour le moment. Toi tu restes là, et moi je vais aller voir.

On n'entendait plus les musiciens. Seul le ressac des vagues sur le récif et le bruissement des larges feuilles d'arbres du voyageur déployées comme d'immenses éventails fissuraient le silence. Le deck craqua sous les pas de Lilith. Elle s'approcha de la baie vitrée. Le lourd rideau occultant beige traînait ses ourlets de l'intérieur vers l'extérieur, puis inversait le mouvement. Un rythme lent, semblable à une vaguelette sur le sable. Elle écarta avec précaution la tenture et passa une tête timide à l'intérieur. Tout était éteint ; le vaste salon, la chambre à l'arrière et la salle de bains donnant sur la chambre. Mais la lumière des flambeaux et de la lune suffisait pour se faire immédiatement une idée des dégâts.

Le bungalow avait été mis à sac.

15

Le silence est le meilleur écho
de ce qu'on ne veut pas comprendre

— Ariane ? Joli, comme prénom. Tu sais d'où ça vient ?

— Non. Tu vas me le demander à chaque fois ?

Le rat tourna le museau vers Nael.

— Ariane, la fille de Minos et de Pasiphaé…

— OK. Et alors ?

— C'est elle qui a aidé Thésée à quitter le labyrinthe. Elle l'aimait. Et tu sais comment il l'a remerciée ? Il l'a abandonnée sur une île. Y a des prénoms prédestinés, quand même, non ?

— Ça n'a rien à voir avec ce qui s'est passé. Je ne l'ai jamais abandonnée.

— T'es-tu demandé pourquoi les gens se quittent ? Pourquoi on s'aime au point de vouloir vivre ensemble toute sa vie. Et un jour on se quitte ? Tu as cherché à savoir qui quittait l'autre le premier ? Celui qui s'en va ou celui qui donne à l'autre des raisons de partir ?

Le propos de Gaspard agaça Nael.

— De quoi tu me parles ? Je ne sais pas pourquoi elle m'a quitté ! Ça lui a pris d'un coup. Elle m'a dit qu'elle me quittait et elle est partie. Maintenant qu'elle est morte, je ne saurai jamais pourquoi. Voilà tout. Et puis je m'en fous !

Nael se détourna de Gaspard. Il agrippait le volant des deux mains avec force. Ses articulations blanchirent sous l'effet de la pression. Le rat laissa s'installer le silence avant de lancer d'un ton badin :

— Moi, je sais.

Nael freina brusquement et Gaspard se retrouva écrasé, l'espace d'une seconde, contre le pare-brise, avant d'être projeté en arrière sur son siège.

— Oh ! Qu'est-ce qui ne va pas chez toi ? Tu veux me tuer ? Ce que j'en dis, moi, c'est pour toi !

Nael coupa le moteur. Le temps de se calmer. Puis il s'excusa. À contrecœur. Sèchement. Mais Gaspard devait comprendre qu'il n'avait pas à s'aventurer avec autant de désinvolture dans cette partie secrète de son âme. Ce moment de sa vie était à part. Un épisode fondateur. Nael s'était construit sur cette cassure. Alors venir lui balancer que tout cela était d'une telle évidence que même un rat y voyait clair, c'était un peu dur à entendre.

— Il va pourtant falloir que tu regardes les choses en face, Nael, reprit Gaspard. Et sans pour autant vouloir tuer ceux qui t'ouvrent les yeux, ajouta-t-il avec sarcasme.

Nael redémarra.

— Alors, vas-y, si tu sais : explique-moi !

— Parce que tu la battais.

— Quoi ?!

— Tu la frappais. À chacun de tes échecs, tu la cognais. C'est elle qui encaissait quand tu subissais tes petites frustrations. Celles de la vie. Elle était ton exutoire. C'est elle qui recevait les coups que tu aurais voulu donner à d'autres. À chacune de tes impuissances, elle prenait. Gifles, coups de poing, coups de ceinture, coups de pied. Toute la panoplie. Ariane s'est barrée parce qu'elle était une femme battue et que c'est toi qui la battais.

Nael attrapa le rat d'une main et le projeta violemment à l'arrière de la fourgonnette.

— De quoi tu parles, crevure ?! Qu'est-ce que t'en sais ? T'étais là pour voir ?

Il était en colère et épuisé. Il n'aurait jamais dû emmener ce rat avec lui. Au prochain arrêt pour faire le plein, il le balancerait...

Gaspard s'était à nouveau cogné le crâne et avait atterri brutalement sur le plancher.

— Faudrait savoir ! Tu me demandes de t'expliquer et tu ne veux rien entendre ! Préviens quand tu dis l'inverse de ce que tu penses. Ça m'évitera les vols planés.

— Je ne t'ai rien demandé.

— C'est vrai, je reconnais. Je n'aurais pas dû aborder le sujet. Ce n'était qu'une hypothèse, n'en parlons plus. Je me fous totalement des raisons qui t'ont poussé à la tuer.

Nael tourna le visage vers Gaspard.

— Mais tu le fais exprès ou quoi ? Je te répète que je ne l'ai pas tuée ! Les deux autres, oui, mais pas elle.

— Si tu le dis..., répondit laconiquement Gaspard en reprenant sa place sur le siège passager.

Il se racla la gorge et se recroquevilla sur lui-même.

— Je veux bien te tenir compagnie, mec, mais évite de passer à nouveau tes nerfs sur moi, d'accord ?

Nael n'en revenait pas du sans-gêne et de la nonchalance de ce rat.

— Je crois que tu vas devoir descendre et disparaître dans la nature à la prochaine halte. À savoir : maintenant !

Gaspard ricana.

— Oh, certainement pas. Tu as trop besoin de moi.

Nael engagea la camionnette sur un chemin de traverse et stoppa près d'un bosquet à l'abri des regards.

— Ah oui ?

Gaspard ne bougea pas de son siège.

— Un assassin a toujours besoin de quelqu'un comme moi. Je suis un don du ciel. Un rat qui peut se faufiler n'importe où pour glaner des informations, qui peut se glisser partout pour voir ce qui s'y passe, qui peut être tes yeux et tes oreilles. C'est inespéré, non ?

Nael réfléchit et prit toute la mesure de ce que cela impliquait. Imaginaire ou pas, si ce rat pouvait l'aider comme il le prétendait, ça valait le coup de le garder.

— On verra, grommela-t-il en descendant du véhicule pour remplir le réservoir avec les jerricans.

L'endroit où il se trouvait était assez désert pour y faire disparaître tout ce dont il devait se débarrasser. Il vida le fourgon, ôta son bleu de travail en prenant soin de récupérer la photo. Il imbiba le vêtement d'essence, le jeta sur le sac-poubelle et y mit le feu. Il contempla quelques minutes les flammes. Puis, se rappelant soudain qu'il y avait dans le sac des sprays qui risquaient d'exploser, il se hâta de remonter dans la fourgonnette.

Gaspard s'était assoupi. Il ouvrit un œil quand Nael claqua la portière.

— T'avais chaud ? T'as enlevé ta salopette ?

Nael se contenta de sourire.

— On va voir si tu es si utile que tu le prétends ! s'exclama-t-il en s'engageant sur la route.

Nael expliqua à Gaspard qu'il redoutait que Maria Kukman possède chez elle des éléments qui les lieraient elle et lui, ou lui tout seul, à Ariane. Il lui montra la photo qu'il avait retirée des mains de la morte.

— Des trucs dans ce genre. Je veux qu'on ratisse jusqu'au moindre recoin de cette putain de ferme.

— Qu'on « ratisse » ? Tu ne pouvais pas mieux tomber, avec moi ! se moqua Gaspard.

Quelques heures plus tard Nael garait l'estafette à l'arrière du corps de ferme, à côté de l'antique tracteur. Avant d'entrer dans la bâtisse, il replaça méticuleusement les jerricans contre le mur, là où il les avait pris. Gaspard s'était installé sur son épaule. Ça sentait encore cette odeur lourde et nauséeuse à l'intérieur.

— Quel délice ! s'écria Gaspard en ricanant.

— S'il y a quelque chose à découvrir, c'est ici. Il n'y a ni cave ni grenier, j'ai vérifié. Il faut passer chaque pièce au peigne fin.

Nael posa le rat sur les tomettes.

— Vérifie les chambres pendant que je fouille le salon et la cuisine.

Gaspard se dirigea vers la partie nuit. Il avançait lourdement en traînant sa queue.

— Si je peux rendre service…

— Tu ferais bien de te presser ! On n'a pas toute la journée.

Nael fouilla pour la deuxième fois le salon. Cette fois avec moins de précipitation. Aucun recoin de la pièce n'échappa à ses recherches. Il ne trouva rien. Pas plus que dans la cuisine et la remise.

109

Il ouvrait pour la deuxième fois le dernier tiroir d'un buffet, par acquit de conscience, quand Gaspard pointa son museau.

— J'ai trouvé ce que tu cherches. C'est dans la chambre de la vieille, sous son matelas. Pas très originale, comme cachette.

Nael se précipita aussitôt dans la pièce et retourna le matelas. Il découvrit un carton à pizza remplie de photos.

La boîte de Pandore avait été enfin ouverte.

Le mal pouvait se répandre.

16

Ce que disent les reflets

Il prit une chambre au Terminus, un hôtel miteux près de la gare Saint-Charles à Marseille. Gaspard s'installa sur un oreiller grisâtre assombri de taches douteuses. Assis sur un vieux fauteuil au dossier défoncé, Nael disposa les photos devant lui sur le matelas.

Sa gorge était nouée et l'angoisse lui tordait l'estomac. Tout ce qu'il voyait sur ces clichés n'avait pu exister. C'était purement et simplement impossible. Ou alors dans un monde parallèle. Ou bien il était vraiment fou. Schizophrène. Déjà mort, peut-être. Pourtant, il était bien là. Il avait parlé avec le type à la réception. L'avait réglé avec de vrais euros. Le réceptionniste lui avait même conseillé de visiter la basilique Notre-Dame-de-la-Garde.

Il avait bien entendu conscience que la présence de ce rat à ses côtés n'était pas le meilleur signe de santé mentale qui soit. Certes, sa vie était étrange, comme toutes celles des tueurs. Mais même dans sa vision du monde la plus délirante, il n'y avait aucune case pour ranger ce qu'il vivait.

Dès qu'il avait ouvert la boîte à pizza chez la vieille et qu'il était tombé sur la première photo, il avait compris que s'il ne dégageait pas immédiatement des lieux et ne trouvait pas un endroit sécurisé et anonyme pour encaisser le choc, il risquait de perdre pied et de ne plus avoir la force de quitter cette souricière. Agir pour se mettre à l'abri. Le reste, il verrait après. Il avait pris la boîte et, dans ce brouillard de l'esprit qu'il s'était efforcé de maintenir, il avait rejoint Périgueux pour y abandonner la camionnette sur le parking où il l'avait volée. Le propriétaire la retrouvant à la même place, il n'y aurait probablement pas d'enquête et la fourgonnette serait retirée du fichier des véhicules volés.

De là, il avait parcouru à pied le chemin jusqu'à la gare, en se refusant de penser à quoi que ce soit, et était monté dans le train pour Marseille. La boîte à pizza serrée contre sa poitrine, il s'était endormi dès que le TER avait quitté la gare. Une fuite, la seule échappatoire à la folie que sa raison lui offrait. Ne pas réfléchir. Ne pas chercher à savoir. Ne pas réveiller ses peurs. Sombrer dans le noir jusqu'à trouver un endroit où il se sentirait en sécurité.

Les clichés étaient là, témoins irréfutables d'une anomalie dans la toile spatio-temporelle de la vie. C'était une île. Avec des cocotiers, un lagon couleur bonbon à la menthe, des fleurs, une pirogue. Ariane et lui. Lui, sur les bancs d'une université. Une cabane en bambou au bord de l'eau, au toit couvert de palmes tressées. Et encore Ariane et lui. Une existence entière qu'il n'avait pas vécue.

Toutes ces photos le montraient à différents âges. Des souvenirs qui n'étaient pas les siens. Il les classa par ce qui lui semblait être l'ordre chronologique. Bébé dans les bras d'une femme qu'il ne reconnaissait pas. Un peu plus grand, mangeant un gâteau assis sur une chaise haute. Dans une cour faisant du tricycle. Habillé en cow-boy. Adolescent dans un blouson de cuir. Des photomatons avec d'autres jeunes. Lui en costume trois-pièces, un attaché-case à la main devant un gratte-ciel...

Le tiers des photos les représentaient Ariane et lui sous les tropiques. Les Antilles, peut-être. Sauf que les gens en second plan ne ressemblaient pas à des Antillais. Beaucoup de femmes portaient des couronnes de fleurs et presque toutes une fleur à l'oreille. Leur peau était caramel. Cela ressemblait plus à ce qu'il avait vu à la télévision dans des reportages sur la Polynésie française.

Pourquoi apparaissait-il sur ces photos ? Et que foutaient-elles sous le matelas de cette vieille ?

Il ne trouvait aucun sens à ces clichés. Aucune réponse. S'il avait séjourné plusieurs années en Polynésie, comme ces tirages en attestaient, et qui plus est avec Ariane, il le saurait... Ça ne pouvait pas être lui ! Mais alors, qui était cet autre lui-même aux côtés de son ex-femme ?

— Tu te poses de sacrées questions, Nael, n'est-ce pas ?

Nael tourna son regard vers Gaspard.

— Tu as les réponses ?

— J'ai toutes les réponses à tes questions.

— J'écoute.

Gaspard se redressa sur son oreiller.

— Si les photos te disent que tu as vécu là-bas avec ta femme, c'est que tu y as vécu.

— Mais on est divorcés depuis plus de vingt ans. Je ne sais pas ce qu'elle est devenue pendant tout ce temps. Je n'ai jamais eu de ses nouvelles. Je n'ai plus entendu parler d'elle, je l'avais rayée de ma vie jusqu'à ce que je la trouve morte chez cette vieille.

Nael fit une pause avant d'ajouter en se caressant la nuque :

— Que j'ai tuée par hasard… Et maintenant il faudrait que j'admette avoir vécu avec Ariane dans une île lointaine parce que des photos le prouvent ?

— C'est un peu ça. Il faut que tu te fasses à de nouvelles vérités, « Monsieur Samsa », rétorqua Gaspard avec une emphase ironique qui n'échappa pas à Nael.

Il fronça les sourcils.

— Monsieur qui ?

— « Lorsque Gregor Samsa s'éveilla un matin au sortir de rêves agités, il se retrouva dans son lit changé en énorme vermine. » Pour ce qui te concerne, je dirais que la vermine que tu es se métamorphose en monstre et qu'il va falloir que tu vives avec. Hydre à deux têtes. Gorgone aux yeux crevés qui cherche son reflet dans le miroir. Mon pauvre Nael, te voilà face à tes démons.

Nael attrapa le rat et le lança vers la fenêtre.

— T'as rien d'autre à foutre que de me sortir tes citations à la con ? Je suis dans la merde. Je ne sais plus ce qui est vrai, où s'arrête le réel, où commence mon délire. Je suis en train de me perdre, connard ! Et c'est tout ce que tu trouves à dire ?

Gaspard s'ébroua et revint tranquillement se réinstaller sur le lit.

— Faudrait pas que ça devienne une habitude, de me balancer comme ça ! Moi, ce que j'en dis, c'est pour t'ouvrir les yeux. Si tu veux comprendre, regarde.

— Que je regarde quoi ?

— Commence par les photos. Où ont-elles été prises ? Celles qui datent, on s'en fout, mais les dernières ? Celles où tu es avec Ariane. Elles devraient te donner des informations. Si tu trouves le lieu, tu pourras t'y rendre. Tu verras sur place de quoi il retourne : si c'est ton cerveau qui prend la tangente ou s'il y a une autre explication. Dis-toi que tu dois partir à ta propre recherche si tu veux résoudre ce mystère. En attendant, passe-moi la bible dans le tiroir de la table de nuit. J'ai faim.

Nael tendit le volume au rat avant de regrouper les clichés. Il les étudia avec attention jusqu'à ce qu'il trouve ce qu'il cherchait. En arrière-plan d'une photo, on pouvait lire un nom. Écrit en lettres blanches, se découpant au-dessus du toit d'un bâtiment sur un ciel tellement bleu qu'il semblait artificiel : « AÉROPORT TAHITI FAAA ».

— Y avait aussi des lettres chez la mamie, intervint doucement Gaspard.

Nael fit un bond sur sa chaise.

— C'est maintenant que tu me le dis ? Elles sont où ?

— Elles étaient sous le carton à pizza. Je les ai bouffées, j'avais faim.

— Tu les as bouffées ? (Nael ne cacha pas son exaspération.) Comment est-ce qu'on peut être aussi stupide ? On était là-bas pour trouver des éléments qui me permettraient de comprendre ce qui est arrivé et toi tu les bouffes ?

Gaspard poussa un long soupir de lassitude.

— Écoute, tu voulais détruire ce qui pouvait te lier à cette histoire. Où est le problème ?

Nael se prit la tête entre les mains.

— Et... tu les as lues avant ?

Gaspard lui tourna le dos.

— Qu'est-ce qu'elles disaient ? insista Nael.

— Je ne sais pas, je ne les ai pas encore digérées.

Nael ne savait plus s'il devait en rire. Il secoua la tête, vaincu.

— OK. Comme tu voudras. Tu me raconteras ce qu'il y avait dans ces lettres quand tu penseras les avoir digérées.

Sans montrer aucune émotion, le rat quitta le lit et grimpa sur l'épaule de Nael.

— Si j'étais toi, mec, je crois bien que je suivrais la piste des photos. J'ai envie de soleil.

II
UN MÊME CIEL

17

Une alouette dans les filets d'un miroir

Depuis qu'ils avaient quitté Marseille, Gaspard était enfermé dans un mutisme aussi étonnant que normal pour son espèce. Nael en était presque à se demander si seulement le rat avait un jour parlé ! Même si ce dernier se dorait les poils au soleil à ses pieds, l'idée que tout cela n'avait été qu'une construction mentale tournait en boucle dans son esprit.

L'animal avait disparu à l'instant où il présentait son billet d'embarquement à l'hôtesse d'Air Tahiti Nui. Nael avait cru qu'il était parti rejoindre ses congénères dans un égout de l'aéroport de Roissy. Bon débarras ! Et tant pis pour les lettres. Rien n'excluait qu'elles fussent également une pure invention de sa part.

Le vol avait été long et Nael avait eu le temps de se poser des milliers de questions. Il avait peu dormi et passé en revue les photos des dizaines de fois. Surtout celles sur lesquelles Ariane et lui apparaissaient. Y cherchant des réponses. Les clés de cette vie dont il n'avait pas souvenir mais que lui racontaient les clichés : même si cela était absolument impossible, Ariane et lui avaient vécu en Polynésie pendant plusieurs années. Il y avait des dates sur certaines photos, écrites au crayon : Moorea, mars 1997 ; Moorea, juin 2001 ; Moorea, février 2011 ; sur quelques-unes, uniquement Moorea ; sur d'autres, Papeete. Il avait scruté tous les détails, relevé des noms visibles en deuxième ou troisième plan. « La Pétillante », peut-être une usine ou un bâtiment industriel ; « Ia Ora », de toute évidence un hôtel ; « Le Retro », un bar ou un restaurant.

Gaspard réapparut vingt-quatre heures après le départ de Roissy. Sur le marchepied du truck que Nael allait emprunter pour rejoindre la pension Mama Fati à Papeari. Les quelques passagers déjà installés sur les bancs de bois étaient sur le point de le massacrer à coups de bouteille quand Nael s'interposa.

— C'est bon. Il est à moi. Désolé.

Les passagers rejoignirent leur place en manifestant leur dégoût. Gaspard grimpa sur l'épaule de Nael sans un mot de remerciement. Ce qui agaça Nael.

— Tu étais passé où ? Je croyais que tu étais resté à l'aéroport.

Et, pour lui montrer son mécontentement, il poussa le rat d'une chiquenaude. Gaspard perdit l'équilibre, se raccrocha à sa chemise et revint sur son épaule.

— Non... en fait, je me disais que tu n'existes pas.

Gaspard resta muet et Nael n'insista pas par crainte de passer pour un déséquilibré. Les deux gars assis sur le banc en face de lui, deux hommes d'âge mûr, en short et tee-shirt usés ornés du logo *Hinano*, les cheveux luisants de monoï et bien peignés en arrière, sentaient la savonnette Palmolive. Il était tôt. Leurs visages, même endormis, étaient épanouis. Ils l'observaient en hochant la tête et en discutant dans une langue qu'il ne comprenait pas. Maintenant, ils riaient. Sa voisine lui tournait le dos et, recroquevillée sur elle-même à cause de la présence de Gaspard, riait à son tour aux éclats. L'un des Tahitiens se pencha vers Nael et lui tapota le genou. Il leva le pouce.

— Super, ta bête ! Si tu veux des rats comme ça (il désigna Gaspard), j'en ai plein. Tu peux venir chercher à la maison. C'est ma femme elle va être contente !

Le chauffeur mit la radio à fond. Dans le jour naissant, la voix d'un chanteur qui roulait les « r » remplit la cabine du truck. Une valse aux accents de guitare hawaïenne et ukulélé qui parlait « de milliers de petites étoiles qui dansaient devant des yeux rêveurs et de bains de soleil dans la paresse ».

Nael se laissa bercer par la musique. Ses yeux se fermèrent. La fatigue. Le décalage horaire. Cette odeur de tiaré mélangée à celle de savonnette et d'eau de Cologne bon marché. Le roulis du truck. Cette route serpentant entre d'infinis verts s'approchant et se retirant au gré des virages, comme une marée de feuillages… Tout ce basculement d'univers finissait de le maintenir dans un état second à la limite du nauséeux.

Le truck effectuait de fréquents arrêts. Une palme de cocotier jetée sur le bas-côté, et le gros diesel stoppait dans un crissement de freins pour embarquer le ou les passagers qui avaient ainsi indiqué leur intention de monter à bord. S'ensuivaient des saluts, des échanges et des rires joyeux à l'intérieur de l'habitacle en bois ouvert aux quatre vents. Trois longs bancs étroits le flanquaient, deux de part et d'autre et le troisième au centre, sans fixation. Les usagers étaient ainsi brinquebalés, sans jamais manifester la moindre contrariété.

Une main se posa sur son bras. Il ouvrit les yeux.

— Tu as dit au chauffeur où tu veux qu'il t'arrête ?

Un vieil homme buriné par le soleil, le cheveu ras et blanc, sec comme un cep de vigne, le dévisageait.

— Si tu ne lui as rien dit, il ne s'arrêtera pas. Ou alors il faut que tu cognes contre la paroi pour lui signaler que tu es arrivé. Sinon tu risques de faire le tour de l'île et de revenir à ton point de départ, mon garçon. Tu vas où comme ça ?

Nael émergea de sa somnolence.

— À la pension Mama Fati.

— Ah ! C'est sommaire, mais c'est bien. Dors, alors. Je te réveille quand on arrive.

— Merci.

Depuis la route de ceinture où on le déposa avec son rat, Nael dut grimper un chemin de terre sur quelques centaines de mètres avant d'arriver à la pension. Un ensemble de petits fare rudimentaires où des rideaux en paréo faisaient office de portes et des auvents en bambou de fenêtres. Tous regroupés autour d'une cour au centre de laquelle un abri de tôles ondulées servait, à en croire les tables grossières qu'il abritait, de salle à manger commune. Nael n'étant pas venu faire du tourisme, il s'en foutait. Il posa son sac de voyage au pied du lit en tube d'acier galvanisé et à la peinture écaillée, certainement un vieux lit d'hôpital recyclé. Son seul bagage était ce sac qu'il s'était procuré à Roissy avant de partir et avait rempli d'articles achetés eux aussi au dernier moment à l'aéroport. Un voyageur sans bagage est toujours suspect. Plus encore sur des vols long-courriers.

Nael s'allongea et sombra dans un sommeil agité et moite.

Gaspard chercha en vain un livre à grignoter. Il ne trouva qu'un prospectus vantant les atouts de Moorea, l'île sœur de Tahiti. Il attendit.

18

Les mots sont des bruits civilisés

« Nous sommes des déserts, mais peuplés de tribus, de faunes et de flores. »

Nael sursauta.

Gaspard venait de prononcer ses premières paroles depuis Paris. Nael hésitait entre s'en réjouir et s'en inquiéter. Il s'était installé dans la cour de la pension. Trop étouffant dans la chambre. Ici, il pouvait au moins bénéficier d'un peu de vent. Il dégustait une bière à l'ombre des tôles ondulées, l'esprit embué. Il n'avait pas encore réussi à faire le point, à récupérer du yo-yo émotionnel de ces dernières quarante-huit heures. Tout se bousculait dans sa tête. Il n'était plus très sûr d'avoir fait le bon choix en se lançant dans ce voyage. Pourquoi ne pas avoir tiré un trait sur l'assassinat d'Ariane ? Il aurait pu refermer l'abri du transformateur. Reprendre sa vie comme si rien ne s'était produit. Comme il l'avait toujours fait. Oublier.

Peut-on avancer en posant le fardeau du passé sur le bord du chemin sans que quelqu'un nous le rapporte un jour ? Avancer ? Peut-être pas. Mais fuir ? Cela devrait être possible. Il aurait dû réfléchir davantage avant de prendre cette décision. Sa présence ici était-elle nécessaire ? Il examina le rat à ses pieds.

— Tiens ! Tu reparles, toi ?

— J'avais bouffé Deleuze mais pas bien digéré. J'ai des renvois, parfois.

— Attends ! Tu la fermes pendant des plombes, tu colles à mes basques tout ce temps, et maintenant tu viens me parler de « rots » de Deleuze ? Tu me prends vraiment pour un imbécile ?

Un « rot » de rat. J'aime bien !

— Et qu'est-ce que tu avais mal digéré encore, pour rester silencieux ? Les lettres de la vieille, peut-être ? ironisa Nael.

Gaspard grimpa sur le vieux fauteuil en rotin défoncé qui faisait face à Nael, puis sur la table, et se colla à la bouteille de Hinano.

— Ça fait du bien, un peu de fraîcheur. Trop de soleil ! J'ai jamais vu ça !

— Je ne suis pas là pour me bronzer.

— Je sais… Tu es venu pour te retrouver. Mais tu t'y prends comme un manche.

— Ah oui ?

Nael se saisit de la bouteille, privant Gaspard de son abri, et but au goulot une gorgée. La bière n'était pas sa boisson préférée mais celle-ci, même tiède, avait le goût de l'exotisme. Il la leva en direction du rat.

— Bienvenue à toi, Gaspard ! Heureux de te voir toujours aussi optimiste, ricana-t-il. Dans le fond, je crois bien que j'avais raison : tu n'existes pas. Tu n'es rien de plus qu'un emmerdeur imaginaire.

Sans relever, Gaspard précisa sa pensée :

— Explique-moi ce que tu fais ici. Si tu dois trouver des réponses à tes questions, tu ne penses pas que tu devrais t'installer là où il y a du monde ? Ou à Moorea ? Puisqu'il y a plein de photos de Moorea. Sûrement pas dans cette pension perdue !

— Ici, je risque rien.

— Bougre d'idiot ! Personne ne sait qui tu es ! Personne ne te connaît ! Tu ne risques rien nulle part, dans ce pays !

— Ah bon ! Et les photos ?

Avant que Gaspard ait le temps de lui répondre, le vieillard du truck fit son apparition dans la cour. Il s'immobilisa devant Nael, son panier en pandanus tressé à l'épaule chargé de *taros*, de courgettes, de carottes, de *fāfā*, de persil, de gingembre et de corossols.

— Alors ? bien installé ?

Nael leva la tête dans sa direction, la main en visière sur son front pour se protéger de la réverbération.

— Oui, merci.

— Tu seras très bien, ici. Ma Fati est une bonne maîtresse de maison.

D'où sortait le vieil homme ? Nael ne se rappelait pas l'avoir vu descendre du truck.

— Vous habitez ici ?

— Non. (L'homme pointa un doigt vers la route.) Pas loin. À trois kilomètres. Vers l'intérieur des terres près de la rivière.

Il souleva le panier pour le lui montrer.

— J'apporte des légumes et des fruits. J'en ai trop pour moi tout seul. Alors je distribue. C'est rare de voir un touriste, ajouta-t-il en sortant un paquet de tabac à rouler de son panier. En général, ils préfèrent les grands hôtels. Ici, c'est plutôt pour les saisonniers qui donnent un coup de main à la pépinière de Pinus, dans la vallée.

Sans que Nael l'y invite, le vieux s'installa sur un des bancs et roula une cigarette.

— Tu as vu Ma Fati ?

— Elle était là. Elle ne doit pas être loin.

— Alors ? Ça te plaît comme coin ?

— C'est suffisant, rétorqua laconiquement Nael.

Le vieil homme lui tendit la main.

Moi, c'est Raymond. Je n'ai pas eu l'occasion de me présenter dans le truck.

— Nael, lui répondit Nael en lui serrant la main.

Raymond alluma sa cigarette.

— Qu'est-ce que tu es venu faire ici ?

— Comment ça ?

Ignorant la remarque de Nael, le vieux le fixait en silence. Nael poursuivit :

— Je suis en vacances.

Raymond rejeta tranquillement sa fumée.

— Tu as choisi un drôle d'endroit pour des vacances. On est loin de tout. Tu n'es même pas au bord de l'eau ! (Il ajouta :) Et la pension ? C'est par hasard ou tu as vraiment choisi de venir chez Mama Fati ?

D'un geste large il désigna tout ce qui les entourait. Sa voix était douce et posée. Nael sourit.

— À dire vrai j'ai choisi la pension au hasard. Sur le tableau d'affichage des hébergements dans l'aéroport.

Raymond rit de bon cœur.

— Je pensais bien, aussi ! Y a pas un touriste qui vient s'enterrer ici. Tu n'as donc pas préparé ton voyage ?

Nael ne réagit pas. Il connaissait déjà la question qui allait suivre et qu'il redoutait toujours. Raymond la posa avec un rien de malice dans les yeux.

— Tu fais quoi dans la vie ?

C'était inévitable. On demande toujours aux gens ce qu'ils font dans la vie. Manifestement, il est important de situer l'inconnu dans le vaste trombinoscope social. Et le vrai sens de la question n'est pas de savoir ce que l'on fait dans la vie, mais de quoi l'on vit.

Pour Nael, rester discret sur la source de ses revenus était indispensable. Une garantie de quiétude. Se taire, ne rien laisser dépasser. Pas d'aspérité. Pas de prise.

L'argent que lui avait versé l'usine après la mort de ses parents avait été bien placé par le juge de tutelle, et à sa majorité il l'avait investi dans l'immobilier. Ce qui aujourd'hui lui assurait un revenu confortable.

Révéler que l'on est rentier suscite immanquablement une curiosité dangereuse. Il faut expliquer comment on l'est devenu, ce que l'on fait de son temps, quels sont ses projets. Dévoiler des pans entiers de sa vie ou mentir.

Tant qu'à mentir, Nael préférait s'inventer un métier. Longtemps, il avait prétendu être écrivain. Mais ne trouver trace d'aucun ouvrage signé Nael Calaya dans les rayons des librairies aurait pu déclencher dieu sait quel enchaînement de cause à effet préjudiciable à son activité. Quand il s'en était rendu compte, il avait cessé de le prétendre. Il avait pourtant longtemps cru qu'il le serait. Longtemps pataugé dans l'encre des mots jusqu'à en perdre pied. Jusqu'à en perdre Ariane. Mais son rapport aux éditeurs n'était jamais allé au-delà du sempiternel :

« … malheureusement votre manuscrit ne correspond pas à notre ligne éditoriale. »

— Je suis photographe.

Raymond exprima une surprise bienveillante.

— Comme Lilith, ma nièce ! Faudra que je te la présente. Elle connaît tous les coins. Elle pourra t'aider. Mais elle ne vit pas ici. Elle est à Moorea.

Il désigna vaguement une direction en face, sur sa gauche.

— Je ne fais pas de photos de paysage.

Raymond ne cacha pas son incrédulité.

— Tu viens jusqu'ici et tu ne fais pas de photos de paysage ?

Nael ne répondit pas. Raymond laissa le silence s'installer.

Dès qu'il avait aperçu Nael et son rat dans le truck, il avait éprouvé un drôle de malaise. L'aura de cet homme était métallique. Froide. Chargée de vertiges. Raymond avait l'habitude des hommes et se trompait rarement à leur sujet. En d'autres temps, sans doute aurait-il été élevé au rang de *tahu'a*. On aurait fait appel à sa connaissance de l'âme humaine, à sa prédisposition à ressentir l'essence des choses. En Occident, on appellerait ses dons le « sixième sens ». Ici, on parlait du « mana ». Mais les temps changent et toutes les histoires de puissance du mana avaient rejoint le monde des légendes. Pour autant, si une vérité existe, elle n'a pas d'époque. Et le mana n'est pas d'antan. Il est d'aujourd'hui et de demain.

Raymond pressentait que cet homme était torturé. Qu'un mal puissant lui déchirait les viscères. Un combat obscur qu'il avait déjà perdu. Il le lisait dans ses pupilles, larges comme des disques noirs, pareilles à celles du requin. Des yeux dans lesquels tous les regards se noient. Il le devinait au discret rictus qui durcissait son menton. À ses mains horriblement cousues de souffrance. Il le voyait à cette infinie tristesse qui se lovait dans son visage. À ces lèvres exsangues par manque de désir. Son corps en était tout écorché et le sel de la vie lui brûlait la peau. Raymond pouvait entendre les hurlements de ses chairs à vif. Il n'éprouvait pas de sympathie particulière pour cet homme, mais il savait qu'il est toujours possible de rebrousser chemin, qu'il suffit parfois d'une lueur pour indiquer une direction. Il pensait que tout être avait droit à cette lueur. Et que si le destin avait mis Nael sur sa route, c'était non pas pour qu'il soit cette lueur mais pour qu'il la lui montre. Guider avait toujours été sa mission sur ce morceau de caillou jeté dans l'océan.

Il observait la terre battue à ses pieds. Ocre. Propre comme un ciment lissé fraîchement balayé. Entre ses jambes écartées il examinait une procession de fourmis. Elles aussi suivaient une voie. Il s'adressa à Nael sans lever la tête.

— Qu'est-ce que tu penses du paradis ?

Nael haussa les sourcils. Raymond précisa :

— Beaucoup de gens pensent que Tahiti, c'est le paradis. Pas toi ?

Nael sourit. Il se saisit de la bouteille et avala une gorgée de bière.

— Si la bière était plus fraîche, je dis pas.

— Il n'y a pas de paradis qui ne porte en lui son enfer. C'est une nécessité. C'est lui qui indique les limites de propriété, en quelque sorte.

— Je ne comprends pas bien où vous voulez en venir.

— Cesse de me vouvoyer ! Ici, on ne vouvoie que les pierres. Je veux dire par là que le mal est aux aguets partout. Personne ne peut prétendre qu'il ne sommeille pas en lui. Et personne n'en a le monopole. C'est vrai pour les gens. Et c'est vrai pour les terres. Il n'y a pas un endroit où il ne pose pas ses mains sales. (Il secoua la tête.) Mais il y a la rédemption pour l'homme et l'oubli pour la terre.

Nael garda le silence. Le vieil homme continua :

— Comment t'expliquer ? Là, par exemple, quatre personnes ont brûlé sur un bûcher. Tu imagines ? Ici ! Dans ce pays que tout le monde compare au paradis sur terre ! Il y a deux jours à peine. Tu n'étais pas encore arrivé, je pense.

Nael se ferma immédiatement. Pourquoi ce vieux lui parlait-il de ça, là, maintenant ?

— Le mal a frappé à Moorea…

À ces mots, il se demanda si Raymond essayait d'établir un quelconque rapport entre lui et cette histoire de bûcher. Pour quelle raison ? Que s'était-il passé à Moorea ?

— Eh bien, tu vois, ça restera quand même le paradis pour des millions de gens, reprit le vieux.

Nael demeura sur la défensive.

— Tant mieux.

— Il en va de même pour l'homme. Quelles que soient ses fautes, un être humain reste un être humain.

Raymond tira sur sa cigarette.

— Que dirais-tu de m'accompagner à Moorea demain ? La maison de Lilith est sommaire mais c'est mieux que la pension de Ma Fati, plaisanta-t-il. Tu pourras te reposer avant de t'atteler à ce que tu es venu faire. Qu'est-ce que tu en penses ?

131

Nael ne s'attendait pas à cette invitation. Il n'aimait pas la tournure que prenait la discussion. Le vieillard avait installé un malaise avec cette histoire de paradis. De mal. D'enfer et de crime. Son propos le désorientait.

— Je ne sais pas. (Il hésita.) On ne se connaît pas. C'est très gentil de votre part. J'avais l'intention d'aller à Moorea, mais pas maintenant. J'ai des trucs à faire à Tahiti avant.

— Tu cherches quoi ?

Les questions de Raymond étaient trop incisives. Ses allusions pas très claires. Son propos général suscitait en lui la défiance. Pourtant, quelque chose lui soufflait que cet homme pourrait lui être utile. Il semblait connaître beaucoup de choses sur beaucoup de monde. Et s'il avait des informations sur Ariane ou sur lui ? Autant en avoir le cœur net tout de suite. Après tout, pourquoi ne pas lui apprendre qu'il était sur les traces d'Ariane ?

— Je cherche des gens qui auraient connu une femme.

Il sortit une des photos de sa poche et se pencha vers Raymond.

— Vous la connaissez ?

Le vieillard examina longuement le cliché avant de le lui rendre.

— Deux choses. La première : je ne suis pas une pierre. Ne me vouvoie plus ! La seconde : tu as tort de ne pas accepter mon invitation. Lilith pourrait sans doute t'aider. Elle travaille pour *La Dépêche*, le journal local. En ce moment, elle couvre avec Maema, une amie journaliste, le festival des danseurs du feu. Elle rencontre pas mal de monde. Je te dis ça parce que

132

ce visage ne m'est pas complètement étranger, mais je ne saurais te dire pourquoi. Je n'arrive pas à me souvenir où j'aurais pu le voir. Lilith a meilleure mémoire que moi.

— Ce visage ne t'est pas complètement étranger ? Qu'est-ce que tu entends par là ? Est-ce que tu l'as vu et tu ne te rappelles pas où ? Ou est-ce que tu ne sais pas si tu l'as vu ?

Nael ajouta, avec une défiance contenue :

— Et moi, mon visage te dit quelque chose ?

— Oui, dit calmement le vieil homme.

Nael frissonna.

— Beaucoup de souffrance.

Nael se figea un instant. Perplexe et contrarié.

— Oh, attends ! Je ne t'ai pas demandé une psychanalyse. Je veux juste savoir si tu me connais. Si tu penses que nous nous sommes rencontrés un jour, ici ou à Moorea.

Raymond sourit.

— Si c'était le cas, tu devrais le savoir aussi bien que moi. Mais, maintenant que tu le dis… C'est confus, pourtant ton visage non plus ne m'est pas totalement étranger.

— C'est-à-dire ?

— Quelle drôle d'expression ! Que veux-tu que je te dise de plus ? C'est une impression. Il me semble que ton visage ne m'est pas inconnu. Voilà tout. Est-ce important ?

— Ce qui est important pour moi, c'est de rencontrer des gens qui ont connu la femme que je t'ai montrée.

Nael marqua une pause avant de préciser :

— … ou qui pensent m'avoir rencontré.

— T'avoir rencontré, toi ? Ici ? Tu es déjà venu ?

— Peu importe. Est-ce que tu peux faire un effort au sujet de la femme ?

Raymond réfléchit. Seul un vague sentiment de déjà-vu lui remontait à la mémoire. On rencontre tellement de monde, dans les îles ! Des gens de passage. Des gens qui ne savent pas encore qu'ils le sont. Des rêveurs qui pensent être les premiers à découvrir cette terre. Des ignorants. Des savants incultes. Des imbéciles qui s'égarent et se trompent de siècle. Des combattants d'opérette que personne n'a conviés. Pollueurs par cupidité. Destructeurs par ignorance. Chercheurs de gloire. Nouveaux missionnaires. Aussi peu adaptés que leurs prédécesseurs. Parole occidentale. Vagabonds des mers et des terres. Conquérants de la nouvelle ère. Humanistes attardés confondant le métissage et le respect. Dominateurs diaboliques. Tristes mélancoliques parasites de l'idée du bonheur. Occupants à titre pacifique. Envahisseurs. Donateurs de guillotine. Grignoteurs de pensée. Amoureux de projections mentales erronées. Égarés de l'Ancien Monde. Petits-maîtres en quête d'identité. Voyageurs incrédules. Artistes ébahis aveugles. Incompatibles. Usurpateurs. Pauvres damnés tombés en paradis. Naufragés de la vie, échoués entre les cocotiers du purgatoire... La liste était longue dans l'esprit du vieil homme. Tant et tant de profils aussi intéressants que futiles. Forcément, ils ne laissent qu'un souvenir éphémère.

Le visage de cette femme lui évoquait quelque chose, il en était maintenant sûr, tout comme celui de Nael. Le lien existait, en revanche Raymond était incapable de mettre le doigt dessus.

— Je voudrais bien t'aider. Seulement je n'arrive pas à me souvenir. Je suis sûr que Lilith saura. Si tu ne veux pas m'accompagner, tu peux me donner la photo. Je lui montrerai. Je te dirai ce qu'elle en pense à mon retour la semaine prochaine.

Il ajouta avec précaution :

— Il me semble bien… enfin, le visage me fait penser à une photo que je crois avoir vue dans le journal. Je ne sais plus quand. Et je n'en suis pas sûr. Le tien aussi, d'ailleurs…

Il n'était pas question pour Nael de se séparer d'aucune photo d'Ariane.

— Je n'ai que celle-là, mentit-il. Je ne peux pas te la laisser.

— Comme tu voudras.

Le vieil homme se leva et se dirigea vers le fare principal, celui de Mama Fati. Il montra à Nael son panier.

— Je dépose tout ça dans la cuisine. Tu lui diras que je suis passé.

Dès que Raymond eut disparu, Gaspard pointa le museau.

— T'as vu ? Pas un mot sur moi. Comme si je n'existais pas ! Il est bizarre, cet homme, mais pas inintéressant. C'est un début.

— Un début de quoi ?

— Un bon début ! Quelqu'un qui pense connaître ton cx, c'est un bon début. Même toi, il pense te connaître. Pourquoi aller chercher ailleurs ? Autant suivre la piste qu'il t'indique. Il te dit que sa nièce en saura plus que lui. Va voir sa nièce. Qu'est-ce que tu risques ? Tu es venu ici pour ça. Pour comprendre comment ton ex a pu se retrouver à Tahiti avec un mec qui te ressemble comme deux gouttes d'eau.

— Je ne connais pas ce type, je ne vais pas le suivre chez sa nièce à Moorea.

— Pourquoi pas ? Tu as fait bien plus rock and roll dans ta vie, non ?

Le ciel commençait à s'épaissir. L'impression était surprenante. Il ne se couvrait pas. Il devenait de plus en plus épais, virant du bleu au blanc sans à-coups. Puis maintenant du blanc au sombre. La pluie attendait son heure. Et Nael, la pluie, il l'espérait.

— Je ne sais pas. Ça va trop vite. Je ne connais pas d'endroit où les gens t'invitent sans te connaître.

— Tu ne fréquentes pas les bonnes personnes. Ce n'est pas une question d'endroit. En plus, qu'est-ce que cela peut bien te faire ? C'est une occasion : saisis-la !

— Je suis venu comprendre pourquoi Ariane a atterri dans ce pays et ce qu'elle faisait avec mon sosie.

— Ton sosie ?

— Qui veux-tu que ce soit ? Ça ne peut pas être mon jumeau, je n'en ai pas, et ça ne peut pas être moi, ou alors il faudrait que j'aie un don d'ubiquité hors normes.

— Ou que tu souffres d'un dédoublement de la personnalité assorti d'amnésie. Tu as vécu à Tahiti avec ta femme. Pour une raison que j'ignore tu l'as tuée pendant ton dernier voyage en France, et le choc a été tel que tout un pan de ta vie a été effacé de ta mémoire. Et remplacé par de faux souvenirs.

Les premières grosses gouttes tombèrent, rebondissant sur les tôles en faisant tonner le métal. Nael n'écoutait plus le rat. Aucune nécessité de raconter ces

136

années passées à essaimer les morts pour lui prouver qu'il avait tort. Gaspard ne comprendrait pas. Pas sûr non plus qu'il le croie : l'« homme aux cent crimes » n'existait aux yeux de personne. Pas même dans un quelconque imaginaire. Ce n'était pas un rat qui pourrait partager avec lui la réalité de ces dernières années. Il n'avait rien inventé, rien fantasmé, rien imaginé. Il avait bien tué tous ces gens-là.

Sur ces cent six victimes, trois seulement avaient été attribuées au même criminel. Celles du « tueur des nuages », comme l'avaient surnommé les journalistes. Le surnom lui avait bien plu. Pour le reste, les flics continuaient à patauger. Des dossiers supplémentaires qui avaient grossi la pile des affaires non élucidées.

Les trois victimes étaient mortes d'une balle reçue au sommet du crâne. Tirée depuis le ciel. Nael savait que s'il opérait plusieurs fois de façon similaire, la police s'engouffrerait dans le schéma du tueur en série. Or une série de trois, ce n'était pas ce que Nael appelait une série. Tout au plus un sous-groupe.

La première, il l'avait abattue dans un champ de maïs. Il n'avait pas osé opérer dans un lieu public avant d'être certain de bien maîtriser le drone. Un outil fabuleux. Il avait modifié l'engin lui-même et transformé ce jouet inoffensif en une arme téléguidée munie d'un silencieux.

Une arme à feu volante.

L'homme, un chasseur, avait reçu la balle comme une météorite tombée du ciel. Sa casquette kaki était restée collée à son crâne.

Mort, le fusil à l'épaule. En position de tir.

Son décès avait sauvé une bécasse.

L'image que la caméra embarquée lui avait renvoyée était incroyable. L'homme ne s'était pas effondré dans les maïs. Il était resté debout. Figé dans sa posture ridicule. Une tache sombre recouvrant lentement sa casquette. Nael n'en avait pas cru ses yeux.

La deuxième était une femme promenant son enfant dans une poussette. Il l'avait exécutée dans les jardins du Luxembourg. Cette fois, elle s'était écroulée. Les gens s'étaient précipités vers elle et la foule n'avait pas tardé à brouiller l'image. Personne n'avait songé à lever les yeux vers le ciel.

La troisième et dernière victime était un pasteur. Pendant un prêche. Nael avait pensé frapper les esprits en choisissant un religieux. Il n'en fut rien. Une mort parmi les autres… Le temple était en travaux et il n'avait eu aucune difficulté à y faire pénétrer le drone. En revanche, malgré le silencieux, l'écho de la détonation sourde avait failli le trahir. Par bonheur, tous les fidèles s'étaient jetés au sol.

Ensuite, il avait hésité.

Une quatrième victime ?

C'était tentant… Il se serait bien laissé séduire par l'idée d'exécuter un artiste devant son parterre de fans. Un concert populaire. Une de ces grands-messes données en « l'église » du Champ-de-Mars. Des dizaines de milliers de bigots sous dépendance hurlant à la mort. Un dieu de papier explosé sur la scène sous les spotlights. Une balle vrillée jusqu'au tréfonds de l'hypothalamus.

Il y avait renoncé. Tout en se laissant la possibilité d'y repenser dans un futur vague.

Les hypothèses aussi farfelues les unes que les autres avaient fait les « unes » des journaux pendant des semaines. « Colère divine » pour *Éthique et Liberté* ; « Ils sont parmi nous » pour *Le Nouvel Obs* ; « Pluie de balles perdues » pour *Libé* ; *Le Parisien* s'était même fendu d'un « Cauchemar télékinésique ».

Un petit journaliste de *Ouest-France* avait le premier levé le lièvre et découvert que le tueur avait utilisé un drone. Nael avait voulu le rencontrer. Il s'était rendu à Rennes. Puis, une fois sur place, il avait abandonné. Trop risqué. Il avait fini par exécuter un chauffeur de taxi dans une rue peu fréquentée près de la gare. À la corde à piano. Et avait repris le train.

Il n'était plus jamais retourné à Rennes. Il ne saurait jamais qui était ce journaliste. Une recherche sur Internet lui avait fourni quelques éléments. Sans intérêt. L'essentiel d'un homme est dans ses vibrations, le reste n'est que résultante sociétale. Il faut s'approcher d'un homme pour le percevoir. De cortex à cortex. En dehors de tout dogme. D'animal à animal.

L'idée de faire ressurgir la peur ancestrale que le ciel pouvait tomber sur les têtes l'avait amusé. Mais le risque était trop grand. Nael n'avait plus utilisé de drone après la mort du pasteur.

Un jour.

Plus tard.

Peut-être.

Le ciel se déchaîna soudain. Une pluie diluvienne s'abattit sur l'abri précaire dans un vacarme assourdissant qui mit fin à sa conversation avec le rat.

19

Mon pays est un rêve
tant que dorment les dieux

La pluie faucha Raymond à mi-chemin de chez lui, puissante comme le soc qui sillonne la terre. Des ruisselets couraient déjà sous ses pieds nus, cherchant le chemin de la mer. Comme ces tortues à peine écloses. Raymond honorait la pluie. C'était elle qui avait façonné sa terre. Ses vallées. Offert de vastes rivières d'eau claire où frayaient les *nato*. Nourri les manguiers, les 'uru, les flamboyants, les banians, les fougères… N'ayant pas de préférence, elle s'offre à qui la reçoit.

Il ruisselait.

C'est la vie qui coulait sur lui. Il aimait sentir son contact sur sa peau parcheminée. Dernières caresses sensuelles auxquelles un vieil homme peut prétendre. Il aimait. Il aimait sentir l'eau rouler au creux de sa nuque, glisser le long de son dos, se perdre sur ses reins. Lui effleurer les paupières. Lui buriner le visage comme elle burine la roche.

Il n'aurait pas à arroser ce soir.

La rivière sera gonflée et son chant rocailleux le bercera toute la nuit.

Quand il arriva, les eaux qui descendaient de la montagne vers la vallée s'étaient regroupées aux abords d'un replat pour créer une cascade au bouillonnement blanc. Comme à chaque fois que les pluies étaient intenses. L'écume finirait par s'éteindre plus tard, quelques heures après l'orage. Parfois, la cascade déversait pendant plusieurs jours sa colonne blanche dans la rivière en contrebas. Avec les années, une vasque s'était formée à cet endroit : une piscine naturelle où il faisait bon tromper la chaleur dans la transparence de l'eau fraîche. Raymond aimait ce lieu autant qu'il aimait sa propriété à Moorea.

Il n'essaya même pas l'interrupteur. Il pompa deux ou trois fois sur le petit piston extérieur de la lampe. Dès le pétrole suffisamment sous pression, il alluma le manchon du *mōrī gaz*. Par temps d'orage il n'y avait pas de courant dans la vallée.

Il repensait à sa rencontre avec Nael. Ce visage… Plus il cherchait, plus une vague image se dessinait. Associée à quelque chose de triste. À un événement douloureux. Impossible de se remémorer davantage. Juste ce sentiment de tristesse associé à cet homme. À moins qu'il ne s'agisse de la femme… Il constata une fois de plus que personne ne vient à Tahiti par hasard. Il y a toujours une histoire qui conduit ici et pas ailleurs. Un cheminement de vie. Nael, comme les autres, était en quête d'une vérité. C'est toute la différence entre les hommes qui arrivent quelque part et les hommes qui y grandissent. Raymond ne cherchait pas. Il savait que chacun est le secret du secret. Il vivait son temps dans son temps. Nulle nostalgie d'un passé révolu. Connaître son passé, ce n'est

141

pas être le passé, et le singer ne le fait pas renaître. On ne devient pas ce qui n'est plus.

Il avait essayé d'inculquer cette vision à Lilith, mais il craignait de ne pas avoir atteint son but. Lilith n'avait pas réussi à trouver l'équilibre entre les deux mondes. Elle était partagée entre le fardeau des origines et la liberté du futur. Depuis son adolescence, elle s'était sentie investie d'un devoir de mémoire. Voire de témoignage. Raymond s'était fâché le jour où elle était rentrée à la maison avec son *moko* sur le visage. Il avait été furieux. Furieux qu'elle ne lui ait pas demandé la permission ; permission qu'il lui aurait certainement refusée. Furieux de ne pas avoir pu lui expliquer, lui, ce que signifiait ce type de tatouage ; même si elle lui avait rétorqué que le tatoueur s'en était chargé : « Je sais : le tatouage sur le menton de la femme, c'est un rituel du passage à l'âge adulte. » Il avait enragé de ne pas avoir eu le temps de lui faire comprendre combien cette décision engageait son avenir. Penses-tu vraiment qu'au vingt et unième siècle une femme, fût-elle maorie, a besoin de se tatouer les lèvres en bleu pour devenir femme et attirer les hommes ? Pour prouver son courage afin d'être mise en avant par son futur époux ? Cette époque-là est révolue.

L'adolescence est un âge difficile. La rébellion y fait son nid. D'autant plus confortable quand l'enfance a été bafouée. Raymond revit sa sœur le jour de son départ. La petite sur la terrasse. Le truck qui s'éloigne sur la route blanche entre les cocotiers. Elle n'avait pas pleuré. Elle n'avait rien demandé. Sa mère s'en allait. C'était tout. Elle était restée longtemps collée contre sa jambe. Sa vieille peluche serrée contre sa poitrine. Silencieuse. Il en avait eu le cœur brisé. Il n'osait pas bouger. Au bout d'un moment la gamine avait fini par sortir de sa torpeur. Elle s'était dirigée vers la plage, sans dire un mot, et avait jeté son doudou aussi loin qu'elle le pouvait dans l'eau du lagon. Il n'avait pas tardé à couler. On ne l'avait plus jamais revu. Pas plus qu'il n'avait revu sa sœur. Elle envoyait parfois une lettre à l'occasion des fêtes. Même pas tous les ans. Une carte postale, le plus souvent. Elle y disait ce qui lui semblait intéressant. Sa vacuité débordait des lignes. Des phrases copiées dans un guide d'écriture de courrier. Vides. Lilith avait fini par ne plus les ouvrir.

Il regarda dehors. Le vent s'était levé. La nuit n'était plus que bruit. Il décida qu'il ne prendrait pas le 'Aremiti' pour rejoindre Moorea le lendemain. La mer sera trop mauvaise. Ce sera un jour à planter. Il avait deux nouveaux hybrides à mettre en terre : des pamplemoussiers marquisiens, aux fruits lourds, sucrés et juteux, et des orangers sauvages, du plateau Maretia, dans la vallée de la Punaruu. Ce serait l'occasion. La terre serait tendre, facile à creuser. Prête à accueillir les plants.

Lilith était comme ces arbres hybrides. Ses racines singulières parce que plurielles. Raymond le savait. Le métissage est l'avenir du vivant. Mais à quel prix ! Quand elle avait découvert ses origines, ça avait été comme si le monde basculait vers des milliers d'autres possibles. Comme si Raymond lui avait révélé qu'elle possédait un don unique lui ouvrant tous les chemins. Mais également lui offrant la solitude en compagnon de route. L'hybride doit se construire et s'inventer seul. Il n'est ni l'un ni l'autre, et l'on attend tout de lui. Qu'il soit meilleur que l'un et l'autre.

Les scénarios se reproduisent d'une manière étrange d'une génération à l'autre. Parfois, ils donnent l'illusion d'être différents, or ils cachent les mêmes ressorts. Le père de Lilith était né à Paris d'une femme libérée, voyageuse sans frontières, aux idées bien en avance sur son époque. Elle avait fait escale à Tahiti. Y avait eu des aventures avec de nombreux hommes dans un tourbillon d'épicurisme. L'un de ses amants polynésiens était le père de ce garçon né quelques mois plus tard au cœur du Marais. Il avait grandi là-bas, entre sa mère et ses grands-parents. À l'âge d'homme il avait voulu connaître le pays de ce père fantasmé. Ce merveilleux sauvage à la peau huilée. Peut-être le retrouver. Il n'avait pas trouvé son père mais avait rencontré une femme.

Quand Lilith vint au monde, il était reparti depuis longtemps. Paris lui manquait. Sa vie ne pouvait pas se résumer à un enfermement insulaire. Il avait besoin de boîtes de jazz, de théâtres, de culture, de musées. De fêtes mondaines. De sa mère. Cette femme dont l'ADN circulait dans les veines de Lilith et lui donnait la double légitimité d'être d'ici et d'ailleurs.

C'est ce qui la sauvait. Elle avait fait de l'abandon la source. Pas le manque, pas le désamour : la source. Elle s'y désaltérait et y trouvait la délicieuse amertume des oranges et la douceur des pamplemousses. Elle savait, tout comme Raymond, que ces abandons successifs qui avaient été le fil directeur de sa lignée étaient ce terreau qui la nourrirait jusqu'à la fin.

Il aimait cette petite. Il lui avait appris tout ce qu'il savait. Avec plus ou moins de résultat. Comme un père. Il lui avait enseigné le respect ; de soi et des autres. Du temps, aussi ; celui qui nous a faits et celui avec lequel, de nos mains, nous façonnons l'avenir. À ne pas sombrer dans les croyances, sans pour autant les combattre. Les survoler, les contourner, les entendre, tout en les tenant à distance. À écouter le battement de son cœur, qui donne le tempo de la vie.

Et seulement lui.

Raymond prépara du *punu pua'atoro* avec du chou rouge, du *pota* et du riz blanc. Il n'avait plus de petits pois. L'oignon rissolait dans la poêle. L'odeur envahissait le fare. Il avait faim. Cette marche sous la pluie lui avait ouvert l'appétit. La maison était doucement éclairée. Une délicate lumière centrale. À hauteur d'homme, à portée de main. Posée sur un meuble bas. Le plan de travail. La table. Une lumière chaude, vivante, avec laquelle on avait envie de parler. Lui demander ce qu'elle pensait de ce qu'elle était devenue à travers les âges. Si elle aussi était sujette à la nostalgie. Une lumière amicale et bienveillante.

Il avait transmis sa tendresse pour cette lumière fragile à Lilith. Elle préférait souvent s'éclairer avec des lampes à pétrole plutôt que de mettre en route le générateur. Il sourit. Sa présence lui manquait. Il avait choisi de s'installer ici et de lui laisser le fare de Moorea pour qu'elle puisse vivre sa vie sans avoir sur le dos un vieux machin avec ses habitudes, « ses manies », dirait Lilith. Son mauvais caractère, ses idées arrêtées, sa foutue expérience qu'il ne pouvait s'empêcher de mettre en avant chaque fois que l'occasion se présentait. Pourtant, il le savait, l'expérience est comme un cure-dents : elle ne sert qu'une fois. Sa façon d'approuver ou de désapprouver les choix de

Lilith sans prononcer un mot. Même ses silences étaient encombrants.

Il se mit à table. Le tonnerre était venu apporter son soutien au vent et à la pluie. La chorale des éléments entamait le chant des forces de la terre. Un chant guerrier et salutaire. La promesse de jours fertiles. D'une terre lavée de ses souillures. D'un soleil à venir. La promesse du renouveau et de l'éternel recommencement. Et sous son toit, la paix. Les ombres tendres. L'odeur d'un plat chaud.

Raymond se leva pour chercher une bouteille d'eau dans la cuisine. Le frigo ne fonctionnait pas mais l'eau était encore fraîche. Il la prenait à la rivière. Il constata qu'il n'avait plus de beurre. Il lui faudrait aller faire quelques courses. Demain ou plus tard, à son retour : il avait toujours l'intention de rendre visite à Lilith dès que les fortes pluies auraient cessé, sans doute le lendemain en fin de journée. Il partirait le jour suivant. La cocoteraie de Moorea avait besoin d'un peu d'entretien. Même s'il n'exploitait plus le coprah depuis longtemps, il fallait cueillir les cocos avant que les rats ne les dévorent ou qu'elles ne tombent sur la tête de quelqu'un. Les pamplemoussiers avaient besoin d'être taillés. Les haies également. Ajouter du corail au pied des tiarés. La maison elle aussi avait besoin de quelques travaux. Rien de bien grave : les gouttières à nettoyer, le robinet extérieur à changer, consolider la grande table de la terrasse... Des bricoles. Un bon prétexte pour voir Lilith. Cette fois, il avait un sujet de conversation. Il lui parlerait de Nael. À moins que ce ne soit elle qui le saoule avec les touristes assassinés sur le marae. Ce qui était plus vraisemblable. Quelle tristesse ! Dans *La Dépêche* il avait lu que les gendarmes n'avaient pas retrouvé le bras ou la jambe d'une des victimes. Sûr qu'on allait encore parler de cannibalisme ! Quel curieux fantasme occidental ! À croire qu'ils en rêvaient. Comme d'une frustration ancestrale.

Raymond ricana. La nature humaine est insondable. Ils parleront de cannibalisme parce que, dans l'échelle de l'horreur, ils le positionnent tout en haut. La mort fascine. Mais plus encore : la façon qu'elle a de se présenter et ce qu'il advient après.

Il était certain qu'avec Lilith ils parleraient plus du bûcher de Mahine que de Nael et de sa photo. Pour une fois qu'il avait une histoire originale à lui raconter, le bûcher lui volerait la vedette !

Il finit son repas en savourant l'instant. Il aimait sa vie. Il l'avait toujours aimée. D'aussi loin qu'il s'en souvenait, il l'avait aimée. Même durant les jours les plus noirs. Aujourd'hui il ne lui en voulait plus de la mort de Turia. Elle reposait en paix dans le jardin de la maison de Moorea. Il aimait apporter des fleurs sur sa tombe. Surtout des frangipaniers et des tiarés. Elle adorait leur parfum. Il avait planté juste à côté de la tombe un *pïtate* qui fleurissait en permanence. L'odeur du jasmin, c'était aussi la présence de Turia.

Il pensait à elle et, sans raison, soudain le visage de Nael s'imposa à lui. Il se rappela d'un coup où il l'avait vu.

Un frisson lui parcourut l'échine.

Il connaissait cet homme et son histoire.

Cet homme était mort.

20

Les enfants ne peuvent bâtir leurs royaumes qu'avec la terre des hommes

La terre rouge était si dense autour de la trentaine de logements sociaux construits en quinconce au fond de l'impasse que même les pluies torrentielles qui s'étaient abattues n'avaient pas réussi à la rendre boueuse. Lilith arrêta le moteur de sa vespa. Elle resta assise sur le siège. Trois chiens efflanqués au pelage roux et aux yeux jaunes se levèrent sans quitter leur abri entre les pilotis des maisons et grondèrent dans sa direction. N'ayant pas la force d'aboyer, ils se contentaient de montrer leurs crocs fatigués. Par crainte.

Lilith lança à leur endroit quelques mots gentils en inspectant les lieux. Les chiens bâillèrent et reprirent leur sieste. Elle s'aperçut qu'ils étaient bien plus que trois à se reposer à l'ombre. Une meute. Le lotissement social datait des années quatre-vingt-dix. À l'époque, le territoire offrait les matériaux nécessaires à l'édification de petits fare en *pinex* et tôles ondulées avec terrasse, et les bénéficiaires se débrouillaient pour monter les fare livrés en kit. Le résultat était assez hétéroclite. Certains, peu nombreux, étaient allés jusqu'au bout de la démarche et les maisons étaient plutôt coquettes et colorées. D'autres s'étaient arrêtés en route. Des tasseaux de bois de toutes dimensions, des panneaux de pinex et montants de fenêtre pourrissaient en tas, abandonnés aux ardeurs des mauvaises herbes et du mauvais temps. Certains pilotis avaient fait place à de gros fûts rouges attaqués par la rouille. Remplis de pierres et de terre, ils supportaient de leur ferraille bedonnante le plancher des fare dont la construction n'avait pas été menée à son terme. Éparpillés entre et sous les maisons, des cadres de vélo, des moteurs en perdition, de l'électroménager déglingué aux câbles ballants, des bidons de peinture jamais ouverts. De vieilles portes inutiles gisaient au sol, défoncées, au milieu de pieux, de bassines, de barres à mine, de chaînes, de vieilles gouttières, de restes de jouets en plastique. Dans des pots alignés avec tendresse et régularité le long des terrasses poussaient toutes sortes de plants de fleurs, oiseaux du paradis, roses porcelaine, tiarés, bougainvilliers, hibiscus, orchidées. Un ordre qui contrastait avec l'allure de brocante à ciel ouvert de l'ensemble du lotissement. Les télés étaient allumées et Lilith pouvait voir entre deux battements de rideaux les écrans raconter un monde si lointain qu'il ne pouvait pas être réel. Le son était à pleine puissance et les femmes et les gamins qui voulaient communiquer à l'extérieur devaient crier pour s'entendre. Un air d'Italie au pays du silence.

— Salut Lilith, lui lança l'une des femmes qui arrosaient les plantes.

— Bonjour, Maei. Ça va ? Tu arroses tes plantes, avec la pluie qui est tombée pendant deux jours ?

— Ça reste pas dans les pots et avec le vent, ça sèche. Je suis obligée d'arroser tous les jours. J'ai dit à Albert de les planter dans la terre. Mais si ça se mange pas, il plante pas ! (Elle se mit à rire.) C'est comme ça. Alors j'arrose.

Lilith rit également.

— T'as pas vu Moana ?

— Oh ! il traîne sûrement avec les frères Paratau. Va voir chez Tita.

Lilith descendit de sa vespa et se dirigea d'un pas nonchalant vers un fare peint en bleu tout au bout du lotissement. Le dernier fare avant la brousse.

Elle voulait avoir une discussion avec les trois jeunes. L'altercation avec les Indonésiens au Ia Ora les rendait sinon suspects des crimes, du moins suspects d'effraction. Les bungalows avaient été mis à sac et Lilith tenait à entendre les trois jeunes avant que les flics ne leur tombent dessus. Sans trop se l'expliquer, elle se sentait concernée par le sort de Moana et des frères Paratau. Peut-être parce qu'elle avait découvert l'effraction des bungalows. Même si elle avait conscience qu'avec ou sans elle ils auraient été suspectés. Elle les connaissait depuis toujours. Ils étaient inséparables. Ensemble pour les coups durs, ensemble pour les emmerdes. Malgré la colère qu'elle avait toujours nourrie à leur égard, elle ne pouvait réprimer une certaine tendresse. À ses yeux, ils étaient le résultat de la défaillance des pouvoirs politiques et de l'abandon général dont ils étaient, d'une certaine manière, les victimes. Quelles auraient été leurs vies s'ils étaient nés deux siècles plus tôt ? Pour autant, tous les gamins du quartier n'avaient pas mal tourné. Une mauvaise conjoncture et un terreau propice suffisent pour que les germes du mal s'installent. C'était ce qui était arrivé à ces trois-là. Un vrai gâchis !

Elle les savait cependant dangereux. Les deux plus âgés, Moana et Vetea, allaient sur leurs vingt et un

150

ans. Rei, le cadet, n'en avait pas dix-huit. Lilith éprouvait pour lui une certaine indulgence à cause de son handicap : une déficience mentale légère due à une méningite que les deux autres avaient toujours exploitée à leur bénéfice. Un petit gars sous influence, rarement conscient de ce qu'il faisait et devenu un risque pour la société. Une bombe à retardement. À l'adolescence, ces trois-là s'étaient mués en un animal tricéphale, ingérable et redoutable.

Lilith s'était opposée au petit groupe quand il s'en prenait à Téchao. Elle leur avait en vain expliqué que la différence est une constante et qu'elle ne doit susciter aucune condamnation. Que ce n'est ni un don ni une tare, seulement une réalité universelle, qui fait de chacun un être unique. Tout comme ils l'étaient tous les trois. Aucun argument n'avait jamais trouvé d'écho en eux. Elle les avait vus partir en vrille. Suivi de loin leur déshérence. Personne ne voulait connaître la suite, mais personne ne l'ignorait : il leur faudrait beaucoup de chance pour ne pas finir à Nuutania.

Dès que le directeur de l'hôtel avait été prévenu, ses soupçons s'étaient portés sur eux. Il avait immédiatement contacté la gendarmerie. Les gendarmes étaient venus constater les dégâts. Kae s'en voulait de n'avoir pas fait l'inventaire des lieux avant l'arrivée des renforts. D'autant qu'il avait appris que, finalement, il y avait des chances pour qu'aucune aide ne vienne de Paris. Pour des raisons prétendument budgétaires, on allait certainement prendre la décision de laisser les effectifs en fonction s'occuper de l'affaire. Leur compétence n'étant pas à mettre en doute. En d'autres termes, cela signifiait : « Démerdez-vous. Après tout, vous êtes payés pour ça. » Ce à quoi s'attendait Kae.

Les bungalows avaient été fouillés de fond en comble. Malgré la désapprobation de Maema, Lilith était entrée faire des photos avant d'alerter le directeur. Les pièces étaient sens dessus dessous. Quelqu'un avait tenté de forcer le petit coffre-fort fixé à l'intérieur du placard. La porte en acier était vrillée mais elle avait résisté. Des traces laissées par un tournevis ou un outil équivalent étaient visibles sur la peinture.

Les valises ouvertes gisaient au sol, vidées de leur contenu éparpillé autour du lit. Tous les vêtements masculins avaient été lacérés. Les brosses à dents brisées, ainsi que tous les objets personnels des deux Indonésiens. Tout ce qui appartenait aux deux femmes avait été épargné. Difficile de savoir s'il y avait eu vol. Vandalisme, à coup sûr. Le directeur de l'hôtel avait tout de suite opté pour un passage à l'acte des trois jeunes qui avaient proféré des menaces à l'encontre des deux Indonésiens. Il s'agissait d'un acte de vengeance. La destruction de leurs effets personnels en attestait. Son hypothèse, même douteuse, paraissait crédible : ceux qui étaient entrés dans les bungalows cherchaient visiblement à s'en prendre aux hommes uniquement.

Mais pourquoi après leur décès ? S'il s'agissait des assassins des quatre touristes, se limiter aux affaires des deux hommes avait quelque chose de dérisoire. Cela confortait l'opinion du directeur de l'hôtel, et les gendarmes voulaient entendre Moana et les frères Paratau.

Tita étripait des anguilles à oreilles. Les temps changeaient ; il n'était pas loin, celui où ces anguilles étaient encore sacrées.

Assise en tailleur au bord du caniveau, un tuyau d'arrosage à portée de main, elle les préparait pour le dîner. Une dizaine de chats faméliques se tenaient à distance, attendant le bon moment pour ripailler. Chaque fois que Tita, d'un geste maîtrisé, balançait les boyaux et les têtes dans le caniveau en les poussant d'un coup de jet d'eau, les chats se précipitaient pour s'emparer des morceaux de choix et les emporter plus loin, à l'abri des humains.

— Salut, Tita. Tu vas les faire à quoi ?

— Sautées au beurre. C'est comme ça qu'il les aime, Gilles.

— Je cherche Moana. Maei m'a dit qu'il était chez toi avec tes fils.

Tita secoua le buste avec exaspération tout en continuant son travail.

— Ces deux-là ! Ne m'en parle pas ! Je sais pas ce que je vais faire d'eux. Ça fait au moins cinq jours que je les ai pas vus. C'est pas la première fois qu'ils me font le coup. La dernière fois, ils sont partis à Papeete huit jours. Tu crois qu'ils m'auraient prévenue ou qu'ils m'auraient donné des nouvelles en arrivant là-bas ? Rien ! Je me suis fait un sang d'encre. Et puis ils sont revenus comme si de rien n'était.

— Moana est avec eux ?

— Qu'est-ce qu'il a encore fait, celui-là ? Sa mère s'arrache les cheveux, elle aussi. Ils sont durs, ces gosses ! Tu connais la dernière de Rei ? L'autre jour, je l'ai surpris en train de manger de la merde de chat. Oui ! oui ! tu as bien entendu. Et tu sais ce qu'il m'a répondu quand je lui ai enlevé l'assiette et que je lui ai demandé pourquoi il agissait comme ça ?

Lilith ne répondit pas. La question était purement rhétorique.

— Que Moana et Vetea lui avaient dit que ça portait chance de manger de la merde de chat noir. Ils ont vraiment rien à foutre ! En même temps, y a pas de travail non plus et que veux-tu qu'ils fassent d'autre que de traîner ?

Le trio s'était envolé. Cela n'augurait rien de bon pour Moana et ses copains, se dit Lilith. Si les flics apprenaient qu'ils s'étaient éclipsés, que personne ne les avait vus depuis plusieurs jours, ils allaient passer un sale quart d'heure dès qu'ils réapparaîtraient. Le mieux pour eux serait de se montrer rapidement.

— Tu n'as pas une idée de l'endroit où ils sont ?

— Avec les pluies qu'il y a eu, certainement pas dans la montagne.

La phrase de Tita était chargée de sous-entendus. Lilith comprit qu'elle voulait parler de leur plantation de pakalolo perchée loin sur les hauteurs, à l'abri des rondes des gendarmes.

— Ils ont un squat du côté du Club Med. Ils y sont peut-être. Ou alors ils sont partis à Papeete, comme la dernière fois.

— Ils n'ont pas de portable ?

— Ah, oui ! fit-elle en hochant la tête avec vigueur. Ils ont des vini ! Et avec tout ce qu'il faut, en plus ! Le « G20 » et tout. Seulement voilà : ils veulent pas que je connaisse leurs numéros. Ils veulent pas que je les appelle. Et c'est pareil pour Moana avec sa mère. C'est que pour le travail, qu'ils disent ! s'offusqua-t-elle en levant les yeux au ciel. Tu te rends compte ? Ils me prennent vraiment pour une arriérée !

— Je vois… Je vais essayer leur squat. Tu n'as pas une idée plus précise d'où il se trouve ?

— Quoi ?

154

— Ben, leur squat.

Tita hésita avant de répondre :

— Au Club Med. À l'intérieur. Ils ont squatté un bungalow abandonné. Je les ai entendus en parler. Ils ne savent pas que je sais. S'ils l'apprenaient, ils changeraient d'endroit, j'en suis sûre. Tandis que, là, je sais plus ou moins où ils sont.

En se dirigeant vers sa vespa, Lilith ne cessait de penser à la petite bande. Même s'ils naviguaient en eaux troubles, ces garçons n'étaient pas des criminels. Elle voulait les aider à ne pas se retrouver mêlés à cette histoire abjecte. Ils avaient assez d'affaires sur le dos comme ça. Rien de vraiment grave, rien qui leur ait valu une condamnation, mais, cumulées, elles les désignaient comme des vauriens capables de tout. En disparaissant comme ils l'avaient fait, ils allaient être suspectés, faute d'autres pistes. Ce n'était pas son rôle d'intervenir, mais elle s'en moquait. Ce n'était pas non plus le rôle de la société d'entraîner dans la délinquance une partie de sa jeunesse. Elle savait combien il est difficile de se défendre, quand on est embarqué dans la machine judiciaire et que l'on n'est pas armé pour : les événements prennent rapidement une tournure dramatique. La position de faiblesse est l'antichambre de la culpabilité.

Ils devaient rentrer chez eux maintenant et se tenir à carreau.

Le Club Med avait été fermé en 2001. Puis tout était parti à vau-l'eau après l'incendie de 2011. L'abandon des infrastructures avait permis le pillage et les squats.

155

Elle accéléra le pas pour rejoindre son scooter. Le domaine de Tiahura n'était pas à côté. Elle n'avait pas de temps à perdre.

Devant le deux-roues, une petite fille qui ne devait pas avoir plus de trois ans était assise au milieu du chemin, les fesses dans une flaque d'eau. Le museau sale, un tee-shirt maculé et trop grand en guise de robe, pieds nus, elle essayait sans succès de fabriquer une toupie avec un bouchon en plastique et un clou rouillé. Absorbée par son travail, le geste lent, les mains malhabiles, elle semblait être habitée d'une patience infinie. Elle leva les yeux vers Lilith, qui crut y lire une grande résignation. La petite fille paraissait ignorer que quelqu'un l'aimait. Et même penser qu'elle devrait faire sans amour. Pire : en être sûre !

Comment cela se pouvait-il ? se demanda Lilith. Bien évidemment quelqu'un doit l'aimer, ce petit bout. Sa maman, son papa, une grand-mère, que sais-je ? Quelqu'un !

Le visage de la petite fille la bouleversait. Elle s'accroupit pour se mettre au niveau de l'enfant et lui demanda :

— Ça va, mon bébé ? Comment tu t'appelles ?

L'enfant la dévisagea sans répondre. Les yeux interrogatifs, tendres et perdus. Elle lâcha le clou et lui fit un doigt d'honneur. Un tout petit doigt maladroit, d'une petite main de poupée, un petit doigt couvert de petites croûtes de boue sèche et de crasse qui ne comprenait pas ce qu'il disait mais répétait ce qu'il voyait. Lilith ne put s'empêcher de rire. Elle fit une bise sur le front de l'enfant et enfourcha sa vespa, pressée de quitter ce lieu aussi sordide qu'attachant.

21

Si l'homme savait
Si le mana pouvait

La nuit avait été peuplée de cauchemars. Les staccatos de la pluie se mêlaient aux hurlements de spectres anonymes. Nael s'était réveillé plusieurs fois, le souffle court, en nage, le corps secoué de frissons. La fatigue, sans doute. Le décalage horaire. Vers trois heures du matin il avait renoncé au sommeil. Avait pris une douche froide. Allumé une cigarette et, le front collé à la vitre, regardé se battre contre l'orage les hibiscus et les bougainvilliers. Gaspard s'était volatilisé. Il se serait bien défoulé sur le rat. Il devrait se contenter de ruminer son mal-être. Jusqu'au petit matin il avait tourné en rond. Attendant avec impatience que Mama Fati ouvre la cuisine.

Il avala un café allongé avec une demi-baguette beurrée.

— Tu vas où aujourd'hui ? lui demanda Mama Fati.

Nael n'avait rien prévu. Pas de planning. Son seul objectif était de trouver des témoins. Mais pas de méthode…

— Je vais voir.

— Avec la pluie qui tombe, tu vas pas voir grand-chose, plaisanta-t-elle en lui remplissant à nouveau son bol.

— Vous n'auriez pas un imper à me prêter ?

— Si tu veux, je te prête ma voiture. Elle est moins vieille que moi, et elle roule, lança-t-elle en riant. Et appelle-moi Ma Fati, comme tout le monde. Je te conseille aussi de me tutoyer.

— Je peux vous la louer. (Il rectifia immédiatement :) Te la louer.

— Pas de ça chez moi. Je te prête ma coccinelle. Je loue les bungalows, mais pas les voitures. De toute façon, je ne compte pas bouger aujourd'hui. Tu la ramèneras vers six heures. J'ai promis à ma belle-fille de garder le bébé ce soir. Elle habite à Papara.

Nael ignorait où se trouvait Papara. Il n'avait pas la géographie de l'île en tête.

— Tu as une carte de Tahiti ?

— Sur le comptoir à côté de la caisse. Il y a les clés de la voiture, aussi.

Nael s'engagea sur le chemin boueux qui rejoignait la route de ceinture, roulant doucement à cause des ornières creusées dans la nuit. Il commencerait par le marché de Papeete. Certainement l'endroit le plus fréquenté de la ville. Il avait une infime chance d'y croiser quelqu'un qui le reconnaîtrait. Mais pour l'instant, il n'avait pas de meilleure idée.

Arrivé au croisement, il hésita. Droite ? Gauche ? Selon Ma Fati, c'était pareil. Il tomberait sur la ville de toute façon : il n'y a qu'une route et elle fait le tour de l'île. Il prit à gauche vers la presqu'île. La pluie n'avait pas cessé. Moins violente et avec quelques promesses de paix entre les nuages. Il roulait doucement, insensible au paysage. Les frondaisons épaisses et gorgées d'eau baissaient la tête vers le macadam encore couvert de résidus de branchages abandonnés par les orages de la nuit. Les fleurs jaunes des monettcs, si lumineuses sous le soleil, semblaient ternies, recroquevillées, prudemment coupées du monde. Celles des frangipaniers avaient été arrachées. Les flamboyants dénudés. Les cocotiers se dressaient, chevelure au vent, défiant le ciel. Sur sa gauche, la montagne, aux courbes généreuses habituellement verdoyantes, restait sombre. Quelques maisons colorées et ruisselantes bordaient la route. Elles paraissaient abandonnées. Nael ne communiait pas avec cet environnement, s'y sentait étranger. La ville lui manqua soudain. Son grouillement. Sa vie. Se fondre dans la multitude. Un nombre surprenant d'églises érigées pratiquement tous les kilomètres amplifiait son sentiment d'isolement. Comme si l'île tout entière avait à rendre à Dieu des comptes truqués. Que se cachait, derrière cette façade de clochers, une autre vérité. Un interdit.

Il n'avait croisé personne depuis qu'il roulait. Pas un véhicule, pas un être humain. Dans ce petit matin incertain, cette route déserte devenait sinistre. Nael se racla la gorge. Il mit en marche l'autoradio. Il ne capta qu'un grésillement désagréable. Il alluma une cigarette. Descendit légèrement la vitre de la portière. L'habitacle ne tarda pas à être enfumé et la visibilité, déjà médiocre, encore diminuée. Sans raison objective, Nael se sentait de plus en plus mal à l'aise. Il regrettait d'avoir quitté la pension. Il aurait dû se recoucher et tenter de récupérer de la fatigue accumulée. Il n'aimait pas cette inquiétude qui s'installait en lui. Le pressentiment que quelque chose de terrible allait lui arriver. Qu'il faisait fausse route.

Il secoua la tête et cligna des yeux. Cette idée était stupide. Que pouvait-il lui arriver ? Il se redressa sur son siège et tira sur sa cigarette. Il roulait à cinquante à l'heure. Les balais d'essuie-glace poussifs ne lui permettaient pas d'avoir une vision nette de la route. Des ruisselets à tête de têtard glissaient sur le verre, s'entremêlaient, distordaient le paysage entre chacun de leur passage. Aussi, quand il lui sembla apercevoir une femme assise au milieu de la chaussée, il pensa immédiatement qu'il était victime d'une illusion d'optique. Sans doute des branchages apportés là par le mauvais temps.

Au deuxième passage des balais, plus question de méprise : il s'agissait bien de la silhouette d'une femme assise en tailleur.

Nael freina brusquement. Le véhicule s'arrêta à quelques mètres d'elle. Il passa le dos de la main sur le pare-brise devant le volant pour en retirer la buée. En vain.

La pluie redoubla. Le ciel s'obscurcit. Il alluma les phares de la coccinelle.

Il lui sembla qu'un enfant dormait dans les bras de la femme. Impossible de distinguer les traits de l'inconnue. Elle baissait la tête, penchée sur le petit, ne laissant voir que sa chevelure noire trempée. Prise dans les faisceaux comme un animal, elle restait figée dans la lumière jaunâtre. Il fit des appels de phare, mais elle ne réagit pas. Il klaxonna, sans plus de résultat. Que faisait cette femme sous la pluie avec son enfant, assise en plein milieu de la route ?

Nael décida de descendre du véhicule pour la faire bouger. Il ouvrit la portière. La pluie se déchaîna. Il n'y voyait pas à deux mètres. Il se précipita pour rejoindre l'avant du véhicule, se protégeant inutilement la tête avec les mains. Le temps d'arriver à l'endroit où la femme se tenait un instant plus tôt, elle avait disparu. Il appela l'inconnue d'une voix forte :

— Oh oh ! Madame ! N'ayez pas peur ! Je veux vous aider.

Il n'eut aucune réponse. Il inspecta les bas-côtés, chercha la femme et l'enfant sous la pluie battante, sans succès. Il se risqua à entrer dans une cocoteraie et continua à appeler. Personne. Nael ne comprenait pas comment ils avaient pu se volatiliser pratiquement sous ses yeux. Il ne les avait lâchés du regard que le temps de sortir de la voiture. Il resta sous la pluie sans comprendre.

L'endroit était lugubre. Comme extérieur au monde. Il frissonna. Trempé comme une soupe, il courut jusqu'à la coccinelle. Il n'arrivait pas à retrouver son souffle. Une boule dans la gorge l'empêchait de déglutir. Son ventre lui faisait mal. Ce n'était pas la peur. Il la connaissait trop bien pour ne pas l'identifier quand elle se présentait. Il ressentait quelque chose de pire. Une émotion venue du fin fond de son passé. Enfouie en lui sous des tonnes de refus, de rejets, de pieds de nez. Cette immonde blessure qu'il croyait cicatrisée : la certitude de l'abandon. À nouveau la vie l'abandonnait. Elle le livrait au royaume des âmes entre deux rives. Cette femme et son enfant n'étaient pas vivants, mais ils étaient réels. Dans quelle partie obscure du monde avait-il échoué ?

L'orage s'apaisa. Le ciel s'éclaircit. Quelques rayons de soleil balayèrent la montagne. Il inspecta à nouveau les lieux à travers les vitres. Des merles. Un chien, droit sur ses pattes, les oreilles dressées. Personne.

Il démarra et manœuvra pour faire demi-tour. Plus envie de poursuivre. Il retournait à la pension.

Ma Fati s'étonna de le voir rentrer si tôt. Elle le fit asseoir dans la cuisine et l'interrogea sur les raisons qui l'avaient fait renoncer à son projet. Nael n'osait pas lui avouer la vérité. C'était si peu crédible. Pourtant, il avait besoin d'évacuer la charge émotionnelle qui était en lui. D'exorciser l'événement. Après quelque hésitation, il lui raconta sa rencontre avec cette femme et son enfant.

— Elle le tenait dans ses bras ?

— Oui.

— Elle l'allaitait ?

— Je ne sais pas. Je ne voyais pas bien. Mais maintenant que tu m'en parles, ça se pourrait.

— Elle était en blanc ?

— Non. Je crois qu'elle était torse nu et qu'elle portait une jupe colorée.

— Un paréo noué à la taille, rectifia Ma Fati comme si elle avait assisté à la scène. Elle t'a parlé ?

— Non. Je n'ai pas pu m'en approcher. Elle a disparu avant.

— Tu as vu son visage ?

— Non.

— Elle t'a regardé dans les yeux ?

— Non. Je t'ai dit que je n'avais pas vu son visage. Ma Fati fixa longuement Nael, dans un silence pesant. Puis elle lui sourit gentiment et secoua doucement la tête. Il sentait qu'elle savait quelque chose mais qu'elle hésitait à parler.

— Tu connais cette femme ? lui demanda-t-il.

Elle ne répondit pas tout de suite.

— Tu veux une tasse de café ?

Nael acquiesça. Ma Fati lui servit un bol de café clair.

— Ce n'était pas une femme.

Nael attendit la suite. Comme elle ne venait pas, il s'étonna :

— Qu'est-ce que j'ai vu, si ce n'était pas une femme ?

Ma Fati croisa les bras sur sa poitrine.

— Le cycle des mondes. La mort et la vie qui se nourrissent l'une de l'autre.

— C'était une femme qui tenait un enfant. Voilà tout.

— Si tu veux, soupira Ma Fati en faisant mine de s'intéresser à la cuillère en bois qu'elle tenait à la main. Bon, faut que je me mette aux fourneaux, moi ! Le *mā'a* ne va pas se faire tout seul. Tu manges ici à midi ?

— Attends, la retint Nael. Parle-moi de ton truc. Je veux comprendre.

Ma Fati ne se fit pas prier davantage.

— OK. Le cycle des mondes, c'est l'énergie qui règne dans l'univers. Une force qui connaît le pourquoi de chaque chose. De cette énergie nous vient le mana.

— Et pourquoi ça me serait apparu ?

— Je ne sais pas. Il doit bien y avoir une raison. Tu es sûr qu'elle ne t'a rien dit ?

163

— Si elle m'a parlé, je n'ai rien entendu. Il pleuvait des cordes.

— Ce qui t'est apparu n'était pas une femme, mais la représentation d'un dieu.

— Comment tu sais ça ?

— Ma grand-mère, qui le tenait de sa grand-mère. Elles connaissaient ces choses-là. Si elles vivaient encore, elles t'expliqueraient pourquoi il t'est apparu. Moi, je ne peux pas. Mais c'est un signe et il a forcément voulu t'adresser un message.

— T'as une idée de ce que ça pourrait être ?

Nael s'étonna de la conversation. Cette femme lui parlait de l'existence de divinité comme d'une évidence, et il lui répondait comme s'il considérait la chose plausible. Comment en était-il arrivé là ?

— Tu vas rentrer dans un nouveau cycle. Ou tu vas mourir. À moins que ce soit autre chose. Peut-être que tu vas avoir un enfant et que ce sera un élu. Un grand tahu'a.

— Un quoi ?

— Un homme qui maîtrise le mana. Cette force qui se trouve en tout. L'inerte comme le vivant. La pierre comme l'oiseau. La mer comme le poisson. Un lien qui unit les mondes, bien au-delà de la superstition ou de la religion. Une spiritualité et un pouvoir d'influence sur l'univers. Peut-être que ton fils aura le mana.

Nael n'avait jamais pensé avoir d'enfant. Quelle serait sa vie ? Que ferait-il de l'ADN d'un tueur en série ? Mais ce n'était même plus une éventualité depuis qu'Ariane l'avait quitté. Il était sceptique quant à cette analyse de Ma Fati. Elle se trompait. Elle lui racontait n'importe quoi. Il n'avait plus envie de se

164

laisser bercer par ces histoires de croyances folkloriques. Il avait eu tort de s'ouvrir à cette femme. C'était juste une tenancière de pension. Il se leva pour mettre fin à cet échange qui ne lui ressemblait pas. La fatigue se faisait ressentir, maintenant. Il avait besoin de dormir.

Ma Fati attendit qu'il franchisse la porte pour murmurer :

— Ou bien tu viens de recevoir le mana.

Il ne se retourna pas et rejoignit sa chambre.

22

Un jour ordinaire sur une planète ordinaire

Il fallait qu'elle trouve le trio et soit revenue au Ia Ora avant dix-huit heures. Le comité du festival des danseurs du feu donnait une conférence de presse et elle devait faire des photos pour Maema. Ils allaient annoncer qu'en raison de la météo le festival était reporté au vendredi suivant, le temps de monter une structure capable de protéger des intempéries les participants, les festivaliers et les représentations. Un débat houleux avait partagé les membres du comité, certains voulant tout simplement annuler le festival.

Lilith espérait qu'ils ne feraient pas appel à la même société qui avait installé les protections sur le charnier de Mahine, car elles n'avaient pas survécu aux dernières pluies torrentielles. Kae était effondré. Il avait confié à Maema que la scène de crime avait été ravagée par la puissance du déluge et qu'ils ne trouveraient plus aucune trace dans ce magma de boue et de cendres. La rivière avait débordé jusqu'aux abords du marae et avait emporté dans ses eaux tumultueuses tout espoir de trouver un quelconque indice. Ici, on ne cicatrise pas : l'eau efface les plaies.

C'était une catastrophe pour l'enquête de police. Il faudrait désormais élaborer des théories sans preuve à l'appui. À moins qu'un élément inespéré vienne leur porter secours.

Maema était restée à l'hôtel pour recueillir les réactions des différents groupes de danseurs. Il y en avait une quinzaine et peu d'entre eux parlaient anglais. Chaque délégation avait son interprète chargé des échanges entre les danseurs, Pascuans, Fidjiens, Vanuatais, Kanaks, Papous, Hawaïens, Marquisiens, Tongiens, aborigènes d'Australie, Maoris de Nouvelle-Zélande, Samoans, Tuvaluans et peut-être de deux ou trois autres pays oubliés du reste du monde. L'anglais était le carrefour des langues et les interprètes jonglaient entre eux pour que les contacts et les amitiés se lient. Parfois avec difficulté.

Lilith accéléra malgré la limitation de vitesse. Son bolide atteignait les plus de cent kilomètres-heure dans les quelques malheureuses lignes droites qui surgissaient parfois entre deux interminables boyaux de virages. Elle imagina le même trajet quelques années plus tôt quand cette même et seule route qui fait le tour de l'île était encore en soupe de corail mitraillée de nids-de-poule. Des pièges à pneus peu visibles jusqu'à ce que la lumière soit rasante. Une route pittoresque, mais dangereuse. Surtout de nuit avec un éclairage absent. Le bon revers de la médaille, c'était qu'il y avait peu de voitures et que, par la force des choses, elles ne roulaient pas vite.

Malgré la clôture toujours debout, accéder à la zone où se dressaient les bungalows de l'ancien Club Med n'était qu'une formalité. Lilith pénétra sur le terrain de ce qui avait été un demi-siècle plus tôt le fleuron du tourisme polynésien. Les logements étaient en ruine, privés de toitures, de portes et de fenêtres. Le pandanus ravagé par les ans donnait le sentiment que les petites bâtisses avaient la pelade. Des restes de charpentes mangées par les termites, près de s'effondrer, penchaient dangereusement, donnant à l'ensemble du complexe hôtelier une allure de château de cartes en péril. La plage était toujours aussi belle. Mais toujours aussi privée. De ce côté-là, rien ne semblait avoir changé. Sinon le fait que, du temps de la grandeur du Club, la direction s'offrait deux vigiles pour éloigner les curieux.

De part et d'autre de la plage de sable fin, des vestiges de piliers soutenant des barbelés s'enfonçaient sur une dizaine de mètres dans les eaux du lagon. Une façon comme une autre de refréner toute velléité de traverser. L'ensemble de cette ruine en disait long sur la mentalité sectaire qui sévissait à l'époque où ce temple du divertissement pour Européens, Américains et autres peuplades extra-îliennes battait son plein. Le passage menant à la plage aurait dû rester libre comme il l'avait été avant l'arrivée du club, avant celle du monde.

Lilith n'eut aucun serrement de cœur, aucun sentiment de gâchis, de regret ou de nostalgie d'un temps révolu. Elle déplorait seulement que le gouvernement n'ait pas encore réglé ce problème d'indivision des terres et rendu à la population le libre passage à la plage. Elle repensa à ce que tonton Raymond lui avait dit un jour au sujet de la liberté, non sans une pointe d'ironie : « Tous les hommes se battent pour leurs libertés. Mais rappelle-toi bien une chose, ma petite Lilith. Il n'y a pas de liberté sans oppresseurs, sinon cela s'appelle la vie. »

Elle avançait en scrutant chaque bungalow. Le récent déluge avait laissé des flaques jaunâtres à l'intérieur des bicoques. Si Moana et ses copains s'étaient réfugiés dans le coin, ils avaient dû choisir le bungalow le moins ravagé. Cent cinquante bungalows en aussi mauvais état les uns que les autres, ça fait beaucoup d'endroits à visiter... Avant de poursuivre ses recherches, elle essaya de se mettre à leur place. Où aurait-elle établi un squat dans ce merdier ?

Bingo !

Les cuisines. Ou le bâtiment central. La salle des fêtes. Un secteur mieux abrité que ces cases.

Elle rebroussa chemin et se dirigea vers ce qui avait été le hall d'accueil. Du hall on accédait à tous les communs, y compris aux cuisines.

La saleté qui y régnait était repoussante. Un dépotoir. Des excréments. De la pourriture. Une de ces réalités universelles nées du divorce entre l'homme et la dignité. Lilith appela Moana, espérant qu'il se montrerait. Pas de réponse. Elle allait être obligée de naviguer au milieu des immondices à travers les ruines des bâtiments pour être certaine qu'aucun des trois guignols ne s'y était réfugié. Si elle ne les trouvait pas, elle rentrerait et rejoindrait Maema. Elle avait essayé de les aider ; s'ils n'étaient pas là : tant pis.

Elle approchait de l'ancien local où les GO rangeaient les costumes et les accessoires de leurs spectacles, quand elle entendit le bruit d'une bouteille roulant au sol.

— Moana ! cria-t-elle. C'est Lilith ! Allez, montre-toi. Ne m'oblige pas à jouer à cache-cache. Pour info, vous êtes dans la merde, toi et les Paratau.

Elle attendit. Pas longtemps. Moana apparut à l'entrée du local, suivi de Rei et de Vetea.

— C'est pas trop tôt, ça fait une heure que je vous cherche ! Qu'est-ce que vous foutez là ?

Les trois jeunes gardaient la tête baissée, casquette à l'envers, K-way à même la peau, pantalon treillis et pieds nus.

— Vous avez belle allure, comme ça ! leur reprocha Lilith. Si les flics vous chopent dans vos fringues de merde, vous êtes bons pour le poste. Direct ! Vous êtes dans la case « coupables » dès qu'on vous voit. On sait pas encore de quoi, mais coupables.

Les garçons ricanèrent en se renvoyant des œillades complices. Leurs tenues de *bad boys* tropicaux produisaient bien l'effet escompté. Ils se trémoussaient, fiers d'eux comme s'ils venaient de réussir un examen. Ou d'accomplir un exploit. Ce qui, dans leur cas, revenait au même.

— Je ne plaisante pas, les gars. Je me suis pas tapé toute cette route pour vous parler de vos casquettes de débiles. C'est grave. Je ne sais pas si vous êtes au courant, mais les touristes que vous avez menacés l'autre soir au Ia Ora sont morts. On les a retrouvés carbonisés à Mahine. Je ne vous fais pas un dessin. En plus, leurs bungalows ont été saccagés vendredi. Autant vous dire que les flics veulent vous entendre et savoir ce que vous avez foutu de jeudi à vendredi soir.

— C'est pas nous ! s'insurgea Moana. On n'a rien fait.

Lilith trouva le ton peu convaincant.

170

— J'ai pas dit que c'était vous. Je vous préviens simplement que les flics veulent vous parler et que vous avez intérêt à vous manifester avant qu'ils apprennent que vous avez disparu des radars depuis mercredi. Et j'espère que vous avez de bons alibis. Réfléchissez à ce que vous allez leur dire.

— On n'a rien fait, grogna Vetea.

— Oui, j'ai entendu. Mais c'est pas le tout de le répéter. Va falloir le prouver.

23

Chercher à perte de vue

Quand Nael se réveilla, Ma Fati était assise au pied de son lit.

— Tu avais besoin de sommeil, lui dit-elle gentiment. Tiens, je t'ai apporté un jus d'ananas frais.

Nael le but d'un trait. Il reprenait doucement ses esprits. Il regarda sa montre. Onze heures.

— J'ai dormi tout ce temps ?

— Oui. Tu en avais besoin. Tu étais tellement fatigué ce matin que tu as eu des hallucinations sur la route. Tu as dû faire demi-tour et renoncer à ta balade. Je suis venue voir si tu allais bien.

Nael se gratta la nuque.

Il n'avait rien oublié.

— Des hallucinations ? Je croyais que le cycle des mondes était venu à moi pour me donner le mana.

Ma Fati partit d'un rire franc.

— J'ai inventé. Il n'y a pas plus de cycle des mondes que de bêtes à diable. Il ne faut pas croire une grosse mama. Les grosses mamas aiment bien plaisanter et se moquer des gens.

Elle réajusta son soutien-gorge.

— Tu avais l'air tellement secoué que je n'ai pas résisté à l'envie d'en profiter. Mais je ne veux pas que ça te perturbe. C'était pour rigoler. Oublie mes bêtises. Maintenant que tu es reposé, on va pouvoir en rire ensemble. Tu sais, le mana, on le trouve pas au coin de la rue… Et les étrangers et le mana, ça fait pas bon ménage.

Nael n'était pas certain de la sincérité de Ma Fati. Le ton, peut-être. Pourquoi venir le voir au saut du lit pour se rétracter ?

Par superstition. Il ne voyait que cette explication. La peur d'avoir commis une sorte de blasphème en lui parlant du mana.

— Ne t'inquiète pas, j'ai pas cru un mot de ce que tu m'as raconté.

Ma Fati parut tranquillisée. Elle poussa un soupir de satisfaction et récupéra le verre.

— Très bien. Je préfère. Je te laisse.

Mana ou pas mana, Nael jugea qu'entre le rat et cette femme et son enfant il avait eu son lot d'hallucinations, de délires ou d'égarements, selon l'humeur du moment. Il n'avait pas envie de s'attarder sur cet incident. Ma Fati n'avait pas tort en invoquant sa fatigue pour expliquer l'apparition sur la route. L'épuisement associé à la pluie, à l'aurore qui ne voulait pas naître et au fait qu'il était un peu perdu depuis le meurtre de la vieille… Pas étonnant qu'il ait des visions. Il se leva.

— Je vais prendre une douche et j'irai en ville.

Ma Fati se dirigea vers la porte.

— Tu veux ma voiture ?

— Non. Je te remercie. Je vais prendre le bus.

173

— Il n'y a pas de bus, ici. On a des trucks. Quand tu en vois un, si tu veux qu'il s'arrête tu n'as qu'à lever la main.

Elle quitta le bungalow et rejoignit sa cuisine.

Nael se sentait mieux. Plus reposé. Son esprit était plus clair. Il avait évacué les cauchemars de la nuit. Aucune intention de se laisser bousiller la journée par l'épisode de la femme et de son gamin.

Retrouver la trace d'Ariane. Ce serait son mantra jusqu'à ce qu'il y arrive. Il était là pour ça.

Le truck le déposa à quelques encablures du port, où se côtoyaient les voiliers de plaisance et les paquebots chargés de touristes. Le marché de Papeete dressait sa haute stature de métal couverte de tôles ondulées au beau milieu de la ville. Deux étages de poutres métalliques ouverts aux quatre vents. Des structures en arabesques. Un ouvrage de dentellière, un hommage à une époque révolue. Des milliers de mètres carrés dédiés à tout ce que pouvait produire ce pays en fruits, légumes, viandes, poissons, artisanat, spécialités culinaires et compositions florales.

Des petits groupes composés de trois ou quatre musiciens installés aux entrées du bâtiment assuraient l'ambiance. Fidèles aux musiques festives d'antan, ils grattaient leurs guitares et leurs ukulélés avec ferveur. Valses tahitiennes, tamourés, chansons de variétés revisitées… tout y passait.

Nael se retrouva dans la foule bigarrée sans avoir la moindre idée de la façon dont il allait procéder. Le marché était encadré par des rues commerçantes. Les boutiques étaient tenues le plus souvent par des Chinois. Les magasins aux devantures disparates, mélange de vieilles enseignes, de panneaux publicitaires et de vitrines sans grâce, déversaient leurs marchandises sur les trottoirs : vêtements bariolés et objets improbables venus de Chine, autour desquels les vendeuses s'apostrophaient entre elles avec bonne humeur. Malgré la pluie, les trottoirs grouillaient de monde et le flot de badauds débordait sur la chaussée. Quelques véhicules tentaient la traversée. Bloqués, ils progressaient au rythme des passants, sans impatience.

Nael rejeta l'idée de s'adresser aux promeneurs. Si Ariane avait eu l'habitude de venir au marché, il aurait plus de chance auprès d'un maraîcher ou d'un poissonnier. Jouant des coudes, délaissant les vendeurs de perles noires installés sous la coursive, il pénétra dans le temple de la consommation locale par l'allée principale. Les voix, les cris, les rires, la pluie et les sons de guitares et ukulélés combinés contribuaient à l'excitation générale. La foule dense se mouvait comme un seul et même animal, occupant tout l'espace libre tant au rez-de-chaussée qu'à l'étage. Impossible d'attirer l'attention d'un marchand pour l'interroger. C'était une perte de temps. Nael abandonna l'idée. Il reviendrait un autre jour.

Les odeurs de porc rôti, de *chao mein* et de plats préparés à consommer sur place ou à emporter attisèrent sa faim. Il profita d'une accalmie pour se frayer un chemin vers la sortie et changer de quartier. Il emprunta la rue Cardella, remonta à droite l'avenue Foch en direction du *vaima*. Il espérait trouver un peu de calme en s'éloignant du centre. La boutique de la Pacifique des jeux dépassée, les trottoirs devenaient pratiquement déserts. Nael fut surpris du contraste. Après l'animation effrénée du secteur du marché, à l'approche de la rue Jeanne-d'Arc la capitale se transformait en ville fantôme. Elle ne dérogeait pas à la règle. Les dimanches sont les jours morts des cités. Nael voyait le clocher avec son toit rouge se dresser dans le ciel chargé. En face, les rues étaient vides, les magasins, beaucoup plus cossus, fermés, rideaux baissés. Les terrasses couvertes des restaurants accueillaient une clientèle clairsemée. Quelques rares parapluies fleurissaient par-ci par-là. Un bateau fit entendre sa sirène. Au bouillonnement du marché, Nael préférait cette atmosphère plus paisible qui correspondait davantage à son humeur. Du mouvement, de la vie, mais pas de tourbillon.

Les portes de la cathédrale s'ouvrirent largement au moment où il traversait le parvis. Les paroissiens sortirent par petits groupes. Vêtus de blanc. La tête couverte d'un chapeau en pandanus, blanc également, et décoré de fleurs tressées ou de couronnes. Les femmes, dans leur longue robe, s'attardaient à l'ombre des rainbows et prolongeaient des discussions entamées à l'intérieur. Les hommes, endimanchés eux aussi, chemise blanche et pantalon de toile bleue, se regroupaient pour rouler des cigarettes, pressés de s'emplir les poumons de cette chaude fumée de tabac bon marché après l'abstinence imposée le temps de la messe. Rapidement Nael fut entouré d'une nuée de fidèles. Pas de cohue mais les mêmes rires, la même humeur badine qu'autour du marché. Il se réfugia dans la cour intérieure d'un snack chinois d'une petite rue derrière la cathédrale. Un serveur en chemisette à fleurs prit sa commande. Nael était incommodé par la chaleur. Il s'essuya le cou avec la serviette en papier posée sur l'assiette en carton et vida la moitié du pichet de limonade qu'avait apporté d'office le serveur. Autour de lui, les quatre tables en plastique blanc étaient inoccupées. Une toile tendue les abritait de la pluie et du soleil. L'endroit avait des allures de serre tropicale. Un immense caoutchouc envahissait le mur du fond. Les autres étaient couverts de jasmin en fleur.

Nael profita du retour du serveur pour sortir la photo d'Ariane.

— Vous la connaissez ?

L'homme posa la salade d'avocats devant lui et le gratifia d'une mimique sans équivoque.

— C'est qui ?

— Peu importe. Est-ce que son visage vous dit quelque chose ?

— C'est une actrice ?

Nael rangea la photo dans sa poche.

— Pas grave. Laissez tomber.

Il passa une partie de l'après-midi à déambuler sur le port sous les averses. La tâche était dantesque, il en prenait conscience. Ses chances de tomber sur quelqu'un ayant connu Ariane étaient infimes. Tout autant que celles de croiser quelqu'un qui le reconnaîtrait, lui. S'il avait su le métier de son double, il aurait pu réduire son champ d'investigation. Or tout ce qu'il avait, c'était cette photo devant ce qui ressemblait à un bâtiment administratif aux allures de palais de justice.

Avant de reprendre le truck et de rentrer à la pension, il décida de pousser jusqu'en haut de l'avenue Pouvanaa. Le palais de justice se trouvait là-bas. La pluie avait recommencé. Torrentielle. Il pressa le pas. Peine perdue. C'était fermé. Il n'y avait même pas une permanence le dimanche.

La journée avait été difficile et improductive. Nael reprendrait ses recherches le lendemain. Abattu, il appréhendait une deuxième nuit peuplée de cauchemars. Un sentiment qui n'était pas fait pour lui remonter le moral. Il n'y arriverait pas seul.

24

L'amour n'est que le rêve de l'humanité

Les trois jeunes, mal à l'aise, s'observaient par en dessous, attendant que l'un d'entre eux prenne une initiative. Mais aucun ne bougea. Lilith savait que s'ils se refermaient, elle n'en tirerait pas un mot.

— Ça fait combien de temps que vous êtes là ?

Ils s'interrogèrent du regard pour savoir s'ils devaient répondre.

— Bon, les gars ! Ça va ! C'est moi ! leur lança-t-elle. Rei, est-ce que je t'ai dénoncé quand t'as foutu le feu à l'école ? Téchao t'a vu ! Et toi, Moana ? Est-ce que j'ai jamais parlé des poussins vivants que tu donnais à bouffer aux cochons d'Édouard pour faire marrer tes deux petits copains ? (Elle désigna Rei et Vetea.) Et je peux vous en citer d'autres, si vous voulez. Votre plantation de paka, je sais où elle est et j'ai jamais rien dit.

Elle se tut pour voir leur réaction. Ils ne semblaient pas vouloir lui parler.

— Bon. Très bien. Je suis venue vous prévenir que les gendarmes vous cherchent. C'est fait. Vous faites comme vous voulez, c'est pas mon problème. Salut.

Elle fit demi-tour et se dirigea d'un pas décidé vers la sortie. Derrière elle, il y eut un conciliabule court et animé.

— Attends ! lui cria Moana.

Elle se retourna.

— Ça y est, vous vous êtes décidés ? On va pouvoir parler ?

— On n'a rien fait de mal. Mais c'est pour la jambe. Il faut que tu nous aides.

Elle jeta un coup d'œil à la jambe de Moana. Pas de blessure visible.

— Lequel s'est blessé ? Je parie que c'est Rei. Fais voir.

— C'est Rei, mais c'est pas sa jambe. C'est celle de la fille de la Méhari.

Dès que Moana avait parlé de jambe, Lilith avait deviné. Et instantanément rejeté cette vision d'épouvante le plus loin possible de sa raison. Déni immédiat. Son cerveau lui avait servi la première explication cohérente qui s'était présentée.

Elle pâlit. Inspira une large bouffée d'air et ferma les yeux deux secondes. C'était bien plus grave qu'elle ne l'avait cru. Ils étaient impliqués jusqu'au cou dans les meurtres. Elle n'arrivait pas à se défaire de l'image de cette jambe sans corps.

— Raconte.

— Elle est dans le pick-up.

— Dans le pick-up ? Quel pick-up ?

— Celui du pater. On a *horoa* la caisse au pater.

— OK, vous avez piqué le Peugeot de ton père… Et qu'est-ce que vous avez fait après ?

— Faut que tu nous débarrasses de la jambe. Elle est dans le pick-up. Rei, il en veut plus.

180

Lilith n'était pas certaine d'avoir compris.

— Tu es train de me dire que la jambe d'une des victimes de Mahine est dans le pick-up de ton père ? Et que je dois vous en débarrasser parce que Rei n'en veut plus ?

Moana acquiesça d'un haussement de sourcils. Lilith poursuivit :

— Qu'est-ce qui s'est passé ?

— On n'a rien fait. C'est Rei. Il a trouvé la jambe.

— Elle était nue, précisa Rei avec un large sourire imbécile.

— Elle était où, cette jambe ? Où vous l'avez trouvée ?

— Sur le bord de la route. Du côté des marae. C'est Rei qui l'a vue. On s'est arrêtés. Il a ramassé la jambe et il s'est fait plaisir dessus.

— Quoi !? Qu'est-ce que tu racontes ? De quoi tu parles ?

— Y a pas que moi. Toi aussi t'as fait ! se défendit Rei.

Moana se tourna vers lui.

— Moi, j'ai pas « touché » avec. J'ai fait mais pas sur elle.

Lilith avait peur de comprendre. L'horreur de ce qu'elle entendait la paralysait. Elle savait que la nature humaine était parfois sordide, mais pas à ce point. Pas jusqu'aux confins de la bestialité. Elle avait perdu toute compassion. Comment un homme pouvait-il en arriver là ?

— Vous vous êtes branlés sur la jambe d'une morte !?

— Elle était nue ! répéta Rei, comme si ceci expliquait cela.

— Vous vous rendez compte de ce que vous avez fait ? Vous avez une idée de ce que ça représente ? Vous êtes des merdes !

Lilith ne pouvait plus contenir sa colère. Une haine brutale des hommes l'envahit. Alors c'était vrai : il y a déjà longtemps que le diable a commencé à acheter ses âmes.

— Vous méritez qu'on vous coupe les parties et qu'on vous laisse saigner jusqu'à ce que vous creviez en suppliant qu'on vous achève.

Lilith interpella Vetea :

— Et toi, tu as laissé faire ?

Rei répondit avant lui :

— Moana, il a fait pareil.

— J'ai entendu, connard. Ferme-la ! Et toi, Vetea ? Toi aussi tu as souillé une morte ? Profané son cadavre !

Vetea s'en prit soudain à Moana et Rei :

— Je vous avais dit de fermer vos gueules !

— C'est tout ce que tu trouves à dire ?

— J'ai rien fait, moi. J'ai rien fait ! C'est pas de ma faute si Rei il voulait plus la quitter. J'ai rien fait. Il est monté à l'arrière avec la jambe. Il voulait pas la laisser. Il disait que maintenant c'était sa fiancée. C'est pas moi qui ai pris la jambe de la fille. C'est eux. Je voulais pas rester là-bas. J'ai démarré et on est partis. C'est tout. Toi, maintenant, il faut que tu nous aides. Que tu prennes la jambe pour la remettre là-bas. À toi, ils diront rien. Et point.

Lilith n'en revenait pas.

— Et pourquoi j'aiderais une bande de sous-porcs ? Donne-moi une seule raison pour que je lève le petit doigt pour les trois déchets que vous êtes...

Vetea avança vers elle. Ses yeux étaient rouges et ses pupilles fortement dilatées. Il sentait la bière. Il n'était pas vraiment menaçant ; il était déterminé.

— Parce que c'est ça que tu vas faire.

— Même pas dans tes rêves, pauvre naze ! Tu crois que tu m'intimides ? Tu penses vraiment que je vais faire un geste pour vous ?

Lilith dressa son index sous le nez de Vetea.

— Tu sais quoi ? Je vais appeler les flics. Dans dix minutes ils seront là et dans un quart d'heure vous êtes en taule. Voilà ce que je vais faire. Minables !

Elle sortit son iPhone de sa poche. Vetea le lui arracha des mains et le projeta contre le mur. Le smartphone se brisa en deux.

— Toi, on t'a jamais aimée, lui dit-il, étrangement calme. Toi et ton *māhū*, ajouta-t-il en parlant de Téchao. Pour qui tu te prends, avec tes tatouages sur la gueule ? Tu crois que ça te rend mieux que nous ?

Moana et Rei rigolaient ouvertement, comblés par le spectacle que leur offrait Vetea. Appuyés au mur, ils avaient rabattu la capuche de leurs K-way sur la tête par-dessus leur casquette et semblaient maintenant tout à fait à l'aise. Les rôles étaient distribués et ils se retrouvaient dans un schéma relationnel victime-bourreau qu'ils connaissaient parfaitement.

Lilith sentit qu'elle perdait le contrôle de la situation, mais ça ne l'effrayait pas.

— Je t'emmerde !

Vetea tourna lentement autour de sa nouvelle victime.

— Y a longtemps que j'ai envie de te donner une bonne leçon. Je me suis toujours demandé pourquoi t'aimais les femmes. Je crois que c'est parce que t'as jamais rencontré un homme. Un vrai.

Il s'arrêta face à Lilith et il secoua d'une main ses parties génitales en un geste significatif. Rei et Moana, surexcités, éclatèrent de rire. Lilith ne se démonta pas.

— Des connards comme toi, je m'en fais un tous les matins. T'es juste bon à te branler sur un cadavre et te faire sauter par ton frère et l'autre abruti.

Le coup partit sans qu'elle l'ait vu venir. Un coup de poing violent en plein visage. Le goût du sang envahit sa bouche avant qu'elle ne ressente la douleur. Aiguë. Humiliante. Elle s'écroula. Sa tête percuta le carrelage. La violence du choc lui fit fermer les yeux et décupla la souffrance. Le sol vacilla sous son corps. Elle sombra dans une sorte de magma sombre. Coupée du monde. Les sons lui parvenaient étouffés. Des bruits de pas précipités. Des cris. Des voix lointaines. Elle ne comprenait pas le sens des mots qu'elle percevait. Elle s'accrochait au peu de conscience qu'elle maîtrisait encore. Pas question de perdre connaissance. Quelque chose de familier se détacha soudain de ce brouhaha cotonneux. Un son qui la guida vers le réveil. Un timbre qu'elle connaissait. La voix de Kae.

— On ne bouge plus ! Toi, le caïd, tu vas avec tes copains. Contre le mur. Allez, grouille. Tourne-toi. Vous deux aussi. Allez ! Les mains contre le mur. Embarquez-moi cette racaille !

Elle ouvrit les yeux. Kae, penché sur elle, lui prenait le pouls.

— Ça va ?

Elle fit un mouvement de la tête pour le rassurer. La douleur la fit grimacer.

— Ça va.

184

— J'appelle une ambulance.

— Non, c'est bon. Je vais bien. C'est juste un coup.

Elle se redressa et Kae l'aida à s'asseoir.

— Tu devrais faire une radio. T'as une belle bosse sur le crâne.

— Non. Ça, c'est le carrelage.

Kae sourit.

— Il cogne fort, le carrelage !

— Tu les as embarqués ?

— Oui, les collègues les ont foutus dans l'estafette.

Elle cogne, elle aussi… pas mal !

25

C'est dans le brouhaha assourdissant
que sonne au loin le glas

Les gendarmes retrouvèrent le pick-up gris 404 Peugeot de Gilles Paratau dans la partie nord du Club, entre deux bungalows rafistolés. Des bâches en plastique bleu tendues au milieu de la pièce principale offraient l'illusion d'un abri. Une cabane comme un repaire d'enfants. La jambe de la jeune Indonésienne était posée à même le plateau arrière du véhicule. Des nuées de mouches recouvraient les chairs aux reflets bronze. La peau avait éclaté par endroits au niveau du mollet. Une vie blanche s'était développée sous les vapeurs nauséabondes. Des volcans miniatures que formaient les plaies déchirées s'échappaient des coulées de larves affolées. Les asticots grouillaient tout autour du membre en décomposition.

Lilith n'avait pas accompagné les gendarmes. Elle avait attendu Kae dans la voiture de service. Secouée. Sa joue lui faisait mal ; de la langue elle suivit délicatement le contour de la déchirure. Profonde. Douloureuse.

Dans tout ce merdier une pensée ridicule prit possession de son esprit : il lui faudrait attendre un bon moment avant de pouvoir avaler autre chose que des glaçons. Elle avait soudain une farouche envie de plonger dans le lagon. Ne plus sortir la tête de l'eau pour ne pas se noyer dans l'océan de la vie. C'était un de ces moments lourds où la terre semble se dérober et se fendre pour nous laisser glisser vers ses entrailles fétides. Tourbillon ou vertige. Oppression forte. Lilith manquait d'air. Elle ouvrit la portière et inspira lentement.

Kae la retrouva assise sur l'herbe du talus, adossée à la voiture. La tête renversée en arrière, cherchant à réguler son souffle.

— Comment tu te sens ?

Lilith se redressa. Elle se remettait doucement. Inutile d'inquiéter Kae. Elle n'avait aucune envie de finir sa journée au dispensaire.

— Juste un peu le tournis. Mais ça y est, c'est passé.

— Ils ont dit vrai. La jambe est dans le pick-up. Un de mes collègues l'emporte à l'institut médico-légal.

Lilith fit semblant de s'intéresser à ce qu'il racontait.

— On en a un, ici ?

— Non. Y a une chambre froide chez Min Chu, c'est tout. On fait avec. Vu l'état de la jambe, il faudrait pas tarder à l'incinérer.

— Où ?

Kae la regarda, étonné lui-même par ce qu'il venait de dire.

— Je sais pas. Je ne sais pas pourquoi je dis ça.

Il contourna la voiture et se mit au volant. Lilith boucla sa ceinture.

— Comment tu as fait pour me retrouver ?

— Je ne te cherchais pas. Tu as eu de la chance, c'est tout. Depuis l'histoire des bungalows, je voulais les interroger. Ça fait deux jours que j'essaie de les choper. Avec cette putain de pluie, ça a été une galère. Impossible de s'en occuper vraiment. On a enfin pu aller chez eux tout à l'heure pour un interrogatoire au poste. Les oiseaux avaient quitté le nid depuis un moment. La mère des Paratau m'a dit que tu étais passée et ce qu'elle t'avait raconté. Et on est venus les chercher au Club.

Lilith poussa un soupir.

— Je n'ose pas imaginer la suite si t'étais pas arrivé.

— Tu leur aurais foutu une branlée !

Ils éclatèrent de rire. Rire douloureux pour Lilith. Elle fit une grimace, mais elle allait mieux.

— Ils m'ont foutu mon iPhone en l'air ! Les petits cons !

Kae fouilla la poche de son pantalon et lui tendit les deux morceaux du portable.

— Je l'ai ramassé. Pour la puce. Ça te sera sûrement utile.

Lilith le remercia. Ça lui mit du baume au cœur de retrouver son téléphone, même cassé. Et que Kae ait pensé à le récupérer. Elle l'observa de biais pendant qu'il conduisait. Vraiment beau. Une beauté racée. Qu'il soit en couple ne la dérangeait pas vraiment. Elle sourit à l'idée d'une partie à trois avec Heimiti.

Kae lui expliquait qu'ils avaient l'identité des victimes. Deux dignitaires indonésiens. Des militaires. Et deux call-girls de luxe. Des filles de Jakarta. Pour l'instant, ils n'avaient pas réussi à prévenir leurs familles.

Lilith l'écoutait d'une oreille distraite, naviguant entre fatigue et fantasme.

Avec Ariane, l'idée d'un trio ne lui serait jamais venue à l'esprit. Trop jalouse de l'intimité des corps. De toute façon, elle aurait été mal à l'aise avec Nicolas. Intruse. Dans le cas de Heimiti et Kae, elle n'avait pas cette barrière. Sans doute parce qu'elle n'éprouvait aucun sentiment. L'envie n'est pas l'amour.

Kae lui confirma comme une fatalité que Paris avait renoncé à envoyer des renforts et qu'ils allaient être obligés de se débrouiller sans leurs experts.

— Tu crois qu'ils auraient été utiles ?

— Avec les pluies, je ne pense pas qu'ils auraient pu faire mieux que nous. On a des photos et une vidéo de la scène du crime avant le déluge. On les leur a envoyées à tout hasard. Pour l'instant, on n'a pas pu déceler le moindre indice et notre seule avancée, c'est cette jambe.

— Et les bungalows ? Vous n'avez rien trouvé ?

— Y avait des bijoux dans les coffres. Sinon, rien. Ça peut expliquer le cambriolage.

— Et les vêtements déchirés ?

— Aucune idée. Je pense que les gars connaissaient leurs victimes. Ils ont peut-être voulu les humilier *post mortem*. À vrai dire, tout ce que j'ai pour l'instant, c'est ces trois abrutis. Et la jambe ! ajouta-t-il.

— Tu crois qu'elle va dévoiler des secrets ?

— Non, je ne crois pas. Mais la sépulture de la pauvre fille recevra le corps avec ses deux jambes.

— Qu'est-ce que vous avez fait des autres corps ?

— On a fait appel à Min Chu pour qu'ils les sortent des cendres et les « reconstituent ». Si on peut dire. Et on les a ramenés à Papeete dans la vedette de la gendarmerie. À la morgue de Mamao. Les autorités locales sont en contact avec les autorités indonésiennes et les familles. Je ne sais pas ce qu'ils vont décider. Le rapatriement, sans doute.

— L'état des corps ne vous a pas permis d'entrevoir, même vaguement, ce qui se serait passé ?

— Pas vraiment. Beaucoup de sauvagerie, pour ce qu'on a pu déduire de nos observations. Les membres ont été éclatés. Muscles et tendons. Les articulations broyées avec, on suppose, de grosses pierres. Que nous n'avons pas retrouvées.

— C'est barbare.

— À mon avis, ils étaient plusieurs. Ils ont assassiné les quatre Indonésiens en même temps.

— Et la Méhari accidentée ? Pourquoi ils ont laissé une partie du corps de la fille dans la voiture ?

— J'en sais rien.

— C'est quand même étrange. Pourquoi ils n'ont brûlé qu'une jambe de cette fille et lui ont laissé ses bras, contrairement aux autres ?

— Aucune idée.

Kae avait enclenché le gyrophare en quittant le Club et la lumière bleue tournoyait sur le toit de la voiture depuis leur départ, mais il ne roulait pas vite. Lilith se demanda si c'était pour lui épargner les secousses ou pour prolonger ce moment privilégié.

Pendant l'interrogatoire des trois jeunes, auquel elle n'assista pas, Lilith appela Maema depuis le poste fixe de la gendarmerie. Elle lui exposa ce qui s'était passé sans entrer dans les détails et la prévint qu'elle n'arriverait certainement pas à temps pour la conférence de presse. Sa vespa était restée là-bas. Une estafette était partie la récupérer.

Maema l'informa que Raymond avait essayé de la joindre, en vain, et qu'il avait fini par l'appeler, elle. Lilith lui expliqua qu'elle n'avait plus de téléphone. Kae lui avait bien proposé un portable pour la dépanner, mais la puce de l'iPhone était incompatible. Elle lui donna le numéro provisoire du vini que lui avait prêté Kae.

— Qu'est-ce qu'il voulait, tonton Raymond ?

— Je n'ai pas très bien saisi, lui répondit Maema. Il avait un truc incroyable à te raconter. Il compte venir à Moorea avec quelqu'un. Un type bizarre, selon lui. Il m'a demandé de te prévenir. Si j'ai bien compris, il doit d'abord le convaincre de l'accompagner. C'était pas clair. Il voulait que tu te prépares à les recevoir, mais il ne savait pas exactement quand.

Lilith pensa immédiatement que c'était important pour Raymond. Sinon, il n'aurait pas pris la peine d'appeler. Il n'aimait pas le téléphone, qu'il comparaît à une antichambre du mensonge. Il utilisait les cabines. Avant, quand on se rendait visite, disait-il, la surprise faisait partie du plaisir de la rencontre. Aujourd'hui, arriver à l'improviste chez quelqu'un est considéré comme un manque de correction. « Tu aurais dû appeler… J'aurais ajouté un couvert. » Avant, on ajoutait un couvert. On préparait une chambre. On offrait sa demeure. Aucun contrat implicite avant la visite n'était conclu, contrairement à aujourd'hui : « Je passe te voir cinq minutes », « Viens pour l'apéritif », et autres accords de principe limitant les visites à des cadres bien codés préalablement établis par téléphone. Pourquoi faudrait-il être informé de la visite d'un ami ? Tonton Raymond s'emportait régulièrement sur ce sujet.

— On verra bien quand il sera là. Je suppose que c'est important pour lui de me présenter son ami. Pourtant ça m'arrange pas qu'il vienne avec quelqu'un en ce moment. À quatre, on va être à l'étroit. Tu dormiras avec moi dans la grande salle, si ça ne t'ennuie pas. On laissera les deux chambres à tonton et son ami.

— Tu es sûre que tu ne veux pas que je vienne au commissariat ?

— Non. J'ai plutôt besoin que tu prennes des photos à ma place pendant la conférence.

— Pas de problème.

— Je rappellerai tonton Raymond plus tard.

Kae sortit de la salle de réunion, transformée pour l'occasion en salle d'interrogatoire, au bord de la nausée. Ça se lisait sur ses traits. Il alla se servir un verre à la fontaine d'Eau Royale. La bonbonne émit un borborygme disgracieux. Il but d'un trait et froissa le gobelet en plastique avant de le jeter dans la corbeille.

— C'est pas rien !

— Ils t'ont raconté ?

— Ouais. Je me demande comment on peut en arriver là…

— Qu'est-ce que tu vas faire ?

— Je les arrête pour profanation de cadavre. Ils encourent un an de prison ferme.

— C'est tout ?

— Oui.

— C'est pas beaucoup.

— Cumulé à la dissimulation de preuves et à l'entrave à enquête, ils peuvent prendre trois ans de plus. Et je ne vais pas me gêner pour noter dans le rapport le trafic de drogue. Ces mecs-là sont morts pour la société. Il faut qu'ils restent en taule.

Lilith revoyait Moana et les frères Paratau, gamins. Essayant d'attraper à mains nues les chevrettes au milieu de la petite rivière qui coulait derrière le lotissement. Et Vetea qui voulait montrer aux autres comment se servir d'une casquette pour les piéger. Elle entendait encore leurs rires et leurs éclats de voix. Est-ce qu'alors leurs destins étaient déjà scellés ?

— Ils sont impliqués dans les meurtres ?

— J'en sais rien. Ils le nient, mais ils ont tout pour être suspectés. De toute façon, même si ce n'est pas eux, ce qu'ils ont fait relève de la même bestialité. Et encore ! Aucun animal ne se comporte comme ça.

— Et pour l'enquête ? Ils ont apporté des éléments nouveaux ?

— Pas grand-chose. À dix-huit heures, quand ils sont arrivés, la nuit commençait à tomber. Rei prétend qu'il n'a rien vu. Ni fumée du côté des marae ni la Méhari en contrebas. Vetea a donné la même version, mais Moana affirme que pendant qu'ils se masturbaient, Rei et lui, sur la jambe de la morte, Vetea est descendu dans le fossé voir s'il y avait quelque chose à voler dans le véhicule. Vetea s'en est défendu, mais il a fini par avouer. Il a tellement été effrayé qu'il est vite remonté et il a voulu partir sans demander son reste. Il n'aurait pas fouillé le véhicule.

« Ils ont ensuite décidé de ne plus se montrer tant que nous n'aurions pas trouvé les coupables. Ils ont perçu ton arrivée dans leur planque comme le début des emmerdes. Et puis Vetea a pensé que cela pouvait être une opportunité. Il s'est dit que si tu acceptais de remettre la jambe à sa place ils éviteraient les ennuis.

— Est-ce qu'ils ont conscience de la gravité de leurs actes ?

— La seule réponse que m'a fournie Moana, c'est qu'ils n'ont tué personne et qu'ils n'ont rien fait de mal. C'est à peu près ce que dira leur avocat devant le juge.

— Ils ont une chance de s'en sortir ?

— Pour ce qui est de la profanation : aucune. Ils jurent qu'ils ne sont pas mêlés aux crimes, mais ça, ça reste à prouver. Ils étaient sous l'emprise de l'*ice* et avec cette merde tout est possible. Même si j'ai du mal à les imaginer faire ça. Quoi qu'il en soit, je ne les lâcherai pas. Y compris s'ils reviennent sur leurs aveux. Je vais faire une demande de recherche de sperme sur la jambe et des analyses ADN. Enquêter sur leur emploi du temps de jeudi minute après minute. Je vais aller rendre une visite aux parents… Y a encore du boulot, mais si c'est eux, ils vont payer.

Lilith se sentait vide. Sans énergie. Sa tête semblait battre une mauvaise mesure. Des coups répétés et asymétriques. Une douleur aiguë et sourde à la fois. Elle ferma les yeux. Elle voulait rentrer chez elle. Prendre une douche. Se laver de toute cette crasse. Boire un alcool fort sur la terrasse et regarder au loin l'océan apaiser toute chose.

— Où est ma vespa ? demanda-t-elle sans ouvrir les yeux

— Ils ne vont pas tarder, mais si tu veux je te ramène. D'ailleurs, vu ton état, ce serait préférable. Je ne suis pas certain que te laisser partir en vespa soit une bonne idée.

— Si c'est pour me draguer en bagnole, c'est pas le jour.

Elle regretta immédiatement sa phrase. Elle ajouta pour se rattraper :

— Dommage.

Ce qui la mit plus mal à l'aise encore.

La remarque n'eut pas l'air de déranger Kae. Il lui répondit du tac au tac en souriant, tout en lui montrant ses galons sur les épaules :

— J'ai pas le droit pendant le service.

La réaction de Kae la détendit. Elle lui sourit à son tour.

— Pas de chance, alors !

— Partie remise.

Il sembla à Lilith que le ton de Kae flirtait avec le badin, à la frontière de la légèreté.

— C'est ça. Tombeur ! T'en parles à Heimiti.

L'estafette entrait dans la cour de la gendarmerie. Soupe de corail et murets couverts de chaux vive. Blanche. Un alignement de *pürau* taillés tout au long des ans pour s'étendre horizontalement liaient leurs branches feuillues à trois mètres du sol, formant ainsi un abri ombragé naturel. Une longue pergola vivante. La camionnette se gara sous les arbres. Deux gendarmes en descendirent délicatement le deux-roues de Lilith. Kae lui désigna la vespa qu'ils posaient sur sa béquille, sous les feuillages verts et jaunes.

195

— Quand on parle du loup… ! Ça y est, ton carrosse est arrivé.

Un gendarme sortit à cet instant de la salle de réunion.

— Chef ! Vetea réclame la demoiselle.

Lilith sourit. Le gars venait de métropole et n'était sûrement pas là depuis très longtemps. Un Blanc. Le crâne déformé par le képi.

— La demoiselle s'appelle Lilith, lui répondit-elle avant que Kae ait le temps d'intervenir.

— Tu sais ce qu'il lui veut ?

— Non. Juste lui parler en tête à tête.

— Il ne va parler à personne. S'il a quelque chose à raconter, qu'il te le dise à toi ou à Roland. Les caprices, il les fera en taule.

Lilith s'interposa.

— Attends. C'est con de passer à côté d'une info peut-être importante. On s'en fout, de savoir à qui il va le dire, non ? Moi, il me connaît depuis qu'il est môme. C'est pour ça qu'il veut me parler, insista-t-elle. Il me fait plus confiance qu'aux gendarmes.

Elle regarda l'homme au crâne cubique et précisa :

— Aux gendarmes en général, je veux dire.

Kae réfléchit deux secondes. Lilith avait raison. Il reconnut que son attitude relevait plus d'un rejet viscéral de toute demande de ces trois abrutis que d'une décision raisonnée.

— C'est bon, vas-y. Va voir ce qu'il veut.

Il s'adressa à son subalterne :

— Roland et toi, vous restez devant la porte.

La pièce était spartiate. Deux bureaux en mélaminé beige collés l'un à l'autre. Une dizaine de chaises en tube et hêtre, typiques des salles de classe. Un tableau vert sur le mur du fond. Les trois gaillards se tenaient debout devant le tableau. Trois gamins un jour de contrôle qui n'auraient pas appris leur leçon. Lilith en aurait souri si elle n'avait pas su de quelle bassesse ils étaient capables.

Les deux gendarmes sortirent de la pièce, laissant la porte entrebâillée.

Il faisait chaud. Pas de climatisation. Les fenêtres fermées. Les trois jeunes transpiraient dans leur K-way.

— Vous voulez boire ?

Vetea, les yeux baissés, haussa les sourcils. Oui, il avait soif. C'était valable pour les deux autres.

Lilith passa la tête par la porte et demanda qu'on apporte de l'eau. Quelques instants plus tard l'un des gendarmes déposa trois verres sur la table. Il retira les menottes aux garçons le temps qu'ils vident leurs gobelets.

Lilith fit comme si elle n'avait pas entendu Rei qui demandait s'il ne pouvait pas avoir du Coca.

— Vetea, tu voulais me parler ?

Vetea acquiesça.

— Tu veux me faire tes excuses ?

Il ne répondit pas, tête toujours baissée. Le gendarme était ressorti. Lilith poursuivit :

— C'est au sujet de ce qui s'est passé sur la route du belvédère ?

Vetea acquiesça à nouveau.

— Je t'écoute.

Il hésitait à s'exprimer. Lilith le fit asseoir à côté d'elle, un peu à l'écart de Rei et Moana.

— Si tu sais quelque chose, c'est maintenant que tu dois le dire. Le juge d'instruction en tiendra compte.

Elle vit qu'il paniquait. L'effet du paka s'était estompé et maintenant il saisissait à quel point la situation était grave. Sa lèvre inférieure tremblait.

— Si je te dis ce que je sais, ils vont me relâcher ?

— Je ne crois pas, non. Mais ça peut inciter le juge à l'indulgence. Qu'est-ce que tu sais, exactement ?

Vetea regardait les pieds de sa chaise.

— Je sais c'est qui qu'a fait.

Il retomba dans le silence, attendant que Lilith l'encourage. Lilith eut un choc. Une montée d'adrénaline. La cadence de son pouls augmenta. Elle se pencha vers lui et lui posa la main sur l'épaule.

— Dis-moi ce que tu as vu. Qui a fait ça ?

Il la regarda droit dans les yeux. Elle y lisait l'effroi.

— Les *tüpäpa'u*.

— Quoi ! Les fantômes ?

La déception de Lilith était à la hauteur de l'émotion qu'elle avait ressentie quelques instants plus tôt.

— Tu te fous de ma gueule ? C'est tout ce que tu as trouvé pour te rendre intéressant ? C'est bon ! Dégage ! Retourne avec tes copains. Tu me gaves.

Furieuse, elle se leva et se dirigea vers la porte.

— Attends ! C'est vrai. J'ai vu les têtes loin en bas de la Méhari. Et les tüpäpa'u, ils couraient dans les fougères en bas.

Lilith s'arrêta net et revint vers lui.

— Tu as vu les têtes ? Quelles têtes ?

— Je sais pas. Elles étaient en bas. Les yeux ouverts. Les langues sur le front.

— Les langues sur le front ? Qu'est-ce que tu racontes ?

— Les tüpäpa'u, ils leur ont coupé la langue et ils leur ont mis sur le front. Par terre. Sur des rochers plus bas.

Il désigna le sol d'un mouvement brusque de la tête.

— Tu les as vus ?

Vetea haussa les sourcils.

— OK. Tu as vu les têtes coupées en contrebas de la Méhari. Et quoi encore ?

— Y avait l'autre jambe, aussi.

— Quelle autre jambe ?

— Celle de la fille de la voiture.

— Et quoi d'autre ?

— Les tüpäpa'u qui courent dans les fougères. J'ai vu les fougères qui bougent et je les ai entendus.

— Tu as entendu les fougères qui bougeaient ?

— Non les tüpäpa'u. Ils étaient pas contents.

— Qu'est-ce qu'ils disaient ?

— Ils criaient entre eux mais j'ai pas compris.

— OK. Et ils étaient comment ? C'étaient des Tahitiens, des *Popa'ä*, des *Farāni*, des *Tinitō* ?

— Je sais pas. Ils sont invisibles, les tüpäpa'u. Mais je sais ils étaient deux. Ou cinq.

— Pourquoi tu dis ça ?

— Les fougères. Elles bougeaient à deux endroits. Des fois à cinq. À la file indienne.

— Les criminels se déplaçaient en file indienne à travers les fougères. C'est ça ?

— C'est des tüpäpa'u. J'ai pas dit aux autres. Mais je sais.

Lilith attendit un moment. Vetea se taisait.

— Vous aviez pris de l'ice ?

Il ne répondit pas.

Elle quitta la pièce sans rassurer Vetea et laissa la place aux deux gendarmes.

Kae écouta attentivement son compte rendu.

— Je vais le cuisiner pour en apprendre plus.

199

Il regardait le ciel sombre à travers la fenêtre protégée par des barreaux extérieurs. La végétation était omniprésente. Partout des hibiscus, des monettes, des arbres fleuris, des verts empoussiérés ou tendres. Un silence doux, de ceux qui naissent de l'absence de mouvements inutiles. Le calme des certitudes que tout est exactement là.

— Je suis descendu jusqu'à la Méhari. Il va falloir qu'il me montre où il a vu les têtes et la jambe. Il n'y a ni plat ni corniche. C'est hyper-pentu.

— Sur des rochers un peu plus bas.

Kae resta pensif.

— Possible. Je vérifierai. Mais s'il dit vrai, ça signifie qu'ils ont démembré les corps et leur ont coupé la tête avant de les emporter sur le marae. Tu crois que ces trois abrutis peuvent être les coupables ?

— Ils sont peut-être tombés sur l'accident et ils se sont déchaînés après. Ils étaient complètement shootés.

— Ou ils ont causé l'accident.

— Pourquoi cette mise en scène macabre avec les langues s'ils avaient décidé de brûler les corps ? Et surtout pourquoi me raconter cette histoire ?

— Aucune idée… Vetea invente peut-être. J'ai fait une battue autour du marae. J'aurais dû en faire une plus poussée autour de la voiture. C'est ma faute.

— Tu ne pouvais pas deviner.

— J'aurais dû y penser. Mais, putain ! on est treize gendarmes pour toute l'île. Et avec les congés et la paperasserie, on n'est pas plus de dix sur le terrain !

— Ben voilà ! Tu vois bien que t'y es pour rien, reprit Lilith.

Kae se tourna vers elle. Il fit une mimique idiote, comme s'il avait oublié qu'elle était là et qu'il la découvrait soudain, et rit franchement. Lilith en rajouta un peu :

— Et tu ne pouvais pas deviner non plus qu'il allait tomber des trombes !

— J'irai quand même faire une battue demain matin. Ce soir, je vais rendre visite aux parents des trois crétins.

Lilith se leva. Elle allait mieux. Sa joue la faisait encore souffrir, mais le mal de crâne s'estompait.

— Je vais y aller, maintenant. Avant qu'il fasse nuit.

— Roule lentement.

Il lui tendit un vieil iPhone. Un 5S.

— Prends ça. Tu me le rendras quand t'en auras un neuf. Y a pas de puce dedans. Au moins, tu pourras appeler si t'en as besoin.

— Merci. C'est à toi ?

— On va dire que personne ne l'a réclamé depuis plus d'un an, j'en fais ce que je veux.

Lilith salua les autres gendarmes et prit le chemin du Ia Ora. Tant pis pour la douche. En se pressant, elle pourrait assister à la fin de la conférence de presse.

26

Le siècle des images a éteint les lumières

Dès son arrivée au Ia Ora, Maema la submergea de questions à voix basse, en lui tendant son sac de travail. Elle aurait élevé le ton, personne ne s'en serait aperçu tant les intervenants avaient le verbe haut. Lilith devinait ce que Maema lui disait plus qu'elle ne l'entendait. Maema voulait le compte rendu détaillé de l'après-midi. Lilith apprécia que son amie ait pensé à emporter son matériel photo. Elle la serra affectueusement contre elle. Après ce qu'elle venait de vivre, ça faisait du bien de sentir son corps chaud et maternel contre le sien.

Une tension palpable circulait dans le hall d'accueil de l'hôtel, aménagé pour l'occasion en salle de conférences. Une poignée de journalistes avaient accepté l'invitation des organisateurs du festival. Deux radios seulement étaient représentées, Radio Tefana et Radio Maohi, et une seule chaîne de télé, TNTV. En presse : *Tahiti info*, *Tahiti Pacifique*, *Les Nouvelles* et bien sûr *La Dépêche*.

Lilith, plutôt que de répondre aux questions de Maema, cherchait le meilleur angle pour rendre à l'image cette tension électrique. Elle lui promit de tout lui raconter à la maison.

Les Papous menaçaient de quitter le festival. Ils voulaient des excuses des Vanuatais, qui les avaient publiquement accusés de plagiat. Ce que ces derniers refusaient de faire. Dans le brouhaha général, les interprètes avaient du mal à expliquer aux journalistes la teneur des propos des uns et des autres.

Elle prit plusieurs photos d'intervenants s'invectivant. Regards et gestes menaçants. Lances pointées. Mais elle ne trouvait pas ce qu'elle cherchait : ses clichés ne seraient pas différents de ceux des autres photographes présents. Rien de vraiment original.

Les organisateurs abrégèrent la conférence avant que les mots ne laissent place à la violence. Les participants furent priés de regagner leurs logements. Deux représentants du festival se prêtèrent ensuite au jeu des questions des journalistes. Lilith visionna rapidement ses rushes. Elle n'était pas satisfaite. Tant pis.

Elle laissa Maema faire son boulot et partit se balader dans les jardins de l'hôtel, où les danseurs continuaient à s'insulter. Elle espérait pouvoir shooter l'âme fraternelle des conflits. Quelque chose de visuellement moins violent que ce qui lui avait été donné de voir dans le hall.

Son attention fut attirée par une dizaine de gamins. Des enfants de différentes ethnies qui faisaient partie des groupes de danseurs. En short. Encore ruisselants de leurs derniers jeux dans le lagon. Elle aussi aurait bien pris un bain. Il faisait doux et la promesse des eaux chaudes était tentante.

Les gosses formaient un cercle au bord de la plage, les pieds dans l'eau. Ils s'amusaient à se jeter des allumettes enflammées à la tête. La boîte tenue dans la main gauche, l'allumette calée avec l'index sur le grattoir : d'une pichenette avec le pouce et l'index de la main droite, ils les envoyaient en l'air comme de brèves météorites censées terminer leur course dans les cheveux d'un autre gamin. Bien heureusement, les allumettes finissaient dans les eaux sombres du lagon ou sur le sable blanc de la plage.

Lilith le tenait, son cliché ! Des flammèches dans les airs au-dessus d'un groupe de mômes à la tombée de la nuit. Toute la tendresse exotique du danger.

Quand elle regagna le hall, Maema l'attendait. Les autres étaient au bar.

— Alors ?

— Ça y est, c'est bon, je l'ai.

Maema écarquilla les yeux.

— Tu l'as quoi ?

— Ma photo ! Pour ton article. J'ai la photo pour illustrer ton papier sur la conf'.

Maema mima l'épuisement.

— Attends, tu t'es fait agresser, t'as passé des heures au poste et tu viens me parler de la photo pour mon article ? Mais ils t'ont tapé sur la tête ou quoi ?

Lilith se mit à rire en se dirigeant vers sa vespa.

— Tu pouvais pas mieux dire. Allez, viens, on rentre. Je te raconterai tout ça quand on sera arrivées. Tonton Raymond t'a rappelée ?

Maema la suivit en la sermonnant :

— C'est pas bien, ce que tu fais. Moi, je te raconte tout. J'ai pas envie d'attendre d'être là-bas pour savoir ce qui s'est passé. En plus, ces mecs m'ont vraiment gonflée. Tous pareils. Où que tu ailles et d'où qu'ils viennent : ils ont le nombril qui leur pousse sous la ceinture. Les Papous veulent se barrer ! Tu parles ! Je suis sûre qu'ils savent que les pompiers de Faaa ont balancé un préavis de grève et que leur vol va être cloué au sol. Pipeau ! Ces messieurs veulent des excuses ! Et les autres qui veulent avoir le monopole du saut du haut d'une tour en bois pour se fracasser la tête au sol ! Putain, qu'ils fassent aussi un procès à Hackett et qu'ils interdisent le saut à l'élastique, tant qu'on y est !

— Allez, grimpe ou je pars sans toi. Alors, il a appelé ou pas ?

Maema enfourcha la vespa derrière Lilith.

— Qui ? Raymond ? Ben non ! Je t'l'aurais dit, sinon. Moi !

Lilith fit une mimique amusée et démarra.

Il y a des magies qui se lovent dans le souffle de la terre. Quand elle respire à petites gorgées et sirote le temps qui ne passe plus. Qui se repose. Quand, le pas lent, elle vagabonde, flâne entre les étoiles et porte avec une infinie tendresse son regard sur le silence et lui sourit. Ce sont des magies farouches qui craignent l'indifférence et la voix des hommes. Attentives à la paix. À la trêve. Sur une île, ou loin des lumières artificielles des villes, elles sont très perceptibles. Il suffit de se fondre dans la respiration du minéral. Après la violence des pluies, ces magies sortent toujours de leurs coquilles. On les retrouve au matin sur la plage, pour peu que l'on veuille se baisser. Elles gardent encore entre leurs volutes de nacre quelques berceuses et le chant de la mer.

Lilith savait quand les magies pointaient leur nez. Tonton Raymond lui avait appris à les ressentir. Elles étaient là, ce soir. Tout autour du fare. Dans l'herbe gorgée de nuages qui chantait sous les pas. Sur les fils d'argent qui scintillaient entre les fleurs endormies. Dans le reflet du ciel posé sur les eaux du lagon. Elle les aimait, ces magies. Des compagnes fidèles qui lui disaient la vie. Elle aurait préféré être seule. Rester jusqu'au matin entre merveille et solitude.

Elle ouvrit grand les portes de la terrasse, son amie sur ses talons. Les magies s'éteignirent dès que Maema lui lança, en prenant place sur le hamac :

— Bon, alors, raconte !

Lilith tourna la tête vers elle et lui sourit avec complicité. Ça valait d'attendre une prochaine visite des sortilèges.

— Par quoi tu veux que je commence ?

— Le pire ! plaisanta Maema.

— OK. Ils ont coupé les têtes des victimes et les ont alignées sur un terre-plein rocheux, la langue collée sur le front.

Maema fronça les sourcils et crispa les joues.

— Je disais ça pour rigoler !

— Oui mais moi, je rigole pas.

— Comment c'est possible ? Elles étaient au sommet du bûcher !

— Je te parle d'avant qu'elles y soient. Vetea dit les avoir vues à côté de la Méhari jeudi en fin d'après-midi.

— C'est qui, Vetea ?

Lilith prit un malin plaisir à lui répondre, en s'éloignant vers la salle de bains :

— Celui dont le frère a baisé la jambe de la morte. Bon, faut que j'aille prendre une douche. Tu peux nous préparer deux maita'i et allumer les lampes en attendant, s'il te plaît ?

Maema se leva précipitamment du hamac.

— Quelle morte ? Attends, ma chérie ! Je viens prendre la douche avec toi. Qu'est-ce que c'est, cette histoire de jambe ?

Lilith était déjà dans la salle de bains et fermait la porte derrière elle.

— Je me douche et je te raconte ! lui cria-t-elle. Prépare-nous à boire. Ne lésine pas sur le rhum, j'en ai besoin !

Maema fit volte-face en souriant et alluma une à une les lampes à pétrole. La maison se piqueta d'autant d'étoiles à la lumière chaude. Malgré la fatigue et la douleur qu'elle ressentait derrière la nuque, elle était impatiente d'écouter le récit de Lilith. Une contraction des muscles du cou qu'elle n'avait toujours pas mentionnée à son médecin. Un lancinement qui revenait de plus en plus souvent ces derniers temps, comme un clignotant néfaste. Cette alarme, elle ne voulait en aucun cas l'entendre. Si c'était sa tumeur qui en était la cause, elle le saurait toujours trop tôt. Et comme ses propres souffrances passaient toujours après celles de ses amis, il n'était pas question non plus qu'elle en parle à Lilith ce soir.

Maema avait hâte d'en savoir plus, maintenant qu'elle était rassurée sur l'état physique de Lilith, qui, en dehors d'un léger renflement de la joue, n'avait pas de séquelles visibles de son agression. Elle voulait qu'elle lui relate tout. Dans les moindres détails.

Elle déposait sur la table de la terrasse les deux verres d'alcool et un paquet de raisins secs quand Lilith la rejoignit, drapée dans une courte serviette blanche.

— Ça fait du bien ! soupira-t-elle. J'en pouvais plus.

Elle n'attendit pas plus longtemps avant d'avaler la moitié de son verre.

— Hé ! Vas-y mollo ! J'ai surdosé en rhum !

Lilith se lova au creux de la balancelle balinaise suspendue, sans lâcher son verre, une jambe repliée sous ses fesses, et secoua la tête comme un chien qui s'ébroue. Maema s'installa à nouveau dans le hamac, son maita'i dans une main et une poignée de raisins secs dans l'autre.

— Alors ? On peut y aller ? Tu me racontes ?

— Je te résume. Les trois jeunes qui se sont accrochés avec les Indonésiens se sont fait arrêter. Ils sont suspectés des meurtres. On les a retrouvés avec la jambe d'une des deux filles.

Lilith poursuivit sans omettre aucun élément.

— Waouh ! s'écria Maema. C'est du lourd.

— Oui, bon... attends quand même d'avoir l'accord de Kae avant de faire ton article, sinon il va prendre ses distances et on n'aura plus aucune info.

— Tu ne veux pas l'appeler, toi, et lui demander ? Il t'a à la bonne.

Lilith attendit plusieurs sonneries avant que Kae ne décroche. Elle lui expliqua la situation : qu'il donne son feu vert pour un article de Maema dans *La Dépêche*.

— Tu peux raconter à ta copine ce que tu as vu et vécu. La seule chose que je te demande, c'est de ne pas me citer ni mentionner que je valide tes propos.

— Mais dire que les jeunes sont suspectés, on peut ?

— Ben, si après avoir raconté dans ton article que les trois débiles ont embarqué la jambe d'une morte dans leur pick-up tu disais que pour autant ils ne sont pas suspectés… À moins que tu ne leur fournisses en même temps un alibi béton, tu ferais passer les gendarmes pour des buses. Or jusqu'à preuve du contraire, ces gars n'ont pas d'alibi. Personne du quartier ne les a vus depuis mercredi.

— OK. On a ton feu vert, alors ?

— Oui, sauf que vous ne parlez pas des têtes. Je ne veux pas que ça parte en vrille là-dessus. Il est possible que Vetea ait inventé cette histoire. N'oublie pas qu'avec de l'ice dans le sang, il y a des chances pour qu'il ait eu une hallu. Avec ce qui t'est arrivé, t'as assez pour faire du sensationnel.

Lilith raccrocha.

— T'es pas couchée, ma belle. Va falloir que tu allumes ton ordi, lança-t-elle à Maema en se levant. C'est OK pour le scoop dans *La Dépêche*. Moi, je vais enfiler un vêtement. J'ai pensé à un truc pendant que j'appelais Kae. Un peu con comme délire, mais je le sens bien.

— Je le ferai demain, l'article. De toute façon ça ne sortira qu'après-demain. En plus, là, je suis crevée. C'est quoi, ton idée ?

— La bonne nouvelle, c'est que c'est super si tu peux l'écrire demain. La mauvaise, c'est que tu sois fatiguée. Parce que je te propose d'aller crapahuter. Faudrait que tu mettes des baskets.

Maema la regarda, incrédule.

— Crapahuter en pleine nuit ?

— D'abord c'est pas la pleine nuit, il est à peine neuf heures, et deuxièmement, ça nous fera du bien avant d'aller nous coucher.

— Mais j'ai faim, moi ! Où tu veux aller ?

— Dans la vallée. Là où la Méhari s'est renversée. J'ai eu la vision du rocher couvert de sang avec une langue collée dessus. S'il y a quelque chose à trouver, c'est sur le trajet jusqu'aux marae à travers les fougères qu'on le découvrira. On pourrait aussi tomber sur les autres bouts de langue et on serait fixées sur ce qu'a raconté Vetea.

— T'es folle ! s'insurgea Maema. À cette heure-ci, c'est un coup à se tuer ! Tu ne vas rien trouver là-bas, avec les pluies qu'il y a eu. C'est du simple bon sens. Tes bouts de langues – s'il y en a ! –, ils ont été bouffés par les rongeurs, les insectes, les oiseaux ! C'est n'importe quoi, ton idée. Si tu veux vraiment vérifier, alors attendons demain et on fera ça en plein jour.

— Non, répondit Lilith, têtue. Demain Kae fait une battue là-bas avec ses hommes. On y va ce soir. Mais si tu préfères, j'y vais seule, ajouta-t-elle malignement en disparaissant à l'intérieur du fare.

La nuit était plutôt claire. Une pleine lune grosse comme un soleil. Et des ricochets de lumière qui dansaient sur les palmes et les troncs des cocotiers. Maema n'approuvait pas la décision de Lilith. Elles étaient crevées toutes les deux et absolument pas préparées à descendre la pente abrupte pour rejoindre le fond de la vallée. Surtout elle, avec ses kilos en trop. L'idée de Lilith était absurde et il fallait l'en dissuader. D'autant que, la connaissant, elle était capable d'y aller seule si Maema refusait de l'accompagner.

— Lilith ? Tu m'entends ? cria-t-elle en direction du salon.

— Non !

Maema hocha la tête.

— C'est pas une bonne idée, ma chérie. On n'est pas équipées et on n'y voit rien. C'est un truc à se rompre le cou. En plus t'es vannée. Et moi aussi. On ira demain. Tôt, si tu veux. Au lever du soleil. On n'a qu'à se réveiller vers cinq heures. Qu'est-ce que t'en penses ?

Pendant qu'elle s'adressait à Lilith, son portable bipa. Un SMS de Térénui, le rédac' chef : « Ça a un rapport avec ceux de Moorea ? » et un renvoi vers un lien. Elle cliqua sur le lien et tomba sur une photo. Il lui fallut quelques secondes pour que son cerveau donne un sens à ce qu'elle voyait. Elle agrandit le cliché pour être sûre qu'il ne s'agissait pas d'un effet d'optique. Non. C'était bien une tête décapitée posée sur un rocher, une langue sur le front.

— Merde ! Lilith, bouge ton cul ! Viens voir.

Elle continua de scruter la photo. La bouche était un gouffre noir d'où le sang avait coulé pour rejoindre, sur la pierre, la flaque sombre qui s'était formée à la base du cou déchiqueté. Les yeux étaient exorbités. Le nez semblait avoir été écrasé. Les cheveux poisseux gardaient encore la trace de la main qui les avait tenus.

— Putain, Lilith ! C'est une horreur.

Lilith avait accouru et était derrière elle, penchée sur le smartphone.

— C'est la tête d'un des Indonésiens. On ne peut pas se tromper, avec la langue sur le front. Vetea n'a pas menti. Qu'est-ce que ça fout sur le Net ?

— T'as vu la légende ?

Maema lut à haute voix :

— *Son of a bitch*. Ils ont écrit *Son of a bitch* ! Mais c'est des malades !

— D'où ça vient ?

— Térénui me l'a envoyée à l'instant. Il me demande si j'ai des infos.

— Dis-lui qu'il aura son scoop demain.

Une série de bips signala de nouveaux SMS. Quatre, cinq, six photos… Les quatre têtes des victimes du marae. Séparément ou ensemble. Un diaporama morbide. Et toujours la même légende : *Son of a bitch*.

Maema était stupéfaite.

— C'est un cauchemar ! Quelqu'un a pris ces photos et les a balancées sur le Net ! Je le crois pas ! C'est dingue !

— Tu penses que c'est Vetea qui les a prises et mises sur le réseau ?

— J'en sais rien. Je ne le connais pas, moi, ton Vetea. Mais s'il a fait ça, il est gonflé !

— Leur diffusion, elle date de quand ?

— Aucune idée. Faut que je demande à Térénui.

— Les trois jeunes sont au poste depuis dix-sept heures. Si elles ont été balancées sur le Net après, ça ne peut pas être eux.

— Ça ne les innocente pas pour autant. Ils auraient pu envoyer les photos à un copain avant d'être embarqués.

— Oui, c'est possible, mais ça colle pas trop avec le profil de ces mecs. Ils vivent en autarcie, ne fréquentent personne. S'ils ont commis ces meurtres, ils les ont commis ensemble, et après ils se sont connement planqués.

— Vu ce qu'ils ont fait avec la jambe de la fille, ils sont capables de tout.

— Tu vois ça comment, toi ?

— Ils étaient stones. Ils ont poussé la Méhari dans le ravin avec leur pick-up. Ensuite, avec la drogue dans le sang, ils ont perdu le contrôle. Fait un carnage. Pris les photos. Porté les corps démembrés jusqu'au marae. Pendant que deux d'entre eux les transportaient, le troisième s'occupait du bûcher. Ils ne sont pas allés jusqu'au bout de leur folie. Peut-être parce qu'ils étaient fatigués. Ou que ça ne les amusait plus. Ils ont laissé le corps de la deuxième fille dans la Méhari et sont repartis avec une de ses jambes pour les raisons sordides qu'on connaît. Un moment de démence satanique. Une fois planqués, le temps de redescendre de leur *bad trip*, ils ont posté les photos ou les ont envoyées à des potes. Peut-être des clients qu'ils fournissaient en herbe ou qui les fournissaient, eux, en came.

— J'y crois pas. C'est trop hard. Ils sont incapables de ça.

— Ah bon ? Pourquoi : se branler sur la jambe d'une morte, c'est light ?

Lilith se redressa.

— T'as raison. Mais je suis certaine qu'ils ne connaissent pas un mot d'anglais.

— T'as pas besoin du bac pour écrire *Son of a bitch* !

— Tu crois que Kae est au courant ?

— Y a des chances, répondit Maema.

— En tout cas, y a un instant, il ne l'était pas.

— Y a un instant nous non plus ! A priori Térénui ne sait pas que ces têtes d'Indonésiens décapités et

213

celles de nos Indonésiens calcinés sont les mêmes. Personne ne le sait encore, en dehors de ceux qui ont fait ça, des gendarmes et de nous. Ça m'étonnerait que les photos ne soient pas arrivées jusqu'à Kae.

— Ajoute tous ceux qui connaissaient les victimes. Maintenant que c'est sur le Net…

— Appelle Kae. S'il n'est pas au courant, il sera content de le savoir, et s'il l'est, on aura peut-être d'autres infos.

Lilith s'exécuta. Cette fois-ci, Kae décrocha à la deuxième sonnerie.

— Oui ?

— On a reçu des photos des têtes décapitées dont m'a parlé Vetea. Tu les as vues ?

— Des quoi ? Les photos des têtes ? T'en es sûre ?

— Je demande à Maema de te les transférer.

— Merde ! Comment tu les as eues ?

— Elles sont sur le Net. Térénui nous les a envoyées. Il veut savoir s'il y a un lien entre les Indonésiens des photos et ceux du marae. Pour l'instant, en tout cas à *La Dépêche*, personne n'a encore fait le rapprochement.

— Merde merde et merde !

Lilith entendit une sonnerie dans le téléphone.

— Écoute, je te laisse. On m'appelle sur le fixe. C'est le bureau du haut-commissaire. Je suis sûr que c'est pour les photos. Si c'est sur le Net, Paris a dû réagir. Ça va être le branle-bas de combat chez les planqués, plaisanta Kae. Merci d'avoir pensé à m'appeler. Je te revaudrai ça.

— Pas de quoi, répondit Lilith avant de raccrocher.

Elle regarda Maema.

— On fait quoi ?

Maema se leva lourdement, son portable à la main.

— On va se coucher. Demain, il fera jour. Je viens d'envoyer un message à Téré. Je lui ai dit qu'il en saurait plus demain. Mais avant, je casserais bien une petite croûte.

27

Ce qui guide nos pas ne conduit pas toujours à destination

La vie est un jeu dont tout le monde ignore les règles. Inutile de chercher à tricher : pour tricher, il faut transgresser quelque chose. Dans la vie, il n'y a rien à transgresser. Personne ne sait. Personne ne peut s'octroyer la paternité d'aucune réponse. Prétendre détenir la moindre vérité. Nael n'éprouvait aucune empathie pour ce vieux Tahitien trop bien dans sa peau. Il n'avait pas aimé la façon dont il avait regardé ses mains. Trop sûr de lui. Empestant la magnanimité. Nael n'aimait pas les êtres cléments, serviables, compatissants et bienveillants. Les individus prévenants, sages, altruistes, secourables, charitables... Toute cette engeance qui grouille comme des cafards sur la moisissure des autres. À quoi passeraient-ils leur temps sans la misère de leurs semblables ? Chacun est là pour nourrir les névroses de son prochain. Chacun est un des maillons d'une aliénation. Il aurait préféré ne jamais avoir rencontré Raymond. C'était le genre de type encombrant dont la disparition aurait été une bonne chose, sauf que ce n'était pas, ou du moins plus, envisageable.

Maintenant, ils se connaissaient.

Il n'avait pas apprécié son regard lors de ses visites. Un regard qui sonde l'âme derrière l'âme. Entre terreur et émerveillement, retenant des questions du bout des cils. Ni le ton de sa voix tanguant sur un fil de rocaille. Raymond avait des silences immobiles. En équilibre entre l'instant et la mort. Un homme à fuir.

Gaspard, lui, l'aimait bien. Il aimait justement cette force fragile qui émanait du vieil homme, l'indulgence qui se lisait dans son regard. Sa douceur. Tout ce dont Nael se méfiait et interprétait comme des risques. À tort, disait Gaspard.

— C'est un guide, je le sens. Tu ne l'aimes pas. Peut-être parce que tu as peur, au fond de toi, qu'il soit celui qui te conduira le long des quatorze stations de ton chemin de croix ? Sois rassuré : on ne crucifie que les innocents. Cet homme sait ce que tu veux savoir. Fais-lui confiance.

— Qu'est-ce que tu sais des hommes, toi ? Tu me parles comme si tu en étais un mais tu n'es qu'un putain de rat. Dis-moi seulement ce que tu as appris en bouffant le journal de la vieille. Pour le reste, je n'ai besoin de personne.

Après leur rencontre sous les tôles de la cour de la pension, Raymond était passé plusieurs fois voir Nael, sous des prétextes anodins. Une fois, il lui avait apporté des fruits. Une autre fois une nasse qu'il avait lui-même tressée. Une fois encore un collier de piquants d'oursin crayon. À chacune de ses visites, il avait insisté pour qu'il l'accompagne à Moorea. Nael le soupçonnait d'être venu chez Ma Fati plusieurs fois pendant qu'il parcourait la ville et ses alentours sans

217

discontinuer, malgré les pluies torrentielles. La côte est et la côte ouest. Toutes les rues de Papeete. Deux jours à arpenter ce satané pays. Nael avait déambulé dans la ville, sillonné les allées du marché, sans succès. Les gens lui disaient bonjour, et alors ? Leurs pas étaient pressés, leurs rires insouciants. Tout le monde se disait bonjour, dans ce pays. On n'avait pas besoin de se connaître pour se saluer. Il s'était rendu également à La Pétillante, une usine de sodas. Des boissons gazeuses sous licence avec des arômes de fruits qui ne poussent que dans les laboratoires de chimie. Nulle part il n'avait été reconnu. C'était pourtant ce qu'il espérait : rencontrer quelqu'un qui l'identifierait et lui dévoilerait un peu du secret de cette vie à Tahiti qu'il n'avait pas vécue. Croiser un regard qui s'illuminerait en le voyant. Mais rien.

Impossible pour lui d'aller au commissariat ou à la mairie faire une demande de renseignement sur lui-même ou sur Ariane. Si ce phénomène surnaturel était réel, il ne savait pas sous quel nom il avait vécu ici avec elle. L'idée de passer une annonce avec sa photo dans le journal local l'avait effleuré, mais il ne pouvait prendre ce risque. Quelle que puisse être cette anomalie du temps qu'il traversait, il restait le tueur en série que toutes les polices de France et de Navarre rêvaient sans doute de coincer. Celui qui devait son salut à sa discrétion.

Pendant un court moment, il avait été presque prêt à admettre l'idée que c'était lui qui avait tué Ariane et qu'il était en plein déni. Que cet acte l'avait fait basculer dans la schizophrénie. Bouffées délirantes, dédoublement sans contrôle… il s'était inventé cette vie de tueur. Une vie fantasmée.

La rencontre avec Gaspard allait dans ce sens. Ce rat n'était qu'une projection de lui-même. Les preuves fournies par les photos finissaient de faire de cette éventualité une réalité. Quant aux lettres, qui contenaient certainement des vérités inacceptables pour lui, des vérités accablantes qu'il avait chassées de son esprit, il les avait sans doute lui-même détruites et avait accusé ce rat imaginaire de les avoir mangées.

Cette nuit d'orage où le ciel avait vomi ses tripes, ajoutée au décalage horaire et à la fatigue, avait failli venir à bout de sa raison. Il avait été à deux doigts d'accepter le scénario banal du parcours d'un pauvre type devenu criminel. Un homme ordinaire mû par des pulsions ordinaires. Ariane et lui étaient venus s'installer ici ; leur vie de couple avait mal tourné ; Ariane l'avait peut-être quitté pour rejoindre un amant en France. Il l'avait suivie. Ou ils y étaient revenus ensemble et il l'avait assassinée par jalousie, pour arnaque à l'assurance, à cause d'une haine nourrie au lait du quotidien. Peu importe… il l'avait assassinée, puis il avait basculé dans la folie.

Un meurtre ordinaire. Il avait été prêt à se plier à cette version de sa vie pourtant pleine de pans obscurs : celle d'un petit meurtrier qui aurait sombré dans la folie et dont le parcours serait un jour reconstitué par la police.

Puis la réalité avait repris le dessus.

Son enfance. Ses placements en foyer. Sa rencontre avec Ariane. Son mariage. Ses échecs. Ses manuscrits restés lettre morte. Tout cela, c'était sa vie. Il le savait maintenant avec certitude.

Il n'était pas ce pauvre type qui avait tué sa femme. Non. Il était le tueur aux cent crimes. Le virtuose de l'horreur. L'homme qui défiait les polices depuis des années. Il ne connaissait pas cette vieille chez qui il avait trouvé le corps d'Ariane. Le hasard seul l'avait conduit jusqu'à cette ferme et il devait comprendre comment le cadavre de son ex s'était retrouvé là.

Point.

Il devait protéger sa liberté. Ils n'étaient pas deux dans le même corps. Il était seul.

Il était lui.

Son existence ici avec Ariane était impossible. C'était juste un mystère. Et il lui fallait le résoudre.

Gaspard salua la bonne résolution de Nael.

— Maintenant que tu n'as plus de doute sur ton identité et que tu sais qui tu es, tu vas pouvoir avancer.

— Ah oui ? Et comment ?

— Si tu es sûr d'avoir réglé dans ta tête ces histoires de double, de reproduction à l'identique, de répétition de soi et tout ce bordel… tes idées redeviennent claires et tes buts précis. Tu vas enfin vraiment te concentrer sur la résolution du mystère de ton ubiquité.

Nael sourit à l'optimisme du rat.

— Super ! Plus facile à dire qu'à faire. Quoique, dans le fond, tu as raison. Ce qui change dans ma perception de ce qui m'arrive, c'est qu'aujourd'hui je sais que je ne suis pas ici pour ce mec sur les photos. Je suis ici pour me protéger, moi… Pour avoir plusieurs coups d'avance sur les flics et les rouler dans la farine une fois encore.

— Et tu vas faire comment pour y arriver ?

— Je vais trouver qui est le type des photos avec un peu plus de sérénité et plus aucune angoisse. Il est peut-être toujours sur Moorea.

Nael se pencha vers le rat.

— Et, pour tout te dire, ça m'arrangerait bien si tu pouvais te souvenir du contenu des lettres.

Gaspard fit comme s'il ne l'avait pas entendu.

— Tu as un plan pour le retrouver ?

Nael soupira.

— OK. Comme tu voudras. (Il détourna la tête.) Ça va te faire plaisir. Mon plan, c'est Raymond.

En vérité, il n'avait pas vraiment le choix. Le seul qui avait réagi à la photo d'Ariane, c'était le vieux. Il tenait absolument à ce que Nael rencontre sa nièce. Elle pouvait l'aider, il en était sûr, répétait-il. Raymond avait tellement insisté que Nael se posait des questions sur cette fameuse nièce. Raymond cherchait-il à la caser ? Un type seul comme Nael était sans doute une opportunité pour une vieille fille perdue sur une île.

N'ayant trouvé aucune autre piste, il allait tenter celle-là.

Il courait après le fantôme d'une morte et un reflet. Une morte qui lui avait échappé. Il se demanda pourquoi. Pourquoi n'avait-il jamais pensé à se venger d'elle ? Éliminer Ariane. Il aurait pu. Une entorse à ses principes, mais un challenge. Si elle avait été encore vivante, il le ferait. Oui. Par amour pour cet amour qu'elle avait trahi. Sans raison. Oui, il la tuerait et y prendrait plaisir. Ses souvenirs des trois années passées avec Ariane étaient un peu partis à la dérive au gré du temps. À bien y regarder, il ne lui restait de cette période qu'un sentiment de bien-être. Une impression plus qu'une certitude. La première fois qu'il avait rencontré cette rousse aux yeux trop verts, c'était dans la librairie qu'elle tenait, rue des Lois, à deux pas du Capitole. Les murs étaient rose rouille, comme toute la ville. Il cherchait la première édition du *Métier de vivre*, de Pavese, de 1952. Elle ne l'avait pas mais elle connaissait. Ils avaient parlé du concept du journal pour un écrivain. Du lien entre la vie et l'écrit. De Baudelaire. Du fascisme. De l'emprisonnement. Du vivre et du mourir… Ils s'étaient plu immédiatement. Elle était magnifiquement vivante. Elle aimait lire. Il voulait écrire. Quelles stupidités ! Ils auraient mieux fait de vivre. Aujourd'hui, elle ne serait pas morte et lui ne serait pas ce semeur de fins.

On attribue toujours une part de responsabilité au défunt : « Il fumait, il ne faisait pas de sport, il mangeait trop, il ne s'épargnait pas, il était trop stressé, il roulait trop vite, il ne prenait pas soin de lui… » La liste n'est pas exhaustive. Que dire de celui qui meurt pour n'avoir pas vécu ? Chacune de ses victimes était cette personne-là aux yeux de Nael. Celle qui mourait de n'avoir pas vécu. Pour une fois, la victime serait morte d'avoir mal vécu. Maintenant que ses idées se remettaient en place et que ses questionnements n'étaient plus aussi violents, Nael éprouvait ce picotement dans les paumes annonciateur d'un prochain passage à l'acte. C'était d'ailleurs l'une des rares sensations tactiles que ses mains pouvaient encore lui offrir. Il s'en réjouit. Cela signifiait que sa sérénité revenait. Il n'avait jamais tué par pulsion. Uniquement par intuition. Sauf le gamin chez la vieille. Il avait toujours agi en période de calme blanc dans sa vie. Quand il se sentait en sécurité. Quand son présent vibrait de neutralité.

Il aurait bien écrasé d'un coup de talon la tête du rat. Un homme, un animal : au final, la seule chose qui diffère, c'est la sanction.

Tuer quelqu'un sur cette île n'était cependant pas une bonne idée. En tout cas, pas pour l'instant. Une voix intérieure lui soufflait qu'il était encore trop tôt. Gaspard aurait été un bon exutoire. Cette réflexion amena Nael à penser que l'animal avait perçu la menace depuis longtemps et que c'était certainement la raison pour laquelle il gardait secret le contenu des lettres de la vieille. Une assurance-vie. Cette idée le fit sourire. Décidément, les poilus de quatorze ne s'étaient pas trompés : les Gaspard étaient d'une intelligence féroce. Le sien voulait se faire passer pour un rat de bibliothèque mais, à un siècle d'écart, il était comme les autres : un rat de cadavre. Il sentait la mort. Il la reconnaissait. Il savait s'en méfier.

Nael jeta un coup d'œil à l'animal vautré au creux d'une noix de coco ouverte, à l'amande sertie dans la bourre filandreuse rouge sombre de l'écorce.

Raymond devait passer les prendre d'un instant à l'autre. Ma Fati s'affairait dans la cuisine aux auvents ouverts vers le ciel. D'où il était, Nael pouvait la voir. Lourde et agile. Un chignon bas sur la nuque, tenu par un stylo Bic. Un soutien-gorge noir à bretelles et un paréo à fleurs rouge et blanc autour de la taille. Il n'y avait ni impudeur ni provocation dans sa tenue. Seulement l'aisance du quotidien. Elle préparait du poisson cru pour midi. Tranchait la bonite. Débitait en dés la chair tendre. Râpait l'amande blanche d'un coco. Pressait à la main de petits citrons verts. C'était comme un ballet mille fois répété où chaque geste semblait juste. Un spectacle innocemment intemporel.

Le mouvement de la vie. Nael l'observait comme il aurait regardé à son insu une femme se déshabiller, voyeur gourmand, impuni et honteux. Il avait fait sien l'un des bancs de la cour et s'y installait à chaque fois qu'il revenait à la pension. Il faisait trop chaud dans son petit fare. Pas un brin d'air. Et malgré la vue qu'il avait de son lit sur un vertigineux bouquet de bougainvilliers en fleur où rouges, orangés, parmes, blancs et mauves se côtoyaient comme des belles-de-nuit dans une maison close, il préférait ce coin d'ombre avec vue sur les cuisines pour se reposer.

Le ferry partait de Papeete à quatorze heures et le vieux n'allait pas tarder.

Son panier en pandanus à l'épaule, flanqué de deux longues anses, Raymond avançait d'un pas rapide, bien qu'il marchât pieds nus. Comme à son habitude quand il descendait en ville ou se rendait à Moorea, il avait mis sa chemisette beige et son short kaki. Ses cheveux gris coupés court, huilés au monoï, dépassaient légèrement de son vieux chapeau de nï'au. Depuis le samedi soir précédent, il ne cessait de s'interroger. Il voulait trouver le sens de cette rencontre. Comprendre. Il n'ignorait pas que la frontière entre le monde du vivant et des autres – les mondes de l'inconnu – est floue et mal définie. Mais cet homme s'était pendu. Il était mort. Les journaux en avaient parlé. Le même visage. Les mêmes traits. Que faisait son enveloppe charnelle parmi les vivants ? Que voulait-il exactement ? Qu'était-il venu chercher ici-bas ? Pourquoi était-il sur son chemin ? Ressentir, percevoir, discerner, appréhender l'espace des disparus est une chose, mais jamais il n'avait été témoin d'une manifestation irréfutable de l'existence après la mort.

Sauf si l'homme qui se faisait appeler Nael n'était pas revenu de chez les morts. Parce qu'il n'y serait jamais allé. Raymond pouvait-il ne se fier qu'à sa mémoire ? Les faits remontaient à plusieurs mois. Était-il possible que cet homme ait juste fait croire à son décès ? Il fallait que Lilith le rencontre. Elle saurait lui dire s'ils étaient en présence d'une super-cherie ou d'une monstruosité. Les forces du mal seraient-elles descendues au paradis ? Ce mort-vivant venu de nulle part et cet abominable massacre à Moorea auraient-ils un dessein commun ? Préparer les hommes à un ordre nouveau, par exemple ?

Raymond était venu plusieurs fois chez Mama Fati faire des offrandes à Nael, car il faut toujours faire des offrandes aux morts. Il l'avait attendu à plusieurs reprises, en vain. Et chaque fois qu'il avait pu le ren-contrer, il avait tout fait pour le convaincre de le suivre à Moorea. Lilith avait un mana plus puissant que le sien. Il s'en était aperçu depuis longtemps. Depuis qu'enfant elle lui parlait de la vie des coquillages aussi bien que si elle avait été un jour une étoile de mer. Elle savait sans apprendre. Tout comme il existe un instinct de survie, il existe un instinct du savoir. Plus vaste que l'inné. Elle appréhendait la nature des plantes, des pierres et des hommes bien mieux que lui. C'est pour cela que ses photos montraient toujours une vérité dans la vérité. Une faille dans le réel. Elle voyait le ciel en quatre dimensions et pouvait dire le temps nécessaire pour atteindre chacune des étoiles. D'où que vienne cet homme, elle le saurait. Tüpäpa'u ou charlatan. Mais tant que la question n'était pas tranchée, Nael l'inquiétait.

Quand Raymond arriva à la pension, Nael l'attendait assis sous le toit de tôle. Ma Fati passa la tête par l'auvent de la cuisine et le taquina :

— Hey, Raymond ! Je vois plus que toi à la pension ! T'es amoureux ou quoi ? Si tu veux qu'on se marie, autant me le dire, plutôt que de me tourner autour comme ça.

Raymond lui rendit son sourire.

— C'était avant que j'aurais dû ! Maintenant tu as trop de petits jeunes autour de toi. Je fais pas le poids.

Ma Fati éclata de rire.

— Ça c'est sûr ! C'est pas que tu fais pas le poids ! C'est que tu supporterais pas le mien, oui !

Raymond secoua la tête et se dirigea vers Nael.

— On y va ?

Nael le salua d'un signe sans lui serrer la main. Raymond lui demanda s'il avait tout ce qu'il lui fallait. Nael ne répondit pas. Raymond ne s'en offusqua pas.

— OK. On mangera dans le truck. J'ai du riz blanc, du 'uru cuit au feu de bois, des *fë'ï* et de l'eau de source.

Dans le truck Nael refusa la nourriture de Raymond. Il n'avait pas faim.

Après tout, est-ce qu'un mort mange ? s'interrogea Raymond en mordant dans un fë'ï.

28

Une île comme un refuge à la gueule ouverte

— Banksy ! C'est du Banksy !

Gaspard tapa de la patte sur l'épaule de Nael.

— Fais arrêter le truck ! Là, regarde ! Là ! Sur le mur ! Le graff ! Le petit Tahitien qui ramasse des champignons atomiques au pied du cocotier qui pousse contre le ciment : c'est du Banksy ! C'est lui ! J'en suis sûr ! Y a que lui pour faire ça ! J'ai bouffé un vieux *Tahiti Pacific*. C'était dans un article : Massive Attack. Ils sont venus en vacances ici. C'est lui !

— Qu'est-ce que tu me racontes ? s'agaça Nael.

— Banksy ! C'est Robert : le chanteur du groupe !

— Qu'est-ce que c'est que ça, Bampsy ?

Gaspard s'affaissa sur son épaule et corrigea Nael avec lassitude.

— Banksy… (Il fit une moue dégoûtée.) Laisse tomber.

Par les larges ouvertures qui servaient de fenêtres au truck, il regarda s'éloigner le graff derrière eux. Au moins, il pourrait dire qu'il en avait vu un dans sa vie.

Ils n'étaient que tous les trois dans la cabine. Nael jeta un coup d'œil au vieux assis en face de lui, les yeux rivés sur ses pieds. L'avait-il surpris à parler avec le rat ?

Entre midi et deux, un mardi, l'ancienne route de ceinture était peu encombrée. Le trafic mécaniquement créé par l'urbanisation restait fluide. Une fois en ville, il ne leur fallut pas longtemps pour traverser Papeete en passant par le front de mer. Les mâts nus de quelques voiliers hétéroclites, chasseurs de paradis, pointaient avec arrogance vers le ciel. Le mythe avait l'écorce dure. Une légère effervescence du côté du centre Vaima et autour du Retro : un paquebot de croisière faisait escale. Mille à deux mille touristes qui se déversent et s'éparpillent une ou deux fois par semaine dans la ville comme une volée de moineaux. De quoi satisfaire l'appétit des quelques commerces chaotiques autour du marché.

Raymond mastiquait une dernière boulette de 'uru. Penché en avant, perdu dans ses pensées, il fixait le plancher en contreplaqué marine. Il écoutait la voix claire et gutturale des frères Salmon. Les deux haut-parleurs montés sur un caisson en bois accroché contre la paroi de la cabine diffusaient une de ces musiques modernes qui ne parvenaient pas à l'émouvoir. C'est pas vraiment du hard rock, lui avait expliqué Lilith. Les *Tikahiri*, c'est du gothique paumotu. Ça n'avait aucun sens pour Raymond. La musique paumotu, ça restait des chansons de fête. La danse, le ukulélé, la guitare, les petites cuillères. Pata'uta'u, Anaa E ou Ati Maere Hia. Mais le gothique ! D'un autre côté, ce n'est pas parce qu'on refuse la réalité qu'elle n'existe plus. Les jeunes avaient besoin de laisser leurs traces.

Il cligna des yeux.

Le mort assis sur la banquette d'en face existait. Même si Raymond décidait de le nier, ça ne changerait rien. Il était bel et bien là. Enfin, si c'était la personne à laquelle il pensait.

Quelle attitude adopter si Lilith lui confirmait que le Popa'ä était effectivement ce mort-là ?

La mort ne l'effrayait pas. Mais les morts, c'était une autre histoire ! Même si on lui avait toujours raconté qu'il n'avait rien à craindre d'eux et que seuls les vivants étaient à redouter, dans le cas présent, la situation était un peu différente : il s'agissait d'un mort pour le moins vivant.

Le plus raisonnable serait alors de l'aider à trouver ce qu'il était venu chercher sur terre pour qu'il puisse rejoindre à jamais l'autre monde. Lui permettre de recouvrer la paix revenait à préserver celle des vivants. Raymond leva les yeux. Nael somnolait. Il le secoua. Ils étaient arrivés.

Le quai des ferrys grouillait de monde. Une machine bien rodée. Ça ronronnait. Le *Aremiti* se vidait de ses passagers d'un côté pendant que, de l'autre, il en embarquait de nouveaux, en un flux continu et bigarré. Le tout dans une ambiance bon enfant et familiale. Le beau temps était revenu.

Ils prirent leurs billets et s'installèrent dans la cabine climatisée. De nombreuses rangées de fauteuils restaient vides.

— Tu veux *La Dépêche* ?

Nael refusa le journal que Raymond lui tendait. Un exemplaire abandonné par un passager sur son siège.

— Non, merci. Je vais essayer de dormir.

Gaspard se glissa dans le sac à ses pieds. Raymond haussa les épaules et s'installa confortablement pour prendre connaissance des nouvelles du jour. Corruption au sein du gouvernement, détournements de fonds publics, et un bandeau qui ne lui avait pas sauté aux yeux tout de suite : « Bûcher de Moorea : trois suspects arrêtés ».

C'est en lisant l'article qu'il apprit l'agression dont avait été victime Lilith. Il pâlit. Une peur rétrospective. Les quelques lignes qui la concernaient agirent sur lui comme un électrochoc. Il n'avait jamais autant ressenti à quel point elle comptait pour lui. L'importance qu'elle avait prise dans sa vie. Il avait toujours considéré qu'il était là pour veiller sur elle… en attendant.

En attendant quoi ?

Pendant des années, il s'était menti – sa mère finirait un jour par revenir… un rôle de parent par intérim… garder une certaine distance avec cette enfant. L'oncle, le père de substitution, rien d'autre. Rendre sa charge un jour.

Mais à qui ?

Il était l'unique référent pour Lilith, et ça depuis que sa sœur la lui avait confiée. Il l'avait su à l'instant où elle avait posé le pied sur sa terrasse. Lilith était l'être qu'il aimait le plus au monde. Un peu plus qu'un enfant. Un peu plus que la fille qu'il n'avait jamais eue. Un ange fragile dont on lui avait confié les ailes.

Apprendre par les journaux qu'elle avait risqué sa vie pendant qu'il s'inquiétait d'un tüpäpa'u lui donna une idée de la vertigineuse distance qui existe entre l'essentiel et ce que l'on pense essentiel. L'artifice du quotidien et le fondamental battement d'un cœur. Ses mains tremblaient. Il reprit l'article avec plus de concentration, cherchant à lire entre les lignes. Il connaissait Maema et il savait décrypter ses écrits. Si elle cachait quelque chose de grave, il traquerait la part manquante de la vérité. Il ne trouva rien que le factuel. Les gendarmes avaient arrêté trois jeunes de Paopao. Des petits trafiquants de drogue soupçonnés d'avoir perpétré les crimes sous l'emprise de l'ice. Plus tôt dans la journée du dimanche ils s'en étaient pris à la photographe de *La Dépêche*, la blessant légèrement au visage. Les gendarmes étaient intervenus à temps, évitant le pire à la victime.

Ce terme, « légèrement », lui remontait le moral. Maema aurait certainement insisté sur la gravité de l'agression s'il en avait été autrement. « Légèrement ». C'était ça qu'il devait retenir. Tout allait bien. Dans moins d'une heure il la verrait et il ne laisserait rien paraître de son angoisse. Inutile d'ajouter du stress à la petite.

Il regarda par le hublot rectangulaire aux angles arrondis. Moorea était toute proche. L'île, aux flancs alourdis d'une végétation brassant tous les verts, en gros plan sur fond de ciel bleu. Offrant la douceur de son lagon piqueté de beige et serti de blanc comme des vitraux de menthe posés dans un écrin d'écume. Et le récif.

Raymond n'avait pas hérité de ses ancêtres le goût de la mer. Son pied marin ne trouvait chaussure que dans une pirogue de lagon. La haute mer n'était pas son univers. La demi-heure de traversée restait dans ses capacités de résistance, mais il appréciait toujours l'instant où il reprenait contact avec la terre. Sur le quai à l'arrivée. Celui de Moorea était un peu

231

brouillon, mais il s'en moquait. Ce qui lui importait à présent, c'était de monter dans un truck et de retrouver Lilith.

Dix minutes plus tard, le truck les déposait au croisement de l'étroite route de ceinture et de la voie de Temae. Ils finirent le parcours à pied.

Nael n'avait pas ouvert une seule fois la bouche. Il était taciturne. Sans doute sur la défensive. À l'approche d'une possible réponse aux questions qu'il se posait, il n'était plus si sûr de lui. Il lui arrivait d'éprouver cette même lassitude profonde qui lui serrait la gorge à cet instant. Les jours sombres au temps inutile. Les jours de belles incertitudes, où le silence porte des mots. Un jour comme celui-ci. Un vide au bord du plexus. Qu'allait-il apprendre sur lui, sur Ariane, sur l'autre ?

Ils marchèrent une vingtaine de minutes avant que Raymond ne lui montre du doigt une cabane en bois aux auvents ouverts sur un jardin riche et coloré et un lagon amical en arrière-plan. Au loin un monomoteur décollait. Ils entendaient son ronronnement fragile.

— On y est, lui dit le vieux.

Il prit la tête de la marche pour rejoindre la maison et entra sans s'annoncer. Elle était vide de ses habitants. Depuis la porte Nael jeta un œil dans la salle de séjour sans oser pénétrer. Il avait été surpris d'apercevoir une tombe dans le jardin et éprouvait une sorte de gêne qu'il avait du mal à s'expliquer. On n'enterre pas ses morts dans son jardin !

Ça sentait le jasmin.

Raymond fit le tour du propriétaire.

— Il n'y a personne. Elles ne sont pas encore rentrées. Installe-toi sur la terrasse, je vais faire du thé.

Nael traversa la pièce, son sac de voyage à la main, et prit place sur les marches qui descendaient vers le lagon. À gauche une pirogue à balancier, à la peinture fatiguée, creusée dans un tronc, était retournée, posée sur deux rondins de bois enfoncés par le temps dans la pelouse. Elle semblait faire le dos rond pour se protéger des pluies. Un chien famélique au pelage noir et blanc à l'autre bout de la plage le guettait d'un air inquiet, se demandant si l'homme le laisserait passer sans le chasser. Il baissa les oreilles, rentra la tête et, l'échine courbée, avança à pas menus. Il observait Nael par en dessous, prêt à fuir au moindre soupçon de contestation. Nael sourit et lui tendit la main, paume tournée vers le sol en signe de paix. Les animaux lui étaient indifférents et il ne cherchait ni à les fuir ni leur contact. Son geste n'avait pour but que de rassurer l'animal afin qu'il passe son chemin.

Raymond arriva avec deux mazagrans creusés dans du bois flotté. Il lui tendit le sien.

— C'est pas du thé en vrai, lui dit-il, c'est du *tiare taina*. Que les fleurs ! Je ne sais pas si tu vas aimer. C'est excellent pour la santé. Ça soigne l'anxiété, l'insomnie et plein d'autres méfaits de la vie.

Il leva son mazagran et but une gorgée.

— Je ne sais pas où sont les filles, mais elles ne vont pas tarder.

Il tourna la tête en direction de la cocoteraie.

— Elles sont peut-être là-bas.

Le chien passa avec précaution, puis s'enfuit sans demander son reste. Le silence de Nael commençait à troubler Raymond.

233

— Elles ne vont pas tarder, répéta-t-il avec une feinte conviction en balayant du regard le paysage.

Après toutes ces pluies, se retrouver sous le soleil, au bord du lagon, dans cet univers familier, était réconfortant. Un de ces moments qu'il affectionnait. Le lendemain, il irait pêcher. Tôt. À l'heure où le lagon devient lac d'argent. Il rapporterait des perroquets et des carangues pour le petit déjeuner. Il décida que le mutisme de Nael ne lui gâcherait pas son plaisir d'être là. Ses souvenirs étaient incarnés dans ce lieu. Chaque arbre, chaque caillou, chaque planche de cette maison était un peu de lui, et rien ne devait perturber cette harmonie. Ni un mort ni un vivant. Il se tourna vers Nael.

— Tu prendras la chambre du fond. Viens. Je vais te montrer. Tu pourras t'installer et te reposer en attendant.

Raymond tourna les talons et entra dans le fare. Nael le suivit.

La rencontre se fit dans ce petit bout de couloir qui conduisait aux chambres. Lilith sortait de la salle de bains. Elle venait d'arriver. Sa chute de la veille dans la vallée avait réveillé ses maux de tête et, avant toute chose, elle avait voulu prendre un Doliprane.

Le choc émotionnel fut violent. Elle tomba nez à nez avec Nael dans l'étroit passage. Visage contre visage, et le monde bascula.

Stupeur. Hébétude. Refus. Terreur. Angoisse. Son corps essayait d'encaisser le choc, mais il était trop violent. Impossible à endiguer. Impossible à maîtriser.

Bouche pâteuse. Gorge serrée. Nausées. Elle ressentit un indéfinissable sentiment. Quelque chose d'indescriptible recouvert d'un voile noir. Sordide.

Mort, mort, mort !

Elle cria « Nicolas » et s'écroula.

Nael la retint avant qu'elle n'atteigne le sol. Jamais il n'avait vu femme aussi émouvante. Il la serrait dans ses bras. Le corps abandonné.

Depuis quand n'avait-il tenu un corps de femme vivante ? Il n'en avait plus le souvenir. Même l'effroi qui se lisait sur son visage était délicieux. À l'instant où ses yeux se posèrent sur elle, il fut envoûté par les tatouages qui déchiraient ses traits. Par cette provocation audacieuse.

L'art avait là quelque chose de sauvage. Il avait la prétention d'apporter à la beauté naturelle une dimension mortifère pour en dénoncer l'inachevé. Par ces signes indélébiles cette femme racontait la fugacité du beau et affirmait à la face du monde que la beauté est une étape, jamais un aboutissement. Un pont vers un statut nouveau, monstre hybride entre les croyances qui conduisent aux critères et à la quête d'autres possibles. C'était en tout point ce qu'il cherchait depuis toujours. La preuve qu'au-delà du cognitif il y a l'expérimentation. Qu'au-delà des jugements il y a le ressenti. Que donner la mort peut être un acte plus grand que celui de donner la vie.

Cette femme avait bravé sa beauté, l'avait injuriée, détruite pour la faire renaître. Tout comme lui bravait la mort.

Il tomba immédiatement amoureux de ce corps inerte et de ce visage grandiose.

— Lilith, Lilith ! cria Raymond. (Le vieil homme poussa Nael vers le salon.) Allonge-la sur les coussins. Je vais chercher de l'eau.

Il disparut dans la salle de bains et revint avec une serviette mouillée. Il chassa Nael du chevet de Lilith avant de le regarder droit dans les yeux :

— *E pa'apa'a iho ä 'oe roto i te pö*[1].

Puis il posa le linge mouillé sur le front de Lilith. Elle remua doucement.

Quand elle revint à elle, c'est le visage inquiet de Raymond qui lui apparut. Vision apaisante. Figure du père. Et son regard immémorial.

Nael ne chercha pas à comprendre ce que lui avait dit le vieux. Rien d'aimable, sans doute. Il s'en foutait. Trop bouleversé. Il savait que cette femme était apparue, qu'il l'avait vue. Qu'il l'avait touchée. Et qu'elle le hanterait à jamais.

Lilith ne quittait pas Raymond des yeux. Se refusant à voir la silhouette de l'homme derrière lui. Il lui fallait une réponse qui ne venait pas.

— *E'aha te huru ?* lui demanda-t-il affectueusement en lui prenant la main.

Lilith se redressa sur les coussins et le rassura :

— *Päpä, 'eiaha e ha'ape'ape'a mai nö'u. O vai teie ta'ata ?*

— *Te tahi värua.*

— *Aita. E tino pohe*[2], murmura Lilith.

---

1. Pour ça tu brûleras en enfer.
2. — Comment ça va ? / — Ne t'inquiète pas pour moi, papa. Qui est cet homme ? / — Une âme. / — Non, un mort.

29

Combien sommes-nous à nous confondre ?

Le cri que poussa Maema sur le pas de la porte mit un terme à la situation. Raymond se précipita, abandonnant Lilith sur les coussins. Il fit de son mieux pour la saisir dans ses bras sans y parvenir totalement : elle se débattait comme une belle diablesse. Il lui prit les mains et l'obligea à l'écouter.

— Calme-toi. Tout va bien. C'est bon. Elle n'a rien.

Maema ne se calmait pas. Elle pointait du doigt une boule grise adossée au mur, à côté d'une statue de tiki taillée dans de la pierre fleurie.

— Là ! là ! Y a un rat ! Un rat !

Gaspard savait que son espèce pouvait susciter de terribles réactions chez les humains. L'effroi en faisait partie. La haine aussi. La répulsion, souvent. La radicale envie de tuer, régulièrement. Très rarement l'amitié, la compassion ou la tendresse. Ne parlons pas de l'échange d'idées ! Il en avait vu plus d'un prêt à se jeter par une fenêtre pour ne pas partager le même espace. Grimper sur n'importe quoi pour ne pas fouler le même sol que lui. Gaspard supposait que c'était parce que les hommes avaient peur des rats, alors que les rats n'avaient pas peur des hommes. Ils les craignaient mais n'en avaient pas peur.

Nael s'interposa entre lui et la grosse femme en panique. Il lui intima l'ordre de disparaître. Ce qu'il fit en se cachant derrière le tiki.

— N'ayez pas peur. Il est avec moi. Vous ne risquez rien, il est parti, assura-t-il.

Maema finit par se calmer, au bord des larmes. Raymond lui versa un verre d'eau et la fit asseoir sur une chaise.

La situation était surréaliste. Un mélange de peur, d'incompréhension, d'incrédulité et d'amour. Personne n'osait prendre la parole. Exprimer ses angoisses. Poser ses questions. Demander des explications.

Nael était sur la défensive. Un fauve aux aguets.

En filigrane, dans son esprit, se dessinait insidieusement l'idée d'éliminer tout le monde si sa liberté venait à être mise en danger. Une pensée aux contours encore indéfinis, qui ne prenait pas en compte ce sentiment extrême incontrôlable et nouveau qui, quelques instants plus tôt, l'avait submergé et lié viscéralement à Lilith.

Mais une pensée qui pouvait se cristalliser à tout moment. Selon la tournure que prendraient les événements.

Ce dont il était sûr, c'est que Lilith avait reconnu en lui un autre : Nicolas. Elle avait crié son nom en le voyant comme s'il était un revenant. Il ne s'était donc pas trompé : un double de lui-même avait séjourné dans ce pays. Lilith lui avait fourni la preuve qu'il était sain d'esprit. Pour autant, il ignorait qui était cet homme. Et ce qu'il représentait pour Lilith et Raymond. Quelles relations entretenaient-ils ? Le vieux l'avait-il entraîné dans un guet-apens en le conduisant jusqu'ici ?

Raymond, debout derrière Maema, les mains posées sur ses épaules, rompit le silence.

— Qui es-tu ? demanda-t-il à Nael, la voix mal assurée. Qu'est-ce que tu nous veux ?

— C'est vrai, ça ! Qui c'est, ce mec ? s'écria Maema. Qu'est-ce qu'il fait ici avec son rat ?

Elle tourna la tête vers Raymond.

— C'est le gars que tu voulais présenter à Lilith ? Tu sais pas qui c'est ! Et tu veux lui présenter ?

— Tais-toi, lui intima calmement Raymond en lui tapotant l'épaule. Laisse-le s'expliquer.

Nael eut la désagréable impression d'être pris au piège, comme ces animaux sauvages au fond d'une fosse. Que devait-il et que pouvait-il expliquer ? Ils en savaient déjà trop sur lui. Il analysa la situation avec une acuité de prédateur. Cherchant à percevoir d'où viendrait le danger, quelle en serait sa nature et comment s'en protéger. Deux femmes. Un vieillard. Que pouvaient-ils contre lui ? Il devait se ressaisir et gagner du temps en trouvant une réponse qui désamorcerait la tension.

— Ce type, c'est Nicolas Kukman, répondit Lilith à sa place. On l'a retrouvé pendu il y a plusieurs mois chez lui, à Mahina, et sa dépouille a été rapatriée en France. Il faut croire qu'il n'est pas mort, puisqu'il est là.

La révélation déstabilisa Nael. Il la reçut frontalement. Sans filtre. Son double s'appelait Nicolas Kukman et il était mort. De mort violente. « Nicolas Kukman ». Le nom tournait en boucle dans son esprit. D'où sortait cet homme ? Se pourrait-il qu'il vienne de cette ferme ? Il n'osait même pas se formuler clairement l'existence d'un lien entre la vieille et ce type. Pourtant, il le percevait comme une évidence. Une telle coïncidence était impossible. Il se souvenait parfaitement du gars, à la ferme : Kukman, c'était le nom qu'il avait utilisé en parlant de la vieille. Maria Kukman. Ce flot de données et leurs conséquences lui faisaient perdre pied. Il ne menait plus la danse.

— C'est le mec d'Ariane ? interrogea Maema, perplexe. Celui qui s'est suicidé ?

Nael frissonna. L'angoissante impression que cette femme lui lançait au visage l'image prémonitoire de sa propre mort. Elle venait de réveiller en lui le bruissement de cette ombre qu'il savait planer sur son âme. L'ombre du suicide. Il avait le sentiment d'être pris dans des sables mouvants.

— D'après l'enquête de police, suicide par pendaison, lui répondit Lilith.

Ayant repris ses esprits et toute sa raison, elle était venue se placer face à Nael. Et le défiait du regard.

— Qu'est-ce que tu es venu chercher ici ? Ta femme ? Ça fait longtemps qu'elle est rentrée en France. Tu devrais le savoir, elle était sur le même vol que ton cercueil, ironisa-t-elle. Qu'est-ce que tu fais chez moi ? Explique-moi comment tu t'es débrouillé pour te faire passer pour mort. C'est quoi, l'histoire ? Arnaque à l'assurance ? Arnaque tout court ?

Il lui fallait se décider rapidement : endosser la peau d'un mort ou être lui-même ?

Il se lança.

— Il y a un malentendu. Je ne m'appelle pas Nicolas. Je m'appelle Nael... Je ne connais pas ce Nicolas.

Gaspard était sorti de sa cachette et s'était perché sur son épaule. Aux premières loges. Les bajoues gonflées de papier glacé arraché à une revue d'art locale.

Curieusement, Maema ne manifesta plus d'aversion en le revoyant. Il lui semblait être entrée de plain-pied dans une quatrième dimension et le rat ne l'effrayait plus. Seules les paumes des mains de Nael la subjuguaient. Cette peau rose tendue qui se brisait en plis rectilignes à chaque fois qu'il faisait un geste. C'était presque obscène.

Lilith invita Nael à poursuivre :

— Raconte.

— C'est un peu compliqué. Je…

Il hésitait. Il lui était très difficile de construire une histoire crédible qui ne lui nuirait pas plus tard. Un récit neutre mais à même de désamorcer le poids de la suspicion.

— Je suis venu chercher une femme. (Il fouilla dans sa poche et tendit la photo d'Ariane à Lilith.) Elle.

— Ariane ?

Elle prit le cliché et le montra à Maema et à Raymond. Elle balbutia d'une voix contenue :

— C'est la photo d'Ariane. La femme de Nicolas.

Pour l'un comme pour l'autre, Ariane et Nicolas n'étaient que les acteurs d'un fait divers qui remontait à plusieurs mois. Ils ignoraient les liens qui avaient uni Lilith et Ariane, ainsi que les sentiments que Lilith éprouvait encore pour elle.

Raymond restait sur ses gardes. Comment savoir si Nael disait vrai ? S'il faisait bien partie du monde des vivants comme il le prétendait ou s'il cherchait à les tromper ?

— Fais-nous voir tes mains, lui ordonna-t-il.

Nael obtempéra.

— La paume vers le haut, s'il te plaît.

Raymond se tourna vers Lilith.

— Est-ce que ce sont les mains de ton ami Nicolas ? Il avait les mêmes cicatrices ?

Lilith fixa les paumes tendues, incapable de détourner son regard de ces chairs meurtries. Partagée entre la répulsion et la compassion.

— Non. Pas du tout.

— Alors ce n'est pas lui. Cet homme n'est pas revenu du royaume des morts. Il est ce qu'il dit.

Lilith releva les yeux vers Nael.

— Je ne comprends pas. Tu lui veux quoi, à la femme de Nicolas ? Pourquoi tu la cherches ? Vous êtes amants ? lui demanda-t-elle d'un ton plus apaisé.

La question était déplacée, mais personne ne s'en offusqua.

— On a été mariés. Elle m'a quitté. Je veux la retrouver.

Lilith en resta bouche bée. Maema plaqua ses mains sur la table devant elle, le buste penché en avant.

— Tu veux dire qu'elle t'a quitté pour se foutre avec ton sosie ? intervint-elle, ébahie. Elle est bonne, celle-là !

— OK, reprit Lilith en s'adressant à Nael. Tu m'arrêtes si je me trompe. Tu as été marié à Ariane. Et… elle t'a quitté ?

— C'est ça.

— Il y a longtemps ?

— On a divorcé il y a plus de vingt ans.

— Et c'est maintenant que tu veux la retrouver ?

Nael ne répondit pas.

— Donc tu as divorcé d'Ariane y a plus de vingt ans. Et tu prétends que tu ignorais qu'Ariane avait épousé entre-temps ton sosie. C'est ça ?

— Je ne savais pas. On ne s'est plus revus depuis qu'elle m'a quitté.

— Et toi aussi tu l'aimes encore ?

Ça lui avait échappé. Lilith espérait que personne n'avait relevé sa remarque inclusive. Elle enchaîna, avant que Raymond ou Maema ne réagissent :

— Aujourd'hui tu veux la revoir et tu penses la trouver ici ?

Nael ne bougeait pas, préférant laisser Lilith lui construire l'histoire.

— Tu as fait le voyage pour rien. Ariane est partie. Son mari s'est pendu et elle est rentrée en France. Tu aurais dû mieux te renseigner avant de venir. Affaire classée.

Elle tourna les talons et se dirigea vers la terrasse.

— Attends ! s'écria Maema. J'ai un truc important à te dire au sujet de ton ami du Ia Ora.

— Tout à l'heure, l'interrompit Lilith en quittant le salon.

Pour Nael la bombe était désamorcée, mais pour Lilith, maintenant qu'elle avait compris que Nicolas et l'homme venu avec Raymond étaient deux personnes différentes, cet incident avait réveillé des démons qu'elle s'évertuait à tenir en laisse. Une multitude de questions personnelles se bousculaient en elle. Comment Ariane avait-elle pu lui cacher ce premier mariage ? Comment avait-elle pu lui mentir sur ses sentiments envers cet homme et, par ricochet, envers Nicolas ? Pourquoi aurait-elle convolé en secondes noces avec le clone de son premier mari si elle n'avait été follement amoureuse de lui ? Ariane aimait toujours cet homme, c'était une évidence. Ils se retrouveraient, c'était aussi une évidence. Et elle, quelle place avait-elle vraiment tenu dans son cœur ? Était-il déjà écrit qu'elle ne serait jamais plus qu'un souvenir exotique pour Ariane ?

Était-ce Ariane qui avait contacté Nael pour qu'il la rejoigne ici à la mort de Nicolas ? Avait-il tardé à réagir et s'était-il décidé à faire le voyage trop tard ?

Après tout, cela lui importait peu. Sa relation avec Ariane venait de trouver son épilogue. Il fallait qu'elle l'efface de sa mémoire.

Qu'elle oublie le futur.

Une douleur sournoise comme un ulcère s'était installée en elle et lui vrillait l'estomac. Elle savait qu'elle ne la quitterait plus jamais. Fidèle comme une chienne malade.

Elle eut une folle envie de Kae. Elle aurait voulu qu'il lui fasse l'amour, là, sur la plage. Maintenant. Avec tendresse. Avec douceur. Avec puissance.

Elle repensa à sa journée d'hier. À lui. Son odeur. Ses mains. Maema n'avait pas voulu la suivre quand elle avait décidé de se rendre sur la scène de l'accident au petit matin. Elle était partie seule, en quête d'improbables traces qu'auraient laissées les criminels.

Elle s'était retrouvée nez à nez avec Kae alors qu'elle cherchait entre les fougères la piste fragile des assassins. Elle avait eu peur. Son pied avait glissé. Elle était tombée en arrière. Il l'avait relevée, l'avait prise dans ses bras et portée jusqu'au marae par crainte qu'elle ne se blesse à nouveau. Tout le long du chemin il l'avait gentiment sermonnée : elle prenait des risques inutiles ; ce n'était pas son rôle ; elle devait à l'avenir se tenir éloignée du danger. De tous les dangers. Elle avait passé le bras autour de son cou. Il la portait comme une enfant, contre sa poitrine. Son visage était tout proche et son souffle lui caressait la nuque. Elle pouvait l'entendre sourire. Elle avait besoin de penser à Kae.

Raymond la rejoignit sur les marches et lui tendit un coco frais. Chaque père est le premier père de l'humanité. Raymond n'échappait pas à la règle. Parce que être père, c'est une volonté. Un choix.

— Tiens, bois. Ça va te faire du bien.

Elle le remercia.

Il prit place à ses côtés.

— Ça va ?

Elle sourit. Une petite moue résignée.

— Oui.

— Bien ?

Elle ne répondit pas. Elle connaissait suffisamment Raymond pour deviner ce qu'il pensait : qu'elle avait eu une liaison avec Nicolas. Il mettait sans doute sa tristesse sur le compte de l'apparition de Nael et du fait qu'elle ait dû reparler de la mort de Nicolas. Elle n'osait pas lui avouer que c'était Ariane qui lui manquait. Pas Nicolas.

Il secoua la tête, complice.

— Pas trop, hein ? La mort de cet homme te travaille. Tu crois savoir pourquoi il s'est pendu, n'est-ce pas ? Et ça te ronge. Pourtant il ne faut pas. Je ne sais pas trop quelle était votre relation, mais je peux l'imaginer.

Lilith faillit l'interrompre, lui dire qu'il faisait fausse route, mais avant qu'elle n'ouvre la bouche il posa une main sur son bras pour qu'elle l'écoute.

— Je vais te raconter une histoire qui va peut-être t'aider à comprendre. Quelque chose que j'ai vécu. Après la mort de ta tante je me suis installé loin de tout, loin des hommes, sur un bout d'atoll du côté de Katiu. Là-bas, dans le lagon, il y a deux îlots. Couverts d'une mauvaise végétation, habités par quelques faux serpents amphibiens et quelques nichées de grandes frégates, de sternes huppées et de fous à pieds rouges. Entre ces deux îlots, à la surface de l'eau on peut voir une tache d'un bleu soutenu.

Lilith posa la tête sur l'épaule de son oncle.

— Elle indique une fosse profonde, continua-t-il. Comme un puits creusé dans le sable, tu vois ? Son diamètre ne doit pas dépasser cinq ou six mètres, mais il est quand même impressionnant. Un jour je pêchais, immobile et attentif, au-dessus de cet endroit. Je pensais à ta tante. J'allais fermer les yeux pour mieux me rapprocher d'elle quand quelque chose en moi m'a dit de les garder ouverts. Un truc bizarre. Et ce jour-là, j'ai été témoin d'un curieux phénomène.

Il se tut un instant pour laisser planer le mystère. Lilith leva son regard vers lui.

— Lequel ?

— La mer était calme, ni houle, ni clapot, ni faux mascaret… Juste la caresse des vagues au loin sur le récif. J'étais dans ma pirogue. Silencieux, cherchant à deviner ce que le ciel pouvait chuchoter à l'horizon, quand j'ai été surpris par une sorte de borborygme étrange venant des profondeurs.

Lilith l'écoutait attentivement comme quand elle était petite et qu'il venait lui raconter des histoires le soir avant de s'endormir.

— C'étaient des bulles d'air qui remontaient à la surface en un bouillonnement rapide et soudain qui éclataient au beau milieu de cette tache bleue posée comme une couronne sur les eaux turquoise. Je n'ai aucune idée d'où ces bulles pouvaient venir ni de ce qui les a provoquées, et cela m'importe peu. Ce que je sais maintenant, c'est que la mer respire. Et c'est effrayant !

Raymond se tut. Il avait fini son histoire.

Lilith se redressa.

— C'est tout ?

— Oui, c'est tout.

— Et c'est censé m'aider ?

Son plexus était comprimé et douloureux.

Raymond mit une main sur la tête de Lilith et l'attira délicatement sur son épaule.

— Ça veut dire que l'on croit souvent savoir ce qu'en réalité nous ignorons. Tu vois, si un seul homme savait le dixième de ce que l'humanité ignore, on le prendrait pour Dieu. Ne te torture plus. La vie n'a de sens que dans son quotidien, Lilith. Certainement pas dans cet autre toi fantasmé dans le regard de ceux qui ne seront pas à ton enterrement. Ne pense plus à lui.

Lilith aimait tonton Raymond. Certainement comme un enfant aime un père. Si seulement elle avait su se confier quand c'était arrivé ! Lui raconter. Elle aurait pu pleurer toutes ses peines sur son épaule ! Mais lui-même était l'illustration de sa fable. Il croyait savoir et il ignorait. Il pensait qu'elle culpabilisait à cause de la mort de Nicolas, or la mort de Nicolas, elle s'en foutait. C'est la mort de l'amour qu'elle pleurait.

Il se trompait. Et elle ne le lui dirait pas. Peut-on parler de ces choses-là à son papa ? Quelle image aurait-il d'elle, s'il savait ? Il en avait fait sa petite princesse et il attendait à ses côtés depuis toujours qu'elle lui présente son prince charmant. Elle n'était pas sûre que, malgré sa tolérance et son ouverture d'esprit, il ne serait pas déçu au fond de lui. Lilith refusait de prendre ce risque tant qu'elle avait encore au fond du cœur les yeux verts d'Ariane. Elle était pleinement consciente que cette attitude était en totale contradiction avec sa vision du monde et de la liberté, mais personne n'est à une contradiction près…

Maema les surprit assis tous les deux sur les marches. *Le vieil homme et l'enfant*, pensa-t-elle. Ils ne l'avaient pas entendue arriver. Elle se gratta la gorge pour signaler sa présence.

— Il est allé se reposer dans sa chambre, lança-t-elle avant de s'asseoir à leurs côtés et d'interpeller Lilith : ça va, toi ? Tu crois qu'on peut parler de Téchao ? J'ai un truc important à te dire sur ton protégé.

Elle se pencha légèrement en avant et s'adressa à Raymond :

— C'est dingue, ce rat apprivoisé ! Il l'a suivi !

— Qu'est-ce qu'il se passe avec Téchao ? interrogea Lilith.

— Ils l'ont arrêté.

Lilith sursauta.

— Quoi ? Téchao ? T'es sûre ? Pourquoi ils auraient fait ça ?

— À cause de son portable. Les photos ont été envoyées depuis son vini.

Lilith en eut le souffle coupé.

— N'importe quoi ! Kae m'a dit hier qu'ils essayaient de remonter jusqu'à la source de diffusion

248

des photos, le haut-commissaire en ayant fait une priorité, et qu'a priori ce ne serait pas évident parce qu'elles ont été balancées sur le Net depuis plusieurs comptes. Comment est-ce qu'ils en sont arrivés à Téchao ?

— Ce n'est pas lui qui les aurait balancées directement. Les photos sont parties de son téléphone vers tous ses contacts. Et plusieurs se sont empressés de les faire circuler sur le Net. Après, ça a été viral et ça a fait le tour de la toile. Les autorités indonésiennes ont été alertées par les familles des victimes. C'est remonté jusqu'au ministre des Affaires étrangères à Paris et c'est allé assez vite pour retracer le parcours. Ce matin, ils avaient l'info. Toutes les recherches n'ont conduit qu'à une seule source : le téléphone de Téchao.

— Mais Téchao ne ferait pas de mal à une mouche ! Il tourne de l'œil quand on écaille un poisson ! Ça ne colle pas ! Téchao est innocent. Il y a forcément une explication !

— Justement, c'est pour ça qu'il a été arrêté. Pour qu'il s'explique. Il prétend avoir égaré son portable dimanche. Il n'a pas fait de déclaration de vol parce que c'était un vieux Samsung et qu'il comptait de toute façon le remplacer.

— Il l'a perdu ou on le lui a volé ?

— Ça revient au même, s'il est innocent. L'autre éventualité, c'est qu'il ait participé à la tuerie avec les trois salopards et qu'il ait pris les photos. Il dit avoir perdu l'appareil dimanche. Ce qui implique qu'il l'avait au moment des crimes. Et ça, c'est pas bon pour lui.

Lilith sentait la colère monter en elle. Une rage froide contre l'injustice qui frappe sans regarder où ses coups vont tomber. Contre la mort qui emporte et ne ramène jamais personne. Contre la vie. Contre Ariane. Contre le monde entier.

— Impossible ! Je le connais, Téchao. Il n'a rien à voir avec cette histoire. D'ailleurs, c'est pas malin : pourquoi est-ce qu'il dirait avoir perdu son portable dimanche s'il était impliqué ? Ce serait stupide ! Si c'était le cas et qu'il mentait, il prétendrait que c'était jeudi ou vendredi. Il n'est pas con, quand même !

Elle essaya de se détendre.

— Et Nasua, comment il a pris ça ?

— Mal. J'étais au Ia Ora quand ils sont venus chercher Téchao. Nasua n'a pas compris ce qu'il lui arrivait. Il n'arrête pas de répéter que c'est une erreur et que son fils n'a rien à voir avec cette histoire. Il est rentré chez lui.

Lilith se leva.

— J'y vais. Je passe d'abord voir Kae pour en savoir plus et Nasua après.

— Je t'accompagne.

Lilith s'inclina vers Raymond.

— On te laisse avec le Popa'ä et son rat ? Ça va aller ?

— Maintenant que je sais qu'il est vivant, je suis sur mes gardes. Ce sont des vivants dont il faut se méfier, pas des morts, plaisanta-t-il. C'est ce qu'on m'a toujours dit. Ne t'inquiète pas pour moi.

Les deux femmes firent le tour par le jardin pour rejoindre la vespa garée devant le fare.

30

Des pointillés pour dessiner
Des traits pour signifier
Pour qui regarde

— Ne pas regarder le soleil se coucher, c'est entrer dans la nuit par effraction… Je suis bien trop respectueux des bonnes manières pour violer les ténèbres, plaisanta Raymond. Non, non ! J'aime la douceur des lucidités désamorcées. Le doux ressac des certitudes qu'il est impossible de recouvrir indéfiniment de la litanie des croyances. Juste le temps et soi. Et l'importance des derniers rayons de soleil pour savourer le jour. Celui qui part, celui qui vient. Ce qui inclut les glaces coco et vanille praliné !

Nael, muet, partageait un morceau de pain avec Gaspard. Le vieux se révélait vraiment curieux. Différent de celui qu'il avait côtoyé à Tahiti. Sans doute Moorea influait-elle sur son humeur. Quand il était sorti prendre l'air dans le jardin, Raymond l'avait invité à le rejoindre pour regarder tomber la nuit. Une façon comme une autre de se changer les idées. Nael en avait besoin. Il avait essayé pendant des heures, seul dans la chambre, de faire le point.

Un bilan mitigé.

Il n'avait certes pas toutes les réponses qu'il était venu chercher : il ignorait qui était ce Nicolas Kukman et pourquoi il s'était pendu. Et d'où venait leur ressemblance ? Une opération plastique ? Une gémellité ? Le hasard ? Par ricochet, qui était cette Maria Kukman, cette vieille puante qu'il avait éliminée si loin d'ici ? La sœur de ce Nicolas, sa tante ? Non. Probablement sa mère. Et avec cela, il ne savait toujours pas qui avait tué Ariane. Ni quel fil, rouge sang, le liait à ces gens.

Cependant, il en savait assez pour être rassuré. Le danger semblait s'être éloigné. Du moins celui qui planait depuis quelques jours sur sa tranquillité et la sérénité de son avenir. Il aurait dû en être ravi. Il ne l'était pas. Ce qui l'inquiétait à présent, c'était ce nouveau péril, aussi terrible qu'inattendu, qui s'était installé comme un étau sur son cœur lorsqu'il avait été bouleversé au plus profond de ses atomes par cette jeune femme. Cette chimère de chair farouche. Les sentiments qui l'avaient remué à l'instant où elle était tombée dans ses bras lui étaient jusque-là inconnus. La toute-puissance de Dieu et dans le même temps l'inendiguable soumission du vassal. Cette femme était devenue en l'espace d'un éclair sa propre chair. Et sa raison.

Parfois, quand il tuait, il avait éprouvé cette toute-puissance. Tout comme il s'était déjà senti, plus tôt dans sa vie, à la merci d'une personne chère, parfois aimée. Prêt à subir le pire et le trouver normal. Mais il avait toujours gardé de la distance et préservé son unicité. Jamais, jamais ils n'avaient formé qu'un seul être avec l'autre. Une créature hybride. Indéfinissable. Inconnue. Incontrôlable… et forcément dangereuse pour un homme comme lui. Cette créature à laquelle il avait goûté aujourd'hui et à laquelle il aspirait maintenant.

L'air du large lui faisait du bien.

Raymond et lui étaient installés sur un tronc de cocotier au bord du lagon, tournant le dos au faré. Le palmier avait poussé à l'horizontal au-dessus de l'eau. Sa tête se redressait fièrement vers le ciel, opérant un angle à quatre-vingt-dix degrés à quelques mètres d'eux.

Le vieil homme pointa le doigt vers l'horizon.

— Regarde. Le soleil est une bûche qui moisit sous la pluie. Loin, très loin d'ici. Jusqu'à ce qu'elle finisse par le réduire en poussière verte et humide. Bien heureusement il est phénix. Ici meurt une journée future... une de celles que l'autre hémisphère n'aura pas encore vécues. Tu vois son agonie ?

Sans être vraiment sensible à ce qu'il racontait, Nael percevait que cet homme cherchait un chemin. Un peu comme lui. Or rien ne sert de le chercher. Il est ou il n'est pas. Et s'il est : on le trouve. C'est exactement ce qui s'était produit avec cette fille. Il aurait bientôt quarante-sept ans et, pour la première fois, il avait touché au verbe aimer comme un camé à la pire des drogues. Celle qui rend inéluctablement et définitivement addict dès la première prise. Celle à laquelle il ne faut jamais toucher. Cette fille courait maintenant dans ses veines comme un poison.

Il écrasa une fourmi qui avait grimpé sur son jean et rejeta son corps sur le sable d'un geste distrait. La mort est silencieuse et soyeuse dans l'indifférence du monde. Il l'aimait, la mort. Pourrait-il s'en séparer comme on se sépare d'une maîtresse ? Cette fille pouvait-elle d'un claquement de doigts faire exploser le bunker de ses secrets et de sa solitude ? Briser les barreaux des mots interdits ? Le moment était-il venu d'être deux dans le labyrinthe de la mort ?

Raymond, à côté, plissait les yeux, cherchant à réunir en une même vision linéaire le ciel et le récif. Cette terre en devenir. Cette fleur qui serait île. Tout comme ses sœurs. Qui rejoindrait dans un avenir lointain le bouquet de petites terres pour piqueter la mer. Il se tourna vers Nael.

— Tu veux que je te dise ce qui est important ? Ne quitte ni la lumière de la mer, ni du regard ce que tu aimes. Voilà ce qui te tiendra debout. Trouve la source. Il y a une source ici, c'est vrai. Une source apaisante. Mais passe ton chemin.

Il fit un geste en direction de la route et de l'aérodrome loin derrière eux.

— Bien sûr, les pelleteuses, bulldozers et leurs cousins festoient et prennent de belles indigestions de temps immémoriaux pour faire place à d'improbables avenirs. Mais l'île est la plus forte et elle réussit à ne jamais flétrir, même quand le béton la brûle.

Il y eut un silence, que Nael finit par briser.

— Parle-moi d'elle.

— De l'île ?

Il ne répondit pas. Il savait que le vieux avait très bien compris. Raymond soupira.

— Non, je ne te parlerai pas d'elle.

Nael baissa la tête et gratta le sable de la semelle de sa chaussure.

— Pourquoi ? Tu as peur de moi ?

— Pas de toi. Des mauvais coups de la vie.

— Et pour toi, je suis la vie ? ricana Nael.

— Je ne sais pas qui tu es. Ou trop bien. Mais ce que je sais, c'est que moi, je serai maintenant ton *nohu*. La pierre postée devant chacun de tes pas. Invisible et patiente. Dorénavant, regarde où tu mets les pieds.

— Tout doux, vieillard ! Aurais-tu perdu ton âme de poète ?

— Je crois que tu devrais t'en retourner en France.

La voix de Raymond était douce.

— Tu as tes réponses. La femme que tu recherches est partie et l'homme dont le reflet te hantait est mort. Tu n'as plus rien à faire ici.

— Si c'était ça que tu voulais me dire, tu aurais pu m'épargner ton baratin. Sans vouloir te vexer, papy : tes métaphores low cost laissent à désirer ! La poésie, ça n'a rien à voir avec ton verbiage bon marché. Non, mon vieux. La poésie, c'est quand tout l'univers est réuni en un seul point : une boule au creux du ventre ! C'est ça, la poésie. Et ta nièce, tu vois, je l'ai en boule au creux de mon ventre. Va falloir que tu t'y fasses, asséna-t-il en quittant le vieil homme. Une dernière chose ! dit-il en se retournant. Il arrive souvent que le besoin que l'on a de voir ceux que l'on aime heureux nous conduise à les empêcher de l'être. Lâche-nous !

Raymond baissa la tête à son tour et de son pied nu dessina une croix sur le sable devant lui, puis l'effaça.

— Je retiendrai la leçon.

Gaspard était choqué par les propos de Nael et ne se priva pas de lui en faire part.

— Tu as été super dur avec le vieux. Il ne mérite pas tant de mépris.

Il trottinait derrière lui, dodelinant de l'arrière-train.

— Me fais pas chier, toi !

Le rat s'éloigna de quelques pas, craignant une nouvelle réaction violente. Il avait encore en tête le souvenir du choc contre le pare-brise de l'estafette.

— Il t'héberge, quand même ! insista-t-il.

— Il voulait que je voie sa nièce ? Eh bien c'est fait.

Nael rentra dans la maison, laissant Raymond à son crépuscule.

Ce qui s'annonçait ne disait rien qui vaille au vieil homme. Cet étranger prenait une place indésirable dans son cercle intime. Il s'en voulait d'avoir fait entrer le loup dans la bergerie, se reprochait son manque de perspicacité. Mais comment aurait-il pu deviner ! Il allait devoir protéger Lilith. Toujours persuadé qu'elle avait eu une liaison avec Nicolas qui avait mal fini, Raymond craignait qu'elle ne fasse un transfert sur Nael et ne sombre à nouveau dans une relation corrompue. Nael venait de le prévenir ouvertement : elle allait devenir sa proie. Cet homme était mauvais. Il ne s'expliquait pas pourquoi il avait joué avec le feu avec tant de désinvolture. Vieux prétentieux égotique et vaniteux ! Penser pouvoir sauver les âmes. Quelle arrogance ! Ne pouvait-il se contenter de s'occuper de son *fa'a'apu* ? Sa colère contre lui-même ne s'apaisait pas.

Ce ne serait pas facile de se débarrasser de ce type qui nourrissait un projet forcément funeste pour Lilith. Lui, Raymond, aurait dû la mettre en garde contre ces amours passions qui ravagent les vies. Ces hommes qui ne justifient leur existence que par l'amour d'une femme. Rarement pour. Ça lui aurait évité cette dramatique mésaventure avec Nicolas. Ces hommes sont imprévisibles ; leur amour est un fantasme. Aucune femme ne peut y répondre sans y perdre son identité. Lilith avait eu à se défendre seule quand Nicolas avait voulu la séduire comme Nael s'apprêtait à le faire. Mais elle n'était pas armée pour ce genre de maladie. Il ne l'avait pas préparée à la folie des hommes.

Raymond croyait, là encore à tort, que Nicolas s'était pendu à cause de Lilith. Parce qu'elle l'avait éconduit à un moment ou à un autre. Il connaissait bien le goût de sa nièce pour la liberté. Pour toutes les libertés. Pour celles qu'il lui avait apprises. Pour celles qu'elle avait découvertes. Il avait su laisser naître et grandir en elle la capacité à ne pas s'effrayer des épou- vantails, pas toujours inoffensifs, qui veulent nous empêcher de saisir la vie à bras-le-corps aussi simple- ment que la nature nous la donne. Savoir avancer en se fiant à ses instincts plus qu'aux cris des porte-voix. La liberté n'a pas besoin de révolution. Elle est l'af- faire de chacun.

Elle était libre de rejeter un homme. Et si elle l'avait fait avec Nicolas, elle n'avait pas à se le reprocher, quelles qu'en aient été les conséquences.

La réalité était cependant autre. Son analyse était fausse.

Pour autant, même si son énoncé était inexact, ses conclusions étaient justes. Lilith avait sa part de res- ponsabilité. C'était elle qui avait fait imploser le couple. Elle qui avait poussé Ariane à porter leur liaison au grand jour. Et donc : elle qui était indirec- tement à l'origine du geste de Nicolas.

Mais comment Raymond aurait-il pu le savoir ?

Il se leva à son tour. Les *tupa* avaient commencé leur course nocturne. Leurs carapaces marron ou grises, dont certaines atteignaient quinze à vingt centimètres, se fondaient dans l'ombre. Ils trottinaient dans l'herbe. En chasse. Comme des bourgeons qui fleuriraient d'un coup, ils émergeaient en même temps de dizaines de trous, emplissant l'air du claquement insolite de leurs pinces. Une éclosion au ras du sol. En animal peureux et malhabile, ils fuyaient devant lui. Raymond respectait ce chant de la terre. Il se rappelait le temps où ces bestioles étaient si nombreuses qu'on en retrouvait par grappe de quatre ou cinq écrasées sur la route au petit matin. Difficile de les voir et de les éviter. Aujourd'hui, les crabes ne prospéraient plus. Ni à Tahiti ni à Moorea. Raymond traversa le jardin sans se préoccuper d'eux. Des compagnons de longue date avec lesquels on partage l'espace sans se poser de questions. Chacun connaissait son chemin. Pourquoi n'en était-il pas de même pour tous les humains ?

Il était temps d'allumer les lampes. Lilith et Maema ne devraient pas tarder. Il faisait sombre à l'intérieur. Un bruit de voix provenait de la chambre du fond. Nael devait parler avec le diable. Pourvu qu'il parte vite. Sa présence dans cette maison n'était plus souhaitée.

Il alluma la gazinière et mit de l'eau à chauffer pour le riz.

Il n'écoutait pas, pourtant il entendait l'autre monologuer. Des paroles incompréhensibles. Une drôle de musique. Comme si ce gars était un instrument qu'on accordait : du son dépourvu de sens. Raymond décida de ne plus y prêter attention et de se concentrer sur la façon de venir en aide à Lilith. Il avait conduit le fauve jusqu'ici, c'était à lui de l'en chasser avant qu'il ne saute à la gorge de la petite. Elle avait déjà assez souffert par le passé.

Peut-être aurait-il dû l'encourager à partir faire les beaux-arts, dix ans plus tôt. Mais il avait eu peur. Tous ceux qui avaient cédé au chant des sirènes de cette nécroville qu'était Paris y avaient perdu quelque éclat dans leur regard. Pour certains, leur identité. Parfois le cadeau d'être d'ici. D'autres le sens des silences. Aucun n'était revenu identique à lui-même et enrichi des autres. Non, aucun. Différents, oui. Pauvres de nouvelles lucidités. Passés sous le bistouri de l'Occident. Renaissant d'un nouveau visage recousu derrière les oreilles. N'entendant plus rien. C'est pour cela que Raymond avait voulu épargner à Lilith ce lifting de la pensée. Ce sourire artificiel à un monde défiguré. Et lui laisser la fraîcheur des rides de son pays. C'est pour cela qu'il avait préféré la voir grandir avec la pluie comme seule saison.

Mais la tenir loin de ces labyrinthes étrangers pour la garder en sécurité et la laisser danser librement sur les chemins de l'horizon n'avait servi à rien : les pires spécimens de minotaures n'avaient que vingt-quatre heures d'avion à faire pour l'afficher dans leur menu. Il haïssait sa propre naïveté. Ce n'est pas en fermant les yeux qu'on enterre le mal. Il aurait dû lui enseigner combien le malentendu entre aimer et vouloir est destructeur. L'étranger n'aime pas notre pays : il le veut. Et il le prendra en prenant nos âmes pour les livrer à ses dieux. Progrès. Réussite. Conquête. Prosélytisme. Puissance. Condescendance. Législation. Dogme. Enrichissement. Reniement. Langage.

L'étranger n'aime pas notre façon de vivre, notre façon d'être. Il les veut. Il veut les modeler pour leur donner une nouvelle peau dans laquelle il pourra se glisser en se prenant pour nous. Il est le feu qui remodèle l'acier. Tout comme notre lien à l'amour : il le détissera pour lui substituer ses chaînes. Raymond pouvait maintenant les entendre quand Nael se déplaçait. Elles faisaient un bruit d'échafaud. « Lilith, ma belle Lilith, pardonne-moi de n'avoir pas été ce récif protecteur. » Dans ses vieilles chairs flétries, l'ADN de ses îles tremblait. Il avait failli. Son instinct lui chuchotait continuellement à l'oreille que cet homme allait faire du mal à la petite. Et qu'il devait agir.

Il retourna dans le jardin couper des feuilles de 'autï'. Il en disposerait partout dans la maison pour chasser le mauvais mana avant le retour de Lilith.

— Tu es amoureux ?

La chaussure frôla l'oreille de Gaspard avant de frapper le pied de la commode.

— Je t'interdis de te mêler de ça !

Gaspard se déplaça entre les pieds d'un chat en bronze, hors d'atteinte des jets intempestifs de Nael.

— Ça m'amuse, que veux-tu. Toi qui ne connais rien au fait d'aimer, qui n'a aucune empathie envers ta propre espèce, tu prétends aimer ? As-tu seulement la moindre idée de ce dont tu parles ? Tu veux jouer à l'amour ? Mais c'est Jarry qui jouerait aux échecs avec Descartes ! Tu crois que, parce que tu as tenu dans tes bras un corps de femme inerte, ça fait d'elle la femme de ta vie ? C'est ça qui t'a plu chez elle, hein ? Qu'elle soit morte et vivante en même temps. Avoue que les mortes, c'est ton truc !

La lampe à pétrole, par chance éteinte, vint se briser contre la tête du chat.

Gaspard rentra le cou dans ses épaules au moment de l'impact, mais il ne bougea pas. Il observa les morceaux de verre éparpillés au sol et la tache sombre que formait le pétrole sur le plancher.

Nael alluma une cigarette. Il expira une longue bouffée de fumée et Gaspard pria pour qu'il ne jette pas son allumette dans sa direction. Peur infondée. Nael la secoua et la balança de l'autre côté de la pièce.

— Tu m'emmerdes.

Son ton, calme et froid, contrastait avec son geste précédent. Il poursuivit :

— Si tu es encore en vie, c'est pour une seule chose, connard. Et tu le sais. Alors ne me fais pas chier parce que je pourrais bien changer d'avis.

— Je le sais, je le sais. T'inquiète. Mais tu ne changeras pas d'avis.

Gaspard s'allongea derrière les pattes de la statue protectrice, le museau tourné vers Nael.

— Tant que tu ne sauras pas ce qu'il y avait dans les lettres de la vieille, tu te sentiras en danger. Ton truc à toi, c'est de tout maîtriser. Manipuler, aussi. Et tant que, toi, tu n'es pas tranquille, moi je le suis.

— Tu te crois très malin, ratasse ? Ce que je veux savoir, je le saurai sans toi !

— D'accord, d'accord, mais je reste ton plan B. Tiens : je vais te donner un coup de main pour te prouver ma bonne volonté. La vieille que tu as écrasée, eh bien c'était la mère de Nicolas.

Nael était allongé sur le lit, un bras replié derrière la tête, la cigarette entre les lèvres, les yeux plissés à cause des volutes de fumée.

— Et ?

— Comment ça « et ? ».

— Tu me prends pour qui ? Un cousin ? Qu'est-ce que tu veux que je fasse de ça ? Bien sûr que c'était son fils. Puisqu'il n'est pas moi, il a eu sa vie ! Une mère, un père… Une vie à lui qui n'a rien à voir avec la mienne ! Inutile d'être très futé pour le comprendre. Pourquoi elle aurait ses vieilles photos de lui ? Pourquoi elle en aurait glissé une dans les mains du cadavre d'Ariane, si ce n'était pas sa mère ? Donne-moi plutôt de vraies infos. Dis-moi ce qu'il y avait dans son journal.

— C'était pas vraiment un journal. Plutôt des lettres.

Nael lui jeta son mégot au museau. Par chance, le pétrole s'était évaporé.

— Arrête de jouer avec mes nerfs ! Tu n'as pas idée des risques que tu prends.

Gaspard leva les deux pattes avant en signe d'apaisement.

— Je ne joue pas. Toi et moi sommes des frères. Un peu de carbone, un zeste d'hydrogène, un bol d'oxygène, une pincée de phosphore, un nuage de soufre, et le tour est joué. Je ne cherche pas à t'énerver.

— Bizarrement, tu y arrives très bien !

Gaspard se dressa gauchement sur ses pattes et se tint assis sur son postérieur.

— Qui te dira la vérité si ce n'est pas moi ?

Nael croisa les jambes et tourna le visage vers le rat.

— D'accord. C'est comme tu veux, lâcha-t-il. Après tout, comme ça les choses seront claires entre nous. Fini le chantage. Je vais te dire : maintenant que je sais que ni moi ni mon double n'en sommes responsables, la mort d'Ariane n'a plus autant d'importance. Je n'y suis plus lié. Aujourd'hui, Ariane est portée disparue. Sans plus. Tout comme la vieille. Une mère endeuillée et sa belle-fille parties en croisière noyer leur chagrin sans prévenir personne. Où est le problème ? Qui va s'en inquiéter ? Il faudrait que la police retrouve les corps pour entamer une enquête. Et ça… c'est pas demain la veille ! Quant au petit cycliste, il va aller allonger la longue liste des jeunes fugueurs. Tu vois. Je suis plutôt rassuré. Serein, même. Qu'est-ce que tu peux savoir de plus qui mérite que tu vives ? Ce qui me chagrinait, c'était d'ignorer quel était mon degré d'implication dans la mort d'Ariane. En réalité, il n'y en a aucun. Si par la plus grande des malchances les flics venaient à m'interroger, ce serait vraiment par pure routine. Le bout du bout de la routine. Histoire d'avoir interrogé tout le monde. Je n'ai aucun mobile. Et toute photo ou document qui pourrait me relier à Ariane serait rangé dans le carton « échanges avec le mari décédé ».

Nael leva les bras au ciel.

— Nicolas, tu es mon sauveur !

Il s'assit et sourit sournoisement au rat.

— Tu es toujours aussi sûr d'être un plan B ?

Gaspard sortit de son abri. Il fit quelques pas jusqu'à Nael. Grimpa sur le lit pour se dresser à dix centimètres de sa chaussure, puis il leva le buste et le museau avec morgue.

— Alors qu'est-ce que tu attends pour te débarrasser de moi ? Un coup de talon sur ma petite gueule et terminé ! Allez ! Vas-y ! Écrase-moi ! « Hypocrite Nael, mon semblable, mon frère ».

Nael éclata de rire. Il chassa du pied l'animal, qui roula et trébucha jusque sous la fenêtre.

— Tu n'as pas honte ? T'es qu'un petit escroc. Un rat de bibliothèque gras des conneries que tu as ingurgitées. En attendant, s'il te plaît, arrête avec tes références de merde.

Gaspard se lissa les moustaches, content de s'en être bien sorti.

— Je vais essayer. Promis, je ferai attention à partir de maintenant. Et toi, de ton côté, évite à l'avenir de me bousculer tout le temps. C'est stressant.

— Je vais essayer, lui renvoya Nael, amusé.

— Finalement, ce qui est difficile, ce n'est pas de se faire une place dans ce monde. C'est d'en trouver une, conclut le rat avec philosophie.

Nael ricana.

— Exactement. Et le parking est un peu saturé.

— Bon… Tant que le tacot roule…

— C'est ça. Dis-toi que pour l'instant tout va bien. Continue à mourir tranquillement en espérant que ça dure.

31

L'écran de la nuit ne suffit plus

Le faisceau du phare de la vespa éclairait chichement des bouts de macadam devant elle. La route serpentait en longeant des jardins sans clôture. Contournait des manguiers chargés de fruits verts. D'immenses bouquets de monettes, quelques cardinaliers aux gousses encore fermées, des étendues de cocotiers. Des milliers de verts que la nuit grisait. Pas d'éclairage public : on misait plutôt sur le clair de lune et la permanence des étoiles. Un bon choix. Une lumière égale tout autour et de quoi visualiser les nids-de-poule à temps pour les éviter. Lilith trouvait équilibré cet arrangement entre la nature et la modernité. Le scooter avançait poussivement. Sous-motorisé pour sa charge. Maema posa le menton sur l'épaule de Lilith, la bouche contre son oreille à cause du vrombissement du moteur en surrégime.

— Tu crois pas qu'on ferait mieux de rentrer ?

Lilith tourna la tête.

— Non. J'ai promis à Nasua d'aider Téchao.

— Et tu crois qu'en allant au Ia Ora ça pourra l'aider ?

— J'en sais rien, mais je ne peux pas rester à rien faire. Si tu veux, je te dépose à la maison.

Maema se tut. Lilith ne trouverait rien à l'hôtel qui puisse innocenter Téchao, mais elle se sentait responsable et redevable. Inutile d'insister. Maema laissa tomber. Elles iraient au Ia Ora, comme le souhaitait Lilith. Au pire, elles prendraient un verre pour évacuer les tensions. Elle aurait préféré se mettre tout de suite sur son ordi et effectuer des recherches. Mais elle avait la nuit devant elle…

La visite chez Nasua et sa femme l'avait retournée. Voir dans leurs yeux toute cette détresse, cette incompréhension. Lire cet appel au secours silencieux, la croyance inconditionnelle en leur capacité à résoudre le problème. La faculté qu'ils leur accordaient de pouvoir, d'un coup de baguette magique, les réveiller de leur cauchemar… Et se sentir impuissantes.

D'une impuissance crasse. Honteuses de cette foi aveugle qu'ils mettaient en elles. N'avoir à leur offrir que de la compassion et la promesse de faire tout ce qui était en leur pouvoir pour sortir leur fils des griffes de la justice. Mettre fin à cette folie. Étant donné leur peu d'influence sur le cours des procédures, la promesse s'arrêtait à « faire de son mieux ».

Maema comprenait le malaise de son amie et son besoin d'agir. Mais, si elle s'en tenait à ce qui s'était passé à la gendarmerie, force était de constater son incapacité à faire bouger les choses. Téchao était en garde à vue et, sans aucun élément nouveau pouvant l'innocenter, il serait inculpé et écroué dans moins de quarante-huit heures. Kae était désolé pour Lilith, mais il était tout aussi impuissant : les charges qui pesaient contre Téchao étaient lourdes. Il était, tout comme

Rei, Vetea et Moana, suspecté de meurtre, peut-être même d'assassinat.

Malgré le règlement, Kae avait autorisé Lilith à passer dix minutes avec Téchao. De ce que lui en avait rapporté Lilith, Téchao, terrifié, pleurait toutes les larmes de son corps. Il avait tout juste réussi à balbutier qu'elle le sorte de là.

— J'ai rien fait. J'ai juste perdu mon téléphone. Dis-leur, toi. Dis-leur que j'ai rien fait. Je veux rentrer, maintenant. Dis-leur qu'ils me laissent rentrer. S'il te plaît, Lilith, ne m'abandonne pas là.

Replié sur sa chaise, les genoux entre les bras, il sanglotait. Lilith en avait eu le cœur déchiré. Téchao n'avait jamais su se défendre. C'était la gentillesse même. L'être le plus transparent qu'elle ait connu. Le voir dans cette situation était aussi douloureux qu'injuste. Elle en aurait chialé. Elle avait essayé de le réconforter, de lui assurer que tout allait s'arranger et qu'il rentrerait bientôt chez lui. Elle lui avait menti en lui affirmant que ce n'était qu'une garde à vue de routine. Elle l'avait pris dans ses bras et l'avait bercé comme un enfant. Elle avait refait la tresse de ses longs cheveux noirs en lui racontant les souvenirs de leur adolescence. Il s'était un peu calmé et avait même souri quand elle lui avait rappelé son premier émoi amoureux : Batman. Elle l'avait embrassé sur le front et lui avait promis qu'elle reviendrait vite le chercher.

Elle avait regagné le bureau de Kae, le visage défait.

— Tu vas pas le garder ? Tu ne peux pas faire ça ! Tu sais très bien, comme moi, qu'il n'a rien à voir avec le bûcher du marae. Il a juste perdu son téléphone. Il est tellement sans malice qu'il ne prétend même pas qu'on le lui a volé.

Kae était visiblement très embarrassé. Il partageait le point de vue de Lilith, mais il n'était plus seul à décider du sort de Téchao. Les consignes du haut-commissariat étaient de l'envoyer fissa rejoindre les trois suspects à la prison de Nuutania, à Papeete. Après la diffusion des photos sur le Web l'affaire avait changé de statut et, du « débrouillez-vous sans nous » initial de la hiérarchie métropolitaine, elle était passée à une affaire d'État. Il leur fallait des coupables. Très vite. Hors de question de laisser en liberté le propriétaire du portable d'où les photos étaient parties. D'autant que, si on le lui avait volé le dimanche, comme il le prétendait, c'est-à-dire le jour où elles avaient été dispatchées vers tous ses contacts, le soir des crimes, il était encore en sa possession. Il avait donc très bien pu l'utiliser pour les prendre et avoir ensuite attendu le dimanche pour les envoyer. L'opération terminée, il l'avait fait disparaître. Telle était la version des autorités. D'autant que Téchao n'avait pas d'alibi. Le vendredi, il avait fini son service à dix-sept heures et il prétendait avoir pris sa pirogue pour aller s'occuper de la nurserie de son jardin de corail jusqu'à vingt heures trente. Heure à laquelle il était rentré chez lui. Personne ne pouvait le confirmer.

Kae en était désolé.

— Oui, mais les photos auraient pu être prises avec un autre appareil que le sien, lui avait répliqué Lilith.

— Dans ce cas, on serait remontés jusqu'à cet appareil. Elles ont été envoyées depuis le sien. Et pas d'un autre.

Lilith ne pouvait admettre les faits tels qu'ils se présentaient. Il y avait forcément une autre voie.

— Ben, le type a très bien pu prendre les photos avec son smartphone ou un simple appareil numérique. Ensuite il vole le téléphone de Téchao. Et il prend des photos de ces photos avec l'appareil de Téchao. Il ne lui reste plus qu'à les envoyer à ses contacts, sachant qu'il y en aura bien quelques-uns pour les balancer sur le Net. Je suis certaine que c'est ce qui s'est passé. Pourquoi est-ce que Téchao mentirait en donnant à la police le bâton pour être battu ? Tant qu'à mentir, il aurait dit qu'on lui avait volé son portable plus tôt. En début de semaine, par exemple ! Non... il dit la vérité.

Kae avait hoché la tête.

— C'est ce qu'il faut prouver si on veut le blanchir. Mais comment ?

Lilith ne savait pas plus que Kae comment prouver que le vini de Téchao avait servi de relais aux criminels. La seule façon serait de retrouver celui qui le lui avait volé. Pour Lilith, il y avait de fortes chances pour que ce soit au Ia Ora.

Maema était intervenue :

— En tout cas, ça prouve que Moana, Rei et Vetea ne sont pas coupables. Dimanche, ils étaient déjà sous les verrous.

— Non. Ça prouve seulement que, s'ils sont coupables, ils avaient un complice. Et ce pourrait être Téchao. Tu sais comment il est. Influençable, soumis. C'est ce que diront les psys pour l'enfoncer, objecta Kae.

— Des conneries ! Téchao n'a rien à voir avec toutes ces horreurs. T'as vu les photos ? rétorqua Lilith. C'est insoutenable. Il n'aurait même pas pu appuyer sur le déclencheur.

Lilith s'était interrompue. Elle venait de penser à un moyen de prouver ce qu'elle avançait.

269

— Est-ce que t'as des tirages agrandis des clichés ? demanda-t-elle à Kae.

— Oui, bien sûr. Pourquoi ?

— Je suis certaine que s'ils sont pris à partir d'autres clichés ou de l'image d'un écran, on va pouvoir le prouver.

Kae avait sorti de son tiroir un dossier et le lui avait tendu. Les photos étaient au format A4.

Elle les avait scrutées une à une. Dans le détail. Puis avait relevé la tête vers Kae, la mine victorieuse.

— J'ai raison. Regarde… Tu vois, en haut de la photo sur la droite ? Cette ligne noire qui la borde sur un centimètre et qui descend de quelques millimètres sur le côté… (Elle dessina un angle droit dans le vide.) … c'est le cadre d'un écran.

Kae était resté perplexe.

— Tu es sûre ? Pourquoi le bord d'un écran plutôt qu'autre chose ?

— Mais regarde ! Cet aspect filtre, tu vois bien que c'est le verre de l'écran qui fait ça. Tu ne vas pas me dire le contraire.

— J'en sais rien. Tu as peut-être raison, c'est toi la professionnelle. Mais, objectivement, ce n'est pas franchement probant.

Lilith avait approché son visage de la photo et fixé le bas de la feuille, les sourcils froncés.

— Qu'est-ce que c'est que ces trucs au sol ? On dirait des hiéroglyphes.

— Fais voir.

Elle avait rendu le cliché à Kae en lui indiquant du doigt l'endroit précis sur lequel il devait porter son attention.

— Je ne vois rien de spécial. Tu veux parler de ces traits par terre ?

— On ne pourrait pas tout visionner sur l'écran de la grande télé ? J'aimerais jeter un coup d'œil sur du très grand format. Il y a quelque chose qui m'intrigue.

— Les photos, c'est ton domaine, avait acquiescé Kae en faisant installer une clé USB derrière le poste.

Les clichés avaient défilé les uns après les autres. Les quatre premiers montraient chacun une des têtes des victimes et les deux autres les quatre, alignées l'une à côté de l'autre. Pour Lilith, la mise en scène excluait l'amateurisme, le déclic impulsif. Si odieuses qu'elles fussent, ces images avaient un sens. Elles cachaient un message qui allait au-delà du simple *Son of a bitch* de la légende. Elle les visionna plusieurs fois, l'une après l'autre. Avant de revenir sur celles qu'elle voulait étudier. Celles qui présentaient les quatre têtes. Pourquoi y avait-il deux photos qui montraient la même chose ? Pourquoi ne pas en avoir diffusé qu'une seule, comme pour les autres ?

Elle s'attarda sur ces deux images en essayant de faire abstraction de son dégoût, un état qui empêchait le regard froid nécessaire à l'analyse. Immédiatement, elle s'aperçut qu'elles n'étaient pas identiques. Elle fit disposer les deux clichés l'un à côté de l'autre sur l'écran et les aborda comme un jeu des sept erreurs. Elle voulait être certaine que ce qu'elle avait repéré était le point essentiel de la différence entre les deux photos. Bien des éléments secondaires et sans intérêt lui apparurent. Il n'y avait que cette partie, au pied du rocher plat sur lequel étaient exposées les têtes… Sur l'un des clichés, il semblait bien que quelque chose ait été écrit au bâton à même la terre, comme elle l'avait noté sur le tirage papier.

— Tu peux zoomer sur le cliché de droite ? En bas du rocher. Sur le sol.

Le gendarme qui gérait la commande avait cadré et agrandi la zone que lui indiquait Lilith. Tous les regards étaient rivés à l'écran. Sur le sol était tracée une suite de lettres et des chiffres suivis du mot *onion*.

xtvgol7bal8firef.onion

— C'est quoi, ça ? s'était exclamé Kae, incrédule.

— Aucune idée. Mais ce n'est pas là pour rien.

— Onion, ça s'écrit pas comme ça, avait fait remarquer l'un des gendarmes.

Légèrement agacé, Kae avait soupiré.

— C'est qu'il ne doit pas s'agir d'oignon, alors. Quelqu'un a une idée ?

— Un code-barres ? s'était aventuré un gendarme. Ou le code d'un coffre ? D'une consigne ?

Maema avait tout de suite su de quoi il retournait. Mais elle avait décidé de garder l'information pour elle. Sans doute son instinct de journaliste : quand on a la main, on la garde. Dès que l'information atterrirait sur le bureau d'un expert parisien, elle perdrait son coup d'avance.

Elle avait préféré ne pas révéler à Lilith ce qu'il y avait derrière cette inscription : l'adresse d'un site du Dark Net. Elle lui en parlerait plus tard, quand elle en aurait appris davantage. D'abord, elle devait faire une plongée dans l'enfer du Net. Dans cette zone de non-droit. Ces réseaux de galeries souterraines qui couraient par milliards sous la couche visible de la toile, sous son vernis. Ce vaste empire de l'iceberg au-dessous de la ligne de flottaison qui ne connaissait aucune règle, aucune loi. Là où se déversait la puanteur humaine en toute impunité. Au sein du Deep Web.

C'est dans le Dark Net que se trouvait la réponse à ces photos. Elle en était convaincue. Personne n'avait relevé le point qui précédait onion sur la photo. Le « .onion » était la terminaison des adresses Web du Dark Net, l'équivalent de « .com » dans le monde des Bisounours.

Ce qui avait été tracé au sol était l'adresse d'un site de la partie noire du Net.

Maema avait hâte de rentrer au fare, où elle avait laissé son ordinateur portable, pour se lancer dans ses recherches. Elle savait comment pénétrer dans cet univers arraché à la lumière. Se perdre à travers les ruelles non balisées de ce contre-monde. Cela lui avait déjà coûté un disque dur, détruit par les virus. On n'entre pas dans la nuit des âmes sans amulette. Mais aujourd'hui elle connaissait le parcours. Elle disposait du navigateur Tor. « The Onion Router ». Elle était abonnée à un Virtual Private Network (réseau privé virtuel) qui protégeait ses connexions et pouvait faire des recherches sur Not Evil et Grams.

Sa première incursion dans le Dark Net datait de peu. La lecture d'un article dans *Sciences et Vie* lui avait appris que, dans le Dark Net, un site interdit sur la toile révélait des informations tenues secrètes sur la guérison des tumeurs au cerveau. Des essais de traitement pratiqués en toute illégalité sur de prétendus volontaires avaient conduit à leur guérison. Il s'agissait de la version robotisée du mode opératoire « à main nue » des chirurgiens philippins appliqué à la chirurgie crânienne. Pas d'intrusion visible, pas de traces après l'opération, pas de dégâts dans les parties du cerveau traversées virtuellement par les éléments robotisés. Le journaliste assurait que les vidéos qu'il avait vues étaient bluffantes. Maema n'avait jamais réussi à trouver le site mais elle en avait beaucoup appris sur l'underground du Net. Elle ne croyait pas vraiment à cette information. Opérer en passant au travers des tissus vivants, de la matière osseuse, de la substance blanche du cerveau et retirer une tumeur en faisant, sur le même principe, le chemin inverse ! Super-cherie ! Voire arnaque ! Elle n'était pas dupe, mais quand tous les chemins se referment, il reste les mirages.

Elles arrivaient au Ia Ora. Lilith descendit du scooter et invita Maema à prendre un verre et à manger une bricole au bar. Son idée était d'interroger les collègues de Téchao. L'un d'entre eux aurait pu voir quelque chose qui ne lui avait pas semblé important mais qui pourrait peut-être les guider et leur permettre d'identifier le voleur.

Elles prirent place au comptoir, commandèrent deux Hinano et un poisson cru. Maema demanda une portion de frites en accompagnement. Cela fit sourire Lilith.

— Depuis quand t'as besoin d'un accompagnement pour le poisson cru ?

— Depuis que j'ai rien bouffé à midi. J'ai passé la matinée à essayer de comprendre ce que le comité du festival avait décidé. Les uns prétendaient que c'était annulé, les autres que le festival aurait lieu vendredi et samedi. Bref, c'est le bordel. Comme le préavis de grève des pompiers de l'aéroport a été levé, une partie des Papous ont décidé de rentrer au pays. Les cinq qui faisaient le numéro avec les lianes. Ils décollent demain. A priori, ça a calmé le jeu. Sauf que ce matin, c'était encore « règlements de comptes à O.K. Corral ». Une flopée de réservations ont été annulées. La moitié des sponsors se sont désistés. Le directeur de l'hôtel refusait de baisser davantage le prix des chambres des délégations. Impossible d'avoir les bonnes infos pour le journal.

— T'as pas besoin de te justifier. Si tu veux des frites, tu manges des frites. D'après toi, c'est quoi, ces chiffres et ces lettres tracés sur le sol ? Un code ? Une fausse piste pour occuper la police ? Un numéro de série ?

Demandé comme ça, directement, il était plus difficile à Maema de taire l'information. Par bonheur, le barman venait vers elles.

— Voilà le barman. Si tu veux l'interroger, c'est le moment.

Un type d'une trentaine d'années à la peau cuivrée, une couronne de fougères sur la tête et un collier de tiaré autour du cou qui pendait sur son tee-shirt blanc, posa les plats devant elles avec les boissons.

— Et voilà.

Lilith le remercia et enchaîna les questions sur Téchao :

— *Mäuruuru.* Dis-moi, tu connais Téchao ? Il travaille ici.

Le serveur haussa les sourcils pour confirmer.

— Tu le connais bien ?

— Oui, on est dans la même équipe. C'est mon chef. Là, il est absent.

275

— Oui, on sait. On vient de la gendarmerie. On est allées le voir.

— T'es au courant, alors.

— Oui.

— C'est à cause de son portable qu'on lui a volé.

— Il le mettait où, son portable, quand il travaillait ?

Le serveur montra la caisse.

— Là, à côté de la caisse. Sur les carnets de commande.

— Et ces derniers jours, t'as rien remarqué d'anormal ?

— Comment ça ?

— Je ne sais pas, un client qui aurait rôdé plus que de coutume autour du bar ou hors des heures de service. Un collègue qui aurait fouillé dans les affaires de Téchao…

Lilith nota qu'il suffisait de se pencher un peu et de tendre le bras pour accéder aux bons de commande et, par voie de conséquence, s'emparer du portable.

— Non… Je ne vois pas.

— Il ne le portait jamais sur lui ?

— Si, des fois, dans la poche de sa chemisette. Mais le plus souvent il le laissait derrière le bar. Comme c'est lui le chef, c'est lui le responsable de la caisse, alors c'est un peu son bureau. Et quand y a des clients qui donnent leur numéro, il peut le noter tout de suite sur son portable.

— Et ça arrive souvent ?

— Oui. Surtout ceux qui restent plusieurs jours. On sympathise. Et à la fin, ils veulent notre contact. Alors on échange. Ils disent que si un jour on allait chez eux qu'on les appelle. Nous on bouge pas d'ici, ajouta-il en riant. Mais on échange quand même. Ça leur fait plaisir.

— Tu dois avoir un paquet de contacts.

— Pas mal, et quand je sais plus qui c'est, au bout d'un moment, j'efface du répertoire.

— T'en as combien en ce moment ?

— Je sais pas. Cent. Deux cents.

— Et Téchao ?

— Certainement plus. Comme c'est le chef, il peut offrir un café ou une boisson à un client. Et puis il est sympa avec tout le monde, alors il a la cote.

— T'aurais pas vu quelqu'un se pencher au-dessus du bar pour essayer de lui prendre son téléphone ?

— Non. Je sais qu'il l'a perdu dimanche. Il nous a demandé si on l'avait vu. Mais j'ai remarqué personne qui se soit approché de son portable.

— Il l'avait les jours d'avant ?

— Oui. Samedi, il l'avait. Il a fait un selfie avec un danseur papou en tenue. Avec la tige dans le nez et la coiffe de plumes sur la tête. (Le serveur tapa doucement d'une main sur le comptoir.) Faut que je vous laisse. Si tu as d'autres questions, n'hésite pas. Là, faut que j'aille bosser.

— OK, merci. Je te fais signe si j'ai besoin.

Maema piquait avec un cure-dents dans le plat de poisson cru.

— Ça veut dire que Téchao dit la vérité.

— Ça veut dire aussi que vendredi il avait son portable. Et ça, ça ne plaidera pas en sa faveur.

Lilith resta songeuse.

— Tu imagines, si Téchao avait deux cents numéros ? Forcément, les photos ont dû être mises sur Internet des dizaines de fois un peu partout dans le

277

monde. Les flics qui ont remonté la piste à Paris n'ont pas dû comprendre.

— Le connaissant, il en avait plus de deux cents.

— Personne ne lui a demandé ?

— Je ne sais pas. Y a que lui qui peut le dire : on n'a pas localisé le téléphone. Le mec a dû le détruire après avoir envoyé ses photos. Ils n'ont pu remonter que jusqu'au numéro.

— Tu veux interroger d'autres personnes ?

— Non. On va rentrer. Je suis crevée. Toutes ces émotions aujourd'hui, ça m'a mis les nerfs à rude épreuve.

— Tu veux parler de l'autre zozo avec son rat ?

— Lui. L'arrestation de Téchao. Nasua et Éliane. Le message à la con. Cette journée de merde.

32

La mort se coche sur un calendrier

— Tu en as tué beaucoup ?

Nael leva la tête de son assiette et fixa Raymond. Impassible, le front baissé, ce dernier trempait sa tartine beurrée dans son bol de café au lait. Il n'avait pas touché au riz.

— Ne flippe pas, il ne m'entend pas. Y a que toi qui m'entendes. Je m'ennuie ! Non ! Je me fais chier. Alors j'aurais bien taillé une petite bavette avec toi. Vu que le vieux ne dit rien.

Gaspard était allongé entre les jambes de Nael au bord de la chaise, la tête négligemment posée sur sa cuisse.

— Ah, je vois ! Tu ne veux pas parler à cause de Raymond. Forcément : toi, il t'entend !

Nael poussa de la main le rat, qui tomba lourdement sur le ventre. N'est pas chat qui veut.

— On avait dit que tu ne me bousculerais plus, ronchonna Gaspard en se relevant.

Le coup de pied dans les côtes lui coupa le souffle. Il se réfugia en claudiquant derrière un vieux coffre en bois. Il reprit lentement sa respiration. Furieux.

Raymond n'avait pas adressé la parole à Nael depuis leur discussion dans le jardin. Il s'était contenté de taper à sa porte pour l'informer que le dîner était prêt. Les deux hommes mangeaient en silence. Ils ne partageaient pas le repas. Ils le vivaient chacun de son côté. Isolés. Deux étrangers, et la méfiance en commun. Nael avait bien compris que cet homme serait une menace et un obstacle. Mais pour l'instant il lui était vaguement utile. Grâce à lui la maison de Lilith lui était ouverte. Il ne pouvait espérer meilleur endroit pour la conquérir. Cette proximité lui ouvrait le champ des possibles.

— Je ne t'aime pas, Nael.

Raymond avait prononcé ces mots avec une grande douceur, sans relever la tête de son bol.

Nael sourit.

— C'est pas très grave. Je ne sais pas si je te l'ai dit, mais ce n'est pas de toi que je veux être aimé.

— Tu dois laisser Lilith tranquille. Je veux que tu partes. Demain, par exemple. Le premier bateau pour Tahiti est à six heures. Nous pourrions le prendre ensemble.

— Si tu veux rentrer, rentre. Tu n'as pas besoin de moi, ironisa Nael. Je suis bien, ici. (Il se resservit du riz.) J'ai l'intention de m'y installer un peu.

Raymond n'était pas surpris de l'impudence de cet homme. Si, au début, il s'était trompé sur la nature profonde de Nael, aujourd'hui ce n'était plus le cas. Un temps il avait cru voir en lui un homme en détresse rongé par des combats intérieurs douloureux. Un être blessé qui avait besoin de son aide. Puis un mort-vivant. Malheureusement, tout cela était faux. Nael n'était qu'un nuisible. Une de ces créatures nauséeuses que les dieux ont un jour lancées au cœur de l'univers comme on se lance un défi. Malheur à qui croise leur chemin.

— Tu n'es plus le bienvenu. Je ne veux pas que tu restes. Tu pars demain.

C'est à cet instant que Nael décida de tuer Raymond.

— Tu vas mourir.

C'était irrévocable. Il en ressentit une joie enfantine. Se débarrasser de ce vieux serait un exercice salutaire. Il ne savait pas encore comment il allait s'y prendre, mais il allait le faire. Ce serait la première fois qu'il tuerait pour son compte, transgressant ainsi les règles qu'il avait lui-même établies. La première fois qu'il prendrait de tels risques. Il avait hâte de se mettre à l'épreuve. Il était temps, en fait, de rompre la routine, de ne plus se cacher derrière la facilité. Tuer était un art, et le moment était venu de changer sa palette. De changer de « période ». Ce moment était arrivé soudainement, sans qu'il s'y soit préparé, mais il était là, et Nael en était incroyablement heureux.

Raymond posa le bol qu'il tenait à la main.

— C'est un constat ou une menace ?

— Je vais te tuer, Raymond, lui répliqua Nael avec une sorte d'insouciance.

Le dialogue des deux hommes était étrange. Une ombre inconnue dans la nuit qui joue avec la lumière orangée des lampes tout en narguant les scintillements de la mer et du ciel. Le chuchotement de spectres qui s'affrontent sans violence. Et le silence comme unique témoin. Les voix étaient posées, sans colère, sans excès, presque monocordes.

— Me tuer ? Allons donc ! Tu vas surtout écouter et faire ce que je te dis. Tu vas repartir. Tu me tueras une autre fois.

Nael ne parla plus. À quoi bon ? Il avait prévenu le vieux.

Une nouvelle règle transgressée.

Les contraintes qu'il s'imposait l'excitaient énormément. Il passait de la tuerie anonyme, sans mobile, uniquement soumise au hasard, à l'ouvrage le plus complexe : le crime parfait. Celui où le coupable restera à jamais innocent, malgré les éléments qui le lient à la victime. Une œuvre d'art. Il en était tout habité. Tout son esprit était à présent concentré sur la procédure.

Focalisé sur le mal que cet étranger pouvait faire subir à Lilith, Raymond ne soupçonnait pas le réel danger qui le menaçait. À son sens, Nael avait juste trouvé une formule pour lui signifier son inimitié. Sans plus. *Ite misa est.*

Les choses étaient claires entre eux : ils ne s'aimaient pas. Il lui fallait maintenant trouver le moyen pour que Nael quitte la maison et retourne dans son pays. Loin. Ce n'était pas les jeunes femmes qui manquaient, là-bas.

Raymond se leva et commença à débarrasser la table. Nael ne bougea pas. Il avait allumé une cigarette et contemplait les lumières qui mouchetaient les collines de Tahiti au large. L'île ressemblait à un immense paquebot immobile ancré juste en face.

— Tu ne remplaceras pas Nicolas dans son cœur. Il ne faut jamais s'asseoir à la place du mort. Tu t'en doutais, non ? railla Raymond en tendant à Nael un petit bénitier rapporté de la cuisine. Tiens. Ne jette pas tes mégots dans le jardin, s'il te plaît. Et n'oublie pas ce que je te dis : on ne prend jamais la place d'un mort.

Nael souffla la fumée devant lui en silence. Il se leva, lui prit le cendrier des mains et se dirigea vers la chambre. Il avait besoin de se trouver seul pour établir un nouveau *process* de la mort. De se mettre à l'écart pour rédiger mentalement un manuel d'application. Il n'avait plus rien à dire à cet homme qui n'existait déjà plus et ne le savait pas encore.

— Tu vas le tuer ?

Gaspard, au pied du lit, grignotait sans conviction un annuaire. N'obtenant pas de réponse, il leva la tête vers Nael et, devant son visage circonspect, il se lissa les moustaches.

— Il ne va manquer à personne.

— Tu parles du vieux ou de l'annuaire ? se moqua Nael.

— Du vieux. Ce serait une erreur de ta part. C'est pas en assassinant son oncle chéri que tu vas gagner le cœur de la petite !

— Je n'ai besoin de personne. Cette femme est née pour moi.

— Tu as conscience que tu as au moins vingt ans de plus qu'elle ?

— Disons que ça fait vingt ans que je l'attends. Vingt ans durant lesquels il est possible que je me sois égaré.

Gaspard repoussa l'annuaire et s'allongea sur le pë̈ue, la tête appuyée sur une patte.

— Tu te renies ?

— Non. Je m'interroge.

— Tu regrettes ton parcours ? Tous ces morts sur ton chemin ?

Nael sembla réfléchir. Il s'allongea sur le lit et alluma une autre cigarette sans lâcher le bénitier.

— C'est du passé. Je vais franchir un nouveau cap. J'ai fini mon compagnonnage.

— Tu ne m'as pas dit : tu en as tué beaucoup ?

Nael eut un sourire en coin.

— Oui, un paquet.

— Tu te souviens de tous ?

— Non. Je ne les connaissais pas. Ils ne m'ont jamais intéressé.

— Pourtant *le vrai, c'est l'anonyme, l'homme simple, l'individu.*

— Si tu veux. Je m'en fous.

— Je ne le dirai pas à Zweig, alors ! s'amusa Gaspard.

— Comment ?

Le rat secoua la tête

— Rien. Je plaisante. Je me demande seulement ce qui t'intéresse quand tu tues, puisque ce ne sont pas les individus.

— Les circonstances. Chacune d'entre elles. Il n'y a que ça qui soit intéressant. Les gens, on s'en fout, non ? Je me souviens de ce restaurant chinois. Une machine à bouffe plutôt qu'un restaurant, d'ailleurs. Il proposait un buffet à volonté pour huit euros. C'était l'été, en bord de mer du côté de Barcarès. Monstrueux. Ça se battait pour avoir une place assise. Je vois encore ces douzaines de tables alignées. Un immense réfectoire à ciel ouvert. On pouvait y mettre des centaines de pèlerins. Les auges pleines de nourriture douteuse.

Les hommes avides. De bouffe. D'argent. De privilèges. D'accumuler… À gerber. Un tourbillon de larves qui se jetaient sur la victuaille comme un troupeau de hyènes accouplées à des porcs. Je suis entré dans la cohue. J'ai déversé deux sachets de mort-aux-rats dans ce qui était censé être du porc au curry. Huit morts. Fermeture de l'établissement. Arrestation du directeur. Inculpation pour négligence ayant entraîné la mort sans intention de la donner. Les larves sont allées ramper ailleurs.

— C'est dégueulasse !

— Je te le fais pas dire. Indigne. Gratte un peu le vernis et dessous, c'est que de la graisse blanche.

— Non ! Toi ! C'est horrible, ce que tu as fait !

— Pourtant, c'est de la belle ouvrage, mon ami.

— Tu l'as fait souvent ? Empoisonner les gens ?

— Jamais deux fois le même mode opératoire. C'est basique. La seule fois où j'ai dérogé à cette règle, c'était avec le drone. Et j'ai failli le payer cher. Non. Je n'ai pas recommencé…

Il croisa les bras sous sa tête.

— Enfin, presque. Une fois, j'ai entendu à la télé qu'un cinglé s'amusait à piquer les oranges dans les supermarchés. Une seringue. Du cyanure. Une piqûre dans l'orange et un lâcher de morts dans la nature. Bien sûr, c'était une rumeur. Un *fake*.

Il marqua un temps d'arrêt, leva les yeux au plafond et ajouta :

— Puis je l'ai fait. Et la rumeur est devenue une info. C'est con, hein ? Il faut si peu de chose pour faire d'une manipulation une réalité.

— Tu veux que je te dise ? Pour moi, c'était toi le cinglé dont ils parlaient à la télé.

Nael éclata de rire.

— Va savoir ?

— Tu tues toujours des groupes ?

— Non, pas toujours. Mais ça m'est arrivé souvent. J'ai mis le feu à un squat bourré de SDF, de camés, de gamins à la rue. De tout ce que la société sécrète comme déchets humains sans vouloir les recycler. Ça en a fait, des dégâts ! Beaucoup ont été incapables de sortir de l'immeuble. Trop camés. Ils sont morts dans leur sommeil. D'autres n'attendaient que ça. J'en ai vu un fumer une cigarette au troisième étage, accoudé à la rambarde d'un balcon pendant que les flammes dansaient autour de lui. Quand les pompiers sont arrivés, il ne restait que des cendres.

— C'est abominable !

— Si on veut. Je ne suis pas fait pour juger. J'agis. Sans un système qui déraille, pas de laissés-pour-compte. Sans laissés-pour-compte, pas de squat. Et sans squat, pas d'incendie. Qu'est-ce qui est à juger là-dedans ?

— Oui, mais là, quand même, ce serait plutôt : « Sans toi, pas d'incendie. »

Nael renvoya Gaspard d'un geste de la main.

— Bon, dégage, faut que je réfléchisse. J'ai un crime parfait sur le gaz.

Gaspard l'ignora.

— Et le meurtre d'Ariane ? Ça ne t'intéresse plus de savoir qui l'a tuée ?

— Disons que c'est devenu secondaire. Depuis que je sais que Nicolas existe, enfin, a existé, ce n'est plus un vrai problème pour moi.

— Quelqu'un a quand même assassiné ton ex.

— Et alors ? Tant que cela pouvait me nuire, ça avait de l'importance, mais aujourd'hui, en admettant qu'ils retrouvent les corps et qu'ils les identifient, ce qui est peu probable, l'enquête s'arrêtera à la corde du pendu. Je n'ai plus d'inquiétude, maintenant que je sais que Nicolas a existé et que seule notre ressemblance nous lie. Et puisque je sais que j'ai un sosie : je n'ai plus de doute sur ma santé mentale. Nous avons tous des sosies. Il est juste rare de les croiser. Et certainement un peu plus que nos vies se télescopent. Si tu y réfléchis, le vrai hasard, c'est qu'Ariane l'ait rencontré.

— Et si ce n'était pas ton sosie ?

— Qu'est-ce que tu veux dire par là ? Qu'il était mon jumeau ?

— J'en sais rien.

Gaspard se remit à grignoter du bout des dents une page de l'annuaire.

— Mais ce que je sais, c'est que Nicolas avait un jumeau, ajouta-t-il d'un ton malicieux, le regard lourd de sous-entendus.

Nael se redressa sur son lit.

— D'où tu tiens ça, toi ?

— Paraît que je bouffe trop.

— C'était dans les papiers de la vieille ? C'est ça ? Elle a écrit qu'elle avait des jumeaux ?

— Ouais. T'as gagné. Elle a eu des jumeaux et elle n'en a gardé qu'un.

Nael était sous le choc.

— Comment ça, « gardé qu'un » ?

— C'est ce qu'elle raconte.

— Et l'autre ? Il est mort à la naissance ?

— Elle ne dit pas s'il est mort ou si elle l'a abandonné.

Cette information ébranlait Nael. Il sentait inconsciemment qu'elle lui ouvrait des éventualités qu'il redoutait d'aborder. Gaspard enfonça le clou :

— Soit il est mort à la naissance et, au lieu d'avoir deux sosies, eh bien tu n'en avais qu'un. Soit il a été abandonné. Il est peut-être toujours vivant, du coup. Les foyers ou l'adoption. La vie. Vous avez à peu près le même âge, avec Nicolas ? Non ?

— Qu'est-ce que ça peut foutre ?

Le rat répondit avec complaisance :

— Rien de particulier. (Il prit le temps avant de poursuivre :) Sauf si vous êtes nés le même jour. Ça pourrait faire de toi le jumeau abandonné.

— Qu'est-ce que tu vas chercher comme conneries, encore ! J'ai eu des parents. Des vrais parents.

— Tous les gamins adoptés qui ignorent qu'ils ont été adoptés le pensent aussi.

— Moi, c'est pas pareil. J'ai pas été adopté.

Gaspard fit mine de se détendre.

— Alors tant mieux. Tant mieux. Tant mieux. On n'a qu'à oublier tout cela. T'imagines ! Si c'était le cas ? Ça ferait de toi un matricide !

Nael lui lança un regard noir.

— Arrête ça tout de suite ! Je n'ai rien à voir avec ces gens. C'est du délire de penser ça. T'es vraiment décidé à me faire chier, aujourd'hui.

— Disons que ça expliquerait peut-être pourquoi, en passant par là « par hasard » (le rat dessina dans l'air des guillemets imaginaires), tu as été pris d'une irrépressible pulsion meurtrière. Possible que ton inconscient, ton cerveau reptilien et ton ADN froissé t'aient donné l'injonction de passer à l'acte. De venger, guidé par un marionnettiste venu du fond des âges mais en embuscade à l'orée de ton cortex, un bébé. Un petit être sans défense, délaissé, abandonné, déchiré, perdu, bouleversé, désavoué, renié… Et surtout désaimé. Et pas par n'importe qui ! Par sa mère. Le plus grand des amours ne devrait-il pas être l'amour d'une mère ? Si une mère n'aime pas son enfant, il est concevable que, toute sa vie, il sera convaincu de ne pas être aimable. Que personne ne pourra l'aimer. Jamais. C'est peut-être ce truc qui t'a dicté de foncer sur cette vieille. Tu ignorais pourquoi tu agissais, c'est vrai. Tu ne savais pas qui elle était, c'est vrai. Pourtant ton désamour l'a reconnue.

Nael repensa au regard de la vieille femme quelques instants avant sa mort. Cette façon qu'elle avait eue de le fixer. Ce sentiment indéfinissable qu'il avait lu dans ses yeux. Il chassa cette vision.

— Je ne suis pas son jumeau. Ma mère est morte dans un incendie.

— OK. D'accord. Après tout, ça ne change pas grand-chose. De toute façon, ce qui est sûr, c'est qu'elle l'aimait, lui. Je suis certain qu'elle aurait tué pour lui. Qu'elle aurait tué quiconque lui aurait fait du mal. Fusionnelle, cette femme. La culpabilité, peut-être. Sans doute, même. Pas évident d'abandonner son enfant. N'est-ce pas ?

— Qu'est-ce que tu insinues ? Qu'elle aurait tué Ariane ?

— Maintenant que tu en parles…

— Elle l'aurait égorgée parce qu'elle la rendait responsable de la mort de son fils ?

— Je te dis que je n'en sais rien. Mais pourquoi pas…

— Qu'est-ce qu'il y avait dans son journal ? Là, mon vieux, si tu ne veux pas finir rat crevé, c'est le moment de le dire.

— Je t'assure : rien de tel. Des bêtises. Des délires de vieille femme amoureuse de son fils. Ce genre de chose.

— Pas de menaces envers Ariane ? Pas d'aveux ? Rien qui puisse laisser supposer qu'elle voulait se venger ?

— Elle n'aimait pas sa belle-fille, c'est tout.

— Jusqu'à quel point ?

— Laisse tomber. Je t'assure que ça n'a aucune importance et je ne pense pas que cela te soit très utile de savoir si la vieille a tué sa belle-fille ou pas. Tu es couvert, maintenant. Leurs histoires de famille ne te concernent plus. Concentrons-nous sur toi, plutôt.

— Comme tu y vas ! Tu oublies un peu vite qu'Ariane a été ma femme

— Ben justement, tiens ! Ça ne t'interpelle pas qu'elle t'ait quitté, toi, et qu'elle ait convolé avec ton jum… avec ton sosie ?

Nael ne voulut pas relever. Le plus simple était de ne pas polluer son âme avec cette sordide histoire d'abandon. Il décida de passer à autre chose. Intérieurement il sentait la haine et la colère monter, mais il n'avait aucune intention de les laisser le submerger. Il adopta l'air un rien désabusé de celui qui prend de la distance.

— Ça prouve qu'Ariane m'aimait. Et qu'il devait être plus doux que moi, ricana-t-il.

— Moins violent, tu veux dire.

290

Le rat finissait par l'insupporter vraiment. Il en avait assez de ses divagations. De sa façon de discourir. De quel droit est-ce qu'il lui adressait la parole ?

— Ta gueule ! Si c'est pour me faire chier avec ce genre de propos, je préfère qu'on arrête. Va bouffer ton annuaire !

— Excuse. J'oubliais que t'aimais pas qu'on en parle.

— Parler de quoi ? s'emporta Nael. Ce n'est pas vrai. Je ne la frappais pas. C'est toi qui inventes ça. Je... je...

Nael, furieux, jeta le bénitier en direction de Gaspard.

— Tu vas la fermer, ta gueule !

Gaspard esquiva le projectile et leva les deux pattes en l'air.

— On avait dit...

— On n'avait rien dit du tout ! Sombre merde ! Ne parle pas de trucs dont tu ne sais rien. Fous-moi la paix !

Il ralluma une cigarette pour se calmer.

— Rends-moi le cendrier !

Gaspard tira le bénitier entre ses dents jusqu'à Nael.

— Tiens, lui dit-il en le déposant. Je suis désolé. Je ne voulais pas...

Nael se redressa, aussi rapide que l'éclair. Il saisit le rat par la peau du cou et le lança contre le mur. Le choc fit un bruit mat et l'animal tomba au sol, inanimé.

— Comme ça, tu ne m'emmerderas plus.

Il chassa de son esprit tout ce qui venait d'être dit et essaya de se concentrer sur la façon dont il allait se débarrasser de Raymond. C'était ça le plus important. Éliminer cet homme qui avait décidé de se mettre entre lui et celle qu'il avait reçue dans toutes les fibres de son corps comme on reçoit un message de foi.

Il se leva et but au goulot d'une bouteille d'eau qui traînait sur la commode. Tiède. Puis revint s'allonger. Il avait chaud. Il hésitait à retirer sa chemise et son jean malgré la chaleur moite qui régnait dans la pièce. Il avait descendu les auvents à cause des moustiques, mais il entendait les insectes tournoyer autour de lui. Une plaie. Demain, il se procurerait un produit contre cette vermine. Pour l'instant il devait en faire abstraction. Ne pas se laisser distraire.

La mort du vieux devait être une œuvre d'art. Quelque chose de nouveau dans l'univers du crime. Il sourit à cette idée. Que peut-il bien y avoir de nouveau dans un domaine que les hommes ont exploré dans tous les sens depuis des millénaires ?

Il voulait un crime plus élégant, plus sophistiqué, moins commun que ceux qui lui venaient à l'esprit, tels une noyade au large de l'île, un accident de la circulation, un empoisonnement maquillé en mort naturelle… Toutes ces approches éculées du crime parfait qui n'ont comme effet que d'éveiller davantage les soupçons des enquêteurs. Il voulait, pour ce que lui considérait comme son premier crime, un chef-d'œuvre. Jusque-là il s'était contenté de tuer sans raison. Cette fois, il s'autoriserait un mobile. Un crime que l'on enseignerait plus tard dans les écoles de police.

Il eut soudain l'idée qu'il cherchait. Il en fut tout excité. Une évidence. L'implacable crime parfait.

33

Tout ne tient qu'à l'autre,
quand il s'agit de soi
Mais il ne tient qu'à soi
de ne pas croire en l'autre

La pirogue était sur le sable à quelques mètres de l'eau, sous un immense cocotier qui pointait ses palmes haut dans le ciel. Raymond avait vérifié les attaches des branches de *'aito* qui solidarisaient le balancier avec le corps en bois de *maiore* de l'embarcation. Ces liens, fabriqués avec des lanières de chambre à air en raison de leur élasticité et de leur résistance, finissaient par être rongés par le sel et le soleil. La nasse en bambou, les lignes, le poids qui servait d'ancre, un gros galet de rivière percé auquel était attaché un bout de quelques mètres, fixé à la proue et la rame en bois gris de vieillesse… tout était prêt. Il ne manquait que les appâts. Un ou deux *pähua* arrachés à quelques patates de corail feraient l'affaire et le premier poisson pêché prendrait le relais. Le plaisir primitif et toujours renouvelé depuis son enfance de décrocher de leur rocher de corail ces coquillages blancs faisait partie du voyage. Il en avait vu d'énormes aux Tuamotu. Capables de briser une main en se refermant sur elle. Il suffisait de savoir couper cette sorte de pédoncule qui les rattache au corail. Si la cavité qu'ils s'y creusent avec le temps le permettait sans avoir à les briser.

Raymond s'était toujours demandé comment les curés s'étaient appropriés ces animaux. Les avaient affublés de ce nom tendancieux de bénitier. Par quelle bizarrerie de l'histoire ces coquilles étaient-elles devenues les réceptacles des eaux bénites ? Que font ces coquillages féeriques dans les églises à travers le monde ? Les pähua étaient là bien avant les chrétiens. Le merveilleux de ces êtres, ce sont leurs lèvres externes larges et épaisses qui recouvrent les bordures de la coquille quand elle est ouverte. La rencontre sous l'eau avec des pähua ouverts est toujours magique. Les lèvres scintillent de milliers de pointillés multicolores et fluorescents éparpillés comme des semailles de lumière. Ces points étincelants émiettés sur cette chair colorée semblent venir directement des étoiles. Être tombés de l'espace. Des petits bouts de ciel volés à la nuit. Comme si tout un univers miniature divinement étoilé se laissait approcher pour qu'on y admire en toute impunité le fin fond des galaxies. Raymond pouvait rester de longs moments à les contempler avant de se décider à les pêcher. Il lui arrivait aussi d'en rapporter une nasse pleine à la maison pour le déjeuner ou d'en gober deux ou trois sur la pirogue en attendant que le poisson veuille mordre à l'hameçon.

Il était fin prêt pour sa partie de pêche du lendemain. Quatre heures serait la bonne heure. Il fait nuit. Il fait doux. La mer dort encore. Les poissons sortent pour leur première chasse. Le monde est calme. Serein. Les sabliers retiennent leur sable. Raymond aimait ces moments simples comme un joyau. Depuis toujours, quand il partait en pirogue sur le lagon, il lui semblait emmener en balade sa solitude pour la confier à des amis silencieux. Qu'ils soient d'eau, de pierre ou de chair.

Immobile sur sa pirogue, il partageait avec eux les plus doux sortilèges de la mer. Et il leur donnait le meilleur de lui-même, cette part cachée des hommes qui vient des océans : des larmes insolentes. C'était, selon le vieux pêcheur, l'un des plus beaux privilèges des hommes : pleurer avec la mer. Bien qu'ils l'aient oublié, préférant, le plus souvent, hurler avec les loups.

Les pas de Nael craquèrent sur la terrasse derrière lui. Il sentit de loin l'odeur âcre et sucrée de la fumée de sa cigarette. Raymond avait longuement réfléchi à la façon de se débarrasser de cet individu. La vie est étonnante. Hier encore il cherchait par tous les moyens à le faire venir ici, et maintenant il n'avait qu'un désir : que cet homme poursuive sa route loin d'eux.

Trop vieux, trop sinistre, trop inquiétant pour Lilith. Trop lié à un moment douloureux de la vie sentimentale de sa nièce. Même si Lilith l'avait tenu à l'écart de son histoire d'amour avec cet homme marié qui s'était pendu, sans doute par manque de courage, il avait compris aujourd'hui à quel point elle avait été meurtrie. La mort de ce Nicolas avait dû être une blessure profonde. Toujours pas refermée, avait-il cru comprendre. Hors de question que cela recommence avec cet étranger ! Par culpabilité Lilith se plierait malgré elle à son désir. Par désir de rédemption elle accepterait tout et n'importe quoi de cet homme.

Mais tant que lui serait vivant, il ne laisserait pas ce prédateur s'emparer de sa nièce. Sa marge de manœuvre était étroite : s'il mettait en garde Lilith, elle ne l'écouterait pas. D'ailleurs, ne lui en avait-elle pas retiré le droit en lui taisant sa relation avec Nicolas ? pensait-il.

Quel est le poids des craintes d'un vieil oncle face aux mémoires de l'amour ? Face à la mort violente de l'être cher et à l'offre que lui faisait la vie de parcourir le chemin à rebours. De feuilleter le livre des bonheurs et de rendre à nouveau possible ce que la mort avait détruit. Il n'avait aucune chance d'empêcher Lilith de se laisser emporter par le tourbillon de cet ersatz d'amour qui frappait à sa porte.

Restait l'intrus. Le danger venu d'ailleurs. C'était sur la possibilité de le faire revenir sur sa décision que Raymond misait. La solution qui s'était présentée à son esprit ne le satisfaisait pas pleinement, mais il n'en avait pas trouvé d'autre. Il allait proposer à Nael de l'argent pour qu'il disparaisse de la vie de Lilith avant que le mal soit fait. Apparemment, l'homme ne roulait pas sur l'or : pas de bagages, logeant dans une pension bon marché, ne s'offrant pas de restaurant, fumant du mauvais tabac… Il avait tous les signes extérieurs de l'indigence. Pas vraiment un touriste, pas vraiment un artiste. Quoi qu'il ait dit sur son métier, Raymond ne l'avait jamais vu prendre une photo. D'ailleurs, en y réfléchissant : il ne l'avait jamais vu avec un appareil à la main. Cet homme ne cracherait pas sur une jolie somme uniquement pour foutre la paix à une jeune femme qu'il connaissait à peine. Plus tôt ils s'accorderaient sur un deal, plus le deal serait possible. S'il attendait qu'un début de liaison se mette en place entre Nael et Lilith, la partie serait plus compliquée.

Il ne se pardonnait pas son erreur. Même s'il n'avait pas eu toutes les cartes en main pour prendre la bonne décision, il considérait que le danger d'un rapprochement néfaste pour Lilith relevait de sa seule responsabilité. Bien évidemment, s'il avait su que Lilith et Nicolas avaient eu une aventure, si elle avait pris la peine ou éprouvé le besoin de lui en parler quand le drame s'était produit, son choix aurait été différent. En premier lieu, il n'aurait pas oublié ce visage. Il aurait immédiatement percuté et réglé le problème à Tahiti sans jamais parler de Lilith à ce Blanc. Et le danger aurait été écarté.

— Tu n'arrives pas à dormir, l'ami ? demanda Raymond sans se retourner.

Nael s'avança et jeta son mégot dans le lagon. Il regarda l'arabesque incandescente finir sa course unique et magnifique dans l'eau.

— Pas vraiment.

— La chaleur ?

— Oui. Et les moustiques.

— Les moustiques ! Drôle d'espèce. Elle n'a pas grande utilité, sinon de nous mettre en garde contre l'invisible.

Nael sourit et secoua doucement la tête.

— On ne les voit pas mais on les entend !

— C'est la seule façon de les voir venir, plaisanta Raymond en rangeant la pagaie sous le banc dans la pirogue. Dans ton pays il n'y en a pas, non ?

Nael, les mains dans les poches, se balançait légèrement d'avant en arrière sur ses jambes jointes.

— Moins.

— Ici ils font partie du paysage. On s'y fait. On ne les sent plus. Je veux dire : les piqûres. Avec les siècles on a fini par trouver le moyen de vivre ensemble. C'est parfois plus facile qu'avec certains humains.

Nael passa sa langue sur ses lèvres et fit un signe en direction de la pirogue.

— Tu pars à la pêche ?

Nael s'assit sur le balancier.

— Je prépare le matériel pour demain. J'irai tôt. Ça me fait gagner du temps. Et j'éviterai de réveiller Lilith et Maema en faisant du bruit. Tu veux venir ?

Nael entraperçut l'espace d'un instant le corps de Raymond basculant dans les eaux. Il le vit se débattre tandis qu'il lui maintenait d'une main ferme la tête sous la surface.

— C'est une bonne idée.

— Une belle habitude.

Nael ricana.

— Une habitude ?

— Oui, enfin, je ne sais pas comment vous appelez ça chez vous. Pour moi, c'est une belle habitude. Comment vous dites quand vous allez faire vos courses au supermarché ?

— Une contrainte.

— Ça doit être ça, la différence entre nous...

Ils rirent ensemble. Raymond profita de ce moment pour aborder le sujet qui lui tenait à cœur.

— Il faut que nous parlions, Nael.

— C'est ce qu'on fait.

— Oui. Mais il faut que je te parle de Lilith. Tu as certainement compris que j'y tiens beaucoup.

— Humm

— Plus qu'à ma vie.

Nael tendit un doigt dans sa direction.

— Ça, c'est drôle !

Raymond ne tint pas compte de l'interruption inopportune de Nael et poursuivit sur sa lancée :

— Pour moi, elle est bien plus que tout ce que tu peux imaginer. Plus que ma fille. Tu comprends ? Je ne veux pas qu'elle souffre. Je crois que ta présence et ta ressemblance avec Nicolas, ce n'est pas bon pour elle. Il faut que tu la laisses en paix. Ce ne sont pas les femmes qui manquent. Il ne te sera pas trop difficile de jeter ton dévolu sur une autre. Je voudrais te faire une proposition.

Nael était impassible. Le regard rivé sur la ligne blanche que formaient les vagues en se brisant sur le récif au loin. Un serpent qui éclairait la mer. C'était surprenant, comme image. Cette traînée de lumière qui changeait d'intensité au gré des vagues au beau milieu de cette étendue sombre. Un équilibre des espaces et des tons qu'il n'aurait pas imaginé s'il ne l'avait pas devant les yeux. Il n'écoutait pas le vieillard. Son baratin ronronnait à son oreille.

— Est-ce que ça te va ?

Raymond avait fini. Il attendait la réponse de Nael.

— Qu'est-ce qui me va ?

— Ma proposition ! répondit Raymond, étonné.

Nael le toisa avec ironie.

— Et c'est quoi, déjà, ta proposition ?

— Eh bien, ce que je viens de dire : je te donne cinq cent mille francs et tu t'en vas. Tu nous laisses tranquilles. Ça fait presque cinq mille euros. C'est beaucoup. Il en faut, du temps, pour les gagner !

Nael éclata de rire. Il s'approcha de Raymond et le mit brutalement debout en le saisissant par le bras.

— Tu ne comprends rien, hein ? Tu vas mourir. Ta nièce est à moi. Tu vas mourir avec cette dernière certitude dans ta tête : cette femme est ma femme et tu ne vas pas t'interposer entre elle et moi parce que tu vas disparaître comme un grand. Fini, Raymond. Rayé de la carte. Mort.

— Lâche-moi ! cria Raymond en se libérant de la poigne de Nael.

Emporté par son mouvement, il tomba. La douleur se répandit dans son bras et son épaule. Il resta sur le sable, encore stupéfait par la violence qu'il venait de subir.

— Mais d'où sors-tu ? hurla-t-il. De quelle terre sombre ? Quel ventre t'a enfanté ? Qui es-tu pour parler comme tu le fais sans en avoir honte ? De quelle chair maudite es-tu fait pour t'en prendre à un vieillard ?

Nael regardait sans compassion le vieux se frotter le bras. C'était bien, qu'il ait mal. Ainsi, il saurait qu'il ne plaisantait pas. Compte tenu de ce qu'il allait lui demander dans un instant, il jugea que le moment était venu pour la première fois de sa vie de se dévoiler. Il s'assit sur le sable à côté du vieux et épousseta son jean.

— Tu veux savoir qui je suis, vieillard ? C'est ça ?

Muet, Raymond commençait à comprendre que l'homme à ses côtés était plus dangereux qu'il ne l'avait supposé.

Nael chercha ses mots pour qu'ils pèsent dans l'esprit du vieux.

— Je suis un homme qui tue.

Une fois prononcée, la phrase n'était pas aussi forte qu'il l'aurait cru. Si Gaspard avait été là, il lui aurait certainement soufflé une de ses citations à la con. Un truc puissant. Qui aurait fait son effet, donné en peu de mots la dimension de sa dangerosité. Pour la première fois, il regrettait son absence. En sortant de la chambre il avait jeté un coup d'œil sur le corps inerte du rat. Il avait cru voir une goutte de sang sur son museau.

— Tu comprends ce que ça veut dire ?

— Un homme qui tue ? Oui, je pense avoir une idée de ce que cela signifie.

Nael fit craquer ses doigts

— Je ne suis pas sûr. Je tue. C'est ma nature. Je tue sans mobile. Ou si tu préfères, mon mobile, c'est la mort. Est-ce que ça te paraît plus clair ?

Il observait Raymond avec insistance et intérêt. Comme un maître scruterait son élève pour lire dans ses yeux si la leçon était comprise.

— Dis-lui que tuer est un vilain défaut. Mais rassure-le en lui précisant que c'est bien le seul que tu te connaisses.

Nael reconnut la voix de Gaspard. Il se retourna. Le rat était assis sur une noix de coco près du mōrī gaz allumé posé juste devant la pointe avant de la pirogue.

— Tu tombes bien, toi.

— Tu as failli me tuer. Je crois que tu m'as cassé une molaire. C'est super douloureux. J'ai saigné. C'est la première fois que ça m'arrive.

— Je voudrais faire comprendre à l'autre vieux que je suis vraiment dangereux. Tu n'as pas une formule toute faite. Autre chose que ton « vilain défaut » ?

— Tu crois pas que je vais t'aider après ce qui s'est passé dans la chambre ! Débrouille-toi. Vas-y ! Je t'écoute.

N'ayant pas remarqué le rat qui les avait rejoints, Raymond regardait le Blanc parler tout seul, ses yeux

301

vides concentrés sur un point imaginaire derrière lui. Ça lui faisait bien plus peur que ses menaces.

Nael finit par tourner le visage vers lui.

— Je suis un tueur. Et maintenant que je te l'ai dit, tu ne peux pas rester vivant. Tu comprends ça ? (Il insista en se penchant sur lui :) Je ne peux pas te laisser en vie avec ce lourd secret à porter. De toute façon, ça ne change rien. J'avais déjà décidé que tu allais mourir.

Il marqua un temps d'arrêt avant de reculer le buste.

— Mais ce n'est pas moi qui vais te tuer. Non. Cette fois, je ne serai pas l'exécuteur. C'est toi qui le seras. Ma Fati pense que j'ai le mana. Tu en dis quoi, toi ?

Il leva la tête vers les étoiles.

— J'ai rencontré le cycle. Tu connais le cycle du monde ? Bien sûr, que tu connais.

Il fixa à nouveau Raymond.

— Tu vas te pendre. Pendant que je serai avec Lilith et son amie. Tu attendras que nous soyons partis. Tu nous souhaiteras une belle balade et tu te pendras. Tu comprends ? Avec la corde qui est là.

Il montra à Raymond le lien attaché à l'avant de la pirogue.

— Avec ça, tu vas te pendre à cet arbre. (Il lui désigna le vieux banian au milieu du jardin.) Voilà. C'est tout ce que tu as à faire. À notre retour, on te retrouvera tous les trois pendus à une branche.

Raymond ne savait pas quelle attitude adopter. Il avait lu quelque part que face à des déséquilibrés le mieux était de gagner du temps, dans l'espoir qu'ils reviennent doucement à la raison.

— Oui. Je comprends. Je comprends tout ce que tu me dis. Mais est-ce qu'on peut en parler ?

Nael eut un mouvement de recul.

— En parler ? Tu vois ! Tu n'as toujours pas compris. Je ne plaisante pas. Je ne suis pas un malade. Je suis un tueur. J'ai tué la mère de Nicolas avant de venir ici. Un soir, au bord de la route je l'ai renversée. Et tu sais quoi ? J'ai trouvé Ariane morte égorgée dans sa cuisine. Drôle, non ? Mon ex-femme morte chez sa belle-mère. Une vieille conne que je venais de tuer. La vie nous fait de ces pieds de nez !

Il dévisagea Raymond qui ne bougeait pas.

— Je vois que tu ne me crois pas. Remarque, je ferais sans doute comme toi, à ta place. Je me suis débarrassé des trois cadavres.

Se rappelant que Raymond ne pouvait pas savoir, pour le troisième, il précisa :

— Parce que j'ai supprimé un gars qui n'aurait pas dû être là.

Il vit que ce détail ne faisait que perdre davantage Raymond. Manifestement, il le prenait pour un fou.

— Ils sont dans un transformateur à la frontière espagnole.

Il rit de bon cœur.

— Tu t'imagines comme c'est cocasse ? Moi, l'homme que toutes les polices de France devraient cintrer, je suis en face du seul mec qui refuse de me croire et auquel je ne peux même pas donner de preuves de ce que j'avance ! (Il secoua la tête.) Tant pis.

— Et pourquoi veux-tu que je me pende ? tenta Raymond.

— Question légitime ! Parce que je n'ai pas de temps à perdre avec un vieux qui veut m'emmerder. J'ai décidé que tu seras mon chef-d'œuvre, mon premier crime avec mobile, et que si tu refuses de le faire, je ferai disparaître ta nièce. En gros, c'est toi ou bien toi et elle, mais dans les deux cas, tu es mort. Soit tu te pends et tu sauves ta nièce, soit tu m'obliges à te tuer et tu condamnes Lilith.

— Ça n'a pas de sens. Pourquoi est-ce que tu tuerais Lilith si tu la veux pour toi ? Tu dis que tu l'as dans la peau.

— Tu n'as toujours pas tout saisi. Si tu te pends, j'épargnerai Lilith. Si tu m'obliges à te tuer, j'exécuterai Lilith le jour où je ne l'aimerai plus. Peut-être que je la pleurerai le lendemain, mais je n'hésiterai pas.

Gaspard intervint :

— C'est un peu le pari de Pascal. Tant qu'à mourir, autant mourir en donnant une chance de vivre à Lilith.

— Il ne t'entend pas, lui rétorqua Nael.

— L'autre possibilité, c'est de croire en l'amour et de penser que tu ne feras jamais de mal à Lilith, s'entêta le rat. Mais si le vieux y croyait, il ne s'opposerait pas à ce que tu veuilles la conquérir.

— Je ne veux pas la conquérir. Elle est à moi.

— Tu sais quoi ? Il va pas le faire. Le vieux n'a pas assez peur de toi. C'était bien vu, la pendaison. Mais il ne le fera pas. Il ne te croit pas. Faut que tu trouves autre chose, et vite.

Nael ne réfléchit pas plus longtemps. À la stupéfaction de Gaspard qui ne l'avait pas vu venir, il se saisit de la noix de coco verte sur laquelle le rat était assis et la projeta de toutes ses forces sur le crâne du vieillard. Cela ne fit pratiquement pas de bruit. À peine un craquement étouffé par le clapot du lagon. Dans la douceur de la nuit Raymond vacilla. Son corps bascula en arrière et sa tête vint cogner le bord extérieur de la pirogue. Il ne bougea plus. Le sable se mit à boire son sang. La nuit, le sang est noir.

— Eh ben ! Ça n'a pas traîné ! s'exclama Gaspard, qui n'en revenait pas. Je disais ça comme ça ! Histoire de participer. Je ne pensais pas que tu allais faire ce genre de truc ! T'es un vrai malade !

— Qui aurait imaginé un tel accident ? Hein ? Ça n'arrive jamais ! Mais là, c'est arrivé ! (Nael haussa les épaules. Sa voix était d'un calme lugubre.) La preuve… Un accident bête. Il était tranquillement assis, on bavardait, et une noix de coco lui est tombée sur la tête. C'est le type d'accident rare. Mais qui arrive.

Il s'essuyait les mains en les frottant sur son jean.

— Maintenant, il faut appeler les secours. N'importe qui ferait ça. C'est normal, non ?

Il jugea qu'il pensait juste. C'était exactement ce qu'il devait faire : appeler les secours.

Il rentra dans la maison sans se précipiter, songeant qu'il ne perdait rien à laisser le temps finir le travail si besoin était. Il avait pris le pouls de Raymond ; il ne battait plus. Mais, par sécurité, autant laisser l'hémorragie vider le vieux. Si par malheur il n'était pas mort sur le coup, il n'y survivrait pas.

Il chercha en vain un téléphone dans la maison. Il ne trouva que le routeur wi-fi éteint. Il s'apprêtait à se rendre chez un voisin chercher du secours quand Lilith et Maema entrèrent.

— Tu es là ? lui lança Maema.

Nael s'adressa à Lilith, la mine défaite et la voix tremblante.

— Je cherche le téléphone pour appeler les secours. Je le trouve pas. J'allais demander de l'aide à un voisin. Il faut appeler un docteur, le SAMU, une ambulance !

La gorge de Lilith se noua immédiatement.

— Qu'est-ce qu'il s'est passé ? s'écria-t-elle.

Nael, bouleversé, balbutia :

— On était assis là-bas, à côté de la pirogue, à bavarder... Et d'un coup il y a eu un bruit au-dessus de nous et une noix de coco lui est tombée dessus.

— Sur qui ?

Lilith savait très bien qu'il s'agissait de Raymond, mais elle se refusait à ce que ce soit la vérité. Elle voulait que ce soit arrivé à quelqu'un d'autre : un promeneur égaré, un rôdeur enhardi. N'importe qui sauf lui. Elle ne voulait pas entendre la réponse que murmurait Nael.

— Raymond... Je suis désolé.

— Ça s'est passé quand ? hurla-t-elle en sortant son téléphone de sa poche tout en se précipitant vers la plage. Ça n'arrive pas, ce genre de truc. Ça n'est pas possible ! Ça n'arrive jamais !

Nael était sur ses talons.

— Là, à l'instant. Le temps de rentrer pour appeler un médecin.

Tout en parlant à l'infirmière de permanence au dispensaire, Lilith tâtait le pouls de son oncle sans le bouger. S'il avait un traumatisme cervical il ne fallait surtout pas le remuer avant l'arrivée des secours. Le pouls ne pulsait pas.

Maema posa délicatement son oreille sur le cœur de Raymond sans percevoir de battement. Elle n'osait pas le dire à Lilith, ne voulait pas être celle qui prononcerait les mots définitifs. La phrase inacceptable et banale : il est mort. Trois mots. Trois mots de merde. Lilith était toujours au téléphone.

— Faut que tu fasses venir l'ambulance. Oui, avec une équipe de réa. Eh ben réveille-le ! Préviens Mamao qu'il faudra peut-être prévoir une Evasan. Oui, je sais que c'est le médecin qui décidera. Mais je te dis de les prévenir quand même.

Lilith avait la voix sûre et ferme. Celle du commandement. Des larmes roulaient sur ses joues mais pas un sanglot ne sortait de sa bouche. Maema regardait son amie gérer la situation et pleurait, les lèvres pincées.

— Qu'ils préparent le Twin Otter. Non. Impossible. Il y a traumatisme crânien. En avion. Oui. Avec perte de conscience. Des lésions cervicales possibles. Je ne sais pas. Non, on l'a pas bougé. Oui, on attend les secours. OK, merci. Dis-leur qu'ils fassent vite !

Elle raccrocha et demanda à Maema d'aller chercher une couverture dans la maison.

Quand elle vit son amie tétanisée, le visage décomposé, Lilith lui asséna sans ménagement :

— Arrête ! Il ne va pas mourir. D'accord ?

Maema sembla se réveiller et partit en courant vers la maison chercher ce qu'on lui demandait. Elle entendit Lilith crier derrière elle :

— Et prépare-moi mon sac. Je pars avec lui.

34

Vivre comme on meurt en plein vol

Les secours arrivèrent dix minutes plus tard. Le médecin leur dit que Raymond respirait. Faiblement. Mais qu'il respirait. Tout alla très vite. Ils lui firent immédiatement une injection d'adrénaline, le mirent sous perfusion, l'installèrent avec mille précautions dans une coque en plastique, un masque à oxygène sur le visage. Puis les brancardiers glissèrent la civière à l'arrière de l'ambulance. Le gyrophare du SAMU tournait encore au fond des yeux de Maema longtemps après que l'ambulance se fut évanouie dans la nuit, emportant avec elle Lilith et l'oncle Raymond.

Elle resta sur le bord de la route, regardant disparaître les feux arrière du véhicule, les bras croisés sur sa poitrine comme si ce geste pouvait contenir toutes ses angoisses, toute sa tristesse, son stress et ses peurs. L'idée qu'elle ne reverrait plus le vieux Raymond ne quittait pas son esprit. Peut-on mourir d'une mort aussi ridicule ? Lilith ne s'en remettrait jamais. Elle demeura ainsi figée, sans aucune notion du temps, et ne se décida à rentrer dans la maison qu'au passage d'un camion-citerne qui brisa le silence, faisant voler le présent en éclats.

Elle frissonna et se dirigea à petits pas vers les lumières orangées qui vacillaient doucement derrière les auvents, comme si la veillée funèbre commençait.

Nael fumait sur la terrasse. Il s'était servi une bière. Elle n'avait ni l'envie ni la force de s'en offusquer. Le pauvre homme devait être encore sous le choc. Ça avait dû être pour lui aussi un moment terrible.

— Ça va ? lui demanda-t-elle.

Il baissa le visage.

— Je suis désolé. C'est arrivé si vite. Je n'ai rien pu faire, se reprocha-t-il d'un ton monocorde.

— C'est pas ta faute. Lilith aurait dû faire étêter ce cocotier depuis longtemps déjà. Il est trop haut et dangereux. La preuve…

En prononçant ces mots, elle se rendit compte qu'elle rendait son amie responsable de cet accident. Même si elle l'avait fait sans réfléchir, uniquement pour essayer de déculpabiliser Nael, ça n'en restait pas moins une incommensurable bêtise. Elle le regretta immédiatement et se jura de ne jamais redire une chose pareille.

— Personne n'est responsable, se reprit-elle vivement. Un accident, c'est un accident. Personne n'y est pour rien. C'est arrivé. Point.

— Je n'ai rien vu. On parlait de pêche, et puis j'ai entendu un bruit et il s'est effondré. Le temps que j'aille à l'intérieur pour appeler, vous êtes arrivées. Heureusement, parce que je ne trouvais pas le téléphone.

— De toute façon le groupe électrogène est arrêté.

Nael eut un regard interrogateur. Maema lui précisa :

— Sans groupe, pas de courant. Sans courant, pas de téléphone. C'est un sans-fil. Lilith n'aime pas trop faire tourner le groupe.

Nael fit un signe du menton et, le regard perdu dans le lointain, il replongea dans le silence. Il n'avait pas grand-chose à dire à cette femme et il savait que, dans ce genre de circonstances, moins il parlerait, mieux ce serait.

— Tu saurais allumer un groupe électrogène, toi ? lui demanda Maema.

— Non. Je ne sais même pas ce que c'est.

— Merde ! Moi non plus, je ne sais pas le faire marcher. Tu ne veux pas essayer quand même ? J'ai besoin de lumière. J'en ai marre de ces lampes. C'est morbide. On dirait des fleurs fanées !

Nael ne comprit pas à quoi faisait allusion Maema. Sans doute une image personnelle. De toute façon, il s'en moquait. Il jeta son mégot dans le jardin. Si Lilith avait été là, elle le lui aurait fait ramasser, songea Maema. Lilith avait horreur de ce type d'incivilité. Nael finit sa bière et se leva.

— Je vais me coucher.

— Attends !

Maema ne savait pas très bien ce qu'elle allait lui demander : qu'il l'accompagne au Ia Ora ou qu'il essaie malgré tout de faire démarrer le groupe. La batterie de son ordi était déchargée et il lui fallait Internet pour ses recherches. Elle n'avait pas prévu que le groupe électrogène serait arrêté.

— Tu veux bien essayer de faire démarrer le groupe avant d'aller te coucher ? J'ai besoin d'Internet.

Nael fit une grimace de lassitude.

— Ça peut pas attendre demain ? Lilith sera là. Tu verras avec elle.

Maema insista :

— Sérieux, c'est urgent. Il y a le wi-fi à l'hôtel. J'irais bien mais je ne sais pas me servir du scooter.

— Et... ?

— Est-ce que tu pourrais me conduire là-bas ? C'est à cinq minutes.

— Non. Je ne vais pas t'emmener là-bas en scooter. Je suis fatigué. J'ai pas envie de bouger. T'as qu'à y aller toute seule. C'est facile à conduire.

Maema n'avait pas le courage de faire le chemin aller-retour à pied en pleine nuit. Mais elle avait toujours en tête qu'il lui fallait absolument en apprendre davantage sur ce site du Dark Net avant les flics. Avant qu'à Paris ils se soient aperçus de ce que signifiait l'inscription sur la photo. Elle avait la nuit pour ça. Avec un peu de chance, Kae ne relaierait la trouvaille de Lilith à Papeete que le lendemain. Il fallait qu'elle se connecte. Elle chercha à motiver Nael pour qu'il l'accompagne.

— C'est hyper-important. C'est en relation directe avec les Indonésiens qui ont été assassinés et brûlés la semaine dernière. T'en as entendu parler ?

Quelque chose en Nael se réveilla. Le goût du sang, peut-être. L'attrait du morbide. En savoir plus sur un autre tueur. Un collègue, en quelque sorte. Le savoir est la clé pour réduire les risques d'erreur. Le domaine de l'ignorance est toujours plus vaste que celui du savoir et il ne faut jamais rejeter une occasion d'apprendre. Il aurait certainement une leçon à tirer de ce crime, et puis il n'était pas inintéressant de connaître

311

l'approche qu'un journaliste avait d'un fait divers aussi spectaculaire.

Il l'invita à poursuivre.

— Vaguement. Je t'écoute.

Maema s'assit et lui raconta tout ce qu'elle savait sur le bûcher de Mahine. Les faits, l'agression de Lilith, l'arrestation de Moana, Rei et Vetea, celle de Téchao, les photos sur le Net, l'adresse Internet découverte sur une des photos. Sa course personnelle contre la montre. Elle devait découvrir ce soir ce qui se cachait derrière cette adresse du Dark Net. Demain, ce serait trop tard, la police à Paris aurait l'info et adieu le scoop !

Quand elle eut fini, Nael souriait. Sa curiosité était piquée.

— Intéressant.

Il tira une dernière bouffée sur sa cigarette.

— Ne jette pas le mégot dans le jardin, c'est pas une poubelle. Tu vois bien qu'il y a pas de couvercle, non ? le tança Maema. Bon, tu m'emmènes ?

Nael écrasa son mégot incandescent sous son talon et le rangea dans sa poche.

— Et Lilith ?

— Quoi, Lilith ?

— Elle ne va pas s'inquiéter si on n'est pas là à son retour ?

— Je la connais, elle ne rentrera pas. Elle va rester avec Raymond.

— Tu connaissais Nicolas ?

La question prit Maema au dépourvu. Elle ignorait quels liens unissaient son amie au couple Ariane/Nicolas. Ce qu'elle savait, en revanche, c'est que s'il n'y avait eu aucun lien, Lilith n'aurait pas réagi comme elle l'avait fait en voyant Nael. Elle décida de rester prudente.

— Pas plus que ça. Je sais ce que les journaux en ont dit. Il s'est pendu parce que sa femme l'a quitté. Pourquoi ? Qu'est-ce que ça vient faire là ?

— Moi aussi, elle m'a quitté.

Maema joua la crédulité.

— Qui ça ?

— Ariane.

— Visiblement ça n'a pas eu le même effet, ne put-elle s'empêcher de lui lancer.

Nael la regarda ironiquement.

— Qui sait ? Et la relation entre Lilith et Nicolas ? Qu'est-ce que tu peux m'en dire ?

Maema commençait à être agacée par la tournure que prenait la discussion.

— Je ne vois pas où tu veux en venir. Tu devrais en savoir plus que moi sur Nicolas. Après tout, j'ai bien l'impression que vous étiez jumeaux, non ?

Nael se raidit. Maema poursuivit :

— Et puis, c'est ridicule, comme réflexion. Un mec qui a une relation avec une autre femme ne se pend pas parce que sa femme le quitte ! Bon, on y va ? Je me fous que tu te sois fâché avec ton frère parce qu'il t'a piqué ta femme. Ça ne me concerne pas. On va en avoir pour un moment à chercher sur le Net. Plus vite je m'y mets, mieux ce sera.

— Je vois, conclut Nael en suivant Maema.

Lilith, comme à son habitude, avait laissé la clé de l'engin sur le tableau de bord. Nael démarra, Maema collée à son dos, les bras autour de son torse. Cette proximité le mettait mal à l'aise. Il n'aimait pas que

313

l'on franchisse les limites de sa zone de confort et encore moins le contact physique direct. Les frontières de son intimité commençaient dans un rayon de deux mètres autour de lui.

Le parcours dura peu. Il roulait vite malgré les mises en garde de sa passagère. Nael était contrarié. Il n'avait pas frappé assez fort. Le vieux aurait dû mourir sur le coup. Le fait qu'il vive encore restait potentiellement un risque. Un risque infime, mais un risque. À son avis, il ne tiendrait pas plus de quarante-huit heures. Il serait peut-être même mort avant son arrivée à l'hôpital. Il ne devait pas s'inquiéter. Et si par malheur Raymond se réveillait, il finirait le travail avant que le vieux ne récupère assez de force et d'esprit pour parler. Compte tenu de son état entre la vie et la mort, si la mort ne remportait pas la bataille, le choc post-traumatique serait de toute façon important. Assez pour lui laisser le temps de régler le problème.

Ils furent tous les deux soulagés, quoique pour des raisons différentes, quand Nael coupa le moteur dans le parking de l'hôtel. Ils entendirent au loin un avion se positionner en étape de base à quatre-vingt-dix degrés de la piste. Maema montra à Nael les feux de navigation de l'appareil. L'avion vira. On voyait maintenant ses deux feux latéraux. Rouge à bâbord, vert à tribord. Puis le phare blanc à l'avant.

— Il va se poser. C'est sûr, c'est l'Evasan pour Raymond. Il n'y a pas de vols réguliers sur Moorea à cette heure. Ils sont venus le chercher. S'ils l'emmènent à Mamao, c'est que c'est grave. Lilith va certainement l'accompagner.

314

Elle n'avait pas fini sa phrase que Lilith l'appelait.

— Ma chérie, ça va ? Oui, je sais. Je vois l'avion se poser. Ils disent quoi, les médecins ? Ah… Merde… Tu pars avec lui, j'imagine. Oui, ne t'inquiète pas. Je rentre demain. Oui, non, c'est bon. Je me fous des danseurs. Je ne te laisse pas seule ! D'accord. Si tu préfères. Tu vas dormir où ? Tu crois ? OK, je te laisse, alors. Rappelle-moi dès que tu as du nouveau.

Nael attendait, immobile, que Maema lui fasse le compte rendu. Ce qui l'intéressait, c'était l'état du vieux. Son évacuation sur l'hôpital à Tahiti était une demi-bonne nouvelle. Cela voulait dire qu'il était mal en point, mais aussi qu'ils avaient encore de l'espoir.

— Comment va Raymond ?

— Mal. Ils l'évacuent sur Mamao. Il n'a toujours pas repris conscience et le rythme cardiaque est inquiétant. Le choc a été violent. Les toubibs craignent l'hémorragie interne. Lilith part avec lui.

Nael se retint de sourire. Les nouvelles n'étaient pas si mauvaises, après tout…

Il suivit Maema jusqu'au lobby. Des éclats de voix s'entendaient de loin. Des échanges tendus au comptoir. Deux hommes s'en prenaient au concierge dans un anglais approximatif. Maema crut reconnaître deux des danseurs papous qui invectivaient les danseurs vanuatais lors de la conférence de presse. Ils avaient raté le dernier bateau pour Tahiti et exigeaient qu'on en affrète un spécialement pour eux. Hors de question qu'ils ratent leur vol retour. Décollage prévu le lendemain bien avant la première rotation du ferry. Ils étaient très en colère et menaçants. Le concierge tentait de leur expliquer que l'hôtel n'était pas responsable du fait qu'ils aient raté le dernier ferry, mais aussi qu'il était impossible de répondre à leur requête. Ce genre de service n'existait pas sur l'île : pas de bateau à la demande. La seule possibilité restait l'affrètement du jet privé de la compagnie Wan Air à Tahiti. En espérant que l'avion soit disponible. Les deux Papous voulaient que le concierge fasse affréter l'avion mais refusaient de prendre les frais à leur charge.

— Compliqué ! lança Nael. Vous êtes un peu paumés, ici.

La réflexion agaça Maema. Sans doute parce qu'il était tard et qu'elle était fatiguée, que ce trajet en vespa en pleine nuit à trop grande vitesse à son goût, sans que Nael tienne compte de ses mises en garde, avait eu raison de sa patience.

— On a surtout beaucoup de paumés qui viennent nous emmerder.

— Tu dis ça pour moi ?

La voix de Nael était douce et contrastait avec le ton rugueux qu'avait pris Maema pour lui répondre.

Partie sur sa lancée Maema se refusa à faire machine arrière. La tension de la journée devait sortir d'une manière ou d'une autre. Tant pis.

— Toi, tes semblables, tous ceux qui viennent ici et se plaignent de ce qu'ils y trouvent ou n'y trouvent pas. Ceux qui veulent nous donner des leçons. Qui jugent. Bref, tous ceux qui veulent plaquer leurs pensées, leurs croyances, leurs dogmes, leurs idéologies sur nos vies.

— C'est pas ce que je voulais dire.

— C'est pareil. « Compliqué ! » Ça veut dire quoi ? Qu'on n'est pas à la hauteur ? Qu'on n'est pas capables d'avoir des navettes de nuit ? Qu'on ne sait pas gérer ? C'est ça !

Nael était totalement insensible au discours hors de propos de Maema. Ils s'étaient installés à une table un peu isolée dans de confortables fauteuils en osier.

— Tu as la connexion ?

— Figure-toi que nous, nous ne sommes jamais allés vous convaincre à coups de casse-tête que vos démocraties, vos royautés, vos empires devaient céder la place à une conception tribale de la société. On se moque de votre vision du monde. On veut juste qu'on nous laisse en paix. Tiens : vos histoires de liberté, d'égalité, et je ne parle même pas de fraternité ! Dans votre tête, elle est toujours blanche ! Non ? Et le droit des peuples à l'indépendance, vous en avez fait quoi ?

— Je m'en fous. Y a quelques jours, je ne savais même pas où était Tahiti. Tu vis comme tu veux. Je m'en contrebalance.

Maema se calma un peu. Elle comprenait bien que ce n'était ni le moment ni l'endroit pour débattre de « droits des peuples », mais elle ne voulait pas céder. Tout en pianotant sur son clavier elle continua :

— De toute façon, la seule façon de retirer à un peuple son droit à l'indépendance, c'est de le supprimer, lui ou ce qui le constitue. Son histoire, sa culture, ses croyances. Bref, y a le choix entre le génocide et le reniement consenti.

— Si tu veux. Bon : ta conscience de journaliste, ce n'est pas mon problème. Il marche, ton ordi ? Tu arrives à te connecter à ton Dark Net ?

Maema lui répondit sur le même ton sec :

— Ça avance.

317

Avant de poursuivre sur sa lancée :

— En tout cas, ici, dans le Pacifique, partout où le peuple a résisté il a eu gain de cause : 1980, le Vanuatu. (Elle comptait sur ses doigts.) 1968, Nauru ; 1978, Les Tuvalu ; 1979, les Kiribati ; 1962, les Samoa ; 1994, les Palaos ; 1970, les Fidji ; 1965, les îles Coock ; 1975, une partie de la Papouasie, l'autre…

Nael se pencha et lui posa une main sur le bras.

— Stop ! Maema : je m'en fous.

Maema interrompit sa diatribe. Elle avait tapé dans le moteur de recherche Hidden l'adresse : *xtvgol7bal8-firef.onion*, sans succès. Puis essayé Grams, le plus underground des moteurs de recherche de cet univers parallèle et attendait une réponse.

L'écran de son ordinateur s'ouvrit sur une page noire au centre de laquelle apparaissait uniquement un formulaire de paiement.

— Waouh ! J'y suis, regarde !

Elle poussa l'ordinateur vers Nael.

— Il faut payer pour entrer ?

— Faut croire.

— T'as ta carte ?

— Ça ne marche pas comme ça. Sur le Dark, si la plupart du temps la navigation est gratuite, pour entrer dans certains sites il faut des codes. On les trouve sur les réseaux. Mais d'autres sont payants. En général, ils acceptent toutes les devises, sauf que parfois, comme ici, il faut payer en bitcoins.

— En quoi ?

— C'est une monnaie virtuelle. Sans contrôle. Elle sert à toutes les transactions pourries, drogue, vente d'armes et tout le reste. C'est la monnaie noire du

Dark Net. Intraçable. En d'autres termes, le site sur lequel on est tombés est un site bien pourri.

— Ça veut dire que sans bitcoins tu peux pas entrer sur le site ?

— C'est ça, lui répondit Maema, un peu découragée.

— Comment tu vas faire ?

— J'en sais rien. Les bitcoins, ça vaut une fortune. Plus de six mille dollars le bitcoin. Ils en demandent dix pour rester une heure sur le site.

— Soixante mille dollars pour se balader une heure sur un site !

— Je ne sais pas ce qu'il y a sur ce site, mais c'est là qu'on trouvera la clé du bûcher de Mahine.

Nael claqua les mains sur ses genoux et se leva.

— Le mieux serait qu'on rentre. T'as pas soixante mille dollars.

— Attends ! Je suis journaliste. Je ne peux laisser filer ce scoop. Si j'ai raison... Si j'arrive à résoudre l'enquête avant la police, je, je...

— Tu quoi ?

— Je ne vais pas baisser les bras...

Une voix venant de dessous la table fit sursauter Nael.

— Elle croit qu'elle va avoir le Pulitzer ! Dis-lui que c'est bon que pour les Américains.

Gaspard grignotait *Les Nouvelles*, l'autre quotidien du pays.

— Qu'est-ce que tu fous là, toi ? s'écria Nael. Putain, jamais tu me lâches !

— J'allais pas rester tout seul là-bas ! Je suis venu à pied. C'est à deux pas, se justifia le rat.

Maema pianotait sur son portable. Surprise par la sortie de Nael, elle se tourna vers lui.

— Qu'est-ce qui t'arrive ? C'est à moi que tu parles ?

Nael poussa un soupir.

— Non… Laisse tomber.

Il se redressa et se frotta les mains pour signifier qu'il fallait passer à autre chose.

— Bon, on y va ?

Maema leva les yeux au ciel.

— Eh ben, non, on n'y va pas, lui répondit-elle en s'éloignant pour téléphoner. Le bitcoin, c'est aussi une valeur cotée en Bourse. Un truc à double face. Argent sale, mais aussi moyen d'en gagner.

Elle fit un signe de la main pour qu'il ne la dérange plus. Son correspondant venait de décrocher.

— Je crois qu'elle a raison, pour les Blancs, s'enhardit Gaspard, profitant de l'absence de Maema. C'est une espèce à part. Ils touchent deux éprouvettes, on leur met une électrode dans le cul, et ils se croient supérieurs. Nous, on ne les aime pas non plus. Ils le savent et ils ne se pointent pas. Ils ne connaissent rien à la vie. La vraie, celle où tu mets les pattes dans le vomi. Pourtant ils sont pédants. Ils nous regardent de haut. C'est une chance, en quelque sorte : ils sont là-haut au balcon, nourris à la main, incapables de fouiller une poubelle, et pour rien au monde ils ne descendraient se mêler à nous. Ça nous permet de vivre libres. Tu ne verras jamais un rat blanc au milieu de rats gris. De toute façon, si jamais il essayait, on l'aurait bouffé avant qu'il ait dit bonjour.

— Bon Dieu ! Tu ne te fatigues jamais ? Tu n'en as pas marre de me bassiner avec des trucs dont je me fous ?

— Je dis que Maema a raison de se méfier des Blancs.

— Elle n'a jamais dit ça.

— À ma connaissance, c'est pas les Africains qui sont venus coloniser les îles !

— Tu veux pas rentrer au fare ? S'il te plaît…

— N'empêche : nous, on se laisse pas approcher par les rats blancs. Et on ne s'en porte que mieux. C'est des bâtards. Une sous-espèce. C'est pas une créature de Dieu. Ça sort des laboratoires. Ça veut tout expliquer, tout régenter, avoir toujours raison. Une plaie, le rat blanc ! Un peu comme chez vous. Elle n'a pas tort. Les Blancs sont soumis à leurs idéologies et ils viennent apprendre la liberté aux autres. C'est fun ! Non ?

Nael tenta de lui donner un coup de pied, mais le rat était trop loin sous la table. Il allait déplacer le meuble au moment où Maema refit son apparition.

— C'est bon. Il m'envoie un numéro de compte et on va pouvoir entrer sur le site.

— Tu as trouvé soixante mille dollars ?

— Disons que je ne vais pouvoir rester que dix minutes. Mais ce sera suffisant ! s'empressa-t-elle d'ajouter. Assez pour savoir ce qu'il se passe sur ce site et en quoi il est lié au meurtre des Indonésiens.

— Tu les as eus comment, tes bitcoins ?

— J'ai appelé mon patron.

— À cette heure ?

— Je lui ai expliqué la situation. *La Dépêche*, c'est le groupe Hersant. Je sais pas si tu vois : tous les journaux du pôle outre-mer et tous les journaux régionaux de métropole ; *Nice Matin*, *La Provence*,

L'Union, *L'Est républicain*, et je te parle pas des hebdomadaires… Bref, un empire média. Je lui ai demandé de téléphoner au siège parisien pour qu'ils nous donnent le feu vert. Les infos partiront directement à Paris pour la presse nationale dès que je les aurai. Ils ouvrent un compte, versent deux bitcoins, m'envoient le numéro de compte avec les codes, et ils ont l'exclu.

— Chapeau !

Maema fit une mimique minimisant sa victoire.

— Si je me plante, je devrai les rembourser sur mon salaire. C'est le deal. Mais je suis sûre de moi.

— Pourquoi ils font pas la recherche eux-mêmes à Paris ?

— Parce que j'ai pas voulu leur donner l'adresse du site, ni leur dire d'où elle venait.

— Tu es sûre que tu vas pouvoir entrer sur le site avec seulement deux bitcoins ?

— Oui. Ils ont un compteur qui tourne et te débite ton compte au prorata du temps passé. Le ticket d'entrée, c'est un bitcoin. Mais je pense qu'avec ça, ils ne te donnent qu'un avant-goût. J'espère qu'avec deux bitcoins j'aurai le temps de trouver ce que je veux. Le problème, c'est que vu la lenteur de téléchargement sur le Dark, ça va pas être évident. De toute façon, j'ai pas le choix.

35

La folie a toujours une place publique

Paris prend des allures de province vue d'un vieux fauteuil en osier dans la nuit tropicale. Elle n'est plus si capitale que ça à l'existence. Le bout du monde change sans arrêt de place. Autant de fois que l'on change de fauteuil, se disait Nael. Est-ce que le hasard, qui avait conduit sa destinée ces dernières décennies, l'avait mené à son terminus ? L'idéal n'est-il pas quand la route quitte la route ? Quand elle part en vrille à travers la campagne ? N'est-ce pas là que commence l'aventure de la vie ? Il se sentait bien, ici. Évidemment, il n'était pas dupe et savait que ce bon vieux lagon, à quelques pas derrière eux, avait dû en voir, de pauvres hères comme lui, persuadés de toucher à l'essence de l'existence uniquement parce qu'ils avaient le cul posé sur le sable ! Un doux lagon qui se branle totalement de nos acnés cérébrales. Mais en dehors de cet aspect a priori récurrent, il savait qu'au plus profond de lui s'étaient télescopés deux univers diamétralement opposés. Et que c'était peut-être la seule chance qu'il aurait jamais de clore un long chapitre de solitude.

L'art de la mort était entré en collision avec celui de l'amour. Il en était né un espoir : en finir avec l'art.

En tout cas ce qu'il considérait comme tel, en toute solitude : mettre le point final aux romans de la vie !

En finir avec l'addiction au miroir aux alouettes !

Une addiction néfaste à la tolérable vision d'un futur. Jusqu'à cette rencontre, il était de ceux qui n'ont comme avenir que leur passé. Il s'en était accommodé.

À moins que cette femme ne sublime en lui son don plus qu'elle ne l'annihile ?

En finir avec l'art de la mort ou le sublimer… Les deux voies lui convenaient. L'art n'est-il pas une putain ?

Il restait malgré tout inscrit en lui qu'il n'y a d'artiste que celui qui danse avec la mort. Les autres n'étant que des danseurs mondains. Mais il n'était pas contre le fait de se désintéresser de la danse pour réapprendre à marcher. Et tant pis pour les funérailles. Elles n'ont jamais éclairé les pas de l'artiste. La mort se rit d'elles.

L'inquiétude qui l'avait conduit jusqu'à cet endroit, loin de son périmètre de sécurité, s'était envolée. Rien ne l'incitait à rentrer en France. Personne ne l'y attendait. Ici, dans ce pays, il avait pour la première fois fusionné avec une femme. Plus qu'une femme. Sa parallèle. Avec cette certitude qu'à l'infini les parallèles se rejoignent. Il le ressentait dans le moindre de ses atomes.

Encore fallait-il rejoindre l'infini.

Lorsqu'il avait tenu le corps de Lilith dans ses bras, il l'avait entrevu. Ce point de jonction entre elle et lui dans un espace indéfini. Hors des sentiments. Hors de tout domaine.

Nael, les yeux fermés, laissait sa pensée vagabonder dans le magma des ondes alpha.

La navigation sur le Dark Net s'avérait lente. Maema l'avait prévenu. Il allait falloir s'armer de patience. Finalement, la direction du groupe lui avait fourni par SMS une e-card avec un crédit de trois bitcoins au lieu de deux. De quoi rester sur le site presque vingt minutes, selon Maema.

Nael la laissait faire. Elle semblait savoir comment opérer. Gaspard, lové entre les reins de Nael et le dossier du fauteuil, s'était endormi. La présence d'un chat près du desk des arrivées l'avait convaincu qu'il était préférable de subir une éventuelle saute d'humeur de Nael que d'affronter ce famélique ami des hommes qui déambulait dans le coin, les moustaches aux aguets.

— J'y suis !

Maema avait fait un bond sur son siège. Sa voix était fébrile. Elle se retourna vers Nael, qui avait pris ses aises, les pieds posés sur un deuxième fauteuil collé au sien.

— Viens voir ! Ça y est.

Il tira son siège jusqu'à elle. Elle se poussa pour lui faire de la place.

— Merde, c'est quoi ?

Gaspard se réveilla.

— Une liste de vidéos.

Elle pointa un doigt sur l'écran.

— Là, à côté des petites icônes qui représentent une caméra, il y a des numéros. C'est le classement des vidéos. En face, tu as la durée des films. Si on clique sur un des numéros, ça démarre la vidéo.

— Ben vas-y. Qu'on voie de quoi ça parle. T'es là pour ça, non ?

— Je démarre laquelle ? Y en a dix-neuf.

Nael haussa les épaules.

— N'importe.

— La quatre. Quatre victimes, quatre suspects, quatre heures du matin, quatre…

— OK, vas-y !

Maema cliqua sur l'icône à côté du chiffre. La petite caméra stylisée noire s'agrandit jusqu'à remplir l'écran d'une tache sombre. Elle céda lentement la place à un décor tropical. L'image était légèrement floue et le cadrage décalé.

Une petite clairière fraîchement défrichée au milieu d'une végétation luxuriante. Le sol était recouvert des fougères géantes que quelqu'un venait de tailler. Ce devait être l'après-midi, à en croire les ombres. Au milieu : un pieu d'un peu plus d'un mètre, puissamment enfoncé dans la terre. Des cordes en pendaient. À la droite de l'image, un molosse était attaché à un piquet de fortune. Tendu, les oreilles dressées et les babines retroussées. On l'entendait grogner sourdement. Un grognement éraillé venu du plus profond de son poitrail.

Les secondes passaient et Maema s'énervait.

— Les enfoirés ! Au prix de la minute, leur plan fixe, c'est de l'or en barre !

Après deux minutes, durant lesquelles le seul être vivant à l'écran était ce pitbull enragé qui semblait vouloir se jeter sur l'objectif, l'image sauta comme si on avait heurté la caméra. Un homme tirant un autre homme par les cheveux apparut dans le champ. Un masque rudimentaire fait d'un carré de toile de jute

326

attaché derrière la tête lui dissimulait le bas du visage. Torse nu, il n'était vêtu que d'un pantalon de toile beige tenu à la ceinture par une ficelle. Le corps sec et ridé, mais encore musculeux. La peau brune. Le crâne dégarni. Pieds nus.

L'homme qu'il faisait avancer vers le poteau en le tirant par les cheveux était totalement nu. Plié par la douleur, il progressait de biais. Ses cheveux étaient crépus et les doigts de son tortionnaire disparaissaient dans sa chevelure. Un homme de petite taille. Sa peau était sombre, pas vraiment noire, plutôt gris anthracite. Maema se dit qu'il devait être mélanésien. Ses mains étaient attachées et une corde reliait ses chevilles de manière à entraver sa marche et l'empêcher de fuir. Ses yeux étaient maintenus fermés avec du *tapa* gris collé sur les paupières. Un homme jeune, au visage boursoufflé et hagard. Il geignait sans discontinuer. L'autre lui asséna un rude coup de genou dans les reins pour qu'il se taise. Il le colla contre le pieu et lui attacha les bras et les jambes, avant de quitter le champ de la caméra.

Le plan fixe sur le jeune homme dura quelques minutes. Il tremblait. Remuait la tête en un mouvement circulaire décousu. Pleurait en hurlant toujours les mêmes mots dans une langue inconnue de Maema et de Nael. Son visage meurtri était couvert de larmes et de morve. Il suppliait. C'était insupportable.

— Bordel, c'est ça, leurs vidéos ? C'est pour voir ça que des mecs paient des fortunes ?

Maema n'en revenait pas.

— Et encore, là, ce n'est que le début ! lança Gaspard tout en sachant qu'elle ne l'entendrait pas. J'ai bien peur que la suite te fasse comprendre pourquoi ces films coûtent cher. Ça vient pas des effets spéciaux. Ça vient du casting !

Nael lui asséna une claque sur le museau.

L'homme au pantalon beige réapparut accompagné d'une Asiatique. Jeune. Jolie. Mais négligée. Visiblement apeurée. Les cheveux longs et gras. Elle portait une sorte de sari d'un jaune sale. Il lui ordonna de regarder la caméra et de sourire. Des rires excités se firent entendre hors champ. Le vieux se dirigea vers l'homme nu. Fit signe à la caméra de se rapprocher. Le caméraman zooma pour faire un gros plan sur les paupières du jeune Mélanésien tandis que le vieux lui arrachait les morceaux de ruban adhésif. Le geste fut bref et violent. Le ruban emporta avec lui les cils et déchira l'une des paupières. Quelques gouttes de sang apparurent au coin de l'œil droit. Le jeune homme cria.

La caméra revint à un plan large. Le vieux tirait sur le sari de la jeune femme, l'obligeant à le retirer. Elle se tenait maintenant nue, les bras croisés sur sa poitrine menue, devant les deux hommes. Le vieux riait en s'adressant à quelqu'un derrière la caméra. Il montrait du doigt son prisonnier attaché et la jeune fille effrayée devant lui. Différentes voix étonnamment aiguës et entrecoupées de rires lui répondirent. Quelqu'un dont on ne voyait que la main lui tendit un bol en métal. Il le prit et s'adressa à la jeune femme. Le ton était dur. L'ordre qu'il lui donnait n'était pas discutable. Elle se mit à pleurer et fit non de la tête. Le vieux hurla, s'approcha d'elle et lui asséna un violent coup sur la joue avec le bol. La jeune fille tomba. Il la traîna jusqu'à l'homme attaché. Il lui colla le visage contre ses parties génitales et hurla à nouveau le même ordre. Comme elle le suppliait et refusait de s'y soumettre, il sortit de sa poche un scalpel. Le posa sous son œil. Et réitéra son ordre. Elle se pencha alors sur le sexe du prisonnier. La caméra la filmait de dos. On ne voyait que ses longs cheveux noirs qui oscillaient. Les voix hors champ se mêlèrent à celle du vieux qui la dirigeait avec violence, lui indiquant ce qu'elle devait faire. L'excitation des hommes était palpable. Proche de la transe. On ne les voyait pas à l'écran mais ils emplissaient la scène de leur bestialité. Au plus haut de cette excitation féroce, le vieux prit la tête de la jeune femme dans l'étau de ses mains. L'une sous le menton et l'autre au sommet du crâne. Il maintint sa mâchoire fermement en place et ramena la tête en arrière avec force et rage. Le jeune Mélanésien se tétanisa. Les yeux exorbités. Dans un étrange silence sa bouche s'ouvrit démesurément et laissa voir ses dents aux canines acérées d'un blanc laiteux tranchant avec le rouge orangé de ses gencives. Son visage s'affaissa sur sa poitrine et tout son corps fléchit.

La jeune femme était maintenant à genoux sur les fougères. Le vieux lui maintenait la bouche fermée malgré les spasmes qui la secouaient. Le sang coulait légèrement des commissures de ses lèvres. Il la lâcha enfin et lui fit cracher dans le bol en fer le testicule qu'elle venait d'arracher au prisonnier. La jeune Asiatique se mit à vomir, secouée par des convulsions de dégoût et de frayeur. Les cris et les rires des hommes n'avaient pas cessé. Ils redoublèrent quand le vieux tendit le bol au molosse qui avait suivi toute la scène en tirant sur sa corde, retenant ses aboiements. Certain, sans doute, des représailles qu'il aurait encourues s'il s'était laissé aller à manifester sa présence autrement que par la tension de ses muscles et la profusion de sa bave.

L'homme se rapprocha de son prisonnier et fit un signe en direction de la caméra. Un autre individu apparut, à visage découvert. Un Indonésien. Une quarantaine d'années. Le cheveu rasé. Un short sale trop grand pour lui. Les jambes arquées. Des tongs aux pieds. Un tee-shirt vert troué. Il portait un seau d'eau qu'il jeta à la face du prisonnier. Il dut lui en jeter plusieurs avant que le jeune homme ne reprenne conscience. La douleur devait être insoutenable. Il se mit à crier. Un cri long, douloureux, comme les pleurs d'un enfant qui ne peut retrouver sa respiration. Le vieux le gifla avec violence sans que les coups fassent cesser le hurlement continu et monocorde. Il donna un ordre vers la caméra, sans se tourner. L'Indonésien revint avec des chiffons en boule qu'il enfonça jusqu'à la gorge dans la bouche du prisonnier. Le vieux lui ordonna de rester à côté. Le caméraman zooma sur sa main. Elle tenait le scalpel. Le tortionnaire l'enfonça juste en dessous de la poitrine et descendit la lame jusqu'au bas-ventre. Il traça ainsi des lignes parallèles, l'une après l'autre, sur tout le torse. Puis il dessina avec le scalpel un cercle profond autour de chaque sein. Le corps du prisonnier ruisselait de sang. L'Indonésien qui assistait l'homme masqué lança à sa demande un autre seau d'eau sur le corps de la victime.

L'espace d'un instant, cinq lignes rouges sur fond d'ébène surmontées de deux cercles dessinant deux yeux aux contours écarlates apparurent nettement. Ébauchant une sorte de masque tribal. Les mamelons devinrent les iris sombres d'un regard dément venu du fond des âges sonder l'âme des hommes. Puis le sang troubla le dessin en recouvrant le torse.

Nael y vit les lignes verticales du tatouage de Lilith. Ces traces qui liaient les deux infinis. Cette jonction entre la vie et son pourquoi. Il en ressentit une drôle d'allégresse. Le monde de l'invisible lui parlait. Il y avait quelque chose à comprendre dans ces signes. Un message qui lui était adressé. Il ignorait encore le sens profond de ce qu'il vivait, mais il avait la certitude d'être là où il devait être, de toute éternité. La certitude que Lilith était l'élue qui le guiderait vers son destin. Sa vérité, son avenir. Tout ce pour quoi il était sur cette terre était écrit entre ces lignes bleues sur le menton de cette femme, entre ces lignes rouges sur la poitrine de ce sauvage. Toutes les destinées se lisent entre les lignes. Celle de cet homme torturé se dessinait au scalpel sur son corps. La sienne sur les lèvres de Lilith.

Le tortionnaire plongea ses doigts dans la plaie autour du sein gauche de sa victime. Il détacha et retourna de quelques centimètres la peau découpée tout autour de la poitrine avant de tirer sur elle des deux mains avec force, comme on dépèce un lapin. Il laissa pendre la coupole ainsi formée, retenue seulement par le mamelon. Il procéda de la même façon pour le sein droit. Puis il découpa en haut et en bas chaque lanière de peau sur le torse et les arracha l'une après l'autre. L'homme attaché au poteau n'était plus qu'une plaie vivante. Il était resté conscient et sa plainte n'était plus qu'un long gémissement impuissant et résigné. L'agonie d'un animal qui sait qu'il va mourir.

Le vieux lança les épais bandeaux de peau au chien en lui adressant quelques mots qui firent rire ceux qui se tenaient hors champ.

Maema maintenait une main sur sa bouche, retenant ses cris d'horreur. Le ventre noué. La nausée au bord des lèvres. Comment parvenait-elle à continuer à regarder cette barbarie ? Derrière ses lunettes, ses yeux étaient exorbités. Des larmes coulaient sur ses joues sans qu'elle s'en aperçoive.

— Combien de temps il te reste ? lui demanda Nael.

Incapable de détacher son regard de l'écran, elle ne lui répondit pas. Il lui tapa sur l'épaule.

— Combien de temps ?

Elle sursauta, anxieuse. Encore broyée par ce cauchemar. Nael lui montra l'ordinateur.

— Il reste combien de temps ?

— Je ne sais pas.

Elle regarda le compteur qui défilait en haut à l'angle droit de l'écran et s'essuya les joues.

— Six minutes.

L'homme masqué continuait à donner à manger au chien. Il tourna la tête vers la caméra. L'image se bloqua. Un petit cercle jaune apparut en bas et suivit une trajectoire qui le conduisit sur le masque du tortionnaire. Le cercle jaune disparut et laissa apparaître à sa place la tête décapitée d'un des Indonésiens du bûcher de Mahine. La même photo que celle qui avait circulé sur les réseaux.

— Merde ! s'exclama Maema. C'est la tête d'un des deux Indonésiens qui se sont fait brûler !

Gaspard, qui avait regardé avec un certain détachement les scènes d'horreur, installé sur l'épaule de Nael, lui souffla à l'oreille :

— Faut pas sortir de Saint-Cyr ! Le message est clair. L'enfoiré sur la vidéo et le vieux qui a été découpé et brûlé, c'est le même.

Maema se tourna vers Nael.

— Tu penses comme moi ?

Nael resta prudent.

— Je ne sais pas. Ça pourrait ressembler effectivement à une vengeance. Le tortionnaire sur la vidéo serait celui qui a été massacré ici la semaine dernière.

— Exactement.

— En réalité, rien ne le prouve. L'image accuse mais ne prouve rien. En plus, tu m'as bien dit qu'ils étaient quatre ?

— Oui, mais il y a dix-neuf vidéos. Il y a des chances que je les retrouve sur les autres.

L'image n'avait pas bougé. Le compteur continuait à débiter les secondes. Maema essaya de relancer la machine en cliquant un peu n'importe où sur l'écran. Nael lui suggéra de cliquer sur le visage de l'Indonésien.

L'écran devint noir. La page d'accueil réapparut. Le cercle jaune se dessina à nouveau. Il se positionna sur le centre de la page et lança une nouvelle vidéo sans que Maema intervienne.

La scène était filmée depuis l'intérieur d'un véhicule. Probablement un 4×4 en raison de l'angle sous lequel la prise de vue était faite. Ou bien une décapotable. Le caméraman devait être debout. La caméra suivait une Méhari. Maema reconnut immédiatement la route du belvédère. La Méhari ne pouvait être que celle des quatre Indonésiens. Le véhicule accéléra et vint la heurter violemment. Il continua à la pousser jusqu'à ce qu'elle bascule dans le ravin. Le 4×4 s'arrêta. Le caméraman filma la chute de la voiture jusqu'au bosquet de pandanus, où sa course fut stoppée. Les passagers avaient été éjectés et, après quelques secondes, se relevaient en titubant. C'était bien les quatre victimes du bûcher.

Le cercle jaune fit son apparition, l'écran passa au noir et laissa à nouveau la place à la page d'accueil. Le cercle jaune, comme le pointeur d'une souris, vint se positionner sur l'icône du chiffre sept.

Changement de décor. L'intérieur d'une case de forme oblongue. Murs de pandanus. Un tronc d'arbre de plus de six mètres, taillé à la hachette, planté au milieu, supportait l'ensemble de la charpente faite de branches tordues ligaturées entre elles à l'aide des fibres tressées. Un sol brut. En terre battue. Une femme en pleurs était étendue. Les quatre membres écartés et attachés à des piquets. Elle essayait en vain de se libérer et tout son corps se crispait en d'infructueux efforts qui la laissaient pantelante. Elle avait uriné et une tache sombre s'étalait autour de son bassin. Elle devait être dans cette odieuse situation depuis longtemps. Ses yeux étaient gonflés et rouges d'avoir trop pleuré. C'était une Mélanésienne. Tout comme la victime précédente.

Un homme passa devant la caméra. Lui aussi, comme le tortionnaire de la précédente vidéo, portait un carré de toile de jute attaché derrière la tête pour dissimuler son visage. À la main il tenait un appareil que Nael et Maema mirent quelques instants à identifier. Un mixer de cuisine. L'homme s'agenouilla à côté de la femme, de façon à ce que la caméra puisse les cadrer tous les deux en même temps. Le câble du mixer passait par-dessus les cuisses de la prisonnière et allait se perdre quelque part hors champ. L'homme regarda la caméra et dit quelques mots en montrant le mixer. Puis il l'enclencha, le fit tourner dans le vide, leva le bras au-dessus du ventre de la femme et l'abaissa. Les lames d'acier entamèrent immédiatement les chairs. D'épais morceaux de peau noire giclèrent tout autour. L'homme renouvela plusieurs fois le même geste, atteignant rapidement les viscères. Un magma d'organes hachés se forma dans la cuvette creusée par le mixer à la place du ventre de la femme. Ses hurlements n'avaient plus rien d'humain. Pas plus que les gestes du tortionnaire.

Arrêt sur image. Le cercle jaune réapparut et vint, comme précédemment, se positionner sur le masque de l'homme. La photo de la tête coupée du deuxième Indonésien assassiné à Mahine apparut. Puis envahit l'écran.

— Clique sur la tête. Combien de temps il nous reste ?

— Deux minutes, répondit Maema en cliquant sur la photo.

Mais rien ne se produisit. L'image restait fixe.

— Ça ne sera pas suffisant. Je ne peux pas intervenir. Je suis bloquée

— Comment ça ?

— Un cheval de Troie a été introduit dans le logiciel du site. Il nous fait faire un parcours. Une sorte de visite guidée.

— Tu veux dire que le site a été piraté ?

— Oui. Et je pense qu'il a été piraté par les assassins des quatre Indonésiens. Ils y ont installé un sous-programme.

— Bon, ben tu as ta réponse.

— Non. Ce n'est qu'un début. Tout est sur ce site. Il me faudrait plus de temps. Le crime du marae de Mahine a été filmé par les agresseurs. La vidéo est sur le site, j'en suis sûre. On n'a vu que le moment où les criminels s'en sont pris à la Méhari. Le film est là-dedans ! répéta-t-elle en montrant l'écran. Certainement par séquences intercalées dans les autres vidéos de crimes. Ce site est une vraie merde ! Comment est-ce qu'on peut commettre de telles atrocités ? Faire de la mort un spectacle ? T'imagines comment il faut être tordu ? Ce truc-là est à gerber mais c'est une mine d'informations.

— Ces gens n'aiment pas la mort. Ils aiment la souffrance, laissa échapper Nael.

— Qu'est-ce que tu racontes ? C'est quoi, la différence ? C'est des malades ! Des malades !

Pendant qu'ils parlaient une nouvelle vidéo avait démarré automatiquement après le passage par la page d'accueil. Tout comme la précédente, elle entrait directement dans le vif du sujet. La torture jusqu'à la mort. Visiblement, ces séquences étaient des extraits choisis de films plus longs. Un montage programmé et exécuté par le logiciel pirate.

Cette fois encore la victime était un Mélanésien. Il était ligoté à une chaise de dentiste. Sa tête était prise dans une sorte d'étau qui l'immobilisait. Sa langue était maintenue jusqu'à la garde à l'extérieur de la bouche par un système de pince plate qui empêchait tout mouvement. L'homme était dans l'incapacité de crier ou de déglutir. La bave coulait sur sa poitrine. Deux femmes lui massaient les pieds avec une volupté feinte. Un individu masqué de la même façon que les autres se pencha au-dessus de lui et entreprit de lui débiter la langue en fines lanières avec une paire de ciseaux de chirurgien. Puis l'écran passa au noir… Fin du temps imparti.

— Merde merde merde et merde !

Maema avait le vertige. Une douleur violente lui compressait le crâne. Elle avait le sentiment d'avoir perdu son humanité quelque part au milieu de ces images. D'avoir été aspirée par les enfers et recrachée sur terre au beau milieu d'un monde où tout avait basculé. Elle était livide.

— Mon Dieu ! Dis-moi que c'est des *fakes*. C'est pas en vrai, leurs vidéos ? Hein ? C'est des montages ?

Nael fit comme s'il n'avait pas entendu. Il savait qu'elle ne faisait qu'évacuer la charge émotionnelle, et qu'elle n'attendait pas de réponse.

— Ce qui est sûr, c'est que quelqu'un veut faire passer les tortionnaires pour les deux vieux Indonésiens tués à Moorea.

— Comment ça, faire passer ? Tu as bien vu que c'était eux !

— Non. Tout ce qu'on a vu, c'est la photo de leur tête coupée superposée à des visages de criminels masqués. Ça ne prouve rien.

— On n'a pas tout vu. Je suis sûre que si on visionne tout, on aura la preuve que c'est eux.

— Possible. Mais pour l'instant, à mon avis, tu n'as rien.

— Je dois absolument retourner sur ce site ! Il faut tout enregistrer avant que ça ne disparaisse. Tu te rends compte : il y a toutes les chances que les meurtres de la semaine dernière aient été filmés et que le film soit là-dedans. C'est dingue !

Gaspard, qui n'avait rien dit depuis un moment, glissa à l'oreille de Nael de ne pas s'en mêler. Nael reconnut que le rat n'avait pas tort. Il en savait déjà trop et risquait d'être appelé à témoigner dans une

337

affaire qui ne le concernait pas et qui ne manquerait pas d'attirer l'attention des autorités sur lui.

Il se leva subitement et écrasa sa cigarette dans le cendrier sur la table.

— Bon, je ne sais pas pour toi, mais moi je vais me coucher. Je ne suis venu que pour faire ton chauffeur. Alors soit tu rentres avec moi, soit tu rentres à pied.

Maema n'était toujours pas remise de ce qu'elle avait découvert. Elle était bouleversée jusqu'au plus profond de ses tripes. La douleur qu'elle ressentait s'était encore amplifiée. Elle referma son ordinateur. Épuisée, vidée, elle ne parvenait pas à prendre la moindre décision. Ce qu'elle venait de mettre au jour était trop important pour agir à la légère. Devait-elle, comme elle s'était engagée à le faire, prévenir la direction du groupe Hersant ? Ou bien appeler Kae avant ? La rétention d'information causant entrave à une enquête était passible d'une peine de prison. Et c'était exactement ce qu'elle avait fait en ne signalant pas l'adresse du site. Elle venait de s'enfoncer un peu plus avec son incursion dans le Dark Net. Devait-elle aller jusqu'au bout ou passer la main à Kae ? Pour combien de temps encore les films des meurtres du belvédère resteraient sur le site ? Ils pouvaient disparaître à tout moment. Cela impliquait qu'il fallait agir vite et prendre la bonne décision.

Peut-être ferait-elle mieux de demander son avis à Lilith ? Tout se bousculait dans sa tête et sa douleur ne l'aidait en rien pour réfléchir.

Elle suivit Nael et enfourcha la vespa sans avoir la moindre idée de ce qu'elle allait faire. Elle ferma les yeux. Elle était épuisée mais n'osa pas poser la tête sur l'épaule de Nael.

36

Un long couloir

Le vent s'était levé. Le jour mauve ramenait doucement dans ses filets un soleil qu'on devinait encore ensommeillé. La nuit pliait ses étoiles pour lui laisser la place. Elle s'en allait ailleurs recommencer son cycle. Dans le port, les bateaux tenus en laisse se cabraient déjà et criaient de mât en mât l'arrivée des rafales. Lilith n'avait pas dormi. Ses traits étaient tirés par la fatigue et l'inquiétude. Raymond n'avait toujours pas repris connaissance. Ce qui n'était pas bon signe. Mais elle refusait de l'admettre. Elle n'osait même pas imaginer qu'il pourrait ne jamais se réveiller. Le traumatisme crânien était sérieux. Il y avait eu hémorragie interne. Le chirurgien avait dû poser une sonde pour évacuer la poche de sang qui s'était formée sous l'os pariétal. Il fallait s'attendre à ce que le malade ait des séquelles, lui avait dit le médecin. Mais il avait vu des cas où le patient s'était réveillé sans que le trauma ait eu de conséquences. En tout cas pas irréversibles, avait-il précisé. Pour l'instant, il fallait patienter. Aucun pronostic sérieux ne pouvait être établi tant que le malade n'était pas sorti du coma. La médecine était allée au bout de ce qu'il lui était possible de faire. La suite dépendait de la constitution du blessé. L'homme était robuste malgré son âge et il était permis d'espérer, lui avaient-ils dit.

Lilith se moquait de l'avis des médecins. Quoi qu'ils puissent lui raconter, elle savait la part de psychologie dans leur discours. Elle avait bien saisi qu'on essayait de lui faire comprendre que, même si tonton Raymond s'en sortait, il serait affaibli. À quel point ? Ils l'ignoraient. Elle devait s'attendre à tout.

Un nouvel espoir à faire naître. Une nouvelle rage à éteindre.

Elle avait décidé de s'attendre au meilleur. N'envoyer que des ondes positives. Faire comprendre aux dieux ou au néant qu'elle n'avait nullement l'intention de les laisser envisager autre chose que le rétablissement du vieil homme.

Être pour lui aussi solide que la ligne de vie du plongeur qui s'aventure au-delà des limites. Là où la lumière s'éteint et où les esprits se perdent. Tirer de toutes ses forces avant qu'il ne devienne le regard du requin. Ne pas céder. Tenir. Tendue jusqu'à la cassure pour qu'il s'agrippe et remonte à la vie. Elle ne lâcherait pas. Tonton Raymond allait revenir. Il était revenu de plongées bien plus profondes.

Elle marchait le long du port. La ville s'éveillait doucement. Les premiers trucks arrivaient à la gare routière face au marché. Les grilles se levaient une à une. Les petits vendeurs s'installaient aux carrefours, leurs cagettes de mäpë, de *firifiri* et *pai* encore chauds en bandoulière. Les voitures commençaient un va-et-vient qui bientôt envahirait toutes les rues et ferait bourdonner la petite capitale.

La ville respirait de ses bruits.

Papeete s'étirait avant d'entamer sa journée. Lilith aimait les petits matins, mais pas ceux de la ville. Elle aimait le petit matin solitaire. Celui que lui avait appris l'oncle Raymond. Doux et silencieux comme un vol de *tävake* blancs. Haut dans le ciel. L'instant unique du baiser de la nuit qui nous quitte au jour qui arrive. Le petit matin quand le bleu et le noir se marient pour que naisse l'aurore blanche. L'oncle Raymond lui avait montré comment être le petit matin. Comment devenir l'aurore. Ouvrir lentement les yeux et vivre. Vivre jusqu'au lendemain.

C'était à son tour, maintenant, de lui dire qu'il devait vivre aujourd'hui pour vivre demain.

Elle remonta la rue de la cathédrale et finit par trouver un snack chinois qui ouvrait ses portes. Elle s'installa sur une chaise en plastique devant une table ronde pas plus large qu'un tabouret et commanda un café au lait. Elle se reprochait de s'être cachée de son oncle. D'avoir tu son attirance pour les femmes. Sa bisexualité. Son histoire d'amour avec Ariane. Il avait toujours fait preuve de tolérance. Pourquoi avait-elle douté ? Elle se demanda si, finalement, ce n'était pas elle qui était en cause. L'image d'elle qu'elle voulait lui renvoyer. Il avait toujours montré une ouverture d'esprit inspirante. Se gardant de juger et essayant, sinon de partager, en tout cas d'admettre. Il avait toujours trouvé sain que l'on pense ou agisse différemment de lui. Adepte du laisser-vivre bien avant que ça ne devienne une sorte de mode vide de contenu. L'oncle Raymond comprenait toujours le pourquoi des choses, tout comme le pourquoi des gens. L'avoir tenu à l'écart de ses amours et de ses peines comme Lilith l'avait fait avait quelque chose de blessant. C'était une insulte à son intelligence. Et une preuve de méfiance. Ce qui n'avait aucun fondement. Il était la seule personne en qui elle avait confiance. Elle avait seulement eu peur de lui faire du mal. À tort. Elle se promit de tout lui raconter dès qu'il serait sur pied. Était sûre qu'il lui pardonnerait de ne pas l'avoir fait plus tôt. Qu'il comprendrait. Il l'avait toujours comprise. Elle se jura de ne plus jamais le tenir loin de son âme. Ce sont ces distances qui finissent par nous perdre. On se perd de ceux qu'on aime comme on se perd de vue sans s'en rendre compte.

Des odeurs de friture remontaient des cuisines et, quand la serveuse ouvrit la porte derrière le comptoir, un nuage de fumées grasses s'échappa comme des profondeurs d'une salle des machines d'une vieille goélette. Le vrombissement du feu intense sous les woks envahit un très court instant la pièce. Le temps que la porte se referme sur les cuisines. Puis tout redevint calme.

Derrière le mur on préparait déjà le coup de feu de neuf heures. L'heure où les travailleurs venus des districts et levés à l'aube pour se rendre au boulot prendraient une pause pour se restaurer.

L'odeur de nourriture grasse l'écœura. Elle allait annuler sa commande quand la serveuse posa sur la table un gros bol de café au lait et une demi-baguette de pain beurrée.

Lilith la remercia et commença à tourner sa cuillère dans le bol, sans conviction. Elle devait rappeler Maema pour la prévenir qu'elle ne les rejoindrait pas, Kae et elle.

Ce que son amie lui avait raconté au téléphone deux heures plus tôt était dur à imaginer. C'était aussi une piste plus que sérieuse. Grâce à elle, ils allaient relâcher Téchao. Ça, c'était la bonne nouvelle. Enfin, c'était ce qu'elles espéraient. Pourtant, Lilith en voulait un peu à Maema : son initiative, elle l'avait prise à la légère ! Non seulement elle s'était mise dans une situation merdique, mais elle l'avait mise, elle, en porte-à-faux vis-à-vis de Kae. Résultat : Maema risquait d'être poursuivie pour entrave à la justice ou de se retrouver avec un million huit cent mille francs Pacifique de dettes. Et elle, de perdre la confiance de Kae. Pas très malin… D'un autre côté, elle comprenait aussi qu'avec l'accident de tonton Raymond Maema n'ait pas osé la joindre à l'hôpital pour avoir son avis. Du coup, malgré son désaccord, Lilith avait rassuré son amie. Tout allait s'arranger. Elle ne serait ni poursuivie ni acculée à rembourser.

Et elle s'en était occupée : elle avait téléphoné à Kae pour voir avec lui ce qu'il était bon de faire. Au fond, Maema s'était laissé guider par son instinct de journaliste… Lilith aurait certainement fait la même chose… Normal, qu'elle intervienne pour lui arranger le coup.

Un peu plus tard, quand elle avait rappelé Maema après sa conversation avec Kae, elle n'avait pas évoqué la colère du gendarme. Les initiatives de Maema l'avaient fait sortir de ses gonds.

— Elle sait dans quelle merde elle met tout le monde avec ses conneries ? Pourquoi elle n'a rien dit quand on a visionné les photos ? C'est complètement inconscient ! Et encore plus de s'adresser au groupe Hersant ! T'imagines ce que je risque sur ce coup ?

Comment je vais expliquer à ma hiérarchie qu'il y avait une journaliste et une photographe dans les locaux et qu'en plus je leur ai donné des éléments de premier plan pour l'enquête ?

Lilith l'avait calmé en lui rappelant que, sans elles, il aurait mis plus de temps à découvrir le message au sol. Il l'avait reconnu et sa colère était retombée. Il avait essayé de trouver une solution.

— Appelle Maema et dis-lui de ne surtout informer personne de ce qu'elle a découvert. Pas avant que nous sachions de quoi il retourne. Si j'ai bien compris, elle est bourrée de certitudes mais elle n'a pas de preuves. Qu'elle laisse faire la police, maintenant. Et pas de scandale dans la presse ! On a une cellule informatique à Papeete, qu'elle fasse poireauter son boss. Bon, voilà ce qu'on va faire : Maema et toi, rejoignez-moi vers huit heures avenue Bruat. Je prends le premier bateau. Dis à Maema qu'elle soit sur le quai. Et toi, tu nous retrouves au haut-commissariat. C'est là qu'est installée la cellule informatique. Maema expliquera tout ce qu'elle sait à nos gars. On gagnera du temps.

— Pourquoi tu veux que je vienne ? Je vais servir à quoi ?

— À déchiffrer les images. Tu es plus douée que n'importe qui et tu en as donné la preuve. S'il y a un nouveau message caché, t'es la mieux placée pour le découvrir.

Lilith n'était pas convaincue. Elle soupçonnait Kae d'avoir juste envie de la voir. Mais ce n'était vraiment pas le moment.

Elle ne lui avait rien dit, pour Raymond. Elle l'avait seulement prévenu qu'elle se trouvait à Papeete. Il avait paru surpris, mais n'avait pas insisté.

Lilith n'avait pas envie d'assister à cette réunion. Sa place était auprès de l'oncle Raymond et son intention était d'y retourner dès qu'elle aurait avalé son petit déjeuner. Elle avait eu besoin de sortir et de marcher pour évacuer le stress. Un bol d'air avant de retourner à l'hôpital. Ensuite, elle resterait à son chevet jusqu'à ce qu'il se réveille.

Ils n'avaient pas besoin d'elle avenue Bruat. Maema s'en sortirait très bien seule. Elle la joignit pour la prévenir : qu'ils ne l'attendent pas.

L'infirmière était dans la chambre quand Lilith entra. Elle avait relevé le haut du lit électrique de manière à ce que Raymond se tienne assis. Il avait les yeux ouverts, légèrement chassieux et plus amusés qu'inquiets.

— Il s'est réveillé, lui annonça l'infirmière en lui cédant sa place. Ça fait une demi-heure. Il va bien. Il connaît son nom, son âge, il a reconnu l'hôpital. Le médecin ne va pas tarder à arriver.

Lilith prit la main de son oncle et la caressa.

— Ça va ?

Raymond sourit.

— Je veux prendre une douche. Et me raser, aussi.

Elle rit.

— Pas tout de suite, mais je vais te chercher une serviette mouillée en attendant. Ça te fera du bien.

Elle passa dans la salle de bains, puis revint et lui essuya le visage avec la serviette.

— Tu te sens mieux ?

Il lui repoussa la main.

— Non. Je veux prendre une douche et je veux me raser. Je ne veux pas qu'on me lave le visage avec un

345

bout de chiffon. C'est quoi, ce tablier bleu qu'ils m'ont mis ? (Il tira sur la blouse légère dont étaient affublés la plupart des malades de l'hôpital et qu'on lui avait enfilée à sa sortie du bloc opératoire.) Je veux mes vêtements.

Lilith changea de sujet.

— Comment tu te sens ?

Raymond la regarda, étonné.

— Comment veux-tu que je me sente ? Comme quelqu'un qui voulait aller à la pêche et qui se retrouve dans une chambre d'hôpital.

Lilith fut rassurée : si Raymond avait des lésions, ce n'était ni dans la zone du langage ni dans celle de la mémoire. L'infirmière avait raison.

— Tu te rappelles ce qui s'est passé ?

— Il ne s'est rien passé. J'allais préparer la pirogue et je me retrouve ici avec la tête dans des bandages.

— Tu sais quel jour on est ?

— Mardi ? Mercredi ? Comment veux-tu que je sache ?

— Tu peux bouger les jambes ?

— Et pourquoi je ne pourrais pas ? lui répondit-il en soulevant le drap avec un pied. J'ai mal à la tête, c'est tout. Qu'est-ce qui m'est arrivé ? J'ai eu un AVC ?

Lilith le tranquillisa :

— Ni AVC ni chute due à une crise cardiaque. T'as eu un accident.

— Un accident ? Je me suis fait renverser dans ma salle à manger ?

Lilith sourit.

— Pire ! Tu as reçu une noix de coco sur la tête hier soir.

— Moi ? s'exclama Raymond en mettant un doigt sur sa poitrine.

Il était outré, comme si Lilith venait de blasphémer.

— Tu plaisantes, j'espère ? Comment veux-tu que ça m'arrive à moi ? J'ai passé ma vie avec des cocotiers au-dessus de la tête ! Et il n'est pas encore né celui qui me lâchera un de ses cocos sur le crâne. Ça, je peux te dire que non !

Soulagée de le voir aussi énergique et en possession de tous ses moyens, Lilith se moqua :

— Va falloir que tu te fasses à l'idée, tonton. Non seulement il est né, mais il a poussé bien haut.

Raymond dodelina de la tête comme si la terre entière l'avait trahi.

— La vie est une farce.

— L'essentiel, c'est que tu ailles bien. Tu as eu de la chance. Tu es resté dans le coma presque dix heures. Tu aurais pu mourir.

— Il n'y a rien de plus triste que de mourir pour rien, lui dit-il en lui tapotant la main. Je serais mort en bouffon. (Il haussa les épaules, résigné.) C'est mieux que rien.

— Arrête tes bêtises ! Tu veux que je te demande un petit déjeuner ?

— Ils ont du poisson grillé ?

Lilith esquissa de nouveau un sourire. Manifestement, l'oncle Raymond allait très bien. Elle sentit tout son corps se détendre.

— Je crois pas, non.

— Même pas un *ature* ? plaisanta-t-il.

— Même pas un *ina'a* ! lui lança-t-elle joyeusement en lui redressant son oreiller et en lui arrangeant son drap. Je vais voir s'ils ont du café au lait et des tartines.

— Non, reste, lui lança-t-il en lui retenant le bras avec un peu plus de force que nécessaire. J'ai pas faim.

— Comme tu veux. Le médecin va arriver.

— Sérieusement : qu'est-ce qu'il m'est arrivé ? Ils m'ont enlevé une tumeur au cerveau, c'est ça ?

— Je t'assure que c'est ce qui s'est passé. Tu étais avec ton ami au bord de la plage. Tu préparais ta pirogue pour aller à la pêche et ton ami nous a dit qu'une noix de coco t'était tombée dessus.

— Je ne me rappelle rien. Mon dernier souvenir, c'est quand je suis sorti du fare pour aller vers la plage. Après, plus rien. Je ne me souviens pas d'y être arrivé ni de la présence de qui que ce soit. Tu dis que le Popa'ä était avec moi ?

— Oui, le gars que tu voulais me présenter. Je ne sais plus comment il s'appelle. Le sosie de l'homme qui s'est pendu.

Raymond pencha la tête vers elle, le regard interrogatif. Cherchait-elle à tester sa mémoire ?

— Il s'appelle Nael. Et l'autre, c'est Nicolas.

— C'est ça. Mais ça n'a pas d'importance.

Raymond n'avait rien oublié de ses craintes pour Lilith. S'il ne se souvenait plus de ce qui s'était passé entre l'instant où il mettait le pied sur la terrasse et son réveil dans cette chambre, tout le reste était aussi clair que de l'eau de roche dans sa tête. Il pensa qu'il n'y aurait pas de meilleur moment pour la mettre en garde contre Nael.

— Il faut que je te parle de ce garçon. Je m'en veux de l'avoir emmené avec moi à Moorea. Je ne savais pas que tu avais eu une histoire avec l'homme qui s'est tué et que ce garçon allait réveiller cette plaie en toi. J'ignorais que c'était son sosie.

— Tu parles de Nael ?

— Oui. Ce n'est pas un homme pour toi. Ce n'est pas un type bien. Je ne sais pas pour ton Nicolas, mais lui, c'est un prédateur. Ne te laisse pas berner par leur ressemblance, ni surtout par ta culpabilité. Ne le laisse pas t'approcher. Ne t'acoquine pas avec ce type. Des jeunes bien, ce n'est pas ce qui manque.

Lilith posa sa main sur le bras du vieil homme.

— Ou des filles…

Elle allait lui raconter la simple vérité. Ne voulait plus le voir s'embourber ainsi dans cette fausse vision qu'il avait d'elle et de ses amours.

Elle n'en eut pas le loisir : le médecin, accompagné de deux infirmières, entra dans la chambre sans frapper.

Il portait un stéthoscope autour du cou, pendant sur sa blouse blanche au col relevé. Son attitude était toute professionnelle. Son bonjour fut bref. Il étudia la fiche accrochée au pied du lit sans prononcer un mot. Puis lança à Raymond, sans même le regarder :

— Ça va, monsieur Tereiria ?

Il lui avait sauvé la vie, mais il semblait tenir à signifier qu'il n'avait pas l'intention pour autant de tisser des liens d'amitié avec Raymond. Certains codes se perpétuent à travers les âges. De l'inaccessible sorcier des temps anciens à l'inaccessible guérisseur des temps modernes. L'affect doit être mauvais conseilleur quand il s'agit de sauver des vies. Comment en tenir rigueur à celui qui vous a ramené de l'antichambre des ténèbres ?

Raymond sourit. Tereiria, Tereia…, le toubib avait eu un peu de mal à prononcer son nom. Pas facile, pour un Popa'ä, de jongler avec les voyelles. Les « i » les « a » les « o », les « u », les « u » qui se prononcent « ou »… un exercice dans lequel on se prend facilement la langue.

— Tout va bien, *taote*. Je vais continuer ma farouche histoire d'amour avec le temps : cette femme qui aime à nous tuer ! Hein, taote ? Je regarde ma perfusion et je compte les gouttes… En espérant la pluie.

Le docteur releva la tête. La stupéfaction se lisait sur son visage. Il ne s'attendait pas à ce que ce vieux Tahitien lui parle de cette façon… L'indomptable distance des classes. Des préjugés. De l'apparence. De la blouse blanche en coton au tablier bleu en papier recyclable.

Lilith ne put retenir son fou rire.

— Ne faites pas attention. Il est comme ça.

Le médecin se tourna vers elle comme s'il venait de s'apercevoir qu'elle était là.

— C'est votre père ?

Raymond songea que, décidément, les Popa'ä ne pouvaient s'empêcher de considérer les gens comme des cailloux. Il leur fallait du temps pour qu'ils donnent à un inconnu plus qu'une âme : une existence, une merveilleuse unicité. Un petit bout d'eux-mêmes. Pour qu'ils baissent la garde et s'ouvrent à l'autre. Pour qu'ils acceptent sans crainte d'être ce qu'ils sont et pas ce qu'ils représentent. Qu'ils n'aient plus peur de leurs semblables au point d'ériger des barrières de mots qu'ils remuent comme des épouvantails. Raymond n'aimait pas le vouvoiement. Ce pernicieux petit rien qui peut véroler tout un peuple.

— C'est mon tonton.

— Il a eu beaucoup de chance, se contenta de marmonner le médecin en se replongeant dans sa fiche. Il va rester avec nous quelques jours en observation. Je repasserai demain.

Il remit la fiche à sa place et repartit en donnant des instructions aux infirmières.

— Faut pas lui en vouloir, commenta Raymond en voyant que Lilith écarquillait les yeux. S'il devait s'impliquer à chaque fois, il n'en finirait pas. Il faut qu'il se protège. Je ne lui en dois pas moins la vie, tu sais !

— Quand même, objecta Lilith, un petit mot gentil, ça peut pas faire de mal ! Il ne t'a même pas ausculté !

— L'infirmière s'en est chargée tout à l'heure.

Il lui montra le pied du lit.

— Tout est sur la fiche.

Raymond saisit doucement le poignet de sa nièce.

— Lilith, est-ce que j'ai bien entendu ce que tu as dit avant l'arrivée du médecin ?

Lilith sourit. Le vieil oncle avait l'esprit toujours aussi aiguisé. Elle prit sa respiration et se lança :

— Oui.

— Tu aimes les filles ?

— Oui.

— Et Nicolas, alors ?

— Les garçons aussi. Mais j'aime les filles. Enfin, ce que je veux dire, c'est qu'avec Nicolas il n'y a jamais rien eu.

— Ah ! Explique-moi alors pourquoi tu as eu un malaise quand tu as vu Nael. Ce n'est pas parce qu'ils se ressemblent ?

Lilith hésita. Comment expliquer qu'à travers Nael, c'était Ariane qu'elle avait vue ? Leur relation, leur histoire, sa souffrance.

— Si. Je ne m'attendais pas à voir un mort-vivant. Surtout quelqu'un qui m'a fait du mal. Ou à qui j'en ai fait. Enfin… Je crois qu'on s'est fait du mal réciproquement. Parce qu'on aimait la même personne.

Lilith raconta à Raymond sa liaison avec Ariane. Ses frustrations. Son insistance pour qu'Ariane quitte Nicolas. Le geste de Nicolas. Le départ d'Ariane. L'amour qu'elle ressentait encore pour elle. Le silence. Le courrier qu'elle recevait parfois. La volonté d'Ariane de la tenir à distance. Ce monologue auquel elle ne pouvait jamais répondre. Elle se mit à pleurer comme une enfant, assise par terre, la tête posée sur le bord du lit.

Raymond lui caressa les cheveux.

— Et moi qui m'inquiétais pour ce type ! Alors que j'aurais dû deviner que ton cœur était déchiré par d'autres ronces. Pleure, ma belle. Pleure. Les larmes sont comme des tempêtes : elles sont effrayantes mais elles purifient. Elles emportent avec elles la peur. Et avec la peur s'en va la souffrance. N'aie pas peur de tes amours. N'aie pas peur de les perdre. N'aie pas peur de les oublier ni d'en retrouver. Et si tu n'y arrives pas et que tout cela t'effraie : laisse partir tes peurs avec tes peines. Ne retiens pas tes larmes.

Il se tut un instant et reprit sur le ton de la confidence :

— Tu sais, les cimetières sont remplis de gens qui aimeraient bien pouvoir encore pleurer.

Lilith ne put s'empêcher de sourire.

— J'ai de la chance, alors, hoqueta-t-elle en s'essuyant les yeux.

— Exactement. Il faut que tu oublies cette femme. Que tu rencontres du monde. Des filles, des garçons. Peu importe. Des jeunes de ton âge. Quelqu'un avec qui tu pourras faire un bout de chemin ou toute la route.

Elle se releva et posa un baiser sur sa joue.

— T'inquiète pas. Je ne vais pas me laisser aller. Et pour Nael, rassure-toi. Je n'ai pas l'intention de m'intéresser à lui. En plus, ses mains me fichent la trouille. Et je n'ai aucune raison de le revoir.

Raymond lui tapota la main.

— Tu peux baisser un peu le lit ? Je crois que je vais dormir, maintenant.

37

La réalité se construit
sur des souvenirs confus

— Une vieille dame écoutait Bach tous les jours dans sa voiture. Sur le parking devant la librairie. Elle passait parfois à la boutique. Elle demandait l'horaire des trains pour Eisenach. On lui répondait qu'il n'y avait pas de gare à Belpuig et elle repartait en s'excusant. Elle vivait dans un petit meublé au-dessus de chez le bouquiniste. Elle possédait une vieille Mercedes beige qui ne quittait jamais sa place. Elle s'asseyait sur le siège avant et laissait la portière ouverte. Elle chantait les yeux fermés en dodelinant de la tête. Son bonheur était visible. Toujours le même CD dans le lecteur. La sonate nº 5. En boucle. Une petite dame coquette et bien coiffée. L'espace d'une sonate, coupée du monde. Au milieu des gens qui passent et qui s'étonnent et sourient. Le bonheur fait toujours sourire. Tous les jours cette petite dame s'adonnait à son rituel, et chaque fois que j'y repense, je me dis… Bach ! Bien sûr !… mais sans Sony, sans Mercedes, sans Warner… quid de cet instant de bonheur ? N'est-ce pas ?

Nael laissa couler. Les histoires de Gaspard ne l'intéressaient pas. Allongé sur le lit, les bras le long du corps, il regardait les pales du ventilateur brasser au ralenti un air poisseux. De la fenêtre il apercevait le port de Papeete. Le vent avait poussé les nuages et Moorea disparaissait au loin dans une brume blanche. L'heure du café. Les rainbows le long de la promenade étaient en fleur. La mer s'était éteinte. L'horizon avait revêtu le blues opaque de la cécité. Le reste du monde se cachait derrière son voile de culpabilité et le cocon de la solitude se refermait sur l'expresso pas assez fumant qui n'arrivera pas. Il aurait dû appeler le room service.

Il regarda sa montre. La journée allait sans doute étirer ses heures mouillées sans se soucier des hommes. Il s'en moquait. Il aimait aussi voir le jour sous les lumières artificielles. Les néons des hôpitaux. Les phares des voitures. Les enseignes publicitaires. C'était peut-être mieux pour ce qu'il avait à faire. Il avait pris le *Taporo* pour ne pas se retrouver sur le même bateau que Maema. Il ne voulait plus être mêlé de près ou de loin à ces histoires de meurtres sauvages. Ce qu'il avait vu l'obligeait à s'interroger sur lui-même. Si les gens savaient qui il était vraiment, auraient-ils le même regard sur lui que celui qu'il portait, lui, sur ces criminels ? Est-ce que lui, Nael, l'homme aux cent crimes, était de la même espèce que ces dépravés sanguinaires ?

— J'ai connu un client tellement superstitieux qu'il ne lisait jamais les pages 13.

— Ta gueule !

Il n'était pas comme eux. Il ne prenait pas plaisir à la souffrance. Seule la mort l'intéressait. Et, à travers la mort, le sens de ces vies. Sans jamais le trouver. Toutes ces victimes auraient très bien pu ne jamais naître. Il se considérait plutôt comme une divinité « artisanale ». Un dieu fait main. Un dieu qui se serait forgé lui-même.

Cette part de divin qui prétendument est en chacun de nous, lui, il l'avait trouvée. Il lui avait donné une place dans sa vie. Une place essentielle qui n'autorisait plus de marche arrière. Un homme peut devenir un dieu, mais l'inverse ne se peut pas. Dieu sait. Il sait pour toujours. Et l'homme ignore.

Nael ne serait jamais plus un homme. Jamais plus un de ces êtres insignifiants. Un de ces humains qui vivent le quotidien comme une éternité. Immuable. Avec cette certitude que les règles sont des garde-corps quand elles ne sont que des corridors.

Non, il n'avait rien de commun avec ces types sur les vidéos. Lui était un artiste. Un artiste qui avait accompli son œuvre. Il voulait maintenant franchir son Rubicon et entrer en conquérant dans un espace vierge. Comme le premier homme sur terre avec la première femme sur terre. Reconstruire une humanité en lui apprenant la liberté des dieux.

Lilith était cette femme. Sa femelle.

— Ça n'a jamais marché et ça ne marchera jamais.

— Quoi ?

— Le nouveau monde.

Nael alluma une cigarette et décrocha le téléphone pour commander un expresso.

— C'est bien ça ton idée ? poursuivit Gaspard. Tout reconstruire avec cette fille. Effacer le passé et vivre comme si rien n'avait existé avant ? Il n'y a de nouveau monde que pour celui qui le croit nouveau. En réalité, quel que soit le monde que tu penses découvrir, il existait avant toi. Tu subiras ses règles.

Comme Nael ne réagissait pas, Gaspard se tut. Nael se dirigea vers la salle de bains. Il alluma la télé en passant et jeta la télécommande sur le lit. Il avait besoin de se laisser envahir par le monde extérieur. De donner une chance à son esprit d'appuyer sur pause. Un bruit de fond sur des images l'apaisait et avait la faculté de faire le vide dans sa tête. Depuis la nuit où Ariane l'avait quitté, le son de la télé lui avait toujours fait l'effet d'une comptine.

— Éteins ça, malheureux ! lui lança Gaspard. Il n'y a que des conneries !

Nael sortit de la salle de bains, la braguette encore ouverte, et lança un verre à dents sur le rat. Gaspard esquiva le projectile, qui rebondit sur le parquet sans se briser.

On frappa à la porte de la chambre. Room service. Le café n'était pas assez fumant. Nael l'aimait brûlant. Le garçon s'excusa et lui proposa de lui en monter un autre. Aux mêmes causes les mêmes effets. Il se contenterait de l'expresso tiédasse. Plus vite il en finirait avec Raymond, plus vite il fusionnerait avec Lilith. Maema lui avait dit que le vieux n'était pas sorti du coma. Ce serait plus facile.

Il était debout devant la fenêtre, sa tasse à la main. Ça sentait l'eau des vases que l'on néglige. Et le temps immobile. Les chambres avaient la couleur du passé. Du bois. Elles étaient séparées les unes des autres par des parois vermoulues qui s'arrêtaient à vingt centimètres du plafond. L'air comme les bruits circulaient d'une pièce à l'autre. Il avait marché sur le front de mer jusqu'à ce qu'il trouve cet hôtel. Le Stuart. Une vieille demeure coloniale dont le concierge s'était empressé de lui conter l'histoire. Il avait retenu que, de cette même fenêtre du deuxième étage, Matisse avait contemplé le même port quatre-vingt-huit ans plus tôt. Il se demanda si cela changeait quelque chose à sa perception du paysage. La réponse était non. Que Matisse, Tartempion ou des filles de joie aient imprimé leurs silhouettes cosmiques dans l'encadrement de cette fenêtre le laissait indifférent.

— « Un bonheur à ce point immuable est lassant. » Elle va sacrément l'emmerder, l'éternité, ce mec !

Il se retourna. Gaspard avait pris sa place sur le lit. Il mangeait la Bible. Il avait éteint la télé.

— C'est Matisse qui disait ça en parlant de Tahiti, assura-t-il en levant les deux pattes avant en signe de neutralité. Tu le crois, toi, que le bonheur peut être lassant ? Moi, je pense que le bonheur c'est un peu comme la vie, tu sais que ça va s'arrêter alors ça te stresse. Non ?

Nael se posa la question. Que connaissait-il du bonheur ? Est-ce qu'il l'avait un jour vécu ?

Si le bonheur se calculait en plénitude, en fusion, en absolu, en équilibre, en certitude, en intemporalité, alors oui. Il était cet instant où Nael avait tenu Lilith dans ses bras. L'instant où sa chair était devenue la sienne. À fleur de peau.

Il rejeta une image qui s'imposait doucement à lui. Un projet insidieux qui lui souriait derrière le voile de sa raison. Qui se voulait une inéluctable évidence. Il secoua la tête pour que la vision disparaisse. Mais elle s'installait en filigrane dans ses pensées. Il eut soudain la certitude qu'elle ne le quitterait pas. Il aurait sans cesse devant les yeux le spectacle fascinant de son double dévorant le visage de Lilith. Il le voyait mordre à pleines dents dans ses lèvres. Il en avait le goût dans la bouche. Et le regard de Lilith reconnaissant jusqu'à l'effroi. Puis ces lignes, comme des lambeaux de mets exquis arrachés à la table des dieux, qui couraient sur le menton, déchirées avec douceur du bout des dents. Il voyait son double ne faire plus qu'un avec Lilith. Ronger ses chairs jusqu'à l'os. Avaler la peau des mains tandis qu'apparaissaient sur son propre visage les tatouages de Lilith.

Nael craignit soudain que cette vision soit une prémonition. Tétanisé, il devait pourtant reconnaître qu'il éprouvait une implacable fascination pour elle. Quelque part en lui une voix lui murmurait que la vérité était là : dans l'ingestion de l'autre, pour ne faire qu'un à jamais. Qu'il ne serait pleinement satisfait que quand il l'aurait fait. Que pouvait-il y avoir de plus grand que d'être les deux faces d'un même être ?

— Oh, Nael ! Nael ! Tu délires ! Les fièvres tropicales, peut-être ? Ressaisis-toi.

— Qu'est-ce que tu dis ?

— Tu dois avoir de la fièvre. Tu baves et tu grognes. Tu ne me réponds pas et tu me regardes comme si j'étais un démon descendu du ciel.

Décidément, ce rat n'avait aucun sens du réel. Les démons ne descendent de nulle part ni ne remontent, d'ailleurs ! Ils sont en nous. Nael se demanda une fois encore pourquoi il continuait à parler à cet animal.

— Bouffe ta bible et ferme-la !

Il s'essuya machinalement la bouche. La bave avait coulé sur son menton.

Il était temps de sortir. D'en finir avec Raymond et de récupérer Lilith. Elle était à lui. Il le lui expliquerait et elle le comprendrait. Elle le suivrait.

Une ombre de lumière qu'il porterait en bandoulière. Étirant ses deux ombres à la face du temps, du
soleil et de la nuit.

Tout allait bien. Un peu à confondre la lune et la
lumière, d'accord, mais ça allait. Un moment de flot-
tement dû à la fatigue. De faiblesse, peut-être. Un tour-
niquet du temps dans lequel il s'était pris les pieds.
Il en avait fait le tour. Il n'y avait rien. Ni derrière ni
devant. Il n'était pas ce petit cheval blanc qu'on lui
disait d'aimer quand il était enfant. Il était Nael, et il
savait que si aucune vie n'est utile à elle-même, c'est
parce que aucune vie n'est entière. La sienne ne le
serait que lorsqu'elle serait également celle de Lilith.

Le monde des opposés, du pour, du contre, du
nécessaire, de l'inutile, de l'indispensable, du superflu
se nourrit de ces pôles pour faire tourner la machine.
Il était ce train de vies qui avait avancé en omnibus
d'improbable gare en improbable gare et qui arrivait
enfin à son terminus.

Le ciel était couvert. Le vent soufflait haut sur les
palmes des cocotiers. Les eaux du port frissonnaient.
Il prit le truck au marché pour se rendre à l'hôpital.

Elle était là, dans la chambre.

Assise au bord du lit.

Raymond était réveillé.

Ils se tenaient la main.

Nael eut un mouvement de recul. Il n'avait pas
prévu que le vieux soit sorti du coma.

— Entre, Nael, entre.

Raymond lui souriait. De quoi se souvenait-il ?
Il n'avait pas perdu la mémoire puisqu'il le

360

reconnaissait. À quoi devait-il s'attendre ? Était-il trop tard ? Avait-il parlé à Lilith ?

Il pénétra dans la pièce sans un mot et resta debout au pied du lit, là où se tiennent les médecins. Le même silence. La même rupture. Le monde des opposés. La machine doit tourner. Comme dans la danse du derviche, chaque tour suit un tour en ignorant s'il sera le dernier ou s'il est le premier. Il irait jusqu'au bout.

Il patientait. Tendu. Fauve. Des fourmis dans les mains.

— C'est gentil d'être passé, poursuivit le vieux en se redressant sur son lit. Comme tu vois, je vais bien. Il n'a pas encore poussé, le coco qui aura ma peau ! Tu vas me raconter ce qui s'est passé parce qu'il paraît que tu étais là. Moi, je ne me souviens de rien, mais j'aimerais bien savoir.

Nael restait sur la défensive. Est-ce que le vieux le testait ? Avait-il prévenu la police ? Cherchait-il à gagner du temps avant l'arrivée des flics ? Ou bien avait-il vraiment oublié ? Si c'était le cas : il aurait une deuxième chance. Et tant que le vieux restait hospitalisé, lui, Nael, avait le champ libre pour s'occuper de Lilith.

— Sérieusement ?

— Y a pas plus sérieux. Je suis sorti pour préparer la pirogue et je me réveille ici. Entre les deux : rien.

Nael jeta un coup d'œil vers Lilith pour saisir sa réaction. Essayer de lire sur ses traits si son oncle disait vrai. Elle souriait. Il n'y avait pas l'ombre d'une suspicion sur son visage. Seulement cette invitation à l'aimer. À lui donner la dimension suprême de l'amour. L'autre moitié d'elle-même.

— Je l'ai déjà dit hier à Lilith. On parlait de pêche et une noix de coco est tombée sur ta tête. Le temps d'aller chercher les secours et Lilith était là. C'est elle qui s'est occupée de toi. C'est tout.

Raymond acquiesçait. Son bandage lui donnait vaguement un air de vieux sage sikh.

— J'ai eu de la chance. Sans doute.

Il prit la main de Lilith et lui demanda si elle pouvait aller lui chercher des mäpë chauds et du jus. Peu importe, pamplemousse, ananas, papaye, ce qu'elle trouverait. Lilith l'embrassa et disparut. Trop contente de ne pas rester dans la même pièce que cet homme aux lèvres pincées, aux joues creuses, aux yeux enfoncés, cerclés de poches noires, qui venait d'arriver. Il la mettait mal à l'aise. Tout comme Nicolas. Comment Ariane avait-elle pu tomber amoureuse de ce genre de mec ? Pas une fois ! Deux fois ! C'était donc ça, son idéal masculin ? Rien à voir avec un Kae, taillé dans le vif. Sculpté. Lumineux. Elle avait cru qu'Ariane s'était mariée avec Nicolas pour une sombre raison qu'elle n'avait jamais voulu lui avouer, mais elle comprenait maintenant qu'en réalité c'était parce qu'elle était attirée par ce physique.

Raymond se retrouva seul avec Nael. C'est ce qu'il voulait. Avoir une conversation avec lui pour lui expliquer qu'il était vain d'insister. Lilith n'avait jamais aimé Nicolas et ne l'aimerait jamais lui non plus. Sa nièce aimait les femmes.

— Tu es arrivé tout à l'heure, je suppose.

— Oui. Avec le *Taporo*.

— Et tu comptes retourner chez Ma Fati ?

— Non. J'ai pris une chambre à l'hôtel Stuart.

— Ah ! Chez Matisse ! s'exclama Raymond. C'est sympa. Vieux, mais avec du cachet. Tu as fait un bon choix. Les peintres ont du goût. J'ai connu la maison d'un vieux peintre wallisien. Au Vanuatu. Superbe. Un château cabane. Lui, c'était une sorte de Facteur Cheval mâtiné de Douanier Rousseau. Tu sais quoi ? Il avait épinglé Poutine et Jean Marais sur les vieilles planches de ses murs. Il prenait les hommes pour des papillons. Aloi Pilioko. Il est peut-être mort. Ou pas. En tout cas il est toujours vivant en moi. Partir ne veut pas dire mourir. Tu peux partir et emporter en toi tous ceux à qui tu tiens. Tu comprends ce que je veux te dire ?

— Oui. Tu es en train de me dire qu'il faut que je rentre en France avec le souvenir de Lilith. Juste le souvenir.

— Exactement, mon petit. Il faut que tu saches une chose. Lilith n'a jamais aimé Nicolas. Au contraire. Il n'y a donc aucune raison pour que tu lui plaises. De ça, maintenant, je suis sûr. J'avais cru qu'elle l'avait aimé et qu'elle allait donc t'aimer toi aussi. Pour de mauvaises raisons. Mais non. Lilith n'aime pas les hommes. Elle aime les femmes. C'est avec Ariane qu'elle avait une liaison. Alors, à ta place, je n'insisterais pas. Je partirais avec un rêve au fond du cœur plutôt qu'une blessure.

— Je vois. J'ignorais. Je veux dire, pour Lilith et Ariane.

Nael se foutait pas mal de ce que lui disait Raymond. La bonne nouvelle, c'est que Raymond était maintenant sûr de lui. Sûr que Lilith ne lui tomberait pas dans les bras. Il ne serait plus un obstacle.

Cloué dans son lit et certain que sa nièce était à l'abri de l'amour, il était inoffensif.

— Effectivement, ça change un peu la donne. Tu as sans doute raison. Le rêve est préférable à la blessure.

Raymond sourit.

— Je crois que nous nous sommes compris. C'est mieux comme ça. Tu verras. Tu vas rentrer chez toi et tu pourras dire que tu as croisé toi aussi le mythe de la vahiné. Tu vas faire des jaloux, plaisanta Raymond.

Nael n'avait plus grand-chose à dire au vieux Tahitien. Il devait maintenant s'occuper de Lilith. La convaincre que son destin était d'être en lui comme le sien était d'être en elle. Ils allaient devenir les amants des amants.

Une légende.

— Je vais te laisser. Tu salueras Lilith pour moi.

Nael tourna les talons sans écouter les au revoir du vieux.

Il s'installa sur un banc dans le jardin de l'hôpital. Un immense caoutchouc déployait son ombre étouffante au-dessus de lui. Ses larges feuilles grasses avaient tissé une grande tonnelle qui protégeait de la pluie et ne laissait passer aucun rayon de soleil.

Il avait décidé d'y attendre le retour de Lilith. L'aborder. Lui expliquer qu'elle devait repartir avec lui. Ailleurs. Maintenant. Qu'ils devaient se parler.

La vision de son double déchiquetant le visage de Lilith ne l'avait pas quitté depuis l'hôtel. Était-ce lié aux vidéos ? Ou bien était-ce le réveil d'une pulsion nouvelle ? Une force qu'il contrôlait de plus en plus mal poussait une partie de lui à envisager le passage à l'acte. Était-ce si condamnable ? N'avait-il pas toujours voulu repousser les limites du bien et du mal ?

Effacer les frontières. Ne s'était-il pas toujours ri du jugement ? Qu'y avait-il de si intolérable dans cette approche de l'amour ? Le fait d'avoir envie de manger l'être aimé était dans l'ADN des hommes. Tout le monde en parle, tout le monde le dit sans oser le faire. « Tu es belle à croquer. » Et pourquoi ne pas le faire ? Croquer dans la pomme. Croquer dans la vie. Croquer à pleines dents.

Il faisait lourd. L'air était irrespirable. Il secoua la tête pour chasser son désir. Peine perdue. Les lèvres de Lilith étaient toujours là. Entrouvertes comme une offrande. Un appel. Toutes proches. Fraîches. Un fruit défendu et délicieux. À portée de dent.

Il la vit de loin. Une silhouette d'oiseau. Un oiseau de mer aux ailes déployées. Les plumes bleutées. Elle arrivait vers lui. Il se leva et l'aborda.

— Lilith. Il faut que je te voie.

— Ben… là on se voit.

— Non. Je veux dire : j'ai un truc à te donner. Un paquet qu'Ariane m'a confié pour toi.

Sa voix était hésitante. Il se rendait compte qu'il passait une rivière mais que ce n'était peut-être pas le Rubicon. Était-il en train de traverser le Styx ? Son haleine sentait le soufre.

— Tu n'as pas dit que tu la cherchais ? Comment est-ce qu'elle a pu te remettre un colis pour moi, si tu ne sais pas où elle est ?

— J'ai menti.

— Comment ça ?

— J'ai été pris de court et j'ai menti. Viens avec moi. Je t'expliquerai. Mais pas ici.

— Où veux-tu qu'on aille ?

— J'ai laissé le paquet à l'hôtel.

Lilith hésita. Des nouvelles d'Ariane… Depuis le temps qu'elle en attendait. Elle lui annonçait peut-être son retour. Elle était peut-être revenue sur sa décision. Cela n'aurait rien de surprenant. Ça lui arrivait souvent. Ce qui l'agaçait, d'ailleurs. Mais pas cette fois. À moins que ce ne soit un billet d'avion pour la rejoindre. Une vague d'émotion l'envahit à cette idée. Une nouvelle vie. Avec l'amour en plus. C'était pour cela qu'Ariane ne s'était pas manifestée ces derniers temps : elle préparait son « exfiltration ». Le mot lui plaisait. Il la fit sourire. Il correspondait à l'idée qu'elle se faisait de ce départ. Elle essaya de reprendre ses esprits. Rien ne lui permettait de penser qu'il s'agissait de ça.

— C'est une lettre ?

— Je n'ai pas ouvert le paquet et elle ne m'a pas dit ce qu'il y avait dedans. Elle m'a juste demandé d'être là quand tu l'ouvrirais.

— Pourquoi ?

— Je ne sais pas. Tu le sauras en l'ouvrant. Viens, on y va.

Elle lui montra les mäpë enveloppés dans du papier cellophane et la bouteille de jus frais dans le sac qu'elle tenait à la main.

— Attends. Je monte ça à mon oncle et j'arrive.

Nael préférait qu'elle ne prévienne pas Raymond. Il pressentait que les choses allaient prendre une tournure bien différente de ce qu'il avait imaginé la veille encore. Il n'était plus très sûr de ce qu'il pouvait arriver. Comment leur amour allait grandir. Devenir la référence des amours. C'était nouveau pour lui. Il avançait à l'aveuglette. Guidé par l'habitude de l'instinct et une volonté farouche d'assouvir un désir. Il la voulait. Pas pour coucher avec elle. Il la voulait pour lui.

— Laisse-le à l'accueil. Ils lui monteront.

— Donne-moi cinq minutes. Attends-moi là.

Nael rejoignit son banc. Contrarié. Personne ne devait savoir où ils étaient. Raymond moins qu'un autre : il était capable de la convaincre de ne pas accepter de le suivre. Il devait changer son plan : ils n'iraient pas à l'hôtel. La pension de Ma Fati ? Mieux encore : chez Raymond. Personne ne penserait qu'ils seraient là-bas. Il dirait à Lilith qu'il avait laissé le paquet d'Ariane chez le vieux.

— Tu vas le faire.

Nael baissa les yeux. Gaspard était à ses pieds. Sous le banc.

— Quoi ?

— Ce que tu as en tête.

— Qu'est-ce que j'ai en tête ?

— Le goût du sang.

— Qu'est-ce que tu en sais ?

— Est-ce que tu vas le faire ?

— Je ne sais pas. Ça ne me quitte pas. C'est comme une obsession mais extérieur à moi. Je la vois. Elle entre en moi, en ressort, mais reste là. Devant mes yeux. Une pensée qui tapine ma raison.

— Tu es fou ?

— Non. Je suis un artiste.

— Ah, je vois. Tu es le Pawlenski de l'amour ? C'est ça ? Tu ne vas pas te clouer les couilles sur la place Rouge ou te rouler nu dans des barbelés, mais tu veux bouffer Oksana ?

Nael éluda la question.

— Je ne sais pas qui est Oksana.

Lilith descendait les marches du perron. Il se leva pour la rejoindre dans l'allée principale bordée de flamboyants en fleur. Des ombrelles rouges comme des coquelicots géants.

— C'est bon. Il dormait. J'ai tout posé sur sa table de chevet. Il les mangera à son réveil.

Nael fut soulagé. Le destin s'inscrit dans les détails. Il emmènerait Lilith à l'hôtel Stuart.

38

Le savoir s'additionne
comme les notes de frais

Nael éluda les questions de Lilith durant le trajet qui les conduisait au Stuart. Lilith finit par renoncer à en poser. Elle avait l'intention de ne pas s'attarder à l'hôtel. Prendre son paquet et s'en aller. Qu'il lui explique ou non sa relation avec Ariane et les vraies raisons de son voyage lui importait peu, finalement. L'essentiel était ce paquet. Ce signe. Ce prolongement d'Ariane. Sa vie allait peut-être changer. Mais cette fois, elle en parlerait à Raymond. Elle lui dirait tout. Quoi qu'elle déciderait, elle voulait sa bénédiction. Elle ne comprenait toujours pas pourquoi Ariane avait demandé à Nael d'être là quand elle ouvrirait le colis.

Et si ce qu'il contenait était de nature à lui faire du mal ? Une douleur si terrible qu'elle aurait besoin de quelqu'un à ses côtés pour la soutenir. Mais Ariane était partie loin d'elle en lui assurant qu'elle l'aimait. Elle l'avait quittée à distance sans la quitter vraiment. Que pouvait-elle lui faire de pire ? Que pouvait-elle lui annoncer qui soit plus violent ? Plus destructeur ? En y réfléchissant, la seule chose qui lui vint à l'esprit, c'était la maladie. Incurable. Et si ce colis était son legs avant de mourir ?

Lilith se tordait doucement les mains. Elle était stressée, et l'autre abruti qui fermait sa gueule, les yeux rivés sur ses pompes ! Elle avait hâte d'arriver et d'en finir.

Nael essayait de ne pas la regarder. Les deux visions se superposaient quand il la regardait. La réalité et la projection. Et la projection prenait alors tous les aspects de la réalité. Il serrait les mâchoires. Effrayé et en même temps parcouru par le sentiment d'une jouissance à venir. Impatient de savoir ce que le destin avait concocté pour lui dans cette chambre d'hôtel, à l'autre bout du monde. S'aimeraient-ils ? Certainement. Il n'en doutait pas.

Ce qui l'alarmait, c'était la façon dont ils allaient s'aimer.

Quand ils entrèrent dans la chambre, il invita Lilith à s'asseoir sur l'unique chaise de la pièce. Une chaise au dossier arrondi et à l'assise usée. Patinée, aurait dit le concierge. Lui-même prit place sur le bord du lit. Le malaise était palpable. Lilith rompit le silence.

— Tu peux me donner le paquet d'Ariane ?

Nael acquiesça sans se lever pour autant. Lilith insista :

— Tu sais, je ne peux pas rester longtemps. Je voudrais être auprès de tonton Raymond quand il se réveillera.

— Oui, bien sûr, la rassura Nael. Mais si ça ne t'embête pas, avant, je voudrais qu'on parle. Qu'on fasse connaissance.

Lilith était agacée par sa façon d'agir. N'aimait pas son regard sournois.

— Je ne sais pas si c'est vraiment indispensable que l'on se connaisse mieux. Je préférerais que tu me remettes ce qu'Ariane t'a donné pour moi.

— Accorde-moi cinq minutes.

Il avait les coudes sur les genoux, la tête baissée, fixant le plancher. Le moment était venu de changer de répertoire. De lui faire comprendre qu'elle ne pouvait rien contre ce qui était écrit. Gravé dans l'espace-temps.

Il releva la tête et chercha le regard de Lilith.

— Pourquoi tu as fait ces tatouages sur ton visage ?

Lilith ne s'attendait pas à cette question. Elle était à des kilomètres de ça. Juste impatiente d'en finir et pas du tout encline à aborder ce sujet.

— En quoi ça te concerne ?

— Simple curiosité.

— Ça t'intrigue ? Hein ? Tu veux savoir pourquoi je me suis fait mon *moko* ? Parce que c'est comme ça que l'on se reconnaît, que l'on se parle, que l'on se respecte, dans mon peuple.

— Pourquoi les autres femmes ne le font pas ?

— Je ne suis pas les autres femmes. Je suis moi et ta moko te le dit. Mais tu ne sais pas lire.

— Oh que si ! Bien au-delà de ce que tu penses.

— Ah ? Ben alors pourquoi tu me poses la question ?

— Parce que je n'y lis pas les mêmes choses que toi. Tu te trompes. Le visage que tu as choisi et l'ancien, celui auquel tu as renoncé à jamais, celui que Dieu t'avait donné, sont le chemin de ta vie. Un chemin que je connais.

— Comment tu peux dire des trucs aussi cons ?

— C'est la vérité. Je le sais parce que nous sommes pareils.

Lilith écarquilla les yeux et ne put s'empêcher de rire.

— Arrête là, tu veux ? C'est ridicule. Pareils ? Tu sais ce que signifient mes tatouages ? Ils indiquent mon rang et marquent mon choix pour la liberté. Tu vois ce trait sur le contour de mes lèvres ? Il dit au monde entier que jamais je ne serai l'esclave de quoi que ce soit ni de qui que ce soit. En quoi sommes-nous pareils ?

Nael était tout excité par ce qu'elle lui révélait. Plus elle parlait, plus il savait qu'il était en elle.

— Moi aussi, j'ai fait le choix de la liberté.

Il s'avança un peu plus au bord du lit, cherchant ainsi à se rapprocher d'elle.

— J'ai fait le choix de la liberté au point de ne respecter aucune des injonctions de notre société.

— De *ta* société.

Sa remarque l'amusa.

— Tu as raison. Nos « tabous » sont différents. Dans ma société, on ne se mange pas.

Il avait énoncé cela avec une sorte de candeur et une pointe de regret. Lilith eut un mouvement de recul, choquée.

— Qu'est-ce que tu racontes ? Depuis quand on se mange, ici ?

— Plus maintenant. Mais avant ?

— Ah oui. Si tu vas par là… En effet, il y avait, paraît-il, du cannibalisme dans les îles. Vous avez même exposé à Paris de pauvres Kanaks volontaires pour jouer les cannibales devant les bourgeoises effrayées. C'est marrant, parce qu'il ne vous est jamais revenu à l'esprit que vos ancêtres se bouffaient entre eux à Jérusalem.

À quoi faisait-elle allusion. Il n'avait jamais entendu parler de cette histoire de Kanaks ni de cannibalisme à Jérusalem.

— À Jérusalem ?

— Relis la Bible. Ou lis-la. C'est vrai que chez vous il n'y a pas eu de missionnaires pour vous la faire manger à toutes les sauces pendant des siècles. Mais chez nous, oui. Alors sois gentil et garde tes remarques déplacées pour toi.

Nael était aux anges. Lilith comprenait. Elle était énervée mais elle comprenait. Depuis toujours, partout, les hommes se sont mangés entre eux.

— Les gens se mangent par amour.

Lilith se demandait comment ils en étaient arrivés à aborder ce sujet. Quel intérêt ? Elle voulait qu'il lui donne son paquet et partir. Non seulement il était laid, mais il était inquiétant. Quelque chose ne tournait pas rond chez lui.

— OK. Si tu le dis… Bon, tu peux, peut-être, me donner le colis, maintenant ?

— Encore deux minutes et je vais le chercher. Est-ce que tu ressens quelque chose pour moi ?

Lilith en resta bouche bée. Elle n'allait pas lui dire que le plus positif des sentiments qu'elle pouvait développer à son encontre était le dégoût. Elle hésita avant de lui répondre, mal à l'aise :

— Comment ça ?

— Est-ce que tu t'es aperçue que nous avions un destin fusionnel ? Un futur commun ? Que nous étions les deux faces d'une même pièce ?

Lilith commençait à prendre peur. Les iris noirs des yeux de Nael se confondaient avec ses pupilles et lui donnaient un regard mort. Glacial. Sans humanité. Difficile à soutenir. Le regard d'un prédateur.

— Arrête ! Tu pars en vrille. On arrête, là. Tu me donnes le paquet maintenant ou je m'en vais !

Elle se leva de la chaise et se dirigea vers la porte.

— OK, OK. Excuse-moi. Tu as raison. Assieds-toi. Il est dans ma trousse dans la salle de bains. J'y vais, lui dit-il en se levant à son tour.

Lilith resta debout, les bras croisés, devant la porte. Nael insista en lui désignant la chaise.

— Assieds-toi. De toute façon, Ariane voulait que je reste avec toi quand tu l'ouvrirais.

Il disparut dans la salle de bains.

Le moment était venu pour lui de prendre une décision. Il avait cru qu'elle était prête. Qu'elle allait passer le pas sans qu'il ait à la forcer. À lui ouvrir les yeux. À lui apporter l'avenir malgré elle. Mais elle était encore réticente. Nul doute qu'ils avaient manqué de temps. Tout le monde n'était pas comme lui, en phase avec les éléments synchroniques de la vie. Elle n'avait pas, comme lui à leur première rencontre, ressenti toute la force des signes fortuits. Manque de pratique.

Pas d'autre choix désormais que de la contraindre à l'écouter. À voir. À admettre. Il devait la retenir. Il ne fallait pas qu'elle parte. Il n'aurait pas d'autre occasion. Il chercha des yeux autour de lui quelque chose pour la ligoter à la chaise. Le temps qu'elle l'aime.

Les ceintures des deux peignoirs de bain accrochés au mur... Ça ferait l'affaire.

Il revint dans la chambre, les ceintures dans sa poche.

— Je me suis trompé. Je l'ai laissé dans le tiroir du bureau. Tu peux le prendre, lui dit-il en lui montrant le petit secrétaire à rouleau installé dans l'angle opposé à la porte.

Lilith hésita. Elle n'était pas vraiment rassurée, mais la curiosité était la plus forte. Après tout : quelques pas, récupérer le paquet et partir sans demander son reste… C'était faisable. Pas question de l'ouvrir devant ce malade. Ça ne risquait pas !

Elle soupira et se dirigea vers le meuble en bois rouge des îles.

Nael la laissa passer devant lui sans bouger, le regard toujours dirigé vers le plancher. Dès qu'elle lui tourna le dos, il bondit et la plaqua à plat ventre sur le lit. Comme elle hurlait, il lui enfonça la tête dans les coussins pour étouffer ses cris. Il posa fermement un genou sur ses reins pour la maintenir immobile et attendit qu'elle cesse de se débattre par manque d'oxygène.

Le téléphone sonna au moment où il lui attachait les mains derrière le dos. Elle avait perdu connaissance et respirait à peine.

— Allô ?

— Bonjour. C'est la réception. On a entendu crier. Tout va bien ?

— C'est rien. Je me suis cogné contre le pied du lit.

Il raccrocha. Lilith commençait à se réveiller. Son souffle était rauque. Il se dépêcha de l'asseoir sur la chaise et de lui ligoter les jambes. Surtout qu'elle ne se remette pas à hurler ! Il lui enfonça une serviette dans la bouche.

Puis il s'assit en face d'elle, attendant qu'elle ait repris complètement conscience. Il alluma une cigarette et aspira une longue goulée. Le cap était franchi. Il en ferait sa femme. Ils basculeraient ensemble dans un nouvel univers. Loin de l'absurde chaos de celui-ci. Ils seraient deux. Seuls. Habitant une enveloppe charnelle avec laquelle ils n'auraient rien de commun. Un masque pour leurs âmes.

Elle ouvrit les yeux et le regarda, effrayée, en essayant de se libérer de ses entraves.

— N'aie pas peur, Lilith. Je ne te ferai pas de mal, la rassura-t-il.

Il était calme et le feu le consumait.

— Arrête, Nael. Tu peux encore faire machine arrière. Tu t'engages sur une pente glissante. Délivre-la. Laisse-la s'en aller. Excuse-toi. Demande-lui pardon. Et pars ! Prends le premier avion pour la France et poursuis ton existence.

Nael entendait Gaspard, mais il ne l'écoutait pas. Il continua à s'adresser à Lilith :

— Tu es l'œuvre de ma vie. Celle que j'ai toujours cherché à créer. Hier, quand je t'ai eue dans mes bras, ni vivante ni morte. Avec ce visage bousillé. Magnifique. Ce corps dont tu as plié l'image à ta volonté. C'était comme si j'avais entre mes mains mon Graal. Tu vois ? Un aboutissement. Après toi, il n'y a plus rien. Il faut que tu m'aimes.

Sa voix était posée mais les muscles de son visage étaient tendus et rendaient son élocution difficile.

— Tais-toi, Nael ! Ne va pas plus loin. Personne ne sait rien de toi. Le vieux ne se rappelle plus ce qui s'est passé. Tu peux repartir. Si tu parles, tu ne pourras plus revenir en arrière.

Nael poursuivit comme si Gaspard n'avait rien dit. Il le voyait debout sur ses pattes arrière entre lui et Lilith. Inquiet et nerveux.

— Je tue des gens.

Il tira sur sa cigarette et leva le regard sur elle. Les yeux plissés.

— C'est ma fonction. Je suis un artiste de la mort.

Il hocha la tête comme s'il s'étonnait lui-même.

— J'en ai tué beaucoup. (Il secoua la cendre dans le vide.) Beaucoup. Mais là, c'est fini. Nous allons changer nos vies, Lilith. Tu n'y peux rien. C'est comme ça. Moi non plus je n'y peux rien. Tu vas m'aimer. Tout cela finalement nous échappe.

Lilith était blême. Elle n'essayait plus de défaire ses liens. Ça ne servait à rien. Il était à un mètre d'elle. Un fou. Elle attendait une occasion pour tenter quelque chose. N'importe quoi. Mais la seule chose concrète qui lui venait à l'esprit était de réussir à se débarrasser de son bâillon et de hurler pour qu'on vienne la secourir. La plaie de sa joue s'était remise à saigner. Elle avait le goût du sang sur la langue.

Son téléphone sonna. Il était tombé de sa poche pendant la courte lutte. Nael le ramassa et le coupa avant de le jeter sur le lit.

— On ne va plus nous déranger.

Il écrasa sa cigarette au sol et en alluma une autre.

— Je ne vais pas te tuer, Lilith.

Lilith n'en était pas pour autant rassurée. Elle devait parler à ce cinglé. Le raisonner. Pour cela, il lui fallait arriver à tout prix à cracher cette serviette qui lui écartelait les mâchoires.

— Non. Je vais te manger.

Il rit. La fumée lui piquait les yeux.

— Ça suffit, Nael ! C'est bon ! Ressaisis-toi. Est-ce que tu t'es vu ? Tu baves. Et essuie-moi ces larmes. Tu chiales comme un môme. Tu fais pitié. Bordel ! Réveille-toi !

— De toute façon, tu n'as plus personne à aimer. Ariane est morte.

Lilith eut un hoquet et un spasme la plia en avant sur sa chaise. Nael la redressa sans la laisser reprendre sa respiration.

— Calme-toi. Je n'y suis pour rien. Je l'ai trouvée égorgée dans la cuisine de la vieille. Je n'ai rien fait. Je me suis contenté de faire disparaître les corps. La vieille, oui, c'est moi qui l'ai tuée, mais pas Ariane. Elle, je sais pas. Le gamin aussi, c'est moi. Mais pas Ariane. Ariane, c'est pas moi. Non, c'est pas moi. J'ai tué des dizaines d'individus. Toujours brillamment.

Il sembla réfléchir.

— Sauf peut-être ce gamin. Mais qu'est-ce qu'il foutait chez la vieille, aussi ! Au mauvais moment au mauvais endroit. C'est à cause d'elle que je suis là. Pas de la vieille. Non. (Il sourit à Lilith.) À cause d'Ariane. Des photos. Et de ce putain de journal que ce putain de rat a bouffé au lieu de me le donner. Tu comprends, mon amour ? On peut presque dire que c'est Ariane qui m'envoie !

— Tu viens de signer ta condamnation, Nael. Tu le sais, ça ? Tu sais que tu t'es mis dans de sales draps. Que c'est foutu pour toi. Tu en as conscience ? Tu n'as plus de choix. Si tu la laisses vivre, tu n'iras pas loin. Tu as trop parlé. Ils t'arrêteront. Et si tu la tues, ce sera la même chose. Et arrête de baver, c'est dégueulasse.

— Je bave pas, connard. Je salive.

Il éclata de rire.

Lilith était bouleversée. Elle ne savait pas si elle devait le croire ou s'il était en plein délire. Est-ce qu'Ariane était morte ou s'agissait-il de la divagation d'un esprit dérangé ? Son visage était repoussant. Crispé. Ses yeux rougis. Son terrifiant regard noir cerclé de rouge… Il hoquetait, grimaçant et pleurant, sans qu'aucun son autre que sa voix sorte de sa bouche. Cette voix d'un calme glaçant qu'elle ne supportait plus.

La serviette avait pris une teinte rosée aux commissures de ses lèvres. Ses liens ne s'étaient pas relâchés.

— Nael, tu as perdu la partie. Laisse-la partir.

— Je vais la bouffer. On s'aime. D'abord sa bouche. Sa liberté sur le menton. Ses mains. Regarde, là, sur ses jambes, tu vois ces signes ? C'est eux que je vais ronger après. Et quand j'aurai fini, j'aurai accompli mon œuvre.

— Tu n'auras rien accompli du tout. Tu auras fait une victime de plus. Tu sais ce que tu es, Nael ? Un raté. Un pauvre type fauché par la vie. Oui, la vieille que tu as tuée, c'était ta mère biologique. Mais ça, tu le sais déjà. Il t'a plu, son regard plein de ferveur quand elle a rendu son dernier souffle entre tes bras ? Tu l'as toujours su. Oui, l'autre connard qui s'est pendu, c'était ton frère. Ça aussi, tu le sais. Oui, elle t'a abandonné. Né sous X. À la grâce de parents adoptifs. Oui, c'est l'autre qu'elle a gardé. C'est l'autre qu'elle a aimé. Elle l'a aimé deux fois plus. Oui, c'est elle qui a égorgé ton ex. Parce que cette conne lui a avoué ne pas avoir remis le tabouret sous les pieds de son fils à temps. Les chiens ne font pas des chats ! Non, il ne s'est pas suicidé. C'était un jeu érotique qui s'est mal terminé. La bandaison du pendu.

379

L'érection finale. Mais elle n'a pas remis le tabouret. Elle l'a laissé mourir. Tu n'es rien, Nael. Personne ne t'a jamais aimé. Ariane n'a jamais joué à des jeux érotiques avec toi. Jamais. Comment aurait-elle pu ? Tu la battais. C'est trop tard, plus personne ne t'aimera. Est-ce que ta mère aurait tué pour toi ? Non. Mais pour ton crétin de frère, elle l'a fait. *Cette petite pute t'a laissé mourir, mon fils. Je vais la laisser doucement pourrir. Je veux que de là où tu es, tu la voies. Que tu voies ses chairs se décomposer petit à petit sur cette planche. Que tu saches que je t'ai vengé.* Quand elle a écrit ça, ce n'est pas à toi qu'elle s'adressait. *Je lui ai tranché la gorge dans la cuisine pendant qu'elle pleurait, le nez au-dessus de sa tasse de thé. Elle me demandait pardon, la garce. Elle prétendait que c'était un accident. Qu'elle n'avait pas pu remettre le tabouret sous tes pieds. Je n'en ai rien cru, mon Nicolas. Rien. Je sais qu'elle t'a laissé mourir. On ne trompe pas une mère. Elle m'a enlevé mon fils. Et pour cela elle a payé. La garce ne fera plus de mal à personne. Je la garde près de moi. Je veux voir ses traits se défaire. Sa peau éclater. Ses chairs se boursoufler, suinter. Ses os jaunir. Jusqu'à ce que je ne puisse plus voir. Que je ne puisse plus sentir. Je veux que ça dure longtemps. Son corps ne quittera pas le réduit de la cuisine. Jamais je ne la laisserai s'en aller. Qu'elle expie tous les jours son crime face à ton image. Que chaque matin je puisse lui cracher au visage. C'est tout ce que je veux, maintenant.*

« Ça te suffit, non ? Voilà ce qu'une mère peut faire par amour pour un fils. Toi, elle ne t'a jamais pris dans ses bras. Ne cherche plus à être aimé, Nael. Lâche prise. Laisse cette fille partir. Ce sera la seule chose de bien que tu auras faite de toute ta putain d'existence. Tu auras besoin de t'en souvenir pour survivre en prison. Arrête. C'est le terminus. Tu es minable. Tu n'es qu'un crétin. Tu n'es rien. Qu'est-ce que tu croyais ? Que la vie, ça s'imagine ? Qu'à force de la fantasmer, le fantasme devient vrai ? Il faut se réveiller un jour ou l'autre, Nael ! C'est ton matin. Ouvre les yeux.

Nael s'était assis dans un coin de la chambre. La tête entre les genoux. Les mains plaquées sur ses oreilles.

— Aide-moi ! Je t'en supplie, Gaspard, aide-moi !

Nael pleurait.

— C'est toi qui décides, lui répondit Gaspard. C'est toi le patron.

Il recula de quelques pas.

À présent il poussait des cris stridents. Effectuait des petits bonds. Le moment était venu. Il les entendait. Ils arrivaient. Ils étaient derrière la paroi. Ils venaient le chercher.

39

Toute la grandeur du mal s'inscrit
dans la peur qu'on en a

La salle informatique était pimpante. Climatisée. Tout était neuf. Maema fut surprise de la jeunesse des deux inspecteurs qui l'accueillirent avec Kae.

— Salut. Moi, c'est Kenji, et lui c'est Ben.

Le jeune homme qui se présentait à Maema était diplômé de Paris-8. Spécialité hackers. Et son collègue, Ben, avait suivi, à l'ECE TECH Paris, une formation de responsable de la sécurité des systèmes d'information et des réseaux.

Deux pointures. Maema se sentit vieille. Elle avait l'impression qu'ils auraient pu être ses fils. À eux deux ils ne devaient pas avoir son âge.

Elle releva ses lunettes sur son nez et accepta avec plaisir le café et le siège que Ben lui proposait.

— Merci. J'ai pas beaucoup dormi.

Kae lui demanda où était Lilith.

— Elle m'a chargée de l'excuser. Elle ne pourra pas venir. Elle reste au chevet de son oncle à l'hôpital.

— À l'hôpital ? s'inquiéta Kae.

Maema lui expliqua aussi succinctement que possible ce qui était arrivé à Raymond. Kae ne fit pas de commentaire mais décida qu'il passerait les voir à Mamao dès qu'il en aurait fini ici.

— Bon ! On commence ?

Kenji et Ben étaient devant leur clavier. Les ordinateurs étaient reliés à un écran géant encastré dans le mur.

— C'est parti. Tu veux qu'on enregistre tout ?

— Oui, on ne sait jamais. Le site peut disparaître à n'importe quel moment.

— T'inquiète, on ne disparaît jamais du Net.

Maema n'osa pas leur proposer son aide. Elle se demanda ce qu'elle faisait là. En réalité, ils n'avaient pas besoin d'elle. Elle comprit que si Kae lui avait proposé de venir, c'était pour être sûr qu'elle ne divulguerait pas d'informations. Il voulait l'avoir sous son contrôle tant qu'il n'aurait pas une idée exacte de la situation. Elle sourit intérieurement. Térénui lui avait laissé des dizaines de messages. Envoyé un nombre incalculable de textos. Il lui faudra bien lui répondre à un moment ou à un autre ! Cela lui fit penser qu'elle devrait couper son portable avant qu'il ne rappelle.

— Vous avez trouvé les fonds ?

Benji lui sourit.

— Les fonds ? Les fonds, c'est nous ! rigola Kenji. À hacker, hacker et demi. Je vais te hacker leur système en deux coups de cuillère à pot. Les doigts dans le nez.

Elle vit défiler sur l'écran des lignes de programme. Cela dura quelques minutes. Par moments le défilement s'arrêtait. Kenji modifiait le programme et ça repartait. Puis la page d'accueil du site apparut.

— C'est ça, confirma-t-elle en montrant l'écran du doigt. J'ai cliqué sur la vidéo quatre et après tout s'est enclenché automatiquement.

383

Benji cliqua sur le chiffre quatre et la même scène insupportable que la veille se déroula sur le grand écran. Maema ferma les yeux. Une fois, pas deux.

Le malaise était palpable. Personne n'osait intervenir. Les souffles coupés. Le temps suspendu.

— Essayez de repérer des indices si vous pouvez. On ne va pas visionner cette merde dix fois, articula difficilement Kae.

Comme précédemment, les procédures se mirent en place. Le curseur agissait seul et déclenchait des scènes selon un programme préétabli. Ce qui intéressait les deux inspecteurs et Kae, c'était la vidéo de l'accident.

Maema était toujours aussi convaincue que tout avait été filmé : l'accident, l'assassinat, la décapitation. Tout, jusqu'au bûcher. Les scènes trash se succédèrent. Puis la vidéo de l'accident reprit là où elle s'était arrêtée plus tôt.

Elle entendait les cris, les hurlements, les pleurs, les supplications, les rires, le brouhaha général, mais ne voulait plus voir d'horreurs semblables à celles qu'elle avait visionnées avec Nael dans la nuit.

Elle ouvrit les yeux quand Kae cria :

— Les voilà ! C'est eux !

Ils étaient quatre dans le champ de la caméra. Un plan large. Fixe. Quatre Papous en tenues tribales. Un cinquième filmait, forcément. L'un d'eux tenait une machette à la main. Les quatre victimes de l'accident titubaient. Visiblement effrayées. Les deux vieux Indonésiens essayèrent de s'enfuir. Vite rattrapés par deux des Papous. Ils les ramenèrent sur le terre-plein, en contrebas de la Méhari, rejoindre les deux femmes qui y avaient déjà été conduites. Ils contraignirent les deux hommes et leurs deux compagnes à se mettre à genoux. Leurs vêtements étaient déchirés et couverts de sang – les blessures occasionnées par la chute dans le ravin.

Celui qui semblait être le chef de la bande s'avança d'un pas vers la caméra. Maema le reconnut.

Elle se tourna vers Kae tout excitée.

— Il est au Ia Ora ! C'est un des membres du groupe de danseurs papous. Il a raté le bateau hier et il a fait un scandale à l'accueil. Ils étaient deux. Ils ont raté aussi l'avion. Ils sont toujours là-bas.

Kae réagit immédiatement. Il contacta ses collègues à Moorea. Ordonna qu'on arrête immédiatement toute la délégation papoue qui séjournait à l'hôtel.

Maema essaya d'avoir Lilith. En vain. Elle avait sans doute coupé son portable. Elle lui envoya un texto : « On a trouvé les coupables. Cinq danseurs papous. Contacte-moi. »

Le Papou se présenta dans sa langue. Une bande passante en bas de l'écran donnait la traduction en anglais.

— Quelqu'un peut faire la traduction ? J'ai pas le niveau.

Ben leva la main.

— J'ai passé deux ans à Londres.

— OK. Vas-y.

— Je traduis ?

Kae se tourna vers lui et sourit, moqueur.

— Si tu peux…

— « Je m'appelle Rinia Takatome. Je suis général de l'armée d'indépendance de la Papouasie occidentale. Les deux hommes que vous voyez sont des criminels de guerre. Ils ont commis les pires crimes contre l'humanité qu'on puisse imaginer. Il s'agit du colonel Habdul Janaris et du colonel Tarik Zanalish, que vous reconnaîtrez dans les vidéos de ce site. Ils vont être jugés par le tribunal de l'armée de libération que je représente. Et seront punis à la hauteur de leurs crimes.

« Mais, contrairement à eux, nous ne diffuserons pas les images de leur exécution. »

— Ils sont déjà condamnés, alors ! observa Kenji.

Personne ne releva sa remarque. Ben continua de traduire les propos du chef de l'armée d'indépendance papoue.

— « Depuis presque un demi-siècle, le peuple de la Papouasie occidentale se bat pour l'indépendance de la Papouasie. Pour la réunification des terres papoues. Depuis cinquante ans, nous sommes victimes d'un génocide commis en toute impunité par l'armée indonésienne. Cinq cent mille Papous de la Papouasie occidentale ont été assassinés, violés, mutilés par l'Indonésie sans qu'aucune puissance, qu'aucun État s'en émeuve. Nous mourons. On nous assassine parce que nous voulons qu'un référendum soit organisé pour rendre son indépendance à la Papouasie occidentale. Aucune de nos actions n'a eu jusqu'à ce jour de portée internationale. Personne n'a osé soutenir la cause papoue.

« Par cet acte de violence que nous allons commettre, à l'égal de ceux que nous subissons depuis de décennies, nous voulons que le monde prenne conscience du génocide du peuple papou. Que le monde reconnaisse que le droit des peuples à leur indépendance est aussi vital que les droits de l'homme.

Droits que nous allons bafouer parce que c'est la seule façon qu'il nous reste de nous faire entendre.

« Que le massacre des Papous cesse. Que cesse le génocide.

« Les vidéos que vous voyez sont celles des tortures infligées à nos frères et à nos sœurs. Elles sont le témoignage de la barbarie de l'armée indonésienne au plus haut niveau. Nous agirons jusqu'à ce que l'Indonésie se retire de la Papouasie occidentale. Nous mènerons des actions semblables à celle-ci jusqu'à ce que le peuple papou soit entendu.

« Ni l'Europe, ni l'Amérique, ni la Russie, ni aucune des autres puissances n'entendent nos cris parce que nous n'avons pour nous défendre que nos arcs et nos lances et pas d'argent pour acheter vos armes. Mais nous possédons votre technologie. Et c'est avec cette arme que nous allons nous faire entendre. Si vous voyez cette vidéo, c'est que vous avez lu ceci. »

L'homme grava dans la roche tendre du sol l'adresse du site avec un galet.

— C'est pas de la terre, au pied des rochers. C'est de la roche de sédiments, fit remarquer Maema. C'est pour cette raison que ça n'a pas été complètement effacé par la pluie. Un coup de chance.

— Elle a quand même bien érodé le message ! objecta Kae. Sans Lilith, je pense qu'on serait passés à côté.

L'écran vira au noir et une nouvelle scène de torture remplaça la scène de l'accident.

— Ben, tu enregistres tout ce qu'il y a sur le site. J'en ai assez vu. On a ce qu'il nous faut. Préviens-moi si on reconnaît les filles et les deux vieux sur une des vidéos. Ça devrait être le cas, si on en croit le chef de la bande.

— Qu'est-ce qui va se passer, maintenant ? Tu vas relâcher Téchao, j'espère ?

— Il n'a rien à voir avec l'armée de libération papoue. Je vais donner des ordres dans ce sens. Lilith avait raison : ils ont dû lui voler son portable et s'en servir comme relais. Leur but, c'était de nous amener sur ce site pour qu'on prenne la dimension du drame en Papouasie occidentale. L'horreur comme mode de communication. Répondre à la terreur par la terreur. Il faut reconnaître que c'est efficace et que j'ai un peu moins de compassion pour les quatre salopards qu'ils ont exécutés. Même si leur façon de les exécuter est elle aussi une horreur. La barbarie appelle la barbarie.

— On fait quoi ? demanda Maema.

— Eh bien, tu vas faire ton boulot. Tu vas rédiger un article qui sera repris dans tous les grands médias. Personne ne pourra plus ignorer ce qui se passe en Papouasie. Plus personne ne pourra dire qu'il ne savait pas, pour les crimes commis par l'Indonésie contre le peuple papou. Leur action inhumaine et barbare aura porté ses fruits. Il va y avoir un vrai coup de projecteur sur ce qui se déroule dans cette région de l'Indonésie. Avec un peu de chance, tu auras le Pulitzer !

Maema haussa les épaules.

— Je peux prévenir mon rédac' chef, alors ?

— Ouais. Tu peux.

— Et les coupables ?

— Si ce que tu m'as dit est avéré, il ne reste que deux des criminels sur Moorea. Les trois autres ont pris l'avion ce matin. Mais on tient le chef. On va les arrêter, et comme le gouvernement ne voudra pas d'emmerdes, on s'en débarrassera rapido presto. Impossible de se mettre à dos l'Indonésie en leur refusant l'exécution de criminels papous. Si on les garde, ils s'en sortiront avec vingt ans. Or l'Indonésie n'acceptera pas que les meurtres de deux colonels ne soient pas sanctionnés par la peine de mort. Une des plus grosses puissances émergentes... un terrain de jeu économique sans limites... et puis on ne va pas emmerder deux cent cinquante millions d'Indonésiens pour sauver la peau de deux Papous ! On va vite extrader les deux prisonniers vers la Papouasie-Nouvelle-Guinée. C'est un pays indépendant. En s'excusant auprès des autorités indonésiennes qui auront mis plus de temps que les Papous pour réclamer les coupables. Et on les laissera se démerder entre eux. Il y aura certainement une vague de répression envers les Papous en Papouasie occidentale, et une fois encore tout le monde fermera les yeux.

— Tu crois ? interrogea mollement Maema.

— Ouais, je crois. (Il lui fit un geste du menton.) Tu viens, je vais à l'hôpital prendre des nouvelles de Raymond ?

— J'ai appelé Lilith, elle ne répond toujours pas.

40

Passer entre les mondes
comme on passe sous les ponts

Raymond dormait encore quand ils entrèrent dans la chambre. Lilith n'était pas là. Ils allaient se retirer quand il ouvrit les yeux. Il se redressa doucement sur le lit en grimaçant. Les analgésiques ne devaient pas être suffisants pour endormir complètement la douleur.

— Eh eh ! lui lança Maema. Ça va ?

Elle fut étonnée et contente de le voir conscient. Elle ne s'y attendait pas.

— Oui, ça va. Ça va même très bien. Je faisais juste un petit somme en attendant Lilith. C'est gentil d'être venue. Toi aussi, Kae. Comment vont tes parents ? La dernière fois que je les ai vus, c'était à Raiatea. Ils y sont toujours ?

— Oui. Ils ont toujours leur maison là-bas. Ils sont à la retraite, maintenant.

— Je sais. Ça fait un petit moment, déjà, plaisanta-t-il. Et toi, toujours surfeur ?

— Et capitaine de gendarmerie ! répondit Kae sur le même ton.

— Ah, la mémoire ! continua de plaisanter Raymond. C'est peut-être les effets de la noix de coco ? J'en mange trop.

Maema était contente de le voir aussi vif.

— Oui. C'est ça. Maintenant, il va falloir que tu changes de régime.

— Je me mets aux mäpë. Lilith est allée m'en acheter en bas. Elle revient d'une minute à l'autre. Si vous restez un peu, on les partage.

Maema lui montra les deux paquets sur la table de chevet.

— Tu parles de ceux-là ?

— Ah ! Alors elle est déjà repassée ? Je ne l'ai pas vue passer. Je devais dormir. Elle les a probablement déposés avec le jus et elle n'a pas osé me réveiller. Elle va revenir.

— Elle a laissé un mot sur le sac en papier. « Je vais à l'hôtel de Nael récupérer un colis. »

Raymond tiqua.

— Elle est partie avec Nael ?

— C'est ce qu'elle a écrit.

— C'est drôle, ça. Quand il m'a quitté, elle était déjà partie acheter les mäpë et le jus. Où est-ce qu'elle l'a croisé ? Il l'a attendue ?

Raymond se tourna vers Kae.

— Je n'aime pas ce garçon. Il est malsain. Ça ne me plaît pas, qu'il ait entraîné Lilith dans sa chambre d'hôtel. Ça ne me plaît pas du tout. Quelle heure est-il ?

— Dix heures et demie. Un peu plus, même, répondit Maema. Tu veux que je l'appelle ? J'ai déjà essayé plusieurs fois mais elle ne répond pas.

Elle essaya à nouveau et tomba sur le répondeur.

— Elle l'a coupé.

— Il est descendu où ? interrogea Kae.

— Au Stuart.

— Ça fait combien de temps qu'elle est partie ?

— Je ne sais pas.

— Tu as peur de quoi, exactement ?

— De ce type. Il est tombé fou amoureux de Lilith. Mais Lilith n'en veut pas et moi je lui ai expliqué qu'il devait la laisser en paix et rentrer tranquillement dans son pays. Je ne suis pas rassuré. De quel colis peut-il bien s'agir ?

— Tu veux que j'aille faire un tour au Stuart ? demanda Maema.

Kae avait pris son téléphone pour chercher le numéro du Stuart sur le Net. Il ne tarda pas à le trouver. Le concierge répondit à la deuxième sonnerie.

— Hôtel Stuart. Régis à l'accueil. Qu'est-ce que je peux faire pour toi ?

— Salut. Est-ce que tu as un client qui s'appelle Nael ? Enfin, Nael, c'est son prénom. Je ne connais pas son nom mais il a dû prendre une chambre tôt ce matin.

— Ce matin je n'ai eu qu'un seul client.

— Tu peux regarder sur le registre ?

Kae attendit quelques secondes.

— Oui. C'est ça : Nael Calaya.

— Il est là ?

— Oui, il est monté dans sa chambre avec une fille y a un petit moment.

— Passe-moi sa chambre, s'il te plaît.

— OK, la 211.

Kae entendit le clic du relais. La communication fut transférée à la 211. Personne ne décrocha. Il attendit encore un peu avant de laisser tomber.

— J'y vais.

— Qu'est-ce qui se passe ? demanda Raymond. Elle est là-bas ?

— Rien de grave, le rassura Kae.

Il hésitait à lui faire part de son inquiétude. Il n'aimait pas l'idée que Lilith soit dans la chambre avec ce type et que personne ne réponde au téléphone.

— Enfin, je crois. Mais je vais y aller pour plus de tranquillité.

— Je t'accompagne, intervint Maema.

Le gyrophare allumé, ils parvinrent très vite devant le Stuart. Kae laissa le véhicule en travers sur le trottoir et s'engouffra à l'intérieur, Maema à ses côtés.

— Capitaine de gendarmerie Kae Takema, se présenta-t-il en s'approchant au pas de course de l'accueil. Régis ?

L'autre opina du chef, complètement décontenancé derrière son comptoir.

— OK. C'est moi qui viens de te parler au téléphone. Donne-moi la clé de la 211, s'il te plaît. Tu n'as rien remarqué d'anormal depuis qu'il est monté ?

— Non. Il s'est cogné l'orteil contre le pied du lit, c'est tout.

Kae s'arrêta dans son élan.

— Comment tu sais ça ? Tu étais là-haut, dans la chambre ?

— Non. Il a crié. Alors j'ai appelé pour savoir si ça allait. Et il m'a dit qu'il venait de se cogner l'orteil.

Sans en écouter davantage Kae grimpa les escaliers quatre à quatre jusqu'au deuxième étage. Maema peinait à le suivre. Il ne prit pas la peine de frapper à la porte et se servit du passe pour l'ouvrir.

La scène qu'il découvrit lui coupa le souffle. Lilith était ligotée à une chaise. Les mains liées derrière le dossier et les jambes attachées. La tête ballante. Le menton sur la poitrine. Les yeux fermés. Une serviette enfoncée dans la bouche. En face d'elle, assis dans un coin de la pièce, Nael nageait dans son sang. La gorge arrachée.

— Putain ! s'écria Kae en se précipitant vers Lilith.

Il lui retira la serviette de la bouche. Lui tapota les joues pour la réveiller. Elle respirait.

Maema entra au même moment, poussa un hurlement et se laissa glisser le long du mur contre la porte. Elle ne parvenait plus à respirer et une douleur violente lui traversa le crâne. Kae décida qu'il s'en occuperait plus tard. Il cria à l'intention du concierge qui venait d'arriver :

— N'entre pas. Reste dehors. Ne touche à rien. (Il lui montra Maema.) Occupe-toi d'elle. Va lui chercher un verre d'eau et une serviette mouillée.

Il finit de défaire les nœuds des ceintures en éponge. Il prit Lilith dans ses bras et l'allongea sur le lit. Sans attendre le concierge, il récupéra une serviette dans la salle de bains et la passa sous le robinet. Il essuya le front de Lilith avec le tissu mouillé pour la faire revenir à elle. En même temps, il joignit sur son portable les secours et une équipe en renfort.

— Ça va aller, Lilith. C'est fini. Tout va bien, maintenant. C'est fini. Je m'occupe de toi.

Lilith revint à elle doucement. Quand elle ouvrit les yeux et qu'elle aperçut Kae, elle se mit à pleurer. Il la serra contre lui tout en continuant à la rassurer :

— Tu ne risques plus rien, c'est fini. Il ne peut plus te faire de mal. Qu'est-ce qui s'est passé ? Qui l'a tué ? Il y avait quelqu'un d'autre avec vous dans la chambre ?

— Personne, murmura Lilith. (Elle se détacha de lui pour le regarder dans les yeux.) Personne, Kae. Juste lui et moi.

— Qui l'a égorgé, alors ?

Kae hésita à poser la question, mais il y était bien obligé.

— C'est toi ?

Il en mesura immédiatement l'absurdité. Lilith était ligotée. C'est lui qui l'avait détachée. Elle n'aurait pas pu faire les nœuds elle-même.

— Qu'est-ce qui s'est passé ici ?

Lilith, en état de choc, avait envie de vomir. Mais elle prit sur elle et commença le récit de l'horreur dont elle avait été témoin.

— Il s'est mis là-bas dans le coin. Son rat faisait des bonds entre ses jambes. Il poussait des cris. D'autres rats sont arrivés. Ils venaient de la chambre d'à côté. Ils ont descendu les parois.

La voix de Lilith était tremblante.

— Il s'est mis à parler tout seul. À pleurer. Je ne comprenais rien. C'était incohérent. Décousu. Il s'est mis à se taper la tête contre le mur. Il avait l'air d'un fou. Et puis…

Elle avait du mal à poursuivre. Elle saisit la serviette et se la passa sur le visage.

— Il s'est arraché la carotide à mains nues.

Elle ferma les yeux.

— C'était horrible. Les rats sautaient de partout. Ça n'en finissait pas. Il s'y est repris à plusieurs fois. Les yeux révulsés. Les mâchoires crispées à s'en faire éclater les dents. Il bavait. Et puis la chair a cédé. Ses doigts se sont refermés sur la carotide. Un horrible sourire aux lèvres, il a tiré sur l'artère jusqu'à ce qu'elle rompe. Il l'a arrachée. Elle pendait de sa gorge. Le sang a giclé loin et fort au début. Puis plus doucement. Puis plus du tout. Et les rats sont partis. Ils ont disparu.

41

D'où nous vient la force d'aimer ?

— Les plaines sont sans surprise. Lilith. Il n'y a jamais rien derrière une plaine. Mais les collines ! La colline cache des secrets. Elle cache tous les « là-bas ». Un peu comme l'horizon. Mais un horizon qui se dresse devant toi pour te cacher la vue. C'est pour ça que j'aime bien vivre ici, même si je ne suis pas au bord du lagon. J'ai ma colline en face.

— Tu devrais quand même venir à Moorea. Au moins quelque temps. Je pourrais m'occuper de toi. Et puis ça me ferait plaisir.

— Mais je m'en sors très bien tout seul ! Et si c'est pour reprendre une noix de coco sur la tête, merci bien…

Ils étaient installés au bord de la rivière. Dans l'herbe. Raymond voulait pêcher la chevrette. Pas au *patia*, mais au paréo. Avancer dans la rivière, de l'eau jusqu'aux cuisses, le paréo attaché à la ceinture et déployé devant comme un filet coloré, pour y piéger les chevrettes endormies. Il s'était mis en tête d'en créer un élevage. Aménager un enclos naturel dans la rivière pour qu'elles puissent y vivre en liberté mais qu'elles ne puissent pas s'en échapper. Un paradoxe !

Il était là pour repérer les lieux. Pêcher quelques beaux spécimens pour commencer sa sélection. Il voulait que son élevage ne donne que de grosses chevrettes. Lilith l'avait accompagné. Tonton Raymond avait toujours affectionné les endroits magiques. Celui-ci en était un.

— Tu vois, poursuivit-il, ce qui s'est passé à Moorea n'aurait jamais dû arriver.

— Espérons que ça ne se reproduise pas.

— Les criminels ont été arrêtés.

— Deux sur cinq. Les trois autres étaient déjà partis. Et ils ne sont pas restés très longtemps en prison. Ils ont été extradés dans leur pays. Une délégation indonésienne est venue récupérer les corps des victimes. On a frisé l'incident diplomatique. Quand ils ont trouvé les uniformes de leurs deux colonels découpés en lamelles, ils ont pris ça comme une insulte. Puis ça s'est tassé et ils sont repartis avec les corps et les affaires.

— Pourquoi les uniformes étaient dans cet état ?

— Les Papous ont saccagé les bungalows des colonels peu de temps après les avoir tués. Ils ont déchiré leurs effets personnels et leurs uniformes. Une dernière humiliation pour l'armée indonésienne.

— C'est triste d'en arriver là. Quand la bêtise des hommes fait des vagues, ce sont leurs embarcations qui chavirent. Et les hommes sont bêtes à manger du foin. Nous sommes bêtes au point de nous effrayer nous-mêmes. Au point de souffler sur les braises pour apaiser les eaux. Pour avoir laissé grandir la connerie comme une mauvaise herbe, en se voilant la face, on laisse entrer la terreur dans nos temples, dans nos jardins, dans nos maisons. Et un jour dans nos cœurs.

397

Personne n'a peur des collines et personne ne s'inté-resse à la plaine. Mais aujourd'hui on a tous peur des autres. De la démence de l'un ou de la folie d'une foule. Quand je pense à ce carnage, je ne peux m'em-pêcher de voir le sang remonter les rivières et souiller les bateaux ivres.

— À la limite, tu me parlerais de pirogues... mais tes bateaux ivres, je vois pas ce qu'ils viennent faire sur nos rivières, le chambra Lilith.

Raymond se mit à rire.

— Tu m'as eu, petite. Mais tu sais, leur poésie, c'est comme leurs religions : insidieuse et polluante. C'est comme ça qu'ils nous mangent nos mots en nous donnant les leurs. Mais bon, parfois, ils sont pas mal, fit-il semblant de reconnaître. Tu as des nouvelles de Kae ? demanda-t-il abruptement.

— Oui. Il se marie en mars. On est invités.

— Je l'aime bien, ce garçon.

Lilith ne lui répondit pas.

— Et Maema ? poursuivit-il.

— Elle n'a pas eu le prix Albert-Londres.

— C'est grave ?

Lilith sourit.

— Dit comme ça... non, c'est pas grave. Mais elle le méritait. De toute façon, c'est le Pulitzer qu'elle veut, ajouta-t-elle en riant.

Il n'osait pas poser la question qui le taraudait. Pourtant, il fallait qu'il sache. Deux mois étaient passés depuis l'agression.

— Ils ont retrouvé Ariane ?

— Non, murmura Lilith en jetant mollement des cailloux dans l'eau.

Raymond ne savait pas ce qu'il devait dire ou faire. Il regretta sa question.

— Elle n'était pas là où il avait dit ?

— Il avait rien dit.

— J'ai l'impression qu'il en avait parlé.

— Oh non ! Chacun de ses mots est gravé dans ma mémoire. Il n'a jamais donné d'indice sur l'endroit où il a mis les corps.

— Tu es sûre ? J'aurais juré le contraire. Tu es vraiment sûre ?

— Oui, j'en suis sûre.

— Ils n'ont rien trouvé, alors ?

— La police cherche. Ils espèrent retrouver un jour la mère de Nicolas et le jeune homme déclaré disparu. Un jeune voisin de la vieille dame qu'il a lui aussi tué. Enfin, c'est ce qu'il m'a avoué avant de se suicider. Mais tant qu'on ne retrouve pas les corps, ils sont tous les trois considérés comme disparus.

— Quelle tristesse.

— Ils n'ont rien trouvé chez Nael. Rien. Enfin, presque rien. Un drone, m'a dit Kae. Trafiqué bizarrement. Il aurait pu servir pour les meurtres de trois personnes, d'après la police. Ils ont de fortes présomptions. L'enquête se poursuit. De toute façon, ça ne changera plus grand-chose.

— Et toi ?

— Moi, quoi ?

— Rien. Je te demandais comme ça… si tu allais bien. Je me fais du souci pour toi.

Elle s'était promis de ne plus jamais le tenir à l'écart de ses problèmes mais là, elle n'avait pas le courage de l'inquiéter davantage. Elle venait de recevoir une lettre de sa mère. Madame avait décidé de venir vivre avec elle. Son täne l'avait quittée. Un quart de siècle d'absence et un jour elle décide de se pointer comme si de rien n'était ? Sa mère était inconsciente. Elle ne l'apprendrait pas à son oncle tant que ce ne serait pas certain. Il n'était pas encore en état.

— Moi, ça va.

— Bon. Tu vas faire quoi maintenant ?

— Ben... comme avant, dit-elle en riant. Qu'est-ce que tu veux que je fasse ?

— Que tu me ramènes une deuxième nièce.

Elle chassa l'air devant elle.

— Ouais. Je vais faire ça.

Glossaire

'Ahu : autel.
'Aito : arbre de fer.
'Aue : exclamation.
'Autï : plante sacrée ; *Cordyline fruticosa.*
Ature : chinchard.

Centre Vaima : centre commercial au cœur de Papeete.
Chao mein : spécialité chinoise à base de nouilles.

Evasan : évacuation sanitaire

Fa'a'apu : champ cultivé, potager.
Faaite : nom d'un atoll des Tuamotu.
Fa'ati'ati'a : orgueilleux.
Fāfā : jeune tige de taro destinée à être mangée comme des épinards.
Farāni : France ; Français.
Fare : maison, abri, domicile.
Fë'ï : plantain, bananier sauvage ; *Musa troglodytarum* : fruit du plantain.
Fenua : terre, pays.
Firifiri : beignet frit, généralement en forme de huit.

Ha'aviti : vite
Hinano : bière locale.
Hiro, Henri : poète tahitien.
Hombo : marginal.
Horoa : dérober.

Ice (ce n'est pas tahitien) : drogue violente ; métamphétamine.
Ina'a : alevin.

Mā'a : nourriture, repas.
Maiore, voir 'uru : arbre à pain.
Maita'i : bien, bon ; boisson alcoolisée, rhum.
Mana : pouvoir mystique, prestige.
Mäpë : châtaigner tahitien ; châtaigne tahitienne.
Marae : temple à ciel ouvert, espace sacré.
Māhū : homme efféminé.
Mäuruuru, littéralement : ému, content, plaisant ; dans le langage moderne : merci.
Miconia : plante envahissante.
Miro : arbre, bois de rose ; *Thespesia populnea.*
Moko : tatouage (ta moko).
More : costume de danse.
Mōrī pata : lampe torche, lampe de poche ; lampe à gaz.
Müto'i : agent de la police municipale ; müto'i farāni : gendarme.

Nato : poisson d'eau douce ; sorte de perche, qui descend en mer pour frayer ; *Kuhlia marginata.*
Nï'au : feuille de cocotier ; nervure de feuille de cocotier.
Nohu : poisson-pierre.

402

Nuutania : nom de la prison de Tahiti.

Pähua : bénitier ; *Tridacna.*
Pai : chausson sucré ou salé, fourré à la crème ou compote de fruits.
Pakalolo, version moderne du mot hawaïen Paka lölö : cannabis ; le diminutif est paka, de paka, « brûler », et de lolo, le « cerveau ».
Patia : harpon.
Pë'ue : natte en vannerie.
Pïnex (ce n'est pas du tahitien) : plaque de bois aggloméré.
Pïtate : jasmin.
Pota : légume vert ; chou ; pota tinitö : chou chinois.
Popa'ä : Occidental ; littéralement : (peau) brûlé.
Punu pua'atoro : boîte de bœuf cuit.
Pürau : arbre, bourao ; *Hisbiscus tiliaceus.*

Raerae : homme qui se comporte et se considère comme une femme ; ou femme qui se comporte et se considère comme un homme.
Ravello, François : peintre local.
Rori : holothurie.
Route en soupe de corail : autrefois, faute d'autres matériaux, les routes étaient fabriquées avec du corail concassé.

Socredo : banque locale.

Tahu'a : spécialiste, prêtre.
Täne : homme.
Taote : médecin, docteur.
Tapa : étoffe en écorce battue.

403

Tāvake : oiseau.

Tiaré : fleur.

Tiare taina : gardénia.

Tīfaifai : couvre-lit réalisé en appliques représentant généralement des plantes, fleurs et fruits stylisés.

Tikahiri : groupe de hard rock tahitien.

Tinitō : Chinois.

Truck (ce n'est pas du tahitien) : bus en bois.

Tupa : crabe de terre.

Tūpäpa'u : fantôme, spectre.

'Ua oti : terminé, fini.

'Uru : fruit de l'arbre à pain.

Vini : oiseau ; *Vini peruviana* ; nom utilisé pour désigner un portable en Polynésie.

Petit manifeste élargi
du polar « noir azur »

La définition du polar « noir azur » pourrait se cantonner à celle d'un polar qui comporterait une nuance supplémentaire : le bleu nuit. Cela suffirait à le distinguer du roman noir traditionnel. Or le roman « noir azur » va plus loin : il se veut une spécificité de l'insularité pacifique.

Cela ressemble à un slogan. Et, dans le fond, c'en est un. Le roman « noir azur » est le creuset des différentes identités – des altérités – de ces îles disséminées dans les camaïeux de bleus de l'océan Pacifique, auxquelles n'échappe pas la littérature. La littérature issue d'une « géographie » s'ancre dans une humanité et un tissu social construits par l'histoire d'une terre, dans une approche du monde du point de vue de celui qui vit ce lieu et ses vérités. Dès lors elle devient source de partage des différences. Le roman « noir azur » s'inscrit dans cette démarche : il a pour vocation de transmettre une manière de ressentir propre aux îles du Pacifique à travers une forme littéraire connue et commune au reste du monde.

Le roman « noir azur » n'est pas un roman policier qui se passe sous des cieux tropicaux, il est l'expression d'une réalité de la vie sous les cieux tropicaux.

À vrai dire, l'inventeur du roman « noir azur », c'est Simenon. Dans *Long cours*, *Touriste de bananes* et *Le Passager clandestin*, les trois romans qu'il a écrits après son séjour à Tahiti, il en forge les bases : l'intrigue laisse une belle place à la perception d'une autre vérité de la vie, celle propre à l'insularité. La trame est tissée par la force des différences et non par une simple logique d'enquête. Les personnages ont un fonctionnement dont les ressorts prennent les nuances des particularités culturelles et historiques des lieux.

Le roman « noir azur » est une alternative. Il ne suffit donc pas que le roman noir s'inscrive dans un cadre insulaire tropical pour qu'il devienne « noir azur ». Il faut qu'il s'imprègne de l'essence de la vie et des pulsations des forces naturelles en présence dans cette partie du monde. On doit y entendre les bruits de l'océan et les silences des lagons, y voir les couleurs qui chatoient et l'immensité des petites choses, la fragilité et la tendresse, comme la puissance et la violence contenues.

Cependant, le polar « noir azur » doit encore trouver sa place dans la grande famille des polars. Tout comme la grande majorité des courants littéraires ultramarins, en particulier ceux du Pacifique.

On ne peut s'empêcher, quand on vit dans les îles, d'avoir le sentiment que la littérature tourne autour d'un nombril continental et que le Pacifique peine à se faire entendre. Pourtant, ce ne sont pas les auteurs de talent qui manquent. La liste est longue, et je n'en citerai que quelques-uns : Patricia Grace, certainement

« nobélisable » (*Des petits trous dans le silence, Électrique cité*), Flora Devatine (*Tergiversations et rêveries de l'écriture orale*), Chantal Spitz (*Cartes postales*), Nicolas Kurtovitch (*Dans le ciel splendide*), Nathalie Heirani Salmon-Hudry (*Je suis née morte*), Ihimaera Witi (*Bulibasha, roi des gitans*), Célestine Hitiura Vaite et Henri Theureau (*L'Arbre à pain, Frangipanier*), Gorode Déwé (*Tâdo, Tâdo, wéé ! ou « No more baby »*), Broterson Moetai (*Le Roi absent*), ou encore Russel Soaba (*Maiba*, premier roman de Papouasie-Nouvelle-Guinée à être traduit en français).

Dans cette partie du monde, le mariage de l'écriture et de l'oralité donne naissance à une entité aussi puissante que la fusion de la musique et des mots. La littérature du Pacifique est un chant qui porte loin la voix des anciens pour ouvrir des voies à la jeunesse. Ce serait bien que le continent lui prête une oreille.

Remerciements

Je remercie ici tous ceux sans qui ce roman n'existerait pas.

Ceux qui me soutiennent quotidiennement : Pepita, dont je suis l'époux, et nos enfants. (Un écrivain n'est pas toujours facile à vivre. Ils le confirmeront.)

Ceux qui m'ont ouvert le monde de l'édition. Précisément Christian Robert qui a été mon éditeur historique.

Et enfin des remerciements tout particuliers à Glenn Tavennec, directeur de la collection « La Bête noire ». Il a été la cheville ouvrière de cette aventure. Je le remercie pour ce qu'il est et pour ce qu'il fait. Il a porté sans jamais faillir ce roman avec ferveur dès la première heure. Il m'a guidé, éclairé, conseillé, soutenu, accompagné tout au long de son écriture. Sans son implication et son talent, Lilith Tereia n'aurait sans doute jamais vu le jour.

Une belle rencontre.

Merci aussi à tous ceux qui, dans l'ombre, dans les coulisses, œuvrent à son succès. Ils sont nombreux et je ne peux les citer tous, mais je tiens à leur témoigner toute ma gratitude pour leur travail.

Je voudrais également adresser mes remerciements à tous ceux qui font la littérature : vous, chers lecteurs, car vous êtes l'âme de tous les romans. Merci.

Table

PARTIE I
Deux mondes

PARTIE II
Un même ciel

Imprimé en Espagne par:
BLACK PRINT
en février 2020

S30645/01

Cet ouvrage a été composé et mis en pages
par Étianne Composition
à Montrouge.